DE TEST

HJORTH ROSENFELDT BIJ UITGEVERIJ CARGO

Wat verborgen is
De discipel
Het familiegraf
Het stille meisje

Hjorth Rosenfeldt

De test

Vertaald door
Geri de Boer

CARGO

2016
AMSTERDAM

Cargo is een imprint van Uitgeverij De Bezige Bij, Amsterdam | Antwerpen

Eerste druk juni 2016
Tweede druk juli 2016
Derde druk augustus 2016
Oorspronkelijke titel *De underkända*
Oorspronkelijke uitgever Norstedts, Stockholm
Omslagontwerp Wil Immink Design
Omslagbeeld iStock
Foto auteurs Appendix Fotografi
Vormgeving binnenwerk Peter Verwey, Heemstede
Druk Bariet, Steenwijk
ISBN 978 90 234 9817 9
NUR 305

uitgeverijcargo.nl

Geachte hoofdredacteur Källman,

Al jaren lees ik uw blad. Eerst als fysieke krant, maar sinds een paar jaar via internet. Ik ben het niet altijd met uw opvattingen eens en heb af en toe mijn vraagtekens bij zowel uw keuze van onderwerpen als de invalshoek bij de artikelen, maar meestal beleefde ik toch wel een zeker genoegen aan uw product.

Nu voel ik me echter genoodzaakt u als verantwoordelijke voor deze publicatie de vraag te stellen: waarom wordt in uw blad pure stupiditeit verheerlijkt? Wanneer is besloten je reinste domheid onder de aandacht te brengen en niet slechts tot norm te verheffen, maar zelfs tot iets nastrevenswaardigs en benijdenswaardigs?

Waarom schrijven jullie over en bieden jullie ruimte aan mensen die niet eens weten in welk jaar de Tweede Wereldoorlog is uitgebroken, die zelfs de meest elementaire kennis van wiskunde ontberen en die bij het spreken slechts in uitzonderingsgevallen een volledige zin kunnen produceren? Mensen wier enige talent is dat ze hun lippen kunnen tuiten op zogeheten 'selfies' en wier enige verdienste is dat ze zich publiekelijk te schande hebben gemaakt door met elkaar naar bed te gaan in een van die realityseries waarmee onze televisiezenders avond aan avond worden overspoeld.

In mijn werk kom ik heel wat jongeren tegen. Fatsoenlijke, intelligente, geëngageerde, ambitieuze jonge mensen, die meedoen aan het publieke debat, kennis vergaren, kritisch denken en zich ontwikkelen, om uiteindelijk een interessante, uitdagende baan te krijgen en een bijdrage te leveren aan de samenleving. Jongeren die iets willen. Iets kunnen.

Dié zou u ruimte moeten geven. Dié zou u ten voorbeeld moeten stellen. Niet die empathieloze, egoïstische, op hun uiterlijk gefixeerde wezentjes die met oud ijzer in hun tong en een lichaam vol vulgaire tatoeages lopen te pronken met hun lage IQ en hun niet-bestaande algemene ontwikkeling.

Dus ik herhaal mijn vraag en zie uit naar uw antwoord in de krant: wanneer is besloten je reinste domheid onder de aandacht te brengen en niet slechts tot norm te verheffen, maar zelfs tot iets nastrevenswaardigs en benijdenswaardigs?

Met vriendelijke groet,
Cato de Oudere

'Dertig seconden. Je tijd gaat nu in.'

Mirre hoorde het metalige klikje waarmee de stopwatch startte bijna niet meer. Hoe lang zou dit doorgaan? Wat had de man gezegd?

Hij zou zestig vragen stellen.

De hoeveelste was dit? Mirre had geen idee. Het leek wel alsof ze al een eeuwigheid bezig waren. Hij probeerde nog steeds te bevatten wat er was gebeurd.

'Wil je de vraag nog een keer horen?'

De man zat vlak bij hem.

Aan de andere kant van de tafel.

Zijn stem was rustig en laag.

De eerste keer dat Mirre die stem had gehoord was ruim twee weken geleden, toen ze elkaar aan de telefoon hadden gesproken. De man had gebeld en zich voorgesteld als Sven Cato, freelancejournalist. Hij wilde hem interviewen. Of liever: een portret van hem schrijven. Mirre had wel niet gewonnen, maar hij was een van de deelnemers die de meeste aandacht in de pers en de sociale media hadden gekregen. Mensen hadden zich, op basis van wat ze van hem hadden gezien, een mening over hem gevormd. Sven wilde dat beeld een beetje uitdiepen. Andere kanten van hem laten zien, de mens achter de man. Konden ze een afspraak maken?

Dat hadden ze gedaan. In het Kurhotell. Sven had hem getrakteerd op een lunch. Ze hadden besloten allebei een biertje te nemen, hoewel het gewoon een dinsdag was, en pas even na halftwaalf. Maar het was zomer. Hij had vrij. Sven had een opnameapparaatje tussen hen in op tafel gezet en was begonnen met vragen te stellen. Mirre had antwoord gegeven.

Nu vatte de man zijn zwijgen blijkbaar op als een ja.

'Tot welke woordsoort behoren woorden die bepaalde betrekkingen tussen mensen, dingen en plaatsen aanduiden, bijvoorbeeld "op", "van", "voor" en "in"?'

'Weet ik niet,' zei Mirre, en hij hoorde zelf hoe uitgeput zijn stem klonk.

'Je hebt nog tien seconden bedenktijd over.'

'Ik weet het niet! Ik kan die stomme vragen van jou niet beantwoorden!'

'Volgende vraag: hoe heette het vlaggenschip van Christoffel Columbus toen hij in 1492 Amerika ontdekte? Dertig seconden. Je tijd gaat nu in.'

Klik.

De stopwatch begon weer af te tellen.

Het interview was goed gegaan. Sven was wel net zo oud als Mirres vader, of nog ouder, en wist niet goed waar hij het over had, maar hij was oprecht geïnteresseerd, leek het. Leuk om mee te kletsen. Toen Mirre terugkwam van de wc, had Sven nog een biertje voor hen allebei besteld.

Daar had vast iets in gezeten. In dat tweede biertje. Hij had er vast iets in gedaan, want kort daarna begon Mirre zich een beetje beroerd te voelen. Hij verloor zijn concentratie en voelde zich slap.

Sven had aangeboden hem naar huis te brengen.

Ze waren het restaurant uit gegaan en naar de parkeerplaats gelopen.

Daarna was hij hier wakker geworden.

Met zijn hoofd op het harde tafelblad.

Hij was moeizaam gaan zitten en het had een paar seconden geduurd voordat hij besefte dat hij niets zag. Toen hij probeerde weg te halen wat er voor zijn ogen zat, ontdekte hij dat hij zijn handen maar een paar centimeter kon bewegen. Er klonk een rammelend geluid toen hij het probeerde.

Een ketting. Handboeien.

Hij was gaan schreeuwen en had aan de boeien gerukt, maar zweeg toen hij de bekende stem hoorde.

'Niemand kan je horen en je kunt jezelf niet losmaken.'

Meer geschreeuw. Wat gebeurde er? Waar was hij in godsnaam mee bezig? Hij dreigde en smeekte. Dreigde vooral.

'Rustig maar. Je kunt hier over een goed halfuur weg zijn. Als je een voldoende haalt, welteverstaan.'

'Hoezo een voldoende?' had Mirre gevraagd. 'Waarvoor?'

Zestig vragen.

Dertig seconden bedenktijd per vraag.

Een derde van de antwoorden moest goed zijn.

'Wat gebeurt er anders?' had Mirre gevraagd.

'Laten we beginnen,' had de man gezegd die waarschijnlijk helemaal geen Sven Cato heette. 'Vraag 1. Wat betekent de afkorting NATO? Dertig seconden. Je tijd gaat nu in.'

De klik waarmee de stopwatch aanging, werd gevolgd door een zachter, maar sneller geluid waarmee de seconden wegtikten.

Bij de eerste tien, vijftien vragen had Mirre helemaal niet opgelet. Hij bleef aan zijn boeien rukken, vragen waar de man in godsnaam mee bezig was en wat hij wilde, dreigen dat hij het hem betaald zou zetten, beloven dat hij hem alles zou geven wat hij wilde als hij hem maar liet gaan.

Dreigen en smeken.

De man had zich niet van de wijs laten brengen. Met dezelfde kalme stem had hij zijn vragen gesteld, de stopwatch gestart, gevraagd of hij de vraag moest herhalen en op antwoord gewacht. Na een tijdje had hij er zakelijk op gewezen dat de kans om een voldoende te halen een stuk kleiner werd en dat Mirre er verstandiger aan deed om zich een beetje beter te concentreren en hem een beetje minder te bedreigen.

Dus Mirre begon te luisteren.

'Wat is een priemgetal?'

'Welke dieren horen bij The Big Five?'

'In welk decennium ontstond het eiland Surtsey voor de zuidkust van IJsland?'

'Hoe heet de SI-eenheid die wordt gebruikt om lichtsterkte te meten?'

Ongeveer halverwege was het tot Mirre doorgedrongen dat het ritselde wanneer hij bewoog. Plastic. Hij zat op plastic. Een zacht kussen, ingepakt in plastic. In de wereld van Mirre konden daar maar twee redenen voor zijn.

De ene was dat het kussen nieuw was.

De andere dat iemand het wilde beschermen.

Tegen vlekken. Druppels. Bloed.

Met een flinke adrenalinestoot besloot hij dat hij dit zou fiksen. Hij zou die klootzak eens wat laten zien. Hij probeerde te luisteren, probeerde te denken. Hij moest een voldoende halen.

'In welke Amerikaanse staat ligt de stad Chicago?'

'Wat is het chemische symbool van fosfor?'

'Wie volgde Oscar I op als koning van Zweden?'

De ene vraag na de andere, met dezelfde rustige, lage stem. Mirre wist er verdomme niet één...

'Laatste vraag: tot welke familie behoort de veelvraat?'

Klik.

Welke familie? Hoezo familie? Mirre wist hoe een veelvraat in het Engels heette. *Wolverine.* Hij had elke Marvel-film gezien die er was. Maar familie?

'Wil je dat ik de vraag herhaal?'

'Nee.'

Stilte. Het zachte, snelle getik. *Klik.*

'De tijd is om. Laten we eens kijken...'

Mirre zuchtte en legde zijn voorhoofd op tafel. Hij had er nooit van z'n leven twintig goed. Zoveel vragen had hij niet eens beantwoord.

Hij hoorde de man tegenover hem opstaan. Mirre tilde zijn hoofd een klein stukje op van de tafel en volgde hem door naar hem te luisteren. Hij leek dichterbij te komen. Opeens voelde Mirre iets kouds, iets metaligs tegen zijn voorhoofd.

'Je hebt een onvoldoende,' zei de man, die inderdaad niet Sven Cato heette. Mirre kon zijn hoofd niet eens wegtrekken voordat de persl ucht van het verdovingspistool de pin wegschoot, die onmiddellijk het voorhoofdsbeen doorboorde en de hersenen binnendrong.

Haar hele leven was ze omringd geweest door leugens. Onzichtbare leugens. Meer dan dertig jaar waren de schaduwen er geweest zonder dat ze ze had ontdekt. Maar nu niet meer. Nu zag ze ze overal. Ze stuitte erop waar ze ook ging.

Leugens en bedrog.

Niemand had haar de waarheid verteld.

Niemand.

Anna niet, Valdemar niet, Sebastian niet.

Haar moeder, haar vader en haar vader.

Nu weigerde ze hen echter nog als haar familie te beschouwen. Dat was te liefdevol. Dat gunde ze hun niet. Nu waren het alleen nog mensen met een naam, meer niet.

Anna. Valdemar. Sebastian.

Beetje bij beetje waren er barsten in haar leven gekomen. Een politieonderzoek naar economische delicten had ertoe geleid dat Valdemar was gearresteerd. In het begin nam ze aan dat hij onschuldig was, slachtoffer van een misverstand. Het was per slot van rekening haar vader. Maar hij bekende. Het was of de grond onder haar voeten wegzonk.

Toen kon ze nog niet vermoeden dat het nog veel erger zou worden.

De werkelijke afgrond opende zich toen ze erachter kwam dat Valdemar niet haar biologische vader was. Van die onthulling was ze helemaal kapot. Koortsachtig probeerde ze de waarheid te achterhalen. Ze vroeg het Anna op de man af, maar had nooit verwacht dat die zo goed zou kunnen liegen.

Ze verzon een vader.

Een dode man.

Weer een leugen.

Vanja kon nog wel begrijpen waarom ze over Valdemar had gelogen. Begrijpen en zelfs waarderen. Hij was in alle opzichten haar hele leven echt haar vader geweest. De beste die ze zich kon voorstellen. Waarom zou Anna hem haar ontnemen? Waarom zou ze die relatie nodeloos verstoren?

Maar daarna? Toen ze wist wie hij was, of beter gezegd: wie hij niet was. Waarom ging Anna toen door met liegen? Waarom onthield ze haar toen nog de waarheid? Dat was niet uit te leggen, te verdedigen of te begrijpen, en het gevolg was dat er een ijzige kilte tussen hen ontstond. Een emotionele permafrost, waarvan Vanja niet de minste behoefte had die te ontdooien.

Zíj had niet gelogen.

Zij was onschuldig.

Maar toen, terwijl alles om haar heen al wankelde, was Sebastian Bergman opeens uit de schaduw gestapt.

Hij was haar vader.

Daarom was hij weer bij de Nationale Recherche gaan werken.

Zijn motief was glashelder. Al zijn daden hadden slechts één doel: nader tot haar komen, haar vriend worden.

In de nacht na de bruiloft van Billy had hij haar wakker gemaakt. Ze sliep nog half toen hij zei dat hij haar iets moest vertellen, en nee, het kon niet wachten. Ze wist niet goed wat ze had verwacht toen ze naast hem op het onopgemaakte bed ging zitten, maar zeker niet wat ze toen te horen kreeg.

'Ik ben je vader, Vanja,' had hij gezegd, en hij had haar handen vastgepakt.

Hij had zich in elk geval de moeite getroost het met enig medeleven te vertellen. Hij probeerde zo lief mogelijk te zijn. Hij legde uit hoe hij het had ontdekt en dat hij, toen hij het eenmaal wist, haar relatie met Valdemar niet wilde verstoren, dat Anna hem had verboden het Vanja te vertellen, dat hij desondanks altijd het beste met haar voor had gehad.

Hij leek oprecht.

Dat waardeerde ze, maar het veranderde eigenlijk niets. Bedrog was bedrog.

Ze hadden met haar leven gespeeld, zoals in die film met Jim Carrey, *The Truman Show*. Het was allemaal theater en iedereen had toneelgespeeld behalve zij.

Ze had er altijd een eer in gesteld rationeel en logisch te zijn, maar nu had ze geen houvast meer. Het was alsof ze zich in een huis bevond waarin elke deur op een doodlopende straat uitkwam. Hoe ze ook zocht, ze kon er niet uit.

Ze had zich twee weken ziek gemeld, had in haar flat gezeten en geprobeerd haar emoties onder controle te krijgen. Het had niet geholpen, maar haar hooguit doen beseffen hoe eenzaam ze was.

Haar leven lang had ze al haar energie in twee dingen gestoken: haar werk en haar familie.

Een goede rechercheur zijn.

Een goede dochter zijn.

En toen was er die man die opeens haar vader bleek te zijn. Haar twee werelden kwamen in botsing. Nergens kon ze aan de gedachten daaraan ontkomen. Toch was dat wat ze nodig had.

Ze moest een leven krijgen voorbij de schaduwen.

Een eigen leven. Haar leven.

Ze had alleen geen idee hoe.

Normaal gesproken, wanneer er bijna tweehonderd leerlingen rond de kluisjes langs de muren dromden, heerste hier een heel ander geluidsvolume. Afgelopen donderdag was de vakantie echter begonnen, en nu was Lise-Lotte González alleen in de stille school. Er was wat administratief werk blijven liggen in de weken vlak voor het einde van het schooljaar, en ze had besloten er zo lang te blijven als nodig was om het in te halen, zodat ze daarna met een gerust geweten vrij kon zijn. Gisteren was ze slechts een paar uur op kantoor geweest – daarna had het mooie weer haar naar buiten gelokt – maar vandaag had ze besloten in elk geval tot vier uur te blijven.

Ze vond het eigenlijk helemaal niet erg om haar vakantie een week of twee op te schorten. Het was heerlijk om geconcentreerd te kunnen werken zonder dat de telefoon ging, collega's hun hoofd om de deur staken en de mailbox volliep.

Tegen tweeën laste ze een welverdiende pauze in. Ze liep de lege lerarenkamer in, kookte water in de waterkoker en maakte een kop Nescafé. Ze wroette wat in de laden onder het aanrecht en vond een oud pakje biscotti. Dat ging er wel in.

Na de korte koffiepauze besloot ze nog een rondje door de school te lopen. Ze hield ervan om door de pas gerenoveerde lokalen van haar school te dwalen. Zo voelde ze dat: als 'mijn school'. Dat was het natuurlijk niet. De Hildingskola was de laatst geopende school van de Donner-groep voor Bijzonder Onderwijs, voor de klassen 6 tot en met 9.

Het ging prima met de school. Voldoende instroom van leerlingen, goede reputatie, alle docenten waren bevoegd en bij de nationale toetsen hadden de kinderen ver boven gemiddeld gepresteerd. Dus Lise-Lotte nam aan dat het bestuur er geen moment spijt van had gehad dat ze haar tot hoofd van de school hadden benoemd.

Ze liep de hoek om en kwam in de gang waar vooral natuurwetenschappelijke vakken werden gegeven. Lise-Lotte bleef staan. Een van de witgelakte deuren, die allemaal onverhoopt het hele schooljaar hadden doorstaan zonder te worden beklad, stond half open. Hij zou op slot horen te zitten, omdat er chemicaliën, zuren, gasflessen en andere dure en gevaarlijke zaken in die lokalen lagen.

Ze wilde de deur dichtdoen en afsluiten, maar wierp nog een haastige blik naar binnen.

Wat was dat?

Ze deed de deur helemaal open. Jawel, ze had het goed gezien. Links van het smartboard zat iemand met ontbloot bovenlijf, met de rug naar het lokaal.

'Hallo!'

Geen reactie. Lise-Lotte ging een stap naar binnen.

'Hallo, wat doe je daar?'

Nog steeds geen antwoord. Niets wees erop dat de man die daar zat haar zelfs maar had gehoord. Was hij onder invloed van iets? Naar zijn houding op de stoel te oordelen was hij bewusteloos of toch in elk geval diep in slaap.

Lise-Lotte liep tussen de tafels door waar de stoelen keurig ondersteboven op stonden, in afwachting van het nieuwe schooljaar, dat over acht weken zou beginnen.

'Wat is er aan de hand? Hoor je me?'

Het was een jongeman, zag ze nu. Goed getraind. Met tatoeages. Maar wat had hij op zijn hoofd? Een puntmuts of zo? En wat zat daar op zijn rug? Als hij dronken of stoned of bewusteloos was, hoopte Lise-Lotte dat hij dat niet was geworden van iets wat hij in het scheikundelokaal had gestolen. Het zou niet best zijn als een jongere uit het dorp had ingebroken en zichzelf in haar school had gedrogeerd of vergiftigd.

Lise-Lotte bleef weer staan. Op haar voorhoofd een verbaasde rimpel. Nu zag ze wat er op de rug van de man zat.

Twee velletjes papier.

A4-formaat.

Met iets erop geschreven. Bloedvlekken waar ze met grote nietjes op de blote huid waren bevestigd. Toen Lise-Lotte de laatste stappen naar de jongeman toe zette, vermoedde ze het ergste. Ze boog zich voorover om zijn gezicht te bekijken.

Als de starende ogen haar niet al duidelijk hadden gemaakt dat de jongeman dood was, dan liet het ronde gaatje in zijn voorhoofd daar nu geen twijfel meer over bestaan.

Vanja zat op de bank in Torkels kamer op hem te wachten.

Zij was vroeg of hij was laat. Waarschijnlijk het eerste. Torkel stond bekend om zijn stiptheid. Ze betrapte zichzelf erop dat ze nerveus was, al begreep ze niet waarom.

Torkel wist het al van Sebastian. Ze had het hem verteld toen hij belde om te vragen hoe het met haar ging. Hij wist niet waarom ze zich ziek had gemeld. Dacht waarschijnlijk dat ze een griepje of zo had, dat wel weer over zou gaan. Hij had natuurlijk verbaasd gereageerd, maar ook begrijpend en had gezegd dat ze alle tijd moest nemen die ze nodig had en dat ze wist waar hij was als ze met iemand wilde praten.

Daar had ze nu behoefte aan. Ze had niemand anders en begreep dat ze het op eigen houtje niet zou redden.

Door de ruit zag ze Torkel aankomen. Ze stond op om moed te vatten en vervloekte zichzelf om die instinctieve beweging. Ze zou toch met Torkel praten? Haar vriend en mentor; daar hadden de gebeurtenissen van de laatste tijd niets aan veranderd.

Het zou wel goed gaan. Hij stond aan haar kant. Dus waarom gedroeg ze zich als een nerveuze brugklasser die bij de directeur is geroepen?

Met nog een paar meter te gaan zag Torkel haar. Hij schonk haar een vriendelijke glimlach en stak zijn hand op bij wijze van groet, maar Vanja meende een zekere ongerustheid in zijn ogen te zien. Ze bedacht dat hij misschien wel net zo terugschrok voor dit gesprek als zij.

Hij wist niet waarom zij er was.

Dacht hij dat hij op het punt stond haar kwijt te raken?

Stónd hij op het punt haar kwijt te raken? Waarom was ze hier eigenlijk? Ze wist het zelf niet. Ze was de controle kwijt. Dat was niets voor haar. Daarom was ze nerveus.

'Hallo, Vanja. Leuk om je weer te zien,' zei hij toen hij binnenkwam, en hij omhelsde haar. 'Hoe gaat het met je?'

'Niet goed.' Vanja voelde opeens hoe fijn het was om die vraag te krijgen van iemand die ook echt iets gaf om het antwoord. Iets gaf om haar. 'Ik kom er niet goed uit.'

'Ik begrijp het,' antwoordde Torkel zacht, en hij hield haar op een armlengte afstand stevig vast bij haar schouders. 'Het was ook wel veel voor je.'

'Ja, zeg dat wel...'

Torkel glimlachte flauwtjes naar haar en verstevigde zijn greep om haar schouders nog even extra voordat hij in een van de bezoekersfauteuils ging zitten. Hij beduidde Vanja met een hoofdknikje om op de bank tegenover hem plaats te nemen.

'Ik heb Sebastian gisteren kort gesproken,' zei hij toen ze goed en wel zat. 'Hij is hier ook niet vaak geweest.'

'Heb je verteld dat je het wist?' vroeg Vanja.

Torkel schudde zijn hoofd. Wat dacht ze nu eigenlijk? Ze had hem gevraagd dat niet te doen, en ze wist maar al te goed dat hij haar vertrouwen nooit zo zou beschamen.

'Wat doen we nu?' vroeg hij, en hij boog zich voorover, zette zijn ellebogen op zijn knieën en zijn vingertoppen tegen elkaar. 'Wat wil je? Jij bepaalt.'

Ze keek in zijn open, vriendelijke gezicht en wilde dat ze een beter antwoord had.

'Ik weet het niet.'

'Hij is niet eens in dienst, hij heeft een adviseurscontract. Dat kan ik vandaag nog verscheuren, als jij dat wilt.'

Dat verraste haar. Vanja wist niet goed wat ze moest zeggen. Aan dat scenario had ze niet eens gedacht. Sebastian was een deel van het team, net als zij, dacht ze. Nu kreeg ze opeens de mogelijkheid om daar verandering in te brengen. Om hem eruit te gooien.

Het was niet zo gemakkelijk. Een deel van haar wilde hem nooit meer zien. Een ander deel was onzekerder, in verwarring.

'Ik weet het niet,' wist ze ten slotte uit te brengen. Het niet-antwoord dat ze steeds vaker gebruikte. Dat het aan anderen overliet om de besluiten te nemen.

'Ik kan hem er per direct uit gooien. Jij mag het zeggen,' herhaalde Torkel. Ze knikte hem dankbaar toe, maar haar onzekerheid was even groot als haar dankbaarheid, zo niet groter.

Ze had geen hekel aan Sebastian Bergman. Ze was niet zo kwaad op hem als op Anna en Valdemar. Integendeel. Ze wenste hem eigenlijk niets slechts toe. Ze waren nader tot elkaar gekomen; dat kon ze niet ontkennen. Ergens mocht ze hem zelfs wel.

'Ik moet erover nadenken. Op de een of andere manier is me dat te simpel,' zei ze.

'Soms is het simpele het beste,' antwoordde Torkel.

Dat was zo, maar het zou net zoiets zijn als weglopen van problemen, ze onder de mat vegen. Dat was niets voor haar. Zij wilde problemen niet uit de weg gaan. Zij wilde ze oplossen. Eropaf gaan. Of dat toch in elk geval proberen voordat ze het opgaf.

Ze schudde langzaam haar hoofd.

'Laat hem maar blijven. Ik zeg het wel als ik van mening verander.'

Torkel knikte. Ze kon onmogelijk aan zijn gezicht zien wat hij van haar besluit vond. Hij wilde net iets zeggen toen de telefoon begon te rinkelen, en deze keer was zijn gezichtsuitdrukking niet mis te verstaan: irritatie. Hij stond op en liep om zijn bureau heen terwijl hij de hoorn van de vaste telefoon oppakte.

'Ik wil niet worden gestoord,' zei hij kort. Toen luisterde hij, en trok een schrijfblok en een pen die op zijn bureau lagen naar zich toe.

'Waar belde ze vandaan, zei je?'

Torkel begon te schrijven. Vanja stond op van de bank. Ze wist niet wie hij aan de lijn had, maar ze begreep dat ze zojuist een nieuwe opdracht hadden gekregen.

Sebastian snapte niet hoe hij nu toch op Adelsö terecht was gekomen. Of liever: hij had de pest in dat hij zichzelf op Adelsö had láten terechtkomen. Hij deed het wel altijd bij de ander en nooit thuis, maar meestal was hij toch slim genoeg om ervoor te zorgen dat hij weer vrij gemakkelijk weg kon als hij dat wilde, meestal voordat de vrouw met wie hij naar bed was geweest wakker werd. Dat hij die vooruitziende blik deze keer niet had gehad weet hij aan het feit dat zijn seksverslaving de laatste tijd was verhevigd. De drang om te veroveren beheerste hem tegenwoordig min of meer totaal.

Na Värmland.

Na Maria en haar dochter Nicole.

Het meisje was er getuige van geweest hoe haar neefjes en haar oom en tante waren vermoord, en weigerde te praten toen de politie haar vond. Sebastian had het op zich genomen haar te helpen dat trauma te verwerken. Daarbij was hij gehecht geraakt aan het meisje en haar moeder. Té gehecht. Ze waren bij hem ingetrokken. Ze waren een gezinnetje geworden. Nicole moest de leegte vullen die zijn gestorven dochter had achtergelaten.

Het was niet gezond.

Het kon onmogelijk standhouden, en dat deed het dan ook niet. Het liep erop uit dat Maria hem duidelijk te verstaan gaf dat ze hem nooit meer wilde zien.

Maar hij hen wel.

Dus hij had er wat tijd in gestoken om hen te vinden. Dat was niet zo moeilijk geweest. Ze waren van de flat in Enskede naar een klein rijtjeshuis in Åkersberga verhuisd. Sebastian was ernaartoe gegaan, maar toen hij ervoor stond, had hij geaarzeld.

Wat moest hij daar doen?

Wat kón hij daar doen?

Hij wilde het uitleggen. Hoeveel ze voor hem hadden betekend.

Hoe graag hij hen weer om zich heen wilde hebben. Dat ze hem het gevoel hadden gegeven dat hij completer was dan hij zich ooit had gevoeld sinds tweede kerstdag 2004.

Maar hij had gelogen. Tegen hen. Tegen zichzelf. Of, zoals Vanja had gezegd: hij had van hen geprofiteerd toen ze op hun zwakst waren. Dat wist Maria ook, dus wat dacht hij nu eigenlijk te winnen door weer in hun leven op te duiken? Niets. Dus hij had het niet gedaan. Hij had het rijtje huizen achtergelaten.

Hij had Maria en Nicole achtergelaten.

Hij was weer gevlucht in korte, zinloze seksuele relaties.

Zoals die op Adelsö.

De droom had hem even voor zes uur wakker gemaakt. Zoals altijd was zijn rechterhand verkrampt tot een harde vuist. Terwijl hij zijn vingers een voor een strekte, begreep hij dat het geen goed idee was om stiekem op te staan en ervandoor te gaan. Zelfs al had hij de weg geweten, wat hij niet deed, dan nog had hij geen zin om naar een veerboot zeven kilometer verderop te lopen en vervolgens een eeuwigheid in een bus te moeten zitten voordat hij terug was in Stockholm. Dus hij bleef naar het plafond liggen kijken totdat hij merkte dat de vrouw naast hem, Kristina... nog wat, wakker werd. Op het moment dat ze haar ogen opendeed, glimlachte hij naar haar en streelde hij haar snel over haar wang.

'Goedemorgen.'

Ze rekte zich uit en wilde net met haar hand onder zijn dekbed komen toen hij dat opensloeg en opstond.

'Ik ga douchen. Is het goed dat ik een handdoek pak?'

Kristina leek een beetje teleurgesteld over zijn snelle vertrek, dacht hij, maar hij wilde echt niet nog meer seks. De spanning, de uitdaging van het bewuste verleiden, het spelen van het spel – dáárdoor vergat hij voor korte tijd zijn verdriet en het schuldgevoel dat hem langzaam vergiftigde. Dáár had hij behoefte aan. Zonder dat spel zou de seks slechts een kwelling zijn.

Kristina had een ontbijt voor hem gemaakt toen hij uit de badkamer kwam. Hij had geen trek. Dit soort situaties probeerde hij nu juist altijd te vermijden. Het valse gevoel van saamhorigheid, de illusie dat ze iets gemeen hadden – hoewel ze elkaar, als het aan hem lag, nooit meer zouden zien – gaven hem de kriebels.

'Heb je zin in een wandelingetje na het ontbijt?' vroeg Kristina, terwijl ze een zelfgebakken bagel voor hem opwarmde in de magnetron.

'Nee, ik wil dat je me naar de pont brengt,' zei Sebastian eerlijk. 'Of nog liever helemaal naar de stad.'

Kristina legde het botermesje weg en keek hem met een verbaasd glimlachje aan, alsof dat wat ze zojuist had gehoord helemaal niet in haar plannen voor deze dag paste.

'Vannacht zei je nog dat je vandaag geen haast had.'

'Vannacht zei ik alles om maar met je naar bed te kunnen.'

Ook waar, maar dat hij op dit moment de waarheid sprak, bleef niet zonder gevolgen.

Het voordeel was dat het ongewenste ontbijt onmiddellijk werd beëindigd. Het nadeel was dat Kristina hem geen meter wenste te vervoeren.

Dus nu liep Sebastian over iets wat de Adelsö Ringväg heette en hoopte hij maar dat die hem naar de pont zou brengen.

Zijn telefoon ging. Hij betrapte zichzelf erop dat hij hoopte dat het Vanja was.

Een maandje geleden, in de nacht na de bruiloft van Billy, was hij genoodzaakt geweest haar te vertellen wat hij al een tijdje wist.

Dat hij haar vader was.

Vanja was aanvankelijk natuurlijk geschokt. Ze wilde hem eerst niet geloven, en toen, toen ze er toch van overtuigd was dat het waar was, had ze hem eruit gezet. Niet op een manier van 'Ik wil je nooit meer zien', maar meer vanuit de behoefte om alleen te zijn.

Ze had tijd nodig om het te verwerken.

Ze zou wel weer van zich laten horen.

Dat had ze niet gedaan.

Sebastian kende haar goed genoeg om te weten dat, wilde hun toch al broze relatie een kans hebben om te overleven, voortaan alles op haar voorwaarden moest gebeuren. Zij zou het tempo bepalen. De minste aanduiding dat hij iets wilde forceren zou maken dat ze zich voorgoed tegen hem keerde.

Dus hij was alleen.

Hij was niet goed in alleen zijn.
Daarom liep hij hier op Adelsö.
Het was ook niet Vanja die belde. Het was Torkel.
Tijd om weer aan het werk te gaan.

Ursula keek verbaasd op toen ze haar jongere collega door de deuren van de vertrekhal zag komen. Torkel had nog niet geweten of Vanja mee zou gaan, maar hij had haar blijkbaar toch overgehaald. Ursula zou er alle begrip voor hebben gehad als Vanja deze keer had overgeslagen. Ze wist zelf ook niet goed of ze nog wel met Sebastian wilde werken. Niet alleen omdat hij een notoire, seksverslaafde leugenaar was, maar vooral omdat nu was gebleken dat hij Vanja's vader was.

Ursula had zo haar eigen redenen.

Ze was haar rechteroog kwijtgeraakt doordat ze in zijn nabijheid was.

Zij tweeën samen bij hem thuis. Er hing seks in de lucht, misschien zelfs meer, in elk geval van haar kant, ook al zou ze dat nooit toegeven. Een voormalig vriendinnetje en een pistool tegen het kijkgaatje in de voordeur. Sebastian was later niet eens bij haar in het ziekenhuis op bezoek geweest. Had halfhartig zijn excuus gemaakt en wilde doorgaan waar ze toen waren opgehouden. Alsof er niets was gebeurd.

Ursula keek naar Torkel, die een paar passen verderop stond.

'Komt Sebastian ook?'

'Ja, hij zei van wel.'

'En vindt Vanja dat goed?'

'Ja.'

'Kunnen we er niet over stemmen?' vroeg ze, terwijl ze naar Vanja wenkte, die door de glazen deuren naar binnen was gekomen en nu zoekend om zich heen keek. Vanja zwaaide terug en kwam naar hen toe, met het zwarte handbagagekoffertje dat ze altijd bij zich had achter zich aan, en ze zag er verbazend beheerst uit, vond Ursula. Een tikkeltje bleker dan anders misschien. Ze leek ook een paar kilootjes te zijn afgevallen.

'Is het een probleem dat hij meegaat?' vroeg Torkel, en ze merkte dat hij haar onderzoekend aankeek. Er was iets in zijn stem… Ze dacht dat hij eroverheen was dat ze bij Sebastian was toen ze werd neergeschoten. Dat het een afgesloten hoofdstuk was, die aanvankelijke jaloezie. Misschien was dat niet zo. Hoewel Sebastian en zij allebei hadden bezworen dat het volkomen onschuldig was. Een gezellig etentje, meer niet.

'Sebastian is altijd een probleem,' zei ze, en ze haalde haar schouders een beetje op om de zaak wat te relativeren.

'Voor jou persoonlijk?'

Geen afgesloten hoofdstuk dus.

'Nee,' zuchtte ze. 'Niet meer dan anders,' voegde ze eraan toe.

Vanja kwam bij hen, en Ursula verbaasde haar en zichzelf door haar te omhelzen. Dat deed ze anders nooit. Zelfs niet bij haar dochter.

'Hoi meisje, hoe gaat het met je?' vroeg ze.

Vanja keek Ursula warm aan. Dankbaar voor het onverwachte medeleven.

'Het gaat wel. Het is goed om weer aan het werk te gaan.'

Ze keek Torkel aan en bracht het gesprek weg van haar privéleven. 'Ik heb in de taxi alleen het eerste rapport nog maar vluchtig kunnen lezen,' zei ze verontschuldigend. 'Weten we al meer?'

'Niet veel,' antwoordde Torkel. 'Twee moorden. Spectaculair. Identiek. De slachtoffers door het voorhoofd geschoten en gevonden in een klaslokaal, met een puntzak op hun hoofd en een soort… test op hun rug geniet. De eerste vorige week in Helsingborg, de tweede eergisteren in Ulricehamn.'

'Dus de moordenaar verplaatst zich?'

'Daar lijkt het op,' zei Torkel. 'Helaas is het eerste rapport, van de politie van Helsingborg, nogal gebrekkig.'

Ursula schudde haar hoofd.

'We zullen op beide plaatsen wel helemaal opnieuw moeten beginnen, zoals gewoonlijk,' zei ze korzelig.

'Dat weten we nog niet. Er zijn ook goede politiemensen buiten de Nationale Recherche,' reageerde Torkel.

'Jammer dat ik die nooit tegenkom,' kaatste Ursula glimlachend terug. 'Ik weet dat je die boeren wilt verdedigen, maar zelfs jij moet toch toegeven dat het rapport van de politie van Helsingborg beneden alle peil was.'

Ze keek naar Vanja om instemming te krijgen, maar zag dat de aandacht van haar collega op iets heel anders gericht was. Ursula draaide zich om en zag waar Vanja naar keek. Sebastian kwam ogenschijnlijk volkomen onbekommerd door de draaideuren aangeslenterd en achter hem haastte Billy, die net uit een taxi was gestapt, zich naar de deuren toe.

De hele club bij elkaar...

Sebastian bleef staan toen hij Vanja in het oog kreeg. Zijn zorgeloosheid was op slag verdwenen.

'Ik praat wel even met hem,' zei Vanja zacht, en ze liet haar rolkoffertje los.

'Wil je dat ik meega?' vroeg Torkel op bijna vaderlijke toon.

'Nee, dat hoeft niet.'

Ze liep naar Sebastian toe, die zijn tas neerzette en blijkbaar besloot te wachten tot ze bij hem was. Billy haalde hem in. Hij knikte Sebastian even toe en liep zonder te stoppen door naar Ursula en Torkel. Sebastian kende de duistere geheimen achter zijn neutrale gezicht. Hij wist wat Billy verborg, maar op dit moment waardeerde hij het dat zijn collega deed alsof er niets aan de hand was. Sebastian moest zich concentreren op zijn dochter.

'Dag Vanja,' zei hij rustig toen ze hem tot op een paar meter was genaderd. 'Ik wist niet of je er wel zou zijn.'

'Ik ben er.'

'Je zei dat je nog wel contact op zou nemen...'

Vanja legde de laatste meters af en kwam zo dicht bij hem staan dat hij de geur van haar shampoo kon ruiken. Ze leek in alle drukte een privésfeer te willen creëren.

'Ik was vandaag in de Grev Magnigata,' zei ze zo zacht dat de mensen die langs hen heen liepen niet konden verstaan wat ze bespraken. 'Maar je was niet thuis.'

'Nee, ik was bij een... vriend.'

Sebastian vervloekte zichzelf er weer om dat hij op Adelsö was terechtgekomen. Als hij in de stad was gebleven was hij Vanja waarschijnlijk niet misgelopen.

'Jij hebt geen vrienden,' constateerde Vanja nodeloos hard. 'Je zult wel weer ergens met iemand in bed hebben gelegen,' vervolgde ze, waarmee maar weer eens bleek dat ze hem veel te goed kende.

Sebastian begreep dat er betere en slechtere gelegenheden zijn om te liegen. Dit was een van de slechtste.

'Het spijt me,' zei hij oprecht. 'Ik wist niet dat je zou komen. Had dan ook eerst gebeld.'

'Het kwam opeens in me op,' zei Vanja schouderophalend. 'Ik was bij Torkel geweest en wilde dat je wist dat ik iedereen in ons team heb verteld dat... dat wij familie zijn.'

'Dat ik je vader ben.'

Ze bekeek hem afstandelijk. Voor hem was het zo gemakkelijk en voor haar zo moeilijk. Het was niet eerlijk.

'Je vindt het leuk om jezelf zo te noemen, hè?'

'Ja, inderdaad,' zei hij, en hij knikte. 'Ik ben trots op je. Maar als je het vervelend vindt, doe ik het niet meer.'

Hij keek om zich heen in de vertrekhal. Even verderop stonden Torkel, Ursula en Billy op een rijtje naast elkaar naar Vanja en hem te kijken. Sebastian wist dat zeker twee van hen, misschien wel alle drie, hem het liefst zagen omdraaien en vertrekken. Voorgoed. Het maakte hem echter niet uit wat zij vonden. De enige die hem iets kon schelen stond hier voor hem.

'Ik doe alles wat je wilt, zolang ik je maar niet kwijtraak,' zei hij, en zonder erbij na te denken pakte hij haar hand. Tot zijn verbazing trok ze die niet terug. 'Je had dit niet verwacht,' zei hij, nog steeds innig. Dit kon wel eens het belangrijkste gesprek zijn dat hij zou hebben. Misschien wel het belangrijkste ooit. Hij wilde niets riskeren door zich emotioneel op de vlakte te houden. 'Ik begrijp dat je kwaad op me bent. Kwaad op iedereen. Dat snap ik...'

Hij zweeg. Woog zijn woorden af. Hij balanceerde op een broos bruggetje. Een afgrond aan beide kanten, waar zijn dochter hem elk moment in kon storten.

'Mijn grootste angst sinds ik weet wie je bent, is dat we zo zouden staan als we nu doen, en dat jij dan weg zou gaan en mij nooit meer in je leven zou toelaten. Daar was ik doodsbang voor. Daar bén ik doodsbang voor.'

Hij haalde diep adem voordat hij doorging. Had geen idee of zijn woorden haar bereikten. Haar gezichtsuitdrukking verraadde niet wat ze dacht. Ze hield nog wel zijn hand vast.

'Maar het is jouw leven. Het moet ook jouw keus zijn.'

Hij zweeg. Hij wilde wel meer zeggen, maar dat was te veel, te belangrijk om af te handelen op een drukke, lawaaierige luchthaven. Dus hij wachtte. Het leek wel een eeuwigheid te duren.

'Je mag mijn collega zijn,' antwoordde ze uiteindelijk. Rustig en beheerst. 'Dat andere...' Ze zweeg. Ook zij leek haar woorden zorgvuldig af te wegen. Ze keek hem met haar mooie blauwe ogen intens aan. 'Je bent niet mijn vader. Niet op die manier. Niet op de manier van "samen kerst vieren en een cadeautje voor Vaderdag".'

Sebastian knikte. Het ging beter dan hij had durven hopen.

'Dat kan ik op dit moment niet aan,' vervolgde Vanja, alsof ze verwachtte dat hij zou protesteren. 'Misschien kan ik het wel nooit aan. Maar we kunnen collega's zijn. Kun je dat?'

Sebastian slaakte een diepe zucht van verlichting. Ze accepteerde in elk geval een klein stukje van hem, en een klein stukje was beter dan helemaal niets.

'Ik zal mijn best doen,' zei hij waardig.

'Je moet meer dan je best doen,' zei Vanja, en ze wist een glimlachje op haar gezicht te toveren. 'Ik heb gezien wat het beste bij jou is.'

Met die woorden liet ze hem staan en ging ze terug naar de anderen.

Een luidsprekerstem vertelde dat passagiers naar Göteborg zich naar gate 37 moesten begeven. Sebastian pakte zijn tas op en liep achter zijn collega aan.

Zoals gewoonlijk negeerde Billy alle snelheidslimieten en verkeerscamera's toen hij de kleine tachtig kilometer van vliegveld Landvetter naar Ulricehamn aflegde, dus drie kwartier nadat ze bij de aankomsthal in de auto waren gaan zitten, kregen ze zicht op het Åsunden-meer. Sebastian meende zich te herinneren dat daar ooit op het ijs een belangrijke slag was uitgevochten, maar wanneer, wie hem had gewonnen en wat de consequenties daarvan waren, daar had hij geen idee van.

Ze reden langs de noordkant van het meer en een grote camping, waar het een drukte van jewelste was. Daarna zei hun gps dat ze rechts af moesten slaan en dan nog een keer rechts, de Boråsväg in, een straat die er in Sebastians ogen uitzag zoals alle andere toegangswegen tot alle andere kleinere plaatsen waar hij ooit was geweest. Veel groen. Oudere woonhuizen afgewisseld met een enkele winkel en wat lichte industrie. Daarna kwamen rechts de flats waarvan waarschijnlijk in elk geval de bovenste verdiepingen uitzicht op het meer hadden; die zouden dus wel navenant veel kosten. Toen waren ze bij het politiebureau. Het zag er in het middagzonnetje uit alsof het pas was gebouwd. De begane grond van baksteen, daarboven geel pleisterwerk. Groene zonneschermen, het politielogo aan beide kanten van de ingang. Billy ging naar de linkerkant van de straat en parkeerde bij een cirkelvormig grasveld waar drie stenen tegen elkaar aan leunden als een soort mini-Stonehenge.

'Torkel Höglund?' hoorden ze achter zich toen ze uitstapten. Ze draaiden zich allemaal om en zagen een vrouw van een jaar of veertig op hen af komen met een autosleutel in haar hand, die ze op een groene Passat richtte die verderop op de parkeerplaats stond en begon te knipperen. 'Eva Florén, districtspolitie Borås, Västra Götaland. Ik heb vanmorgen gebeld.'

Torkel nam de hand aan die ze hem toestak en stelde de andere teamleden voor.

'Ik kom net van het forensisch instituut in Göteborg,' ging Eva door, terwijl ze hun voorging het gebouw in. 'We hebben een zekere identificatie door de vader van het slachtoffer.'

Ze liep met hen langs de receptie, waar twee geüniformeerde agenten achter de balie naar hun beeldscherm zaten te staren. Geen bezoekers. De sleutelkaart door de gleuf, een zoemende deur, en ze stonden binnen.

'Koffie?' vroeg Eva toen ze langs de personeelskeuken liepen, waar alles – aanrechten, kasten en tafels, allemaal in een lichte houtsoort – pas leek te zijn aangebracht. Een kookeiland met een bocht erin en een kast erboven schermde de hoek met koelkast, vriezer, aanrecht, koffiezetapparaat, magnetrons en werkvlakken af van de rest van de keuken, waar felroze gestoffeerde stoelen om de tafels stonden. Witte gordijnen met grote gekleurde stippen voor alle ramen. Iemand had hier heel erg zijn best gedaan om de ruimte het aanzien van een moderne werkplek te geven, en was daar heel goed in geslaagd.

'Ja, graag,' antwoordde Sebastian op het koffieaanbod, dat de anderen afsloegen. 'Zwart, maar met een klontje suiker graag, als je dat hebt.'

Vanja keek hem aan. Natuurlijk kon hij best zin hebben in een kop koffie, maar ze vermoedde dat zijn bevestigende antwoord en de hartelijke glimlach waarmee die gepaard ging het begin waren van een poging om de commissaris van Borås te verleiden, die net een kopje uit een kast haalde met een hand waaraan heel duidelijk een verlovingsring én een trouwring te zien waren. Alsof dat voor Sebastian wat uitmaakte.

'Dank je wel,' zei hij toen Eva hem even later het kopje koffie aanreikte. Nog een glimlach, en Vanja zag zuchtend dat zijn hand die van Eva licht beroerde toen hij het kopje aanpakte. Als ze nog twijfel had gehad, dan was die nu verdwenen. Op zichzelf niets nieuws – dit verwachtte ze tegenwoordig van Sebastian –, maar het stoorde haar meer nu ze wist wie hij was. Hem alleen maar als collega beschouwen, kon ze in deze situatie niet. Ze vroeg zich af of ze het met hem moest bespreken.

Eva liet hen binnen in de vergaderkamer. Een whiteboard aan de ene muur, net zulke felroze stoelen als in de keuken en net zulke stippelgordijnen voor de ramen.

'Dit wordt jullie ruimte. Het is de enige die we hebben. Als jullie meer willen, moeten jullie bij ons in Borås komen.'

De tafels stonden in drie rijen twee aan twee naast elkaar, gericht op het whiteboard, in plaats van bij elkaar in het midden, zoals ze ze bij de Nationale Recherche meestal neerzetten in de ruimtes die ze toegewezen kregen.

'Dit is goed, hoor,' zei Torkel. 'Groter dan we gewend zijn.'

'Nu lijkt het net een klaslokaal, met die bankjes zo op een rijtje,' zei Eva bijna verontschuldigend. 'Maar jullie kunnen het straks neerzetten zoals jullie het willen hebben.'

Ze gingen zitten. Ursula, Vanja en Torkel namen plaats op de voorste rij, Sebastian en Billy zaten achter hen. Voor iedereen lag een donkergroene map op tafel.

'Hebben jullie tijd gehad om je in het materiaal te verdiepen?' vroeg Eva.

'De een meer dan de ander, maar we willen het toch graag van jou horen,' antwoordde Torkel.

Eva knikte, maakte een map open die identiek was aan de mappen die zij voor zich hadden liggen en liet een foto zien van een jonge, gespierde man, die ontspannen naar de camera glimlachte.

'Miroslav Petrovic, eenentwintig, gistermiddag dood aangetroffen in een scheikundelokaal op de Hildingskola,' begon Eva.

'Mirre,' zei Billy, alsof hij opeens een oude bekende zag.

'Ja, zo werd hij genoemd.'

'Ik had het verband nog niet gelegd,' vervolgde Billy hoofdschuddend.

'Welk verband had je nog niet gelegd?' vroeg Torkel, en hij keek Billy nieuwsgierig aan.

'Hij is derde geworden bij *Paradise Hotel*,' zei Billy, alsof dat alles verklaarde.

De anderen namen er genoegen mee.

'Vanmorgen kregen we bericht dat er vorige week in Helsingborg een soortgelijke moord is gepleegd,' ging Eva door. 'Toen hebben we besloten contact met jullie op te nemen.'

'Patricia Andrén,' zei Torkel.

'Inderdaad, maar dat is ook ongeveer alles wat we weten. Op een school gevonden, sliepuitmuts op, door haar voorhoofd geschoten en met een soort test op haar lichaam, net als Petrovic. Een meer gedetailleerd rapport is onderweg, hoop ik.'

'Mooi,' knikte Torkel. 'Wat weten we verder van Petrovic, behalve dat hij dood is?'

'Zoals Billy al zei: een min of meer bekende Zweed, na zijn deelname aan die realityserie. Volgens zijn vader, Gabriel Petrovic, had zijn zoon dinsdag een lunchafspraak met een journalist. Sindsdien heeft niemand hem meer gezien.'

'Wist zijn vader hoe die journalist heette?' vroeg Vanja, die zich zo voor het eerst met het relaas bemoeide.

'Ja, Sven Cato. Er zijn zes mensen in Zweden die zo heten, maar bij niemand is het de roepnaam.'

'Is een van hen journalist?' vroeg Vanja, hoewel ze wel wist wat het antwoord zou zijn. Als het zo gemakkelijk was geweest, hadden ze de Nationale Recherche er niet bij gehaald.

'Nee. We zoeken dat natuurlijk nog verder uit, maar we gaan ervan uit dat het een valse naam was.'

'Weten we of ze elkaar ook werkelijk hebben gesproken en, zo ja, waar?' vroeg Vanja.

'Nog niet. We hebben zijn identiteit tot dusverre uit de media weten te houden, dus we hebben ook nog geen tips gekregen.'

'Was dat wel verstandig?' vroeg Torkel, en het ongenoegen in zijn stem was niet te missen. Petrovic was waarschijnlijk al meer dan achtenveertig uur geleden vermoord. De belangrijke eerste twee etmalen. Getuigenverklaringen van dinsdag zouden minder waard worden naarmate ze langer wachtten.

'Vast niet, maar dat was op verzoek van zijn vader.'

Torkel zuchtte diep en knikte. Dan was het altijd een lastige afweging.

'Als de media er niet zelf achter komen, moeten we het morgen bekendmaken. We moeten zijn laatste uren zo goed mogelijk in kaart brengen.'

'Het is nu jouw onderzoek,' knikte Eva. 'Maak het bekend wanneer je wilt. Ik zeg alleen waarom we het tot nu toe niet hebben gedaan.'

'De school?' onderbrak Ursula hun discussie. 'Zijn daar sporen?'

Eva schudde haar hoofd, en dat was voor Ursula antwoord genoeg, maar ze zei ook nog: 'Het lokaal was de vindplaats, niet de plaats delict.'

'En de rest van de school?'

'Er was een deur opengebroken op de begane grond. Niets wijst erop dat hij daar is vermoord.'

Niets wat de lokale politie van Ulricehamn heeft gevonden, wilde Ursula haar corrigeren, maar ze bedacht nog net op tijd dat Torkel haar had gevraagd haar gebrek aan vertrouwen in de lokale politie voor zichzelf te houden.

'Alarm?' vroeg ze dus maar, hoewel ze het antwoord al meende te kennen. Een nieuw hoofdschudden bevestigde haar vermoeden. Ursula zuchtte.

'Ik wil er een kijkje nemen.'

'Natuurlijk. Ik breng je erheen zodra we hier klaar zijn.'

Sebastian bladerde door de foto's die op de vindplaats waren genomen. De stoel, het touw om de buik dat het slachtoffer rechtop hield in de richting van de hoek, de witte sliepuitmuts op zijn hoofd. Een weloverwogen daad van een seriemoordenaar met een boodschap.

Normaal gesproken luisterde Sebastian maar met een half oor naar de briefings, maar iets in dit macabere scenario intrigeerde hem. Hij bekeek het overige materiaal in de map en vond wat hij zocht. Een kopie van het vel papier dat op de rug van het slachtoffer was vastgeniet. Op sommige plaatsen moeilijk leesbaar omdat het bloed daar door het handschrift heen kwam, maar Sebastian las de tekst toch snel.

'Wat is jouw eerste gedachte, Sebastian?' vroeg Torkel, en hij draaide zich half om.

Sebastian ging rechtop zitten, keek op van de map en zou willen dat hij een bril had om gezaghebbend op zijn voorhoofd te zetten of naar het puntje van zijn neus te duwen en overheen te kijken. Misschien moest hij er een aanschaffen. Een beetje een professorenlook cultiveren. Hij glimlachte vaag naar Eva, die daar deze keer niet op reageerde.

'Een wat oudere man. Er zijn maar weinig mensen van onder de vijftig die nog weten wat in de hoek staan betekent of wat een sliepuitmuts is.' Sebastian keek weer naar de foto's op het tafelblad.

'Hij vindt dat dit een jongeman is die zich zou moeten schamen. Voor zijn slechte algemene ontwikkeling, blijkbaar.'

'Er was dit jaar bij *Paradise Hotel* een onderdeel waarbij de deelnemers een aantal basisschoolvragen moesten beantwoorden, en dat was elke keer beschamend,' voegde Billy eraan toe. 'Er waren niet veel mensen die er veel goed hadden, zogezegd.'

'Degene die dit heeft gedaan heeft zich waarschijnlijk bij Petrovic gemeld en zijn minachting op de een of andere manier duidelijk gemaakt.'

'Hebben jullie zijn mobieltje gevonden?' onderbrak Billy hem weer. Eva schudde opnieuw haar hoofd.

'We hebben zijn computer...'

'Doorzoek zijn mail, commentaarvelden als hij een blog had, zijn Instagram-account, Twitter,' zei Sebastian. 'Deze man heeft van zich laten horen.'

'Weet je, die jongens zijn net zo gehaat als populair. Er is vast heel wat te vinden.'

Torkel draaide zich weer half om naar Sebastian. 'Waar zoeken we naar?'

Sebastian bleef naar de foto van de vastgebonden jongeman met de puntmuts kijken.

'Goed geformuleerde stukken waaruit minachting blijkt. Geen dreigementen. Geen gevloek. Foutloze spelling.'

Hij keek op naar de anderen en miste weer een bril.

'En dan nog iets – maar dat hebben jullie zelf vast ook wel al bedacht.' Hij laste een korte dramatische pauze in en wachtte totdat hij de volle aandacht van iedereen had voordat hij zei: 'Als hij het twee keer in één week heeft gedaan, gaat hij ermee door.'

Eskilstuna-Kuriren
Ingezonden Brieven
Postbus 120
631 02 Eskilstuna

Overal moeten ze aan meedoen.

Zonder dat ze iets te zeggen hebben.

Al die lieden van reality-tv en blogs.

Fysiek zijn ze vrijwel identiek, met hun getatoeëerde lichamen (mannen & vrouwen) en hun siliconenlippen en -borsten (vrouwen). Allemaal met een intellect op het niveau van een kind van twee.

Elke dag braken onze televisiezenders uit dat oppervlakkigheid, onkunde en pure waanzin de eigenschappen zijn die in de nieuwe tijd de meeste kans op succes bieden.

Wordt er zorgvuldig omgegaan met de slimmeriken, die echt iets kunnen? Trekken ze zij aan zij op? Nee, of ze nu jong zijn of oud, mensen die intelligent zijn en een gedegen kennis bezitten worden cynisch aan de kant geschoven.

Ze leveren geen 'goede tv' op.

Ze maken geen 'klik'.

Ze zijn niet 'het gesprek van de dag'.

Dit zijn mensen die niets kunnen en er nog trots op zijn ook, en die vandaag de dag tot voorbeelden en idolen worden gepromoveerd.

Zoals de talentvolle presentator Kristian Luuk zegt aan het begin van de quiz *Op het spoor*, die gelukkig nog een wijkplaats is voor deze lofzang op de totale onkunde: 'Waar gaan we heen?'

Cato de Oudere

Er was niets op het hotel aan te merken. Ook niet op de kamer. En toch wilde Billy alleen maar weg.

Hij had zich geïnstalleerd om met de computer van Petrovic aan de gang te gaan. Een Acer Aspire, 17,3-inch scherm, 4 GB RAM, 500 GB harddisk. Hij was van plan eerst overzicht te krijgen, een idee hoeveel werk het zou zijn als hij echt begon te zoeken. Hij wist al dat Mirre op Instagram en Twitter zat, maar hoe stond het met Facebook, had hij een blog, had hij misschien een Flickr-account, al was dat niet zo gebruikelijk?

Maar hij kon zich niet concentreren. Hij hield van dit soort werk, was er goed in. Het team verwachtte dat hij het zou doen, en hun waardering betekende veel voor hem. Toch was hij nog maar net begonnen of zijn gedachten dwaalden al af.

Hij dacht aan Jennifer en werd kwaad op zichzelf omdat hij aan Jennifer dacht en niet aan zijn vrouw. Dus dacht hij aan My. Aan hun huwelijksreis, tien fijne dagen in Turkije, en toen dacht hij aan de bruiloft.

De huwelijksnacht.

De ochtend daarna.

Toen was het afgelopen.

Hij klapte zijn laptop dicht en stond zuchtend op. Hij liep naar het raam en keek uit over het meer. Wat moest hij doen? Het hotel had een kleine fitnessruimte, had de receptioniste gezegd toen ze incheckten. Trainen? Daar had hij geen zin in. Bovendien zou hij het dan aantrekkelijker vinden om buiten te rennen. Iemand bellen? Weer kwam Jennifers naam in hem op. Hij wist niet waarom. Ze hadden elkaar een keer gezoend, een maand voor de bruiloft of zo. Dat was alles. Ze hadden allebei wel verder willen gaan, maar daar had Billy een stokje voor gestoken. Hij ging trouwen, was inmiddels getrouwd, met My. Hij hield van My, dus als hij met iemand wilde praten, zou zij dat moeten zijn. Maar met Jennifer was alles gemakkelijker. Ze leken meer op elkaar. Hadden meer gemeen. Zij begreep hem op een andere manier.

Maar ze wist natuurlijk niets over de huwelijksnacht. De ochtend daarna. Dat kon niemand begrijpen. Zelfs hijzelf niet.

Maar met hier in die iets te kleine, warme hotelkamer zitten en zijn gedachten de vrije loop laten schoot hij ook niets op. Hij greep zijn jack en ging de kamer uit.

Even later liep hij de trap af en de lobby in. Hij keek om zich heen en zag Sebastian in een van de bruine fauteuils aan de andere kant van de receptie zitten lezen. Billy hoopte dat hij onopgemerkt naar buiten kon glippen, maar net op dat moment keek Sebastian op van zijn krant en zag hem. Billy vloekte inwendig. Waarom zat Sebastian daar? Waarom zat hij niet op zijn kamer of was hij de deur uit om een of andere vrouw uit Ulricehamn te zoeken om mee naar bed te gaan? Dat deed hij toch anders altijd? Bewaakte Sebastian hem?

'Waar ga je heen?' hoorde hij Sebastian door de lobby roepen, terwijl hij opstond, zijn jack aantrok en naar Billy toe liep.

'Naar buiten.'

'Dan ga ik mee.'

Een vaststelling, geen vraag. Blijkbaar had Billy hier niets over in te brengen.

'Ik heb geen oppas nodig.'

'Beschouw me maar als... een dierenvriend.'

Billy kon niet eens iets terugzeggen. Hij deed de deur open en kwam op het ronde, met kinderkopjes geplaveide terrein voor de ingang van het hotel. Hoewel de lucht nog steeds warm was, knoopte hij zijn dunne jasje dicht voordat hij zonder iets te zeggen wegliep. Hij ging naar rechts, stak een grasveldje over en ging nog verder naar rechts.

Sebastian liep achter hem aan, met hem mee, en samen staken ze de weg over en liepen ze naar het meer. Daar besloot Billy linksaf te gaan, met de wind in de rug. Sebastian liep zwijgend naast hem.

Dat er de afgelopen maanden zoveel was gebeurd, was Billy's schuld.

Hij had uitgevonden dat Vanja Sebastians dochter was. Degelijk, ouderwets politiewerk en het afnemen van DNA hadden bevestigd wat hij al een tijdje vermoedde. Hij dreigde het Vanja te vertellen als Sebastian niet zou vergeten wat hij had gezien.

Dat Billy in de nacht na zijn bruiloft een kat had gewurgd.

Dat hij daarvan had genoten.

Seksueel.

Sebastian was het inderdaad het liefst vergeten, maar dat kon niet. Hij vertelde Vanja meteen dat hij haar vader was, zodat Billy de kleine greep verloor die hij op hem had. Daarna moest hij nadenken. Een besluit nemen. Zou hij het aan Torkel vertellen of niet?

Edward Hinde.

Charles Cederkvist.

Twee mensen die Billy in het kader van zijn werk had moeten doodschieten. Sebastian had zich er al over verbaasd dat hij bij Billy geen reactie op deze dodelijke schietpartijen waarnam, maar hij had in zijn wildste fantasie niet kunnen bedenken dat Billy het doden in zijn geest had gekoppeld aan genot, en dat hij door deze koppeling een gevaarlijk pad had betreden.

De natuurlijke barrière die er normaal gesproken voor zorgt dat mensen zulke fantasieën niet uitleven was weg. Billy zou die weer op moeten bouwen. Want de fantasieën zouden er altijd blijven. Het was zaak te leren waar ze thuishoorden, dat het maar fantasieën waren en dat hij niet moest toegeven aan de neigingen die ze opriepen.

Sebastian had geëist dat Billy er iets aan zou doen. Dat hij hulp zou zoeken, maar voor zover hij wist, was dat nog niet gebeurd.

Ze liepen al een tijdje langs de oever van het meer toen Sebastian de stilte verbrak.

'Waarom ging je naar buiten?'

'Ik mag toch verdomme de hotelkamer wel uit?'

'Had je geen rust?'

Billy antwoordde niet, wat Sebastian opvatte als bevestiging.

'Hoe is het met My?'

Billy antwoordde niet. Dat hoefde ook niet. Natuurlijk was het lastig met My. Geheimen konden je dwarszitten, en dit was een van de grootste die je kon hebben. Billy zat midden in een proces waarbij hij bijna alles wat hij over zichzelf dacht te weten moest herwaarderen, en tegelijkertijd moest hij dan ook nog eens werken en een relatie in stand houden.

'Heb je al met iemand gepraat?' vroeg Sebastian. Hij leek wel een beetje buiten adem. Billy liep snel en Sebastian was niet in de vereiste vorm voor snelle wandelingen. Hij zag dat ze alweer bij een camping kwamen. Hoeveel kon zo'n gat er hebben?

'Als je niet met me praat, zeg ik het tegen Torkel, dat weet je toch?'

Hij dacht dat Billy even inhield.

'Waarom dóé je dat niet gewoon?'

Een volkomen redelijke vraag. Sebastian had het overwogen. Waarom zei hij niets? Hij had geen diepere gevoelens voor Billy, maar Vanja mocht hem graag. Hij wist niet hoe zij zou reageren als hij met nieuws kwam dat het team zou splijten. Hij kon het zich niet veroorloven dat ze hem als boodschapper de schuld zou geven. Bovendien was het wel leuk om een beetje macht over iemand te hebben; dat kon hij niet ontkennen. Dat hij wist wat Billy had gedaan gaf hem een goede onderhandelingspositie als hij ooit een dienst of een bondgenoot nodig had. Billy vermoedde dat waarschijnlijk wel, maar dat wilde Sebastian niet bevestigen.

'Nou, hoe gaat het met My?' herhaalde Sebastian.

Even dacht hij dat hij ook deze keer geen antwoord zou krijgen, maar toen hoorde hij dat Billy diep inademde. De meeste lucht kwam er weer uit in de vorm van een zucht, maar hij zei ook: 'Ze is bij haar ouders en ik ben blij dat ik haar niet elke dag hoef te zien.'

Sebastian knikte zwijgend.

'Ik zie ertegen op om haar te bellen,' vervolgde Billy. 'Ik ben net getrouwd en ik wil niet met mijn vrouw praten. Is dat een antwoord op de vraag hoe het met My is?'

'Ja,' zei Sebastian, en hij knikte.

'Mooi.'

Ze liepen door.

Ursula kwam om halfnegen 's avonds terug in het hotel.

Miroslav Petrovic was inderdaad niet in het klaslokaal vermoord. Zijn lichaam was er op de een of andere manier naartoe gebracht. Hoe en wanneer moesten ze zien uit te vinden met behulp van bewakingscamera's, als die er waren. Dat was werk voor Billy.

Ze had een rondje om de Hildingskola gewandeld om zich te oriënteren, maar had op het eerste gezicht niets gevonden. De gangen, de witte deur, het scheikundelokaal, de opengebroken ingang op de begane grond. Met tegenzin moest ze toegeven dat de politie van Borås echt goed werk had geleverd. De plekken waarvan zij dacht dat ze interessant waren, waren door hen al onderzocht en hun rapport zat goed in elkaar. 's Avonds zou ze het nog een keer lezen, en de volgende ochtend zou ze meteen de verantwoordelijke technisch rechercheur bellen. Persoonlijk contact met de mensen die het eerste onderzoek hadden uitgevoerd was belangrijk. Ze erfde de zaken in principe altijd van iemand anders; zij was zelden als eerste ter plaatse. Het overgeleverde materiaal was de basis, maar het persoonlijke gesprek zorgde meestal voor verdieping. Alleen op die manier kwam ze erachter hoe de technici hadden gewerkt, hoe ze hadden gedacht, en daardoor kon ze misschien details vinden waar zij niet naar hadden gezocht of die ze in het ergste geval over het hoofd hadden gezien.

Soms koos de politie bovendien al vroeg voor een bepaald spoor en probeerde ze bewijzen te vinden die die theorie bevestigden in plaats van de bewijzen leidend te laten zijn en de objectieve redenen voor een theorie te laten vormen. Het was zinvol als Ursula zich van tevoren goed had ingelezen. Voor haar stond technisch bewijs niet ter discussie. Verder was alles vatbaar voor interpretatie, verdraaiing en leugens, maar bewijzen waren definitief en echt.

Waarschijnlijk hield ze daarom meer van technisch bewijs dan van mensen.

Ze legde haar koffer op de ene kant van het bed en ging zelf, zonder haar schoenen uit te trekken, aan de andere kant liggen. Het was een lange dag geweest; ze voelde zich moe. Haar prothese voelde droog aan en ze knipperde een paar keer met haar ogen om hem vochtig te maken. Ze begon eraan te wennen. Dat had ze nooit gedacht.

Het moeilijkste was niet de prothese zelf of de omgang daarmee, maar het totale gemis van zicht aan de rechterkant. Dat had gevolgen voor haar evenwicht; ze moest haar hoofd de hele tijd draaien om de dingen om zich heen te zien, en alles ging veel langzamer.

Maar het had erger gekund. Veel erger.

Ze ademde diep door.

Het was fijn om terug te zijn in de groep en daar waar het gebeurde. Dat had ze gemist. Voor reizen als deze leefde ze. Hoe ingewikkelder de zaak, hoe beter. Dan was er een doelgerichtheid die ze in het dagelijks leven miste. Daardoor voelde ze dat ze leefde. Tijdens haar revalidatie had ze ook wel gewerkt, maar thuis voor haar computer zitten was niet hetzelfde als ter plaatse zijn. Thuis was de alledaagsheid te nabij, te opdringerig. Elders in het land was dat niet zo; daar draaide alles om het onderzoek.

Ze ging rechtop zitten en keek om zich heen. Hotel Bogesund leek een voorkeur te hebben voor fleurig behang. Grote rode bloemen verweven met groene bladeren bedekten de muur boven het bed. Dat leek bijzonder weinig op haar eigen spartaanse stijl, en dat was op zichzelf wel bevrijdend. Het was in zoveel opzichten anders dan thuis.

Ze vroeg zich af of Torkel op zijn kamer ook zulk behang had. Het was al een tijd geleden dat ze met elkaar naar bed waren geweest, Torkel en zij. Vroeger, voordat Sebastian weer bij de Nationale Recherche opdook, belandden ze vaak samen in Torkels kamer. Eenvoudig en vanzelfsprekend. Voor haar was het nooit liefde geweest. Er was echter wel verbondenheid, en die miste ze steeds meer.

Ze hadden een afspraak gehad: alleen op het werk, nooit als ze thuis waren, geen toekomstplannen.

Dat was haar uitstekend bevallen. Overdag concentreerden ze zich op het onderzoek en 's nachts kon ze zich laten gaan in een vrijblijvende relatie. Meer had ze niet nodig.

Torkel had op meer gehoopt, wist ze.

Iets vasters.

Een relatie.

Zolang zij getrouwd was had hij genoegen genomen met wat hij kreeg. Maar daarna, toen Micke bij haar wegging en hun eigenlijk niets meer in de weg stond, werd het heel duidelijk. Vreemd genoeg wilde zij juist minder van hem weten toen ze alleen was. Niet omdat ze Micke miste – ook in die relatie was eigenlijk nooit sprake geweest van liefde, moest ze toegeven toen ze zichzelf aan een grondig onderzoek had onderworpen; in elk geval niet van haar kant –, maar Torkels duidelijke wens om de stap van vrijblijvend naar serieus te zetten ging niet samen met wie zij was en hoe zij het wilde. Ten slotte had de irritatie hun geregelde ontmoetingen verstoord.

Maar misschien konden ze een compromis sluiten. Ze pakte haar mobieltje en vroeg zich af of ze hem een sms'je zou sturen. Gewoon vragen hoe het met hem ging. Of hij wakker was. Hij zou het wel begrijpen.

Een sms'je, dan zou alles weer goed zijn.

Hij zou er binnen dertig seconden zijn.

Het was verleidelijk, maar aan de andere kant was ze heel moe. Het had iets spannends om zichzelf toe te staan nog even door te fantaseren. Morgen zou ze iets dichterbij komen. Hem aanraken, het initiatief nemen. Ze zou een heel nieuwe kant van zichzelf laten zien.

Ze zou hem verleiden.

Vanja en Billy waren na een vroeg ontbijt meteen naar Helsingborg gegaan. Volgens de gps zou het twee uur en drie kwartier duren om van Ulricehamn naar Berga-allé 25 in Helsingborg te rijden, waar het politiebureau lag, maar met Billy achter het stuur van de huurauto zouden ze het in een dikke twee uur moeten kunnen halen. Dat beweerde hij in elk geval. Even ten zuiden van Ulricehamn pakte Vanja het nieuwe politierapport van Helsingborg dat ze deze ochtend hadden ontvangen, en ze begon het door te nemen.

Het slachtoffer heette Patricia Ellen Andrén en was geboren in Malmö in 1989. Single, één kind. Baan als kapster. Er zaten verschillende foto's bij, de meeste van de plaats delict, maar twee van toen ze nog leefde, allebei zo te zien professionele opnamen. Een in bikini aan het strand. Vanja dacht dat ze haar herkende. Of ze herkende het type. Een welgevormde brunette met gelifte borsten, een tatoeage onder op de rug en een glimlach die veel te witte tanden ontblootte achter opgespoten lippen.

'Zit er iets interessants bij?' vroeg Billy.

Vanja hield een foto voor hem omhoog – die met Patricia in bikini. Billy wierp er snel een blik op.

'Verrek, die ken ik óók,' zei hij verbaasd.

'Weet je het zeker?'

'Googel haar eens. Ik weet zeker dat zij ook aan iets op tv heeft meegedaan.'

Vanja pakte haar mobieltje en zocht op Patricia Andrén. Billy had gelijk. Natuurlijk. De foto in bikini was een van de eerste die oppopte. Patricia had twee jaar eerder meegedaan aan het datingprogramma *Single moeder zoekt partner.* Vanja zuchtte. Dat moesten ze niet hebben. Als dit bekend werd, zouden ze de helft van de tijd bezig zijn met de pers, met reageren en pareren. Dat was wel Torkels werk, maar van grote belangstelling van de media hadden ze allemaal last.

'Het lijkt of iemand C-beroemdheden vermoordt,' zei ze, en ze hield Billy de telefoon voor.

'Dat is in elk geval leuk voor de pers,' zei Billy gelaten, waarmee hij aangaf dat hij meteen hetzelfde dacht als zij. 'Torkel komt niet meer bij.'

'Vast.'

'Heb je nog meer? Er zou ook een obductieverslag moeten zijn,' vervolgde Billy rustig, terwijl hij extra gas gaf en een vrachtwagen inhaalde. De snelheidsmeter liep op naar de 160.

'Ja, dat zou wel moeten, maar die sukkels daar hebben het niet meegestuurd.'

Vanja keek het weinige materiaal nog een keer door. Het meeste was van de vindplaats. Patricia was gevonden in de Tollsjöskola, een openbare middelbare school op een kwartier rijden van het centrum van Helsingborg. De school was wegens vakantie gesloten, maar de docent die doorgaans lesgaf in dat lokaal had haar daar twee dagen voor Midzomer rond halfnegen 's morgens gevonden. Haar lichaam was op een stoel gezet in een hoek voor in de klas, bij de tafel van de docent. Een touw om haar middel om het lichaam overeind te houden. Een sliepuitmuts op haar hoofd, het gezicht op de hoek gericht en twee velletjes met vragen met nietjes op de blote rug bevestigd. De school had geen alarm en de politie had aan de achterkant van het gebouw een opengebroken deur aangetroffen. Het was alsof ze het rapport over Mirre Petrovic en de Hildingskola weer las.

'Ze hebben wel een verdachte,' zei Vanja na een tijdje.

'Wie?'

'Haar ex-vriend. Stefan "Steffe" Andersson. De vader van haar zoon. Hij heeft haar blijkbaar bedreigd.'

'Is dat alles wat ze hebben?'

'Er staat dat hij voor verhoor is opgeroepen...' Vanja bladerde door de paar stukken die er nog over waren. 'Maar het verhoor is ook niet meegestuurd.'

Billy schudde zijn hoofd.

'Ze hebben er blijkbaar hun beste rechercheur op gezet.'

'Inderdaad.'

'Maar goed dat Ursula er niet bij is. Die had ze in stukken gescheurd.'

Vanja zag al helemaal voor zich hoe Ursula de arme opsteller van het rapport bij zich riep en vertelde wat ze van de politie in de buitengewesten in het algemeen vond en van hem in het bijzonder. Ze kon een glimlach niet onderdrukken.

'Het is fijn dat ze terug is,' zei Billy welgemeend.

'Je hebt het de vorige keer zonder haar heel goed gedaan,' zei Vanja, en ze meende het. 'Ik weet niet of ik dat al had gezegd.'

'Dank je, goed om te horen.'

Hij keek Vanja even dankbaar aan en zij knikte hem bemoedigend toe. Het was ook zo. Billy had zich de laatste tijd echt ontwikkeld. Het was jammer dat ze uit elkaar waren gegroeid. Ooit waren ze meer broer en zus voor elkaar geweest dan collega's, en hoewel de meeste plooien intussen wel waren gladgestreken, hadden ze die vertrouwelijkheid niet meer teruggevonden. En dat zou waarschijnlijk ook nooit meer gebeuren.

Het was drukker geworden en Billy moest iets rustiger rijden.

'Mag ik eens vragen...' begon Billy, en Vanja zag dat hij even aarzelde voordat hij doorging. 'Hoe voelt het om Sebastian opeens als vader te hebben? Dat moet toch wel heel gek zijn.'

Vanja lachte als een boer met kiespijn.

'Ik kan hem niet als vader zien. Hij is gewoon een collega.'

Billy keek haar even niet-begrijpend aan.

'Dus het is net als voorheen, bedoel je?'

'Nee, dat natuurlijk niet, maar... zo zou het wel moeten zijn.' Ze zweeg en keek naar het steeds vlakker wordende landschap dat voorbijraasde. 'Het heeft tijd nodig. Ik kan het niet allemaal tegelijk aan.'

'Maar je bent er nog. Je komt hem tegen. Dat is klasse.'

'Ik heb er wel over gedacht om te stoppen.'

'En waarom heb je dat niet gedaan?'

'Dat was te simpel. Te laf. Zo los ik problemen niet op.'

Ze zwegen. Billy bleef geconcentreerd naar de onder hen door zoevende weg kijken. Vanja wilde van de gelegenheid gebruikmaken om door te praten, maar over haar werk en haar zorgen had ze nu wel genoeg gezegd, vond ze. In zijn leven waren ook belangrijke dingen gebeurd.

'En hoe is het met jou?' vroeg ze, en ze lette er zorgvuldig op om zo veel mogelijk opgewekte energie in haar stem te leggen. 'Hoe bevalt het leven als pasgetrouwde man?'

'Goed, heel goed, hoor,' loog Billy, en hij knikte. 'Fantastisch.'

'Vertel eens over Turkije,' vroeg ze, en ze ging ervoor zitten om goed te luisteren.

Billy begon te vertellen, maar Vanja verloor al snel haar aandacht. Ze bestudeerde hem. Nu ze niet meer zo close waren als vroeger, leek Billy één ding te vergeten.

Zij was er goed in om te zien wanneer mensen logen.

Dat was een van haar sterke punten.

En Billy loog.

Het ging helemaal niet goed met hem. Vanja kreeg het gevoel dat het verre van goed met hem ging.

Sla rechts af. Na driehonderd meter, sla opnieuw rechts af.

De vrouwenstem van de gps loodste de auto door steeds kleinere straatjes van woonwijken die er in Sebastians ogen allemaal hetzelfde uitzagen. Ze naderden hun bestemming en hij had er spijt van dat hij zich niet heftiger had verzet toen hij de kans had.

Toen Torkel aan zijn tafeltje was komen zitten, had hij bijna zijn ontbijt op. Sebastian had hem een vragende blik toegeworpen. Ursula zat een stukje verderop aan een tafeltje bij het raam, met uitzicht, en de stoel tegenover haar was leeg.

'*Trouble in paradise*?'

Toen was het Torkels beurt om vragend te kijken, en Sebastian knikte naar het raam. Torkel draaide zich om, keek naar Ursula en toen weer naar Sebastian.

'Nee, hoezo?'

'Denk je dat, als jullie niet samen ontbijten, niemand in de gaten heeft dat jullie met elkaar naar bed gaan?'

'Ik heb al ontbeten.'

'Je weet toch dat het minder verdacht is wanneer jullie als collega's bij elkaar zitten dan wanneer jullie dat niet doen?' redeneerde Sebastian verder. 'Als jullie tenminste niet willen laten merken dat jullie met elkaar naar bed gaan.'

'We gaan niet met elkaar naar bed.'

'Waarom niet?'

'Ben je klaar?' vroeg Torkel, met een knikje naar Sebastians leeggegeten bord en zijn bijna lege koffiekopje, en met de duidelijke bedoeling het gesprek over Ursula te beëindigen. 'We gaan naar de vader van Petrovic.'

'Op de bruiloft van Billy had ze best belangstelling voor je, leek het,' vervolgde Sebastian, die geen zin had om het onderwerp los te laten, omdat Torkel zich er blijkbaar zo ongemakkelijk bij voelde. 'Hoe kon je die kans nou laten lopen?'

Verbeeldde hij het zich of zag hij echt eerder een zweem van weemoed dan van woede in Torkels ogen toen die van zijn stoel opsprong?

'Kom op, opstaan.'

'Waar gaan we heen?'

'Dat zei ik toch?' Een vleugje vermoeidheid en irritatie in Torkels stem. 'Naar de vader van Petrovic. Ik wil vóór de persconferentie met hem praten.'

'Maar waarom moet ik mee?'

'Omdat ik het zeg.'

Sebastian had er een hekel aan dat Torkel alleen zijn positie als argument aanvoerde om zijn wil door te drukken. Hij ging achteroverzitten in zijn stoel om duidelijk te maken dat hij niet van plan was om op te staan. Integendeel zelfs. Hij wilde blijven zitten.

'Neem Vanja mee of iemand anders die...'

'Vanja en Billy zijn naar Helsingborg,' viel Torkel hem in de rede. 'Je gaat mee. Vijf minuten. Ik wacht in de auto.'

Sebastian zag dat Torkel zich omdraaide en de ontbijtzaal verliet. Hij overwoog even terug te gaan naar zijn kamer en zijn baas in de auto te laten wachten tot hij het zat was en alleen wegging. Torkel leek vandaag echter niet in de stemming om te accepteren dat er piketpaaltjes werden geslagen. Of dat kwam doordat hij het over Ursula had gehad wist Sebastian niet, maar het was nog maar het begin van de tweede dag van het onderzoek. Er zouden nog meer gelegenheden komen om zich af te zetten tegen Torkel. Om belangrijkere dingen. Hij goot het laatste beetje afkoelende koffie naar binnen en stond op.

Sla rechts af. Na tweehonderd meter, sla opnieuw rechts af.

'Dus jij bent de vader van Vanja,' zei Torkel terwijl hij de aanwijzingen van de gps weer volgde. Sebastian wierp even een blik op hem.

Nu kwam het.

Zonder enige vooraankondiging.

Hij had zich al afgevraagd hoe lang het zou duren voordat Torkel er iets over zou zeggen.

'Ja,' zei Sebastian kort. Het was onmogelijk aan Torkels gezicht af te lezen wat hij ervan vond. Hij had het gezegd op een toon alsof hij een opmerking maakte over het weer.

'Hoe lang wist je het al?' ging Torkel door, en hij minderde nog meer snelheid toen hij de laatste bocht naar rechts nam, de Luktärtsväg in.

'Een tijdje. Ik kwam erachter nadat we elkaar in Västerås hadden ontmoet.'

'Dat verklaart je gedrag wel voor een deel...'

'Ja, dat zal wel.'

Bestemming bereikt. Uw bestemming bevindt zich rechts.

Torkel stopte en zette de motor af. Sebastian keek even naar de bungalow van kalkzandsteen met de keurig onderhouden tuin waar ze naartoe moesten, en vroeg toen aan Torkel: 'Wat heeft ze tegen jou gezegd?'

'Alleen dat jij haar vader bent.'

'En wat zei jij toen?'

'Dat zij moest uitmaken of ze met je wilde blijven werken of niet.'

Sebastian kon een tevreden glimlachje niet onderdrukken. Vanja had de kans gehad zich van hem te distantiëren, maar had het niet gedaan.

Een actieve keuze.

Ze was niet gedwongen hem nog langer te verdragen. Ze had ervoor gekozen hem in haar buurt te houden. Dat was toch al wat. Het was zelfs meer dan 'wat', het was gewoon fantastisch. Dat beloofde veel goeds voor de toekomst.

'Maar het is maar dat je het weet: als ik ooit moet kiezen...' zei Torkel, en hij deed het portier open en stapte uit zonder zijn zin af te maken. Dat hoefde ook niet. Sebastian wist maar al te goed wie er aan het kortste eind zou trekken als het zover kwam, en dat was niet Vanja.

De man die Torkel en Sebastian in zijn woonkamer binnenliet, zag er in alle opzichten gebroken uit. Zo te zien had hij zijn kleren al een paar dagen niet uit gehad. Wallen onder zijn ogen, flinke baardstoppels. Hij sprak met gedempte stem en zijn hoofd hing tussen zijn schouders toen hij lusteloos een handgebaar maakte naar de fauteuils in de overgemeubileerde kamer. *Less is more* was niet een devies dat bij de familie Petrovic was aangeslagen. De muren hingen van het plafond tot de vloer vol schilderijtjes, spiegeltjes en foto's; op elk vlak blad lag een kleedje, stond een beeldje, een kandelaar, een schaaltje of een plant. Sebastian telde in de gauwigheid elf zitplaatsen, en dan rekende hij de voetenbankjes voor de twee leren fauteuils bij de tv niet mee.

'Waarom bemoeit de Nationale Recherche zich ermee?' vroeg Gabriel Petrovic, terwijl hij op een van de vier fauteuils ging zitten, tegenover Sebastian en Torkel, die plaatsnamen op de bank. Torkel dacht even na en besloot hem de waarheid te vertellen. Die zou later op de dag op de persconferentie toch uitkomen.

'We denken dat uw zoon slachtoffer is geworden van een seriemoordenaar. Het tweede.'

'Wie was het eerste?'

'Een vrouw in Helsingborg, Patricia Andrén.'

Gabriel schudde zijn hoofd. Blijkbaar een naam die hem niets zei. Hij boog zich naar hen toe en legde zijn hand op een van de drie goedgevulde mappen die op de salontafel lagen.

'Ik heb alles bewaard wat er over hem is geschreven. Ik dacht dat u het misschien wilde zien.'

Sebastian stond op het punt om te vragen waarom ze dat zouden willen, maar hij hield zich in toen hij de ogen van de man zag.

Die had hij eerder gezien.

In de spiegel, tot lang na de dood van Lily en Sabine. Het bodemloze verdriet. Het gevecht om überhaupt te functioneren, een reden te vinden om 's morgens je bed uit te komen. Dit was een man die behoefte had om over zijn zoon te praten, dus Sebastian knikte zwijgend.

'Miro was een goeie jongen,' vervolgde Gabriel, terwijl hij de eerste pagina van een map opensloeg. 'Jullie moeten niet geloven wat jullie op tv hebben gezien.'

'Ik heb hem niet op tv gezien,' zei Sebastian.

'Ik ook niet,' voegde Torkel eraan toe toen Gabriel hem even vragend aankeek.

'Hij speelde daar een rol. Om te winnen. Hij was een echt winnaarstype.'

De opengeslagen pagina leek dat te bevestigen. Een licht vergeeld krantenknipsel, een foto van een voetbalploeg. Jongens van negen, tien jaar, de armen om elkaar heen geslagen, lachend naar de camera. De kop maakte gewag van een bekeroverwinning in Borås. Miroslav Petrovic als matchwinnaar.

'Hij had het niet gemakkelijk. Zijn moeder is overleden toen hij negen was,' vertelde Gabriel, en hij bladerde verder. De meeste knipsels gingen over voetbal, maar later was zijn zoon ook individuele sporten gaan doen. Tennis en skiën. 'Op school ging het maar zozo. Maar hij was een goeie jongen. Hield zich verre van drugs en bendes en andere rotzooi. Trainde veel.'

Sebastian keek Torkel aan met een blik waarvan hij hoopte dat die vroeg hoe lang ze de nostalgische trip van de vader nog moesten laten doorgaan, en Torkel leek het te begrijpen. Hij schraapte zijn keel.

'Weet u of hij bedreigd werd?'

'Voortdurend,' knikte Gabriel. 'Misschien niet echt bedreigd, maar er was wel veel haat. Veel slechte mensen. Hij heeft de mogelijkheid om commentaar te geven op zijn blog een maand geleden al afgesloten.'

'Was daar een speciale aanleiding voor?'

'Hij kreeg er gewoon genoeg van. Van iedereen die dacht dat hij zo was als hij zich op tv voordeed. Dat was een rol.'

'Ja, dat zei u al.'

'Om te winnen.'

Gabriel stopte met bladeren en legde zijn hand op een opengeslagen pagina. TALENT UIT ULRICEHAMN NAAR NATIONALE FINALE, luidde de kop, en daaronder stond een foto van een ongeveer dertienjarige Miroslav in een wit tennistenue en met een racket in zijn hand.

'Hij won de regionale Donald Duck Cup en mocht naar de finale in Båstad.'

'Die journalist met wie hij een afspraak had...' begon Torkel om het gesprek terug te brengen naar het heden.

'Ja?'

'Heeft hij daar nog meer over verteld? Behalve zijn naam?'

Gabriel dacht even na en schudde toen zijn hoofd.

'Nee.'

'Niet waar ze hadden afgesproken?'

'Ergens in Ulricehamn. Hij zou de lunch betalen en daarna zouden ze ergens foto's gaan nemen.'

'Maar u weet niet waar?'

'Nee.'

'Kan het zijn dat hij iemand anders meer heeft verteld?' probeerde Torkel. 'Zijn collega's of zijn vriendin of zo?'

Weer schudde Gabriel zijn hoofd.

'Hij werkte op dit moment niet. Toen hij van de middelbare school kwam, kreeg hij een baan bij een schildersbedrijf hier in de stad, maar daar is hij mee gestopt om mee te kunnen doen aan *Paradise Hotel*.'

'Had hij geen contact meer met zijn vroegere collega's?'

'Nauwelijks. De meesten waren ouder en... ik geloof dat ze een beetje jaloers waren. Miro werd bekend en verdiende nu meer geld.'

'Hoezo?' vroeg Sebastian oprecht verbaasd.

'*Expressen* had net een contract met hem gesloten. Hij zou een blog gaan schrijven op hun amusementspagina's. En er kwam natuurlijk wat geld binnen van "Laad maar vol".'

'Wat is dat?'

'Een liedje dat hij samen met een van de meisjes van *Paradise Hotel* heeft opgenomen. Hebben ze een platina plaat voor gekregen.' De trots in zijn stem kon niemand ontgaan. Gabriel begon in een andere map te bladeren en vond wat hij zocht. Een printje van de Zweedse hitparade van mei, een paar weken voordat de meeste steden in het land min of meer zouden worden lamgelegd door langzaam rijdende vrachtwagens met een open laadbak vol lawaaierige, zich vol zuipende tieners die net geslaagd waren voor hun eindexamen.

'Laad maar vol' van Mirre en Chiao stond die week op de derde plaats. 'Ze zouden de studio weer in gaan en in juli zouden ze mee op een dj-tournee langs de westkust.'

'Had hij een vriendin? Of vrienden?' probeerde Torkel opnieuw, en weer schudde Gabriel zijn hoofd.

'Geen vriendin, en de meeste van zijn vrienden zijn verhuisd. Of hij is het contact kwijtgeraakt.'

Ze kwamen niet verder. Torkel pakte zijn visitekaartje en schoof het over de tafel naar Gabriel toe met een geroutineerd prevelementje dat Gabriel hem mocht bellen wanneer en waarover hij maar wilde.

'We geven vanmiddag een persconferentie,' zei Torkel toen ze opstonden van de bank. 'Dat zal wel wat losmaken. De pers zal wel contact met u gaan opnemen.'

'Moet ik met ze praten?' vroeg Gabriel, en hij leek echt antwoord van zijn gasten te willen hebben.

'Dat moet u zelf uitmaken,' zei Torkel. 'Sommige mensen vinden het fijn om te praten, andere niet. Maar ze zullen zeker achterhalen waar u woont en hiernaartoe komen.'

'Ik kan naar mijn broer gaan. Hij woont in Uddevalla.'

'Zoals ik al zei: dat moet u zelf uitmaken.'

Ze schudden elkaar de hand en Gabriel liep met hen mee naar de voordeur.

'Het was een fijne jongen,' zei Gabriel, en hij hield hen nog even tegen voordat ze naar buiten gingen. 'Hij deed wat hij moest doen, hij werkte, trainde... Wilt u dat zeggen op de persconferentie? Dat hij een fijne jongen was?'

'Jazeker,' knikte Torkel.

Dat was hij ook van plan, maar het zou de volgende dag toch waarschijnlijk niet in de krant staan. De media volgden in deze gevallen hun eigen dramaturgie, en fijne jongens zouden niet zoveel losse nummers verkopen als seksueel promiscue deelnemers aan een docusoap. Torkel deed de deur dicht en ze verlieten de man met zijn mappen en zijn herinneringen waar niemand in geïnteresseerd was.

Zoals Billy had beloofd kwamen ze twee uur en veertien minuten nadat ze Ulricehamn hadden verlaten aan bij het politiebureau van Helsingborg. Dat was een grijs gebouw van zes verdiepingen op wat het best te beschrijven zou zijn als een industrieterrein. Ze parkeerden de auto en gingen de van glazen wanden voorziene receptie binnen. Ze werden verwacht, en hoofdinspecteur Peter Berglund zou hen meteen ontvangen, zei de receptioniste, en ze vroeg hun haar te volgen.

Ze werden snel het gebouw binnengesluisd en liepen een paar saaie gangen door en een trap op voordat ze in een klein, kil vergaderkamertje werden binnengelaten. De ruimte was dringend toe aan een opknapbeurt, net als de man die op hen zat te wachten. Peter Berglunds gezicht had dezelfde kleur als de grauwe muren van de kamer. Er zat een koffievlek op zijn verkreukelde overhemd, en ook op de smalle houten tafel. Toen ze elkaar een hand gaven, rook Vanja dat er een ietwat zurige geur van drank van gisteren om hem heen hing. Berglund zag er een stuk ouder uit dan de vijfenvijftig jaar die hij volgens de informatie uit zijn personeelsdossier was. Hij had waarschijnlijk last van zijn lever, dacht Vanja.

'Hebben jullie een goede reis gehad?' vroeg hij in plat Skåns, zonder dat hij erg geïnteresseerd leek in het antwoord.

'Ja, dank je,' antwoordde Vanja kort, en ze ging zitten. Billy nam naast haar plaats en pakte zijn laptop om aantekeningen te maken. Vanja nam zoals gewoonlijk de leiding in het gesprek.

'Wij willen graag gebrieft worden over de zaak-Patricia Andrén. We hebben een vrijwel identieke moord in Ulricehamn, die...'

'Ja, dat heb ik gehoord,' viel Berglund haar in de rede. 'Maar onze zaak is bijna opgelost. We hebben een verdachte.' Vanja staarde de man tegenover haar verbaasd aan. Hij leek zijn gebrek aan belangstelling nu te willen maskeren door zijn blik naar het raam en het uitzicht op de parkeerplaats te laten dwalen, terwijl hij achteroverleunde in zijn stoel en zijn handen vouwde op zijn iets te omvangrijke buik.

'Is de verdachte aangehouden?' vroeg Vanja.

'Ja, daar waren goede gronden voor.'

'Dus hoe kan hij dan dinsdag een moord hebben gepleegd in Ulricehamn?'

'Dat kan hij niet.'

'Veel wijst erop dat het dezelfde dader is,' zei Vanja, en ze merkte dat ze behoorlijk geïrriteerd raakte door Berglunds houding. 'Heb je wel gesproken met Ulricehamn?'

'Nee, ik concentreer me op mijn zaak. Dat is mijn werk,' antwoordde Berglund kort en bondig. 'Daar word ik voor betaald.'

Vanja betrapte zichzelf erop dat ze het toch jammer vond dat Ursula er niet bij was.

'Bedoel je haar vriend, Stefan Andersson?' vroeg Billy, en hij klapte zijn laptop weer dicht. Hij had het idee dat er niet veel uit de man tegenover hen zou komen dat de moeite waard zou zijn om een aantekening van te maken.

'Haar ex-vriend, om precies te zijn.' Berglund knikte Billy zelfverzekerd toe. 'Precies zijn is goed voor een politieman, nietwaar?'

Billy keek Vanja aan. Hij geloofde zijn oren niet. Was hij zo dwaas dat hij probeerde hen te bekritiseren?

'Bedoel je deze Stefan Andersson?' herhaalde Billy scherp. Hij begon al net zo geïrriteerd te raken als Vanja.

'Exact. Hij heeft haar eerder mishandeld en gedreigd haar om te brengen. Hij maakte haar uit voor alles van hoer tot idioot. Diverse getuigen bevestigen dat. Geen alibi.' Berglund kwam met zijn bovenlichaam naar voren alsof hij zijn opvatting nog wilde benadrukken. 'Zoals ze op tv over hem praatte, heb je nog bijna begrip voor hem ook. Het was echt een klerewijf, als je het mij vraagt.' Hij liet zijn Skåns uitgalmen en leunde weer achterover in zijn stoel, die kraakte onder zijn gewicht en zijn houding. 'Dus we hebben de zaak onder controle. Ik weet eerlijk gezegd niet wat jullie Stockholmers hieraan toe te voegen hebben.'

'Een beetje professioneel politiewerk misschien?'

Vanja boog zich naar hem toe. Ze kookte inwendig. Ze wist dat ze wel eens incompetentie en weerstand ondervonden, maar dat was toch nooit op dit niveau geweest. Maar als hij het hard wilde spelen, dan kon zij dat ook. Dat had ze van de beste op dat gebied geleerd.

'Het rapport dat we hebben gekregen was het slechtste dat ik mijn hele leven heb gelezen. Bovendien kan die vriend niemand in Ulricehamn hebben vermoord.' Ze keek Berglund priemend aan. 'Maar daar heb je misschien ook een antwoord op?'

Berglund keek vijandig terug en haalde zijn schouders op.

'Dat zal hij dan wel niet zijn geweest.'

Billy keek Vanja aan. Hij had meestal een langere aanlooptijd, maar nu was ook hij op oorlogspad.

'Je weet misschien niet hoe de Nationale Recherche werkt,' zei hij, en zijn woorden kwamen eruit als projectielen. 'Als wij erbij worden gehaald, dan nemen we het over. We kunnen met je samenwerken of je aan de kant zetten. Zeg het maar.'

Berglund gaf geen antwoord. Hij sloeg zijn armen over elkaar in een gebaar dat duidelijk aangaf dat hij de laatste optie verkoos. Met enige moeite wierp hij Billy een uitdagende blik toe. Billy kreeg opeens het idee dat de geur van drank, die ook hij had geroken, misschien toch niet van gisteren was.

'Nee,' zei Vanja, die er genoeg van had. 'Jij mag het niet zeggen. Je kunt vertrekken.'

'Ik heb jullie niet uitgenodigd. Voorlopig is het nog mijn zaak. Wat jullie ook beweren!' Met die woorden stond Berglund, ook al ietwat moeizaam, op, en hij liep kwaad de kamer uit. Hij sloeg de deur hard achter zich dicht. Vanja en Billy keken elkaar aan.

'Hij was nog steeds dronken, hè?' vroeg Billy. Vanja knikte en kon opeens haar lachen bijna niet houden.

'Dat moet een record zijn geweest in slechte overdracht,' zei hij.

'Een wereldrecord,' zei Vanja lachend.

Twintig minuten later zaten ze allebei op het kantoor van de commissaris allerlei berouwvolle smoesjes aan te horen.

Het ging slecht met Peter Berglund.

Zijn vrouw had hem in de steek gelaten.

Zijn kinderen hadden het contact verbroken.

Hij was bereid om zijn excuses te komen maken.

De commissaris was een tengere, nerveuze man die geen enkel

gezag uitstraalde. Hij leek zich er meer zorgen over te maken dat Billy en Vanja hem de huid vol zouden schelden dan dat een van zijn rechercheurs aan de drank was en een moordonderzoek volkomen verkeerd had aangepakt.

'Maar als het slecht met hem gaat, waarom laat je hem dan een moordonderzoek uitvoeren?'

Die vraag leek de commissaris wel fysiek te bezeren. Hij kronkelde zich in allerlei bochten en begon te zweten.

'Dat was misschien verkeerd van me, maar ik had er geen idee van...'

'Dat hij drinkt?' beet Vanja hem toe. Hier zou hij niet mee wegkomen. Ze was te vroeg opgestaan en had te ver gereden om naar zulke bullshit te luisteren. 'Het kostte ons twee minuten om dat uit te vinden. Als ik naar de receptioniste en de schoonmakers ga, durf ik te wedden dat zij het ook weten.'

De commissaris keek een beetje beschaamd naar zijn bureaublad.

'Het is niet zo simpel. Ik heb het met de vakbond over de situatie gehad. Maar hij is gekozen vakbondsvertegenwoordiger en de bewijslast...' De commissaris slikte en ging verzitten. 'Het is niet zo gemakkelijk om hem over te plaatsen.'

'Ik heb met je te doen,' antwoordde Vanja ijskoud. 'Wij zullen hier werk van maken.'

'Moet dat nu echt?' vroeg de man tegenover hen, en hij zag eruit alsof hij in acute ademnood raakte. 'Jullie krijgen alle hulp die jullie nodig hebben. Het was verkeerd, dat geef ik toe, maar op dit bureau heeft iedereen zijn eigen wil.'

'Daar heb je een baas voor,' stelde Vanja kort vast.

'We moeten in feite het hele onderzoek opnieuw doen,' voegde Billy eraan toe. Beheerster, maar net zo kwaad. 'We moeten alle verhoren bekijken. Alle rapporten. Alles. Begrijp je hoeveel tijd we hebben verloren?'

De commissaris knikte slap.

'Ik begrijp het. Ik zal jullie al het materiaal bezorgen.' Hij stak zijn hand uit naar de telefoon en pakte de hoorn. 'Ik zal vragen of Berglund me kan helpen.'

Vanja geloofde haar oren niet. Ze boog zich naar de commissaris over en keek hem strak aan.

'Nee, je haalt Berglund van het onderzoek en zorgt er zélf voor dat we al het materiaal krijgen. Nu. We willen die idioot niet meer zien. Nooit meer.'

De commissaris legde de hoorn terug met een hand die trilde van de zenuwen.

'Natuurlijk, natuurlijk. Wat doe ik toch?'

Een kop koffie later arriveerde het materiaal in de grauwe kamer op de tweede verdieping. Het lag op een grote hoop in een verhuisdoos. Bovenop vond Billy het obductieverslag. Opgesteld door de hoofdgerechtsarts in Lund, Frida Hansson, die Billy kende als nauwgezet en competent. Hij begon het hardop aan Vanja voor te lezen, waarbij hij zich concentreerde op het belangrijkste.

'Waarschijnlijk al twaalf tot zestien uur dood toen ze die ochtend werd gevonden. Doodsoorzaak gewelddadige penetratie van het voorhoofd.'

'Een schot?'

Billy schudde zijn hoofd.

'Nee. Geen kruitresten, geen uitgaande opening en geen kogel in de schedel.'

Hij keek op van het stuk. 'Ze denkt dat de moordenaar een schietmasker heeft gebruikt. De verwondingen en de doorsnee van de ingaande opening wijzen daarop.'

'Een schietmasker?'

'Zo'n verdovingspistool als ze gebruiken om paarden en koeien te verdoven voordat ze worden geslacht. Met behulp van perslucht of kruit wordt een stalen pin afgeschoten.' Hij maakte een geluid om het te illustreren. 'Poef! Dwars door het voorhoofdsbot.'

Vanja trok een vies gezicht toen ze zich dat akelige beeld voorstelde.

'Duidelijke sporen van handboeien,' ging Billy door. 'Patricia lijkt te hebben gevochten om zich los te maken. Blauwe plekken en kneuzingen op de polsen. En dit is interessant...' Hij keek Vanja aan, die verder wroette in de verhuisdoos. 'Ze had sporen van benzodiazepinen in haar maag.'

'Gedrogeerd.'

'Ik ken de grenswaarden niet, maar dit is een flinke dosis. Als ze daar al niet van in slaap viel, dan zal ze er toch heel meegaand door zijn geworden. Ursula weet dat vast wel.'

Vanja haalde een bewijszakje onder uit de doos, gemerkt met een datum, maar zonder registratienummer. Het was de test die op Patricia's rug had gezeten. Vanja hield hem omhoog voor Billy.

'Hier ligt het bewijs. Wat een vreselijke rotzooi. Iemand hier met een beetje benul moet ons helpen dit te catalogiseren, anders zitten we hier nog een eeuwigheid.'

Ze legde de bebloede test op tafel. Helemaal boven aan de eerste pagina was met rode pen '13/60' geschreven. Vanja boog zich eroverheen en las de eerste vraag voor.

'Wat betekent de afkorting NATO?'

Billy haalde zijn schouders op.

'Ik weet het niet. Jij?'

'North Atlantic Treaty Organization.'

'Waarom zou ik dat moeten weten?' vroeg Billy, terwijl hij het zakje met de test van de tafel pakte. 'Luister: tot welke woordsoort behoren woorden die... bla, bla, bla? Wat is pocheren? Hoe heette het vlaggenschip van Christoffel Columbus?' Hij draaide het papiertje om. 'Wie werd koning van Zweden na Oscar I?'

Hij legde het zakje weer op tafel en keek Vanja aan.

'Serieus, waarom zou ik dat moeten weten? Ik kan elk antwoord in minder dan tien tellen opzoeken.'

'Dat heet algemene ontwikkeling.'

'Ik begrijp dat je dat moest weten toen je nog naar huis moest rennen om een naslagwerk te raadplegen voor het antwoord, maar nu? Nu is het gewoon overbodige kennis.'

'Ik weet niet of iedereen het ermee eens is dat er zoiets als overbodige kennis bestaat,' zei Vanja geamuseerd. De stoom kwam uit Billy's oren. Ze vermoedde dat hij domweg niet veel antwoorden wist op de test die hij net had bekeken.

'Ach, wat kan het me ook schelen?' zei Billy. 'Nu hoeven we ons in elk geval niet af te vragen of het dezelfde dader is. De vragen zijn dezelfde als die we op de rug van Petrovic hebben gevonden.'

Vanja knikte zwijgend. Ze kon het er alleen maar mee eens zijn.

'Als jij Torkel even bijpraat, zal ik proberen wat orde te scheppen in deze rommel. Stuur je hem de test en het obductieverslag?'

'Goed,' zei Billy, en hij nam de stukken mee en ging de kamer uit.

Vanja bleef bezig met de inhoud van de verhuisdoos. Ze pakte er dingen uit en begon er een rudimentaire orde in aan te brengen. Er zat heel wat interessants bij.

Een verhoor met Ragnhild Torsson van de kleuterschool waar Patricia's vijfjarige zoon op zat. Zij had als eerste contact opgenomen met de politie. Toen Patricia de jongen niet kwam ophalen, had Ragnhild hem tegen zeven uur 's avonds mee naar huis genomen en de politie gebeld. De volgende ochtend begon er een zoektocht en werd er een politiepatrouille naar Patricia's flat gestuurd en naar de kapsalon waar ze werkte. Haar buren en haar collega's hadden haar niet gezien.

Toen er in de Tollsjöskola een lichaam werd gevonden, werd de vermissing aan de vondst gekoppeld. Tot dan toe was er professioneel en effectief gewerkt. De verslagen van de geüniformeerde politie zaten goed in elkaar en gaven een prima beeld. Er was nog hoop voor de politie van Helsingborg. Pas toen Berglund het onderzoek overnam, ging het mis. Hij richtte zijn verdenking onmiddellijk op Stefan Andersson. Het verslag werd fragmentarisch en halfslachtig. Behoorlijke verhoren met collega's, de kleuterschool en vrienden ontbraken. Alle energie was gestoken in pogingen om Stefan te laten bekennen. Die had echter consequent ontkend.

Berglunds tunnelvisie bracht Vanja op het idee dat hij Andersson beroepsmatig was tegengekomen. Een conflict, een moeilijke confrontatie, iets persoonlijks. Er was geen andere verklaring voor de blinde overtuiging die Berglund aan de dag legde.

Inderdaad. Stefan Andersson, drieëndertig jaar oud, bouwvakker op ziekteverlof, was een oude bekende van de politie. Verschillende veroordelingen wegens mishandeling en bedreiging. Patricia en hij hadden elkaar leren kennen toen zij negentien was, en ze waren een gecompliceerde relatie begonnen die een jaar voordat Patricia meedeed aan *Single moeder zoekt partner* was verbroken. In dat programma had Patricia blijkbaar huilend onthuld dat Stefan haar jarenlang geestelijk en lichamelijk had mishandeld. Het was goede, aangrijpende televisie, die, geheel zoals de mediadramaturgie voorschrijft, en vooral in de sensatiepers, leidde tot tijdelijke aandacht voor geweld binnen relaties. Een gevolg was ook dat Stefan Patricia nog vaker mishandelde, omdat hij nu vond dat ze kwaad van hem had gesproken en zijn leven had verwoest.

Acht maanden nadat de serie was uitgezonden kreeg hij een bezoekverbod. Dat leek te hebben gewerkt en de politie hoefde niet meer zo vaak, later zelfs helemaal niet meer, uit te rukken. Patricia zelf was erin geslaagd munt te slaan uit haar nieuwe status van beroemdheid. Ze schreef een blog en vertoonde zich bij diverse gelegenheden in het openbaar. Ze verscheen als gast in talkshows en discussieprogramma's, waarin ze bleef praten over Stefan en de strijd om zich van hem los te maken. Na de zomer zou ze samen met iemand anders een serie gaan presenteren over *codependency* en meedoen aan een realityserie op een landgoed.

Een winnaar en een verliezer in de mediagekke wereld van tegenwoordig, dacht Vanja. Ze begreep helemaal waarom Berglund de man verdacht, maar het verhoor vertelde het verhaal van een politieman die zijn verdenking zonder enig concreet bewijs liet overgaan in een overtuiging.

Voor één ding was ze Berglund echter dankbaar: hij had Patricia's naam buiten de publiciteit weten te houden. Dat was een onderdeel van zijn strategie in het verhoor van Stefan Andersson. 'Als ik vertel dat het Patricia is, is je leven helemaal verwoest. Dan veroordeelt iedereen je, ongeacht of het tot een aanklacht en een rechtszaak komt,' had hij in de verhoren een paar keer gezegd. Maar dat was dan ook het enige waarvoor ze Berglund dankbaar was, dacht ze terwijl ze naar de troep op de tafel keek. Dat ze tot nu toe waren ontkomen aan de mediahetze. Dat ze twee dagen voor Midzomer was gevonden en na het weekend op vakantie zou gaan, hielp waarschijnlijk ook. Niemand miste haar meteen.

Behalve Max.

Daar wilde Vanja niet eens aan denken.

Billy kwam terug. Uit Ulricehamn was er niet meteen nieuws, maar straks zou de persconferentie zijn, en dan was het alleen een kwestie van tijd voordat hun onderzoek in de schijnwerpers kwam. En nee, Torkel was niet blij met die link naar bekende Zweden...

Vanja en Billy gingen aan de slag. Ze moesten een beter beeld krijgen van de zaak dan het materiaal op tafel hun kon geven, en ze besloten te beginnen bij de kleuterleidster. Ze zouden vóór de persconferentie zo veel mogelijk proberen te doen. De herinnering van mensen werd beïnvloed door wat ze lazen en hoorden, en ze wilden Ragnhild bereiken voordat de krantenverhalen dat deden.

Kleuterschool Het Lieveheersbeestje lag op een kwartier rijden van het politiebureau. Het was een lang, lichtgeel gebouw van twee vleugels zonder verdieping en met een groot speelplein. De kinderen waren buiten. Ze speelden in de zandbak, schommelden en klommen op het grote klimtoestel dat midden op het plein stond. De lucht was vol lichte, vrolijke kinderstemmetjes. Billy en Vanja stelden zich voor aan een vrouw van begin twintig, die twee kinderen aan haar broekspijpen had hangen, en vertelden waarvoor ze kwamen. Ragnhild Torsson zat in vergadering. Was het belangrijk? Ja, dat was het.

Ze werden binnengelaten in een klein kantoortje. Na een paar minuten kwam Ragnhild, een vrouw van een jaar of vijfendertig met sproeten en rode krullen. Ze had een spijkerbroek en een blauwe Adidas-trui aan. Ze deed de deur achter zich dicht en ging zitten.

'Weten jullie al meer?' vroeg ze met een mengeling van ongerustheid en nieuwsgierigheid in haar stem nadat Vanja en Billy zich weer hadden voorgesteld.

'Nee, maar we zouden je graag een paar vragen willen stellen,' antwoordde Vanja.

'Natuurlijk,' zei Ragnhild. 'Het is allemaal zo vreselijk.' Ragnhilds stem ging omlaag, zoals meestal het geval is bij empathische mensen wanneer ze herinnerd worden aan een tragedie.

Ze wekte een nette, beheerste, haast moederlijke indruk. Vanja merkte dat ze er blij om was dat Max bij Ragnhild was toen ze van het maatschappelijk werk kwamen vertellen wat voor verschrikkelijks er was gebeurd.

'Hoe gaat het nu met Max?' vroeg ze.

Ragnhild haalde gelaten haar schouders op en zuchtte.

'Moeilijk te zeggen. Hij is vijf. Hij weet niet echt wat "dood" is. Maar hij mist zijn moeder natuurlijk.'

'Ja, allicht.'

'Hij zit nu in een pleeggezin, maar het maatschappelijk werk zou graag zien dat hij hier een paar uur per dag blijft komen. Voor een beetje continuïteit. Hij komt straks, als jullie met hem willen praten.'

Vanja knikte en keek vragend naar Billy. Moesten ze met Max praten? Een kind van vijf. Ze waren niet opgeleid om kinderen te verhoren.

'Dank je, misschien wel,' antwoordde Vanja. 'Herinner je je iets wat Max gezegd heeft en dat ons kan helpen? Maakt niet uit wat.'

'Nee. Ik heb er wel over nagedacht sinds... het is gebeurd, maar... Nee. Niets.'

'Wil je eens vertellen over de dag dat Patricia verdween? Iets speciaals waar je aan dacht?' Billy begon aan een nieuw spoor.

'Nee. Patricia zou hem iets later ophalen dan anders. Ze komt meestal om een uur of vier, maar nu zou ze tegen vijven komen, dacht ze. Dat was het enige.'

'Zei ze waarom?'

'Nee, maar ze heeft meer met Yasmin gepraat toen ze die ochtend wegging. Dus misschien weet zij meer.'

Vanja keek snel in Berglunds rapport. Er was geen Yasmin verhoord voor zover zij zich kon herinneren.

'Yasmin hoe?' vroeg ze, en ze bladerde door het gebrekkige materiaal.

'Asghari. Zal ik haar even gaan halen?'

'Graag.'

Ragnhild stond op en ging weg. Ze hoorden haar in de gang om Yasmin roepen.

Billy leunde achterover in zijn stoel en keek naar Vanja. Hij dacht hetzelfde als zij.

'Wat denk je? Moeten we met Max praten?' vroeg hij.

'Ik weet het niet. Kort misschien. Alleen maar even gedag zeggen. Iets van een relatie opbouwen die we later kunnen verdiepen. Wat vind jij?' reageerde Vanja.

'Ik weet het niet. We moeten misschien aan het maatschappelijk werk vragen wat zij het beste vinden.'

'Verdomme, stel je voor dat je vijf jaar bent en dan dit meemaakt.

Je moeder vermoord en je vader een bezoekverbod. Dat relativeert je eigen problemen.'

Billy zei eerst niets terug. Er was iets in zijn blik waarvan ze niet goed wist hoe ze het moest opvatten.

Hij zei met gedempte stem: 'Je eigen problemen zijn je eigen problemen, hoe je ze ook relativeert.'

Vanja keek hem een beetje verbaasd aan.

'Je bent net getrouwd, wat voor problemen kun je dan hebben? Te veel seks?'

De grap sloeg niet aan. Ze zag iets anders dan een lach in zijn ogen. Onrust. Er was beslist iets wat hij niet vertelde.

Meer tijd om daarover na te denken had ze niet. Ragnhild deed de deur open. Ze had een getatoeëerde vrouw bij zich van een jaar of vijfentwintig, met kortgeknipt haar. Ze had een bril op en droeg een geruite bloes op een rok tot over de knieën.

'Dit is Yasmin.'

Ze gaven elkaar een hand en Yasmin ging zitten.

'Om te beginnen wil ik vragen of je al eerder bent verhoord.'

'Nee. Ik had vrij toen de politie hier was en ze zijn nooit meer teruggekomen. Dat vond ik wel een beetje raar.'

Vanja wist een zucht te onderdrukken, maar niet de gedachte. Berglund had niet eens de laatste persoon verhoord van wie ze wisten dat ze Patricia had gezien. 'Een beetje raar' was bij lange na niet de goede uitdrukking. Het was een pure ambtsovertreding, verdomme.

'Dan is het maar goed dat we het nu doen,' wist Vanja uit te brengen, en ze probeerde beheerst te klinken.

Een kwartier later zaten ze in de auto, met Torkel op de luidspreker van de telefoon. Allebei geconcentreerd maar opgewonden.

Ze hadden een eerste doorbraak.

Sven Cato was weer opgedoken.

Volgens Yasmin had Patricia met hem een afspraak. Daarom zou ze een beetje later komen om Max weer op te halen. Hij zou een portret schrijven. Voor *Sydsvenskan*. Dat had ze Yasmin vol trots verteld in de korte tijd voordat ze de kleuterschool uit ging en verdween. Yasmin was zeker van haar zaak.

'Oké, zelfde werkwijze als bij Petrovic dus,' zei Torkel ernstig. 'Weten jullie waar ze hadden afgesproken?'

Vanja schudde haar hoofd, al kon hij dat niet zien.

'Nee, de onderzoekers hier zijn het spoor helemaal bijster. We moeten alles min of meer overdoen, helaas.'

'Ik snap het,' zuchtte Torkel, maar hij probeerde constructief te blijven. 'Ik bel Christiansson in Malmö en vraag of hij jullie kan helpen. Wij moeten ook naar Helsingborg.'

'Hoe gaat het met de persconferentie?' vroeg Billy.

'Die begint over een halfuur.' Het ontging het tweetal in de auto niet dat Torkel moe klonk. Ze wisten allebei dat hij een vreselijke hekel had aan het openbare deel van het werk. 'We spreken elkaar daarna.'

'Succes,' zei Vanja.

Billy zette zijn mobiel uit. Hij haalde diep adem.

'Oké, we verdelen het werk,' zei hij. 'Ik neem de telefoonlijsten, haar computer, haar mail, die hele handel. Jij doet haar collega's en buren. En haar ex, als je tijd hebt.'

Vanja knikte. Ze verwachtte dat Billy de auto zou starten en weg zou rijden, maar hij bleef met zijn hoofd tegen de hoofdsteun geleund zitten. Ze had het idee dat hij iets wilde zeggen.

'Ik heb dit gemist,' kwam er ten slotte. 'Jij en ik samen. Net als in de goeie ouwe tijd.'

Vanja glimlachte. Een eerlijk, tevreden glimlachje. Dat het zo was gegaan als het was gegaan, was voor een groot deel haar schuld, besefte Vanja. In een moment van zwakte had ze Billy gekwetst.

'Het spijt me dat we uit elkaar zijn gegroeid,' begon ze.

'Dat is niet alleen jouw schuld,' viel hij haar in de rede.

'In het begin wel,' bracht ze daartegen in, hoewel ze het eigenlijk met hem eens was. Sinds My op het toneel was verschenen was Billy veranderd. Hun relatie was veranderd. Ze zagen elkaar tegenwoordig vrijwel nooit meer buiten het werk om. Waarschijnlijk heel normaal als je verliefd was. Wist zij veel, zij had altijd haar werk en haar collega's vooropgesteld.

'Zijn we weer vrienden?' vroeg ze, en ze stak hem haar hand toe.

'We zijn altijd vrienden geweest,' zei hij, terwijl hij haar hand aannam. 'Ik zal het alleen beter laten merken.'

Torkel zat in de vergaderkamer, waar ze de tafels nu als een eilandje midden in de ruimte bij elkaar hadden gezet zoals ze dat gewend waren, zoals ze het graag hadden. Ze hadden een voorlopige tijdlijn opgesteld voor de laatste dagen van Petrovic, compleet met foto's van de plaats delict. Straks zouden ze er nog een hebben. Van Patricia. Torkel vreesde dat er nog meer zouden komen. Hij zat lang genoeg in dit werk om te weten dat Sebastian vermoedelijk gelijk had. De dader zou hoogstwaarschijnlijk opnieuw toeslaan.

Hij had een theorie.

Hij wilde iets zeggen.

Zijn werkwijze was zo doordacht dat het niet anders kon. Zo'n motivatie verdween niet zomaar. Integendeel, aandacht versterkte de motivatie doorgaans alleen maar, zou hem het gevoel geven dat de mensen luisterden.

Door het succes.

Het ene succes leidt tot het andere.

Daarover maakte Torkel zich zorgen. Niet voor de persconferentie op zichzelf, maar voor de ophef die erdoor zou ontstaan. Zou die de moordenaar inspireren? Hem ertoe brengen sneller weer toe te slaan? Misschien wel, maar daar kon hij niets tegen doen. Vroeg of laat zouden de media erachter komen dat er verband bestond tussen de moorden, maar door een zekere openhartigheid kon hij in elk geval proberen de informatiestroom te beheersen.

Sebastian kwam binnen, met hetzelfde zorgeloze gezicht als eerder. Dat irriteerde Torkel opeens. Na alles wat er was gebeurd, terwijl hij wist hoe weinig het had gescheeld of hij was er voorgoed uit gegooid, kwam hij toch zo nonchalant binnengeslenterd.

'Heb je Eva gezien?' vroeg Sebastian, en hij ging aan het uiteinde van de tafel naast Torkel zitten.

'Nee, hoezo?'

'Ik wilde vragen of ze zin heeft om vanavond met me te gaan eten.'

'Ze is getrouwd.'

'En dan eet ze niet meer, bedoel je?'

Torkel kon het niet opbrengen daarop in te gaan. Hij pakte zijn aantekeningen. Hij schreef altijd een paar trefwoorden op om op terug te vallen. Even had hij overwogen de identiteit van het slachtoffer geheim te houden, maar dat idee had hij al snel verworpen. Ze moesten weten waar Andrén en Petrovic hun laatste uren waren geweest, waar ze Sven Cato hadden ontmoet. Daar kwamen ze niet achter als ze de namen niet bekendmaakten. De media zouden het toch te weten komen. Het was al een wonder dat het nog niet bekend was.

'Ben je klaar?' vroeg Sebastian lusteloos. 'Je favoriete journalist is er.'

'Heb ik die?'

'Weber.'

Axel Weber, misdaadverslaggever van *Expressen*, een echte bloedhond, kwam bijna altijd achter alles wat Torkel liever geheim wilde houden. Het gebeurde maar al te vaak dat Weber belde met informatie die hij al had achterhaald en waarvan hij wilde dat Torkel die bevestigde; die zei dan alleen: 'Geen commentaar', maar daarvan wisten ze allebei dat dat hetzelfde was als een bevestiging. Had de krant hem niet vervroegd op vakantie kunnen sturen? En een vakantiekracht op deze zaak kunnen zetten die net van school kwam? Iemand die je wat gemakkelijker op het verkeerde been kon zetten?

Wishful thinking.

Torkel zuchtte, stond op en trok zijn colbertje aan. Het werd tijd.

'Hoe denk je dat ze het zullen noemen?' vroeg Sebastian rustig.

'Wie? Wat?'

'De sensatiebladen. Die houden van een lekkere kop. Ik denk "De Docusoapmoorden".'

Torkel snoof.

'Daar kan ik me niet druk om maken.'

'Dat weet ik, maar het is leuk om te gokken. Dit is de duidelijkste overeenkomst tussen de slachtoffers. En dat ze geen antwoord hadden op die zestig Triviant-vragen.'

'Dat detail moet zo lang mogelijk uit de media worden gehouden,' antwoordde Torkel op niet mis te verstane waarschuwende toon. Niet dat Sebastian de gewoonte had om naar de pers te lekken, maar het kon geen kwaad om hem er even aan te herinneren.

'Maar dat gaat ook niet goed. "De algemene-ontwikkelingsmoordenaar", dat bekt niet lekker,' vervolgde Sebastian. Torkel zag er allerminst geamuseerd uit.

'Hou op. Dit is niet grappig, Sebastian.'

'Je kunt Weber vragen hoe ze het gaan noemen.'

Torkel keek vermoeid op zijn horloge. Over vijf minuten moest hij er zijn. Hij liep de gang in. Sebastian kwam achter hem aan. De persconferentie zou plaatsvinden in de vergaderzaal naast de receptie. Toen ze langs de keuken liepen, kwam Ursula hun tegemoet. Torkel zag aan haar dat ze nieuws had.

'Ik heb een voorlopig rapport gekregen van de gerechtspatholoog in Göteborg,' zei ze, en ze hield een stapeltje papier omhoog. 'Het is vrijwel identiek aan dat van Patricia. Benzodiazepinen in haar maag, zij het een iets hogere dosis, en dezelfde dodelijke penetratie van het voorhoofdsbeen.'

Sebastian had Torkel ingehaald en vroeg: 'Verdovingspistool?'

Ursula antwoordde snel, zonder de stukken te hoeven raadplegen.

'Daar wil de patholoog niet over speculeren, maar hij sluit een schietwapen uit. Als ik de wonden zelf bekijk, denk ik dat Hansson in Lund gelijk heeft. Het is hoogstwaarschijnlijk een verdovingspistool.'

Sebastian knikte zonder iets te zeggen en pakte het rapport uit haar hand.

'Dat zou passen in het profiel. Hij vindt zichzelf superieur aan hen,' zei hij. 'Alsof het vee is.'

'Is er iets waardoor we dat verdovingspistool kunnen opsporen?' vroeg Torkel. Ursula schudde haar hoofd.

'Er zijn geen registers of vergunningen, maar we kunnen proberen na te gaan om welk model het gaat. We kennen het kaliber.'

'Dank je. Doe dat.' Torkel keek weer op zijn horloge. 'Ik moet nu naar de pers. Daarna praten we verder,' zei hij, en hij kwam weer in beweging. Iets sneller, maar zonder te hollen. Hij wilde niet buiten adem binnenkomen.

Hij moest de indruk wekken dat hij alles onder controle had.

Dat hij de moordenaar op de hielen zat.
Ook al was dat helemaal niet zo.

Een enigszins verwachtingsvol geroezemoes kwam hem tegemoet toen hij de vergaderzaal binnenkwam. Er waren niet zoveel mensen. Zes om precies te zijn. Twee van hen gaf hij een herkennend knikje. Axel Weber, die altijd met zijn opnameapparaat in de hand vooraan in het midden zat, en schuin daarachter iemand van *Göteborgs-Posten*, op wiens naam Torkel niet meteen kon komen. Visén, Wilén, Widén – zoiets.

De anderen waren waarschijnlijk lokale grootheden.

De slachtoffers waren nog anonieme lijken. De volgende keer zouden er meer journalisten zijn. Veel meer. Bekende mensen trokken altijd een groot publiek, of ze nu leefden of dood waren; dat had hij inmiddels wel geleerd. Die tendens werd ook elk jaar sterker. De moderne wereld liep over van mensen die gezien wilden worden, die hun bestaan en hun identiteit bouwden op hits, likes en volgers. Torkel begreep dat niet.

Wilma en Elin hadden allerlei accounts, wist hij, maar hij keek er wel voor uit om hun leven in de sociale media af te keuren of te bekritiseren. Had een vijftigplusser trouwens ooit wél gevonden dat wat tieners deden verstandig en zinvol was? Hij hoefde alleen maar aan zijn eigen jeugd en aan zijn eigen ouders te denken.

Torkel liep naar het tafeltje dat iemand had neergezet, pakte de stoel en ging zitten. Hij had zelf om een tafeltje gevraagd. Hij vond het natuurlijker om te gaan zitten dan om te blijven staan voor de verzamelde journalisten. Dan was het ook gemakkelijker om zijn kalmte te bewaren, vond hij.

Het geroezemoes stierf weg.

Zoals altijd begon hij met iedereen welkom te heten en zichzelf, als hoofd van de Nationale Recherche, voor te stellen. Toen begon hij zijn verhaal. Hij probeerde het zo kort en bondig mogelijk te houden.

'De situatie is dat we twee moorden hebben waartussen we verband zien. Een hier in Ulricehamn, die dinsdag heeft plaatsgevonden, en een van negen dagen geleden in Helsingborg. Beide slachtoffers zijn gevonden in een klaslokaal in hun woonplaats.'

'In een klaslokaal? Hier in Ulricehamn en in Helsingborg?' hoorde hij een jonge vrouw in een blauwe jurk met sterk Västergötlandse tongval zeggen. Ze zat aan het uiteinde van de tweede rij en had een smartphone in haar hand, waarmee ze de bijeenkomst leek te filmen. Torkel keek haar aan. Zijn blik fier en betrouwbaar, zoals hij wist dat het er overtuigend uitzag.

'Inderdaad. We weten dat met beide slachtoffers kort voor de moord contact is opgenomen door iemand die zich uitgaf voor journalist. Waarschijnlijk hebben ze met deze persoon een afspraak gemaakt, en kort daarna zijn ze vermoord.'

'Hoe kort daarna?' vroeg een kale man die tegen de muur achterin geleund stond.

'Dezelfde dag nog, maar ze zijn pas de volgende dag gevonden,' legde Torkel uit.

'Wat weten jullie over die journalist?' vroeg *Göteborgs-Posten.*

'We denken dat het geen journalist is.' Torkel aarzelde. Bij zijn trefwoorden stond 'Sven Cato', maar zou hij die naam bekendmaken? Dat zou een waarschuwing zijn voor alle eventuele volgende slachtoffers, maar het zou de moordenaar ook duidelijk maken wat ze al wisten. Dan zou hij zijn naam veranderen en misschien ook zijn werkwijze. Hij zou voorzichtiger worden. Maar als er meer jonge mensen stierven nadat ze door Sven Cato waren misleid en Torkel had het niet gezegd, zou dat een probleem zijn, en daar zou hij moeilijk mee kunnen leven.

'In beide gevallen noemde hij zich Sven Cato,' ging Torkel na de korte, kunstmatige pauze door. Hij hoorde dat de naam snel werd opgeschreven of ingetikt op laptops en iPads. Het zou niet lang meer duren of hij lag op straat. De wat vermoeide ongeïnteresseerdheid die de aanwezigen eerder uitstraalden, was opeens verdwenen.

'Is er meer bekend dan die naam?' vroeg de blauwe jurk.

'Nee, het is een pseudoniem – dat weten we wel –, maar we willen graag dat mensen het ons laten weten als iemand met die naam contact met hen heeft opgenomen of als ze die naam in een ander verband hebben gehoord.'

Torkel merkte dat deze opmerking er bij de steeds geconcentreerder rakende journalisten goed in ging.

Hij had hun een kop gegeven.
Een waarschuwing in grote letters.
BENT U GEBELD DOOR SVEN CATO?
Ze moesten eens weten wat hij zo meteen nog meer zou vertellen.
'Denken jullie dat hij nog een keer zal toeslaan?' vroeg een vrouw achter de blauwe jurk. Witte bloes en rok.
'Daar willen we niet over speculeren,' zei hij, en hij wist dat dat hen ertoe zou brengen het zo te formuleren.
Nu pas hoorde hij de stem van Weber. Donker en relaxed. Een man die wist dat hij zijn stem niet hoefde te verheffen om te worden gehoord.
'Wat weten jullie over de slachtoffers? Bestaat er verband tussen hen?' vroeg hij.
Torkel keek Weber aan. Hij probeerde zijn antwoord zo zakelijk mogelijk te laten klinken.
'Op dit moment is het enige verband dat ze allebei aan tv-programma's hebben meegedaan.'
'Aan wat voor tv-programma's?'
'Aan realityseries.'
'Aan realityseries?' herhaalde Weber verbaasd, en het werd doodstil in de ruimte. Iedereen besefte wat het hoofd van de Nationale Recherche hun net had gegeven.
Een zomerfeuilleton.
Een heleboel artikelen.
Ze buitelden allemaal over elkaar heen. De blauwe jurk, de kale, de *GP*, Weber, de witte bloes en rok, en de man die nog niets had gezegd.
'Welke realityseries?'
'Wie zijn het?'
'Krijgen we namen?'
'Wie?'
De vragen kwamen van alle kanten. De blauwe jurk ging er zelfs voor staan. Torkel probeerde hen met beide handen tot kalmte te manen. Dat lukte min of meer, maar één ding had hij niet meer in de hand.
Hij had het estafettestokje overgegeven.
Het was nu hun show.

De namen Miroslav Petrovic en Patricia Andrén, gekoppeld aan *Paradise Hotel* en *Single moeder zoekt partner*, waren snel bekend. Foto's zouden volgen. Een heleboel foto's. Met weinig kleren aan. En dan de speculaties. Wie en waarom?

De theorieën. Wie was Sven Cato?

De sporen en de stappen van de politie, de verkeerde en de goede. De interviews. De geschreven portretten. (Torkel had er nog aan gedacht om te zeggen dat Miroslav een goeie jongen was.)

Het verdriet van de vrienden. De wanhoop van de ouders. De moordenaar nog op vrije voeten. Zoveel deelnemers aan realityseries in de afgelopen jaren. De angst.

De 'stel je voor dat ik het volgende slachtoffer ben'-artikelen.

De 'zo herinneren wij ons'-pagina's.

De presentatoren van de programma's die hen gedachten. De schok. Het verlies. De moeite die het kostte om door te gaan.

Het zou een heel spektakel worden, wist Torkel, terwijl hij zich geroutineerd een weg baande langs degenen die meer wilden weten. Weber was daar niet bij. Hij stond met zijn mobieltje aan zijn oor te gebaren en te praten, waarschijnlijk met zijn redactiechef. Hij regelde hulp. Fotografen en collega's die naar Ulricehamn moesten komen.

Torkel was liever op eigen kracht verder gekomen met het onderzoek. Nu vroegen ze om tips, en die zouden ze krijgen. Massa's. Hij moest extra mensen inzetten, en veel mankracht was niet alleen maar gunstig. De competentie was van verschillend niveau. Helsingborg was een afschrikwekkend voorbeeld. Bovendien was de kans op lekken groter.

Opeens hoorde hij een stem achter zich.

'Torkel?'

Hij draaide zich om naar de vrouw die zijn naam had genoemd. Blond, van zijn eigen leeftijd, misschien iets jonger. Blauwe ogen. Eenvoudig zomerjurkje en ballerinaschoenen. Een klein tasje en een fietshelm in haar hand. Ze kwam hem bekend voor, maar het was geen journalist van de persconferentie.

'Torkel, ik ben het,' zei ze met een glimlach, hartelijk en persoonlijk, niet professioneel. 'Lise-Lotte. Lise-Lotte Patriksson. Van de Älvsjöskola,' lichtte ze toe toen ze zag dat hij nog steeds niet wist wie ze was.

'Lise-Lotte!' zei hij, en er verscheen een herkennende glimlach op zijn gezicht. Nu zag hij het. Hetzelfde blonde haar als toen, nog langer nu. Haar blauwe ogen nog net zo pienter, zij het omrand door iets meer rimpeltjes. Haar glimlach was totaal niet veranderd.

'Wat doe jij hier?' vroeg Torkel, en hij merkte dat zijn concentratie op de zaak even plaatsmaakte voor oprechte blijdschap. Lise-Lotte Patriksson. God, wat was dat lang geleden.

'Ik woon hier. In Ulricehamn. Ik ben directeur van de school.' Haar glimlach verflauwde. 'Ik heb het lichaam gevonden.'

'Ik heb een naam gelezen in het rapport,' zei Torkel met een nadenkende frons, 'maar ik heb niet de link met jou gelegd. Was het geen Spaanse naam?'

'González,' zei Lise-Lotte, en ze knikte. 'Ik ben met een Chileen getrouwd,' vervolgde ze bijna afwezig. Met haar gedachten nog bij de ontdekking van de dode, nam Torkel aan, en hij vervloekte zichzelf.

'Gaat het wel met je?' vroeg hij. 'Was het een leerling van je?' Dat had natuurlijk zijn eerste vraag moeten zijn, hoe het met haar ging, medeleven betuigen. Niet proberen te achterhalen hoe het met die achternamen zat. Hij was al te lang rechercheur.

'Nee, maar het was natuurlijk wel een schok,' antwoordde ze voorzichtig. 'Ik wilde alleen maar een rondje door de school lopen, en toen...'

Ze maakte haar zin niet af. Ze keken elkaar aan. Torkel keek om zich heen in de receptie.

'Kom. Het is hier zo druk,' zei hij, en hij wees naar de deur die de publieke ruimte scheidde van de rest van het bureau.

'Maar je hebt vast heel veel te doen.'

'Ja, maar dat kan wel even wachten,' zei Torkel. 'Ik heb je al in geen... wat zal het zijn... dertig jaar gezien.'

Lise-Lotte lachte.

'Zoiets. De tijd gaat snel.'

Torkel glimlachte en trok zijn sleutelkaart door de lezer. De deur zoemde.

'Maar je bent nog niets veranderd,' zei Torkel, terwijl hij de deur opendeed. Tegelijkertijd besefte hij dat wat als een eerlijke constatering bedoeld was, zou kunnen worden opgevat als een flirtziek compliment.

'Hoe lang ben je al getrouwd?' vroeg hij snel, om de kans op die verkeerde interpretatie in de kiem te smoren.
'We zijn tien jaar geleden gescheiden. En jij?'
'Ook gescheiden. Twee keer zelfs,' zei Torkel, en hij ging haar voor naar de personeelsruimte. 'Twee dochters, Wilma en Elin. Achttien en veertien.'
'Wij hebben één dochter, Theresa. Die is nu eenentwintig.'
Ze zwegen toen ze in de kantine kwamen. De snelle update was klaar. Nu werd het lastiger. Waar moesten ze beginnen? Met de gezamenlijke herinneringen? Of moesten ze elkaar beter proberen te leren kennen? Het was toch al dertig jaar geleden. Wat wilde ze? Waarom had ze hem opgezocht?
'Ik hoorde dat jij de leiding van het onderzoek had, dus ik wilde je even gedag zeggen,' zei ze alsof ze zijn gedachten had gelezen.
'Goed idee,' zei hij. 'We zouden elkaar toch wel ontmoet hebben, want we willen altijd alle getuigen spreken,' zei hij, maar hij wist best dat dat meestal het werk van de anderen in het team was. Hij zou haar hoogstwaarschijnlijk hebben misgelopen. 'Maar ik ben heel blij dat je bent gekomen,' zei hij, en hij meende het.
Ze knikte en glimlachte even naar hem. Ze zwegen weer.
'Wil je een kop koffie?'
'Ja, graag.'
Hij wees naar de tafeltjes en liep naar het kookeiland met de bocht, naar de koffiemachine. Hij had niet gevraagd hoe ze haar koffie wilde hebben, maar hij pakte een kopje, zette het onder het apparaat en drukte op gewone filterkoffie.
Terwijl de koffie liep, wierp hij een snelle blik op Lise-Lotte, die op een van de roze stoelen aan het dichtstbijzijnde tafeltje ging zitten. Veel herinneringen, maar hij moest bekennen dat hij al in geen eeuwigheid meer aan haar had gedacht.
Ze hadden de laatste twee jaar van de middelbare school verkering gehad. Ze waren jong en verliefd, maar ze waren uit elkaar gegroeid toen Torkel in dienst moest en zij ging studeren aan de universiteit van Linköping. De afstand of de ambities, hij wist niet precies waar het door kwam, maar het was afgelopen. Ze maakte het uit op een of ander raar studentenfeest in Linköping.
Hij was er in zijn eentje in de regen weggegaan.

Kwaad en teleurgesteld.

Hij haalde het kopje koffie onder het apparaat uit, zette er een leeg bekertje onder en drukte weer op filterkoffie. Het apparaat begon te brommen en op hetzelfde moment kwam Eva Florén naar hem toe.

'Heb je even tijd?'

'Ja.'

'Er zijn mensen uit Borås en Jönköping gekomen. Ik dacht dat je wel even met ze wilde praten.'

Torkel knikte. Ze hadden extra personeel opgeroepen om de telefonische tips te verwerken die waarschijnlijk binnenkort zouden binnenstromen. Hopelijk wist iedereen hoe hij moest luisteren en waar hij naar moest vragen, maar een beetje informatie vooraf kon geen kwaad. Hij keek even naar Lise-Lotte en toen weer naar Eva.

'Een minuutje nog.'

'We zijn boven,' zei ze, en ze knikte naar de bovenverdieping en ging weg.

Torkel pakte de kopjes koffie en liep naar Lise-Lotte.

'Sorry, ik moet weer aan het werk,' zei hij terwijl hij het ene kopje voor haar neerzette.

'Geeft niet, ik begrijp het.'

'Maar je mag je koffie nog wel even opdrinken als je wilt.'

'Het ging me meer om het gezelschap dan om de koffie,' zei ze glimlachend. Ze stond op en trok met een werktuiglijk gebaar haar jurk over haar benen naar beneden. 'Maar als je tijd hebt, kunnen we een keer 's avonds samen eten.'

'Dat zou leuk zijn,' zei hij, en het speet hem dat híj dat voorstel niet had gedaan. 'Ik zorg wel dat ik tijd heb.'

'Fijn. Bel me maar.'

'Doe ik.'

Hij stak zijn hand uit om haar hartelijk de hand te schudden, maar die negeerde ze, en ze omhelsde hem. Ze rook naar lelietjes-van-dalen.

'Het was goed om je weer te zien,' zei ze toen ze elkaar weer loslieten, en ze pakte haar tasje en haar helm van de stoel naast zich.

'Dat was het zeker,' zei Torkel. 'Maar ik bel je nog.'

Een glimlachje, even zwaaien, en weg was ze.

Torkel pakte zijn kop koffie en liep de trap op naar zijn wachtende collega's. Hij wist het zelf niet en niemand zei er iets van, maar het viel iedereen op dat het hoofd van de Nationale Recherche er bijzonder blij uitzag.

Ebba had de hele dag al een liedje in haar hoofd.

'Can't Hold Us' van Macklemore en Ryan Lewis. Ze had bijna altijd een liedje in haar hoofd als ze wakker werd. Dat kon een nieuw liedje of een oud liedje zijn. Ze hoefde het niet eens lang te hebben gehoord, het was er gewoon.

Elke ochtend.

Bijna.

Ze dacht erover om een 'liedje van de dag' op te nemen op hun blog en daar een geluidsbestandje onder te zetten of het te linken naar Spotify. Hun lezers zouden dat wel leuk vinden. Het enige wat haar er nog van weerhield, was eigenlijk dat Sara dan waarschijnlijk ook elke dag een nummer op hun blog zou willen zetten, of in elk geval af en toe, en Sara had een bedroevend slechte muzikale smaak.

Dat was vorige week zaterdag wel weer gebleken bij de Summer Blog Awards. Een of ander radiostation had hen vlak achter de rode loper tegengehouden en gevraagd waar ze op dit moment naar luisterden. Ebba kon er niet eens aan terugdenken zonder een kleur te krijgen...

Anders schaamde ze zich nooit voor haar zus. Dat was ondenkbaar. Net zoiets als je voor jezelf schamen. Zo close waren ze. Sara was de oudste, maar vanaf het moment dat Ebba was geboren, elf minuten later, waren ze samen geweest. Onafscheidelijk. Ebba wist dat hun ouders zich wel eens zorgen maakten omdat ze geen andere goede vriendinnen hadden, maar ze hadden nooit behoefte gehad aan anderen dan elkaar.

Ze deelden nog altijd een kamer, ook al hadden ze allebei een eigen kamer kunnen krijgen. Ze zaten op school in dezelfde klas. En ze hadden een blog.

Toen ze daar in 2011 mee begonnen, heette die *Kop of Munt* en schreven ze over dezelfde dingen, maar vanuit verschillend perspectief, als het ware.

Sara vindt, Ebba vindt.
Later werd het vervelend. Ze moesten zich te vaak te veel geweld aandoen om hun ervaringen anders te laten lijken. Natuurlijk waren er wel verschillen, maar vaak vonden ze hetzelfde van dingen die ze deden of die hun waren overkomen. Dus ze stopten met hun oude blog en begonnen een nieuwe: *Tweelingzielen*.
Dat was eigenlijk vanzelfsprekend, als je er even over nadacht.
In plaats van te benadrukken hoe verschillend ze waren, moesten ze accentueren hoeveel overeenkomsten ze hadden.
Hoe close ze waren.
Hoe uniek hun sterke band was.
Iedereen kon wel over zijn dag schrijven, maar niet veel mensen konden het leven bekijken vanuit het perspectief van een tweeling. Dat was hun ding, en het werkte goed, heel goed.
Ze vielen op en maakten deel uit van de blogosfeer. Ze kregen steeds meer links naar hun site, ze kregen steeds meer volgers, en vorige week zaterdag hadden ze bij de Summer Blog Awards de categorie 'Must Read' gewonnen.
's Maandags had Nivea gebeld en gevraagd of Sara en zij over hun huidcrèmes wilden schrijven en als het ware een – nou ja, twee dan – van hun gezichten naar buiten wilden worden. Daar wilden ze voor betalen. Als meer bedrijven dat wilden doen, zouden ze binnenkort van hun blog kunnen leven. Melinda, een van hun vriendinnen, had een link 'contact voor samenwerking' naar een hotmailadres op haar site gezet en bood aan tegen betaling bepaalde producten in haar blog of op Insta aan te prijzen. Ze had zich vorig jaar als btw-plichtige zzp'er laten registreren.
Dat zouden Sara en zij dan ook doen, dacht Ebba.
Ze klopte even op de gesloten deur en deed hem toen open. Volkomen onnodig eigenlijk, want ze wisten alles van elkaar, maar als de deur van hun kamer dicht was, klopte je. Zo deden ze dat nu eenmaal.
Sara zat aan haar bureau voor haar opengeklapte laptop.
'Ik heb net een update gepost.'
'Waarover?'
'Dat we zo'n hekel hebben aan Arriva.'
Arriva was hun regionale busmaatschappij. Het was niet voor het

eerst dat Sara over hun slechte service, chagrijnige chauffeurs, vertragingen en uitgevallen ritten schreef. Arriva zou zich niet bij hen melden als ze sponsors zochten, nam Ebba aan.

'Wat trek jij vanavond aan?' vroeg ze, en ze deed hun gezamenlijke kledingkast open.

'Wat is er vanavond te doen?'

Ebba zuchtte. Er was toch één ding waarin ze van elkaar verschilden. Heel erg verschilden. Voor Sara kon het als een verrassing komen dat ze 's morgens moest ontbijten. Plannen, opruimen en vooruitdenken waren niet haar sterke punten. Ebba dacht dat dat haar schuld was. Zij was er al vroeg op gaan letten dat ze hun huiswerk op tijd inleverden, dat ze zich aan afspraken hielden en een planning maakten.

Zij was goed.

Sara was slordig.

'We worden geïnterviewd.'

'Door wie?'

'Door die man die na de Blog Awards belde.'

Sara draaide zich om met een gezicht alsof dit de allereerste keer was dat ze hoorde dat er na de Blog Awards iemand had gebeld. Ebba werd nooit kwaad op haar zus, maar áls ze het zou worden, dan op een moment als dit.

'Dat heb ik toch verteld,' legde ze geduldig uit. 'Een freelancer. Sven en nog wat.'

Aan het college van bestuur
van de Koninklijke Technische Hogeschool
SE-100 44 Stockholm

Bezwaar tegen benoeming tot hoogleraar (VL-2914-00071)
Hiermee teken ik bezwaar aan tegen de benoeming van een ander tot hoogleraar in de geadverteerde functie VL-2914-00071.

De benoemingscommissie schrijft in haar oordeel dat ik aan alle in het functieprofiel genoemde eisen ten aanzien van pedagogische en wetenschappelijke competenties voldoe.

Bovendien schrijft de commissie in par. 68 van verslag nummer 4/2013 dat de afdeling 'iemand zoekt die niet alleen een onderzoeksgroep kan vormen, maar ook in staat is om alle activiteiten van de afdeling te coördineren, leiding te geven aan het onderwijs en externe financiering aan te trekken'.

Ik ben op al deze punten uitermate geschikt (zie bijgaand cv), en verder ben ik een gerespecteerd en gewaardeerd medewerker en pedagoog, met uitstekende contacten binnen en buiten de KTH.

Bovendien heb ik, in tegenstelling tot degene die nu benoemd is, een brede algemene ontwikkeling, de vurige wens om kennis door te geven en het inzicht dat leren en kennis belangrijk zijn voor onze toekomst. Ik zou de afdeling niet alleen voorbeeldig leiden, ik zou ook een uitstekende ambassadeur zijn voor de gehele KTH, en een belangrijk, zichtbaar tegenwicht tegen de verachting van kennis en de oppervlakkigheidscultuur die zich meester maken van onze samenleving.

Daarom ben ik van alle kandidaten het geschiktst voor de functie en daarom eis ik dat het benoemingsbesluit betreffende functie VL-2914-00071 in mijn voordeel wordt herzien.

'Torkel?'

Hij keek op van zijn halfopgegeten, halflauwe maaltijd, die hij niet eens op een bordje had gedaan, maar zo uit het aluminium bakje zat te eten. Gegrilde gehaktworstjes, gekookte aardappels en jus, maar het enige wat eigenlijk een beetje smaakte, waren de vossenbessen die hij in de koelkast had gevonden. Eva Florén kwam naar hem toe.

'We hebben een telefoontje gekregen...'

Torkel begreep dat ze een speciaal telefoontje bedoelde, want ze hadden meer dan één telefoontje gehad. Ze hadden het afgelopen uur elke vijftien seconden een telefoontje gehad. Het was vrijwel onmiddellijk na de persconferentie begonnen en sindsdien almaar doorgegaan.

Men had op straat mysterieuze mannen gezien, die er 'als een journalist' uitzagen. Er waren auto's voor scholen waargenomen, voor alle scholen, niet alleen de Hildingskola. Men meende geschreeuw te hebben gehoord in verlaten gebouwen en sommigen vonden dat hun buren zich de laatste tijd raar gedroegen. Velen waren er zeker van dat ze Miroslav Petrovic dinsdag hadden gezien, op allerlei plaatsen en met allerlei mannen. (Verbazend veel mensen hadden hem ook woensdag nog gezien, al was hij toen al dood.)

Hetzelfde bij Patricia Andrén. Hoewel de informatie over haar nog verder uiteenliep. De moord was al iets langer geleden en het geheugen is kortstondig.

Het extra ingeroepen personeel, vooral agenten en een enkele aspirant, luisterde naar iedereen, maakte aantekeningen en gaf de gegevens door aan een commandogroep, die ze analyseerde en ordende op urgentie. Eva Florén had de leiding over de commandogroep.

Ze pakte een stoel en ging tegenover Torkel zitten.

'We hebben informatie over waar Petrovic en Cato misschien hebben geluncht.'

Torkel slikte het laatste stukje van zijn nogal droge gehakt door en keek haar vol belangstelling aan.

'Betrouwbaar?'

'Twee van serveersters en een van een andere gast,' knikte Eva. 'Ze gaven onafhankelijk van elkaar dezelfde plaats en tijd aan. Petrovic en nog iemand.'

Ze gaf Torkel een papiertje, en hij bekeek het.

'Daar zit nog een beetje saus,' zei Eva. Torkel keek op en Eva wees naar haar eigen mondhoek. Torkel veegde met zijn hand over de zijne.

'Andere kant,' zei Eva, en Torkel nam het zekere voor het onzekere en veegde allebei zijn mondhoeken met duim en wijsvinger schoon.

'Zal ik er iemand heen sturen of doen jullie het zelf?'

Torkel legde het papiertje neer en dacht even na. Het speet hem een beetje dat hij Billy en Vanja samen op pad had gestuurd. Het zou fijn zijn geweest als een van hen hier nu was. Sebastian en Ursula waren geen dreamteam en een van hen alleen sturen was geen optimale oplossing. In het geval van Sebastian was het zelfs ondenkbaar. Ursula zou het wel redden, maar getuigenverhoor was niet haar sterkste kant. Hij speelde even met de gedachte om er zelf samen met Ursula heen te gaan, maar verwierp die weer. Hij kon op dit moment het bureau niet uit. Niet al een paar uur nadat ze het onderzoek weer hadden opgestart. Hij wilde echter ook geen lokale mensen sturen van wie hij niets wist.

'Wij doen het,' zei hij, en hij schoof het aluminium bakje weg. Eva ging de keuken uit en de trap weer op, naar de rinkelende telefoons. Torkel bleef staan, dronk zijn water op, gooide het bakje weg, zette de rest in de afwasmachine en ging naar hun kamer.

Toen hij binnenkwam, keek Sebastian op van de stukken die voor hem uitgespreid lagen.

'Ik heb iets wat op een daderprofiel lijkt,' zei hij, en hij ging achteroverzitten. 'Nogal schetsmatig, maar toch.'

'Dat moet even wachten. Ik heb een karweitje voor je.'

Ursula stapte uit de auto en keek naar het Kurhotell. Of Het Nieuwe Kurhotell, zoals het blijkbaar heette. Ze had geen idee wat er met het oude was gebeurd. Dit was in elk geval een laag, geel, houten gebouw met deuren en ramen met wijnrode kozijnen. Ursula's gevoel voor kleuren was niet erg sterk ontwikkeld, maar ze vond het lelijk.

Ze hoorde dat Sebastian het portier aan de passagierskant dichtsloeg en sloot de auto af. Samen liepen ze het halfverharde pad op dat tussen goed onderhouden grasvelden omhoogleidde naar het hotel.

'Hoe is het met Torkel?' vroeg Sebastian toen ze ongeveer halverwege waren.

'Hoezo, hoe is het met Torkel?'

'Op Billy's bruiloft leken jullie heel intiem. Ik hoorde hem 's nachts in jouw kamer...'

'Jaloers?'

Hij kon niet uitmaken of ze een grapje maakte of serieus was.

'Nieuwsgierig. Je hoeft geen psycholoog te zijn om te zien dat Torkel meer wil dan wat het ook is wat jullie met elkaar hebben.'

'Dat gaat jou niks aan,' zei ze kortaf. Ze was niet van plan Sebastian te vertellen dat ze Torkel vanavond al iets meer wilde geven.

'Ik geef om jullie, ik wil dat jullie gelukkig zijn.'

'Flauwekul,' zei Ursula minachtend.

'Nee, nou ja, ik wil dat jij gelukkig bent. Torkel kan me eigenlijk niets schelen.'

Ursula bleef staan en keek hem aan. Haar ogen plotseling vol ingehouden woede.

'Niets wat jij doet of ooit hebt gedaan wijst erop dat je wilt dat ik gelukkig ben.'

'Dat is niet eerlijk...' begon Sebastian, die niet had verwacht dat het in zijn ogen luchthartige gesprek deze wending zou nemen.

'O nee? Wanneer wilde je dan dat ik gelukkig zou zijn?' ging Ursula door. 'Toen je me bedroog met mijn zus? Of toen je ex-vriendinnetje me in jouw huis neerschoot en jij niet eens de moeite nam om me in het ziekenhuis op te zoeken om te horen hoe het met me ging?'

'Dat spijt me. Ik kon het gewoon niet... Dat heb ik je op die bruiloft toch uitgelegd?'

'Te laat, Sebastian.'

Ursula draaide zich abrupt om en liep naar het hotel. Na een paar passen stopte ze en keek ze hem weer aan.

'Heb je nooit overwogen om ermee op te houden een klootzak te zijn in plaats van een klootzak te zijn en naderhand je excuses aan te bieden?'

Ze liep snel door naar de entree van het hotel.

Sebastian bleef staan, nog steeds verbaasd dat zijn onschuldige, plagerige babbeltje dit gevolg bleek te kunnen hebben. Natuurlijk, Ursula had een paar heel zware maanden achter de rug. Micke had haar verlaten, ze leed onder haar slechte relatie met haar dochter en onder het verlies van haar oog. Waarschijnlijk had ze er genoeg van en moest hij het nu ontgelden. Hij vond dat hij haar helemaal niet zo vaak had gekwetst of teleurgesteld, maar, bedacht hij terwijl hij zich ook weer in beweging zette, als de teleurstellingen erg groot waren, hoefden het er misschien ook niet zoveel te zijn.

De receptioniste bracht Sebastian en Ursula naar een kamer naast het restaurant en vroeg hun plaats te nemen op een zwartleren bankstel, dan zou zij de meisjes halen. Tijdens het wachten zeiden ze niets tegen elkaar. Sebastian had geen zin om de conversatie te hervatten en Ursula was dat ook duidelijk niet van plan. Toen de receptioniste terugkwam met twee vrouwen – een van rond de twintig, de ander iets onder de dertig –, allebei gekleed in een zwarte rok met een witte bloes met het logo van het hotel op de borst, stonden ze op, stelden zich voor en legden uit waarvoor ze kwamen.

De vrouwen gingen tegenover hen op een stoel zitten. Ursula knipte met het knopje van haar balpen en zette de punt op het notitieblokje dat ze op schoot had.

'Jullie werkten hier dinsdag allebei?' begon ze.
'Ja,' bevestigden beide vrouwen met een hoofdknikje.
'Vertel.'
'Vertel wat?' vroeg Cissi, de jongste van de twee.
'Miroslav Petrovic lunchte hier, zeiden jullie. Samen met iemand anders.'
'Ja.'
'Waar zaten ze?' vroeg Sebastian.
'Daar,' zei Emma. Ze draaide zich om en wees door de glazen deuren naar het restaurant, dat met zijn tafels in rechte rijen, zijn eenvoudige houten stoelen en zijn witte tafelkleedjes meer op de kantine van een school leek dan op een hotel- en conferentiecentrum.
'Aan de tafel in de hoek, daar bij het raam. Mirre zat met zijn rug naar de muur, en die andere man zat tegenover hem.'
'Hoe zag hij eruit?'
'Zijn haar was geknipt,' zei Cissi meteen, en ze glimlachte bijna verliefd bij de herinnering. 'Vreselijk knap. En hij had een blauw T-shirt aan en een lichte...'
'Nee, mens,' onderbrak Sebastian haar met een diepe zucht. 'Het kan ons toch niet schelen hoe Petrovic eruitzag! Die ander. Die man met wie hij lunchte. Hoe zag die eruit?'
'Was dat de moordenaar?' vroeg Emma nieuwsgierig, terwijl Cissi achteroverleunde op haar stoel, een beetje gepikeerd door de terechtwijzing.
'Hoe zag hij eruit?' herhaalde Sebastian.
Geen van beiden antwoordde meteen. Ze keken elkaar aan, Cissi haalde haar schouders op en Emma keek Ursula en Sebastian weer aan.
'Hij was... oud.'
'Hoe oud?'
'Ik weet niet, vijfenvijftig of zo.'
'Ouder,' zei Cissi. 'Mijn opa is zeventig. Zo oud zag hij er ook uit.'
Ursula keek naar de cijfers die ze had genoteerd en zuchtte inwendig. Het was een heel verschil of iemand vijfenvijftig was of zeventig. Met een paar jaar speling naar beide kanten hield je een marge

van twintig jaar over. Hopeloos als je een signalement wilde opstellen.

'Hoe oud denken jullie dat ik ben?' vroeg Sebastian, die kennelijk dezelfde gedachtegang had.

'Zestig, vijfenzestig?' zei Cissi aarzelend. Ze keek Emma aan om steun, en kreeg die in de vorm van een instemmend knikje.

Sebastian zei niets. Misschien werd het toch tijd om zichzelf iets beter te verzorgen. Hij keek snel naar Ursula en zou zweren dat die hem uitlachte.

'Een baard,' zei Emma opeens. 'Hij had een baard. Een grijze baard.'

Dat kon verklaren dat hij er ouder uitzag, dacht Ursula, terwijl ze onder de getallen die ze net had genoteerd schreef: 'grijze baard.' Maar Sebastian had geen baard, en die schatten ze toch ook bijna tien jaar ouder dan hij was.

'Hij had de hele tijd een pet op. Zo'n oudemannetjespet.'

Ursula knikte en schreef het op. Goed. Het begon ergens op te lijken. Als ze genoeg details hadden, deed de ondefinieerbare leeftijd er misschien niet meer zo toe.

'En een bril,' zei Cissi.

'Ja, zo een met een dun montuur,' vulde Emma aan. 'Zoals je bij Statoil kunt kopen.'

'Nog meer?' vroeg Ursula bemoedigend.

'Nee.'

'Dialect?' vroeg Sebastian. 'Hebben jullie hem horen praten? Herinneren jullie je zijn stem?'

De vrouwen keken elkaar aan en schudden hun hoofd.

'Deed hij de bestelling?' hield Sebastian vol.

'Ja, maar ik herinner me niets bijzonders. Het was een gewone stem.'

'Herinneren jullie je hoe hij betaalde?' vroeg Ursula. Ze durfde niet te hopen op een creditcard, maar soms maakten zelfs de slimste daders de stomste fouten.

'Contant,' zei Emma, waarmee die vage hoop ook meteen de bodem in geslagen was.

'Herinneren jullie je verder niets?'

Weer oogcontact, weer hoofdschudden.

'Dus een man met een baard, een petje en een bril die eruitziet en klinkt zoals alle andere mannen van vijfenvijftig tot zeventig jaar,' vatte Sebastian onmiskenbaar teleurgesteld samen.

Cissi en Emma keken elkaar weer aan en knikten ditmaal.

'Ja...'

'Nou, bedankt dan.'

Cissi en Emma stonden op. Ursula deed haar notitieblokje dicht en ging achteroverzitten op de bank. Ze vroeg zich af of het de moeite waard zou zijn om een politietekenaar te laten komen, maar besloot dat aan Torkel over te laten.

Sebastian stond op en liep naar de glazen deuren die de kamer van de rest van het restaurant scheidden.

Ze zouden een oproep aan het publiek kunnen doen om contact op te nemen als men hier dinsdag had geluncht. Een van de andere gasten zou misschien een beter signalement kunnen geven. Als het meezat, had iemand zelfs een foto van Petrovic genomen waar Sven Cato ook op stond.

Maar Cato was slim.

Die had vast rekening gehouden met die mogelijkheid.

In de hoek, afgekeerd van de rest van de zaak.

In het beste geval zouden ze dan een foto van zijn nek en zijn rug hebben.

Ze hadden dus nog steeds niets.

Billy was in Patricia Andréns laptop gekomen. Dat was niet zo moeilijk geweest. Ze had geen wachtwoord om in te loggen en in haar besturingssysteem kon hij via het cachegeheugen alle sites vinden die ze regelmatig bezocht. Hij begon met Facebook, waar ze het vaakst kwam, en had meteen geluk.

Echt mazzel.

Patricia had niet uitgelogd. Hij begon ijverig te scrollen in haar tijdlijn. Het effect van de persconferentie was overweldigend. Het had de hele dag werkelijk berichten geregend.

Een heleboel.

Absurd veel.

Iedereen voelde zich verplicht iets persoonlijks te zeggen en was verdrietig. Ze spraken over het gemis van iemand die ze alleen maar kenden via een televisiescherm. Dat kwam wat eigenaardig en ook een beetje banaal over. Patricia's 7187 volgers rouwden, ongeacht hoe goed ze haar kenden. Zo aan de berichten en reacties te zien zou ze na haar dood nog bekender en geliefder worden dan ze tijdens haar leven ooit was geweest.

Billy begon terug te scrollen, voorbij de laatste posts, en kwam na een tijdje bij het laatste bericht dat Patricia zelf had geschreven. Vanaf haar mobiel, om 14.46 uur op de dag dat ze was vermoord. Een selfie vanuit de kapsalon met de tekst: 'Zo tijd voor het interview. Wens me succes.'

Hij scrolde door, verder terug door de vele alledaagse, zichzelf herhalende berichten, die allemaal aangaven hoe goed alles ging, hoe lekker alles was en hoe gezellig je het kon hebben, totdat hij iets vond wat hem interesseerde. Op 8 juni om 13.24 uur had ze onder een andere selfie vanaf haar werk geschreven: 'Net gebeld door *Sydsvenskan*. Er komt een groooot interview! Ik hou jullie op de hoogte.'

Billy noteerde '8/6 13.24' op zijn eigen laptop.

De volgende stap was het opvragen van de gesprekkenlijsten van Patricia's mobiel bij haar provider. Nagaan welke nummers haar die dag voor 13.24 uur hadden gebeld. De moordenaar moest daartussen zitten. Als hij zo slim en verstandig was geweest als hij zich tot nu toe had getoond, had hij waarschijnlijk gebeld met een prepaid telefoon, maar het was beslist de moeite waard om het te checken.

Billy ging terug naar het laatste bericht dat Patricia had gepost en begon de commentaren daaronder door te kijken. Misschien had ze nog op een of andere reactie gereageerd en meer over haar komende afspraak verteld. Hij vond een paar likes, maar geen reacties of bedankjes van Patricia. Totdat op het allerlaatst...

Gepost om 03.16 uur. Vanaf haar telefoon.

Heel kort.

'Dertien van de zestig. Onvoldoende.'

Billy schrok. 03.16 uur. Ruim vijf minuten voordat haar lichaam werd gevonden. Hij bladerde snel door het obductieverslag. Hij meende zich te herinneren dat ze in Lund hadden vastgesteld dat het tijdstip van overlijden ergens tussen 21.00 en 01.00 uur lag. Hij vond de betreffende pagina en zag dat hij het zich goed herinnerde.

Het bericht was zeer zeker na haar dood gepost.

Dertien van de zestig.

Zestig vragen in de test die ze op de rug van de slachtoffers hadden gevonden.

Billy ademde diep door en legde de stukken weg. Zijn hoofd tolde. Had de dader het resultaat van Mirre na zijn dood ook bekendgemaakt? Voor zover ze wisten niet, maar de sociale media waren niet altijd het eerste wat de lokale politie naging. Billy wist dat de digitale kant van een onderzoek de collega's in twee groepen verdeelde: degenen die de nieuwe techniek als een extra hulpmiddel beschouwden en degenen die er niet veel in zagen.

Hij pakte zijn mobiel en ging naar Twitter. Hij zocht op Mirre Petrovic, vond hem en ging hem volgen. Mirres tijdlijn verscheen. Niets. Hij was niet erg actief geweest. Eén tweet per twee, drie dagen. Niets meer na zijn dood.

Billy opende zijn Instagram en vond daar Mirres account, en zoals hij al had verwacht was dat niet privé. Hij zag meteen dat hij niet door de geschiedenis hoefde te bladeren.

Billy huiverde.

De eerste foto die verscheen, de laatst gemaakte. Mirres test lag op iets wat eruitzag als een schoolbank en vulde bijna het hele beeld, maar in de ene hoek was een stukje van de vloer te zien. Daar zag hij een schoen met bijbehorende voet in een hoek waaruit bleek dat degene van wie die voet was niet stond. Billy herkende de schoen. Hij was van Mirre. Het had er alle schijn van dat hij niet meer leefde toen de foto werd genomen.

Eronder stond: 'Gezakt. 3/60.'

1884 likes.

366 reacties. De meeste daarvan vroegen wat hij nou toch weer had gedaan. Het zag eruit als een test. Wist hij soms niet dat het vakantie was?

Drie goed.

Drie van de zestig.

Gezakt.

Billy pakte zijn mobieltje weer. Hij moest Torkel bellen om te vertellen wat hij had gevonden.

Torkel wreef zich in de ogen en keek op zijn horloge. Nog maar even na zes uur, maar het was een zware dag geweest. Tijd om de balans op te maken.

Wat wisten ze?

Wat moesten ze nog doen?

Het antwoord op de eerste vraag was: verontrustend weinig. Bijgevolg was het antwoord op de tweede vraag: bijna alles.

Er kwamen nog steeds af en toe reacties binnen op hun tiptelefoon omdat mensen thuiskwamen uit hun werk en kennisnamen van het nieuws, maar de stroom was toch aanzienlijk afgenomen.

De tips die overdag waren binnengekomen hadden niet veel meer opgeleverd dan de lunch in het Kurhotell en twee auto's die interessant zouden kunnen zijn. Die waren op dinsdagavond en in de nacht van dinsdag op woensdag in de buurt van de Hildingskola gezien. De eigenaar van de ene auto hadden ze te pakken gekregen, en hij had een volkomen plausibele verklaring voor wat hij daar in die tijd deed. Bovendien had hij niet alleen in de auto gezeten en bevestigde zijn passagier zijn informatie. De andere auto was een rode Volvo V70, maar de getuige had waarschijnlijk een paar letters of cijfers van het nummerbord door elkaar gehaald, want AYR393 was het nummer van een witte Skoda in Sundsvall, en beide nummerplaten zaten daar nog op. Torkel verwachtte ook niet veel van de bewakingscamera's in de stad. De buurt rond de school werd niet bewaakt en de dichtstbijzijnde camera hing er meer dan zeshonderd meter vandaan, op een nogal drukke weg die je niet eens hoefde te nemen om bij de school te komen. Er waren minstens drie andere manieren om daarheen te gaan.

Even had Torkel nog gehoopt dat er camera's zouden hangen langs de weg naar het Kurhotell. Dat lag aan het einde van een doodlopende weg en na het hotel was er alleen nog maar bos. Aan opnamen van dinsdag omstreeks twee uur hadden ze echt iets gehad, maar die weg was ook al onbewaakt.

Ze hadden de derde persoon gesproken die hen had getipt over de lunch van Petrovic, maar dat had geen duidelijker signalement opgeleverd van zijn disgenoot. De persoon in kwestie was Mirre tegengekomen toen die na een bezoek aan het toilet het restaurant weer in liep. Bij wie Mirre aan tafel zat had hij niet gezien. Ze hadden een oproep gedaan om foto's van Petrovic tijdens die lunch, stiekem genomen of niet, aan hen door te geven, maar er was tot nu toe niets binnengekomen.

In Helsingborg was ook geen doorbraak bereikt. De collega's van Patricia Andrén in de kapsalon wisten niet meer dan dat ze die middag zou worden geïnterviewd, niet waar en niet hoe laat.

Ze hadden een tip gekregen over een restaurant waar de tipgever meende dat ze Patricia op de dag van haar verdwijning had gezien, maar toen Vanja daarheen was gegaan kon niemand van het personeel zich herinneren dat Patricia Andrén er was geweest, en toch herkenden de meesten haar op een foto die Vanja hun liet zien.

Stefan Andersson had nog altijd geen alibi voor de dag dat Patricia Andrén was verdwenen, maar dat voor de dag van de moord was des te beter: toen zat hij in hechtenis.

Even hadden ze besproken of er sprake kon zijn van meer dan één dader, maar niets in de werkwijze duidde daarop – integendeel.

'We weten dat hij de resultaten van de tests na de moord met hun eigen telefoon op hun eigen account heeft gezet,' beëindigde Torkel zijn tamelijk deprimerende overzicht, en hij wreef zich weer in de ogen. Kwam het door de slechte ventilatie in deze ruimte? Of was die juist te goed? Zijn ogen waren droog.

'Zijn die mobieltjes op te sporen?' vroeg Sebastian.

'Ze staan volgens Billy niet aan, maar als hij ze weer gebruikt...'

'Dat zal hij niet doen,' merkte Sebastian op. 'Dat zou dom zijn, en als onze dader iets niet is, dan is het dom.'

'Goed, wat of wie is hij dan?' vroeg Torkel. Hij pakte een stoel en een van de flesjes mineraalwater die op tafel stonden, en ging zitten. 'Je zei dat je een profiel had opgesteld.'

'Een schets. Hij is nog lang niet compleet.'

Torkel gebaarde dat dat niet uitmaakte en dat hij toch maar moest beginnen.

'Zoals ik al zei: het is een man van boven de veertig, die al lang een afkeer van de moderne tijd heeft, of die niet begrijpt, maar die er nu pas tegen in actie is gekomen.'

'Waarom nu?' vroeg Ursula.

Sebastian spreidde zijn handen in een gebaar dat moest aangeven dat hij het net zomin wist als zij.

'Scheiding, ontslagen, een promotie misgelopen. Er kan iets zijn gebeurd wat hem het laatste zetje gaf. Of hij werd het gewoon zat. Had genoeg van de aandacht die Petrovic en Andrén kregen en die ze volgens hem absoluut niet verdienden.'

'Het ging de laatste tijd goed met ze,' vulde Ursula aan. 'Bloginkomsten, een tournee, presentator, nieuw televisiewerk, aandacht in de media...'

'Onze man is hoogstwaarschijnlijk een of andere academicus,' vervolgde Sebastian. 'Verdedigt het oude idee van kennis. Aan de buitenkant een rustige, gewaardeerde, capabele collega. Hij is waarschijnlijk niet zo vaak van baan veranderd en staat negatief tegenover verandering.'

Er werd op de deur geklopt. Sebastian zweeg en Eva Florén stak haar hoofd om de deur.

'Sorry dat ik stoor, maar je hebt bezoek,' zei ze tegen Torkel.

'Dat moet even wachten.'

'Het is belangrijk, anders had ik jullie niet gestoord,' zei Eva zelfverzekerd. 'Hij zegt dat de moordenaar zich heeft gemeld.'

'Wie zegt dat?'

'Ene Axel Weber.'

Torkel kwam in de receptie en keek om zich heen. Er waren wel mensen, maar niemand die hij herkende van de persconferentie, behalve Weber, die zijn mobieltje in zijn zak stopte toen hij de wenkende Torkel zag en vervolgens opstond uit een van de stoelen bij het loket voor de uitgave van paspoorten.

'Kom hier maar binnen,' zei Torkel, en hij hield de deur open die de receptie scheidde van de rest van het bureau. 'Heeft Cato zich bij jou gemeld?' vroeg hij zodra de deur achter hen dicht was.

'Niet bij mij.'

Weber stak zijn hand onder zijn colbert en haalde uit zijn binnenzak een plastic hoesje met een vel papier erin. Hij overhandigde het aan Torkel, die het snel las. Een kopie van een brief. 'Die heeft de baas een paar weken geleden gekregen. Hij had er niet meer aan gedacht, beschouwde het als zo iemand van het type "vroeger was alles beter", maar toen gingen we over Sven Cato schrijven...'

'Cato de Oudere.'

'Ja, dat lijkt er toch wel heel erg op, hè?'

'We hebben het origineel nodig,' zei Torkel.

'Sorry, dit is wat ik voor je heb...'

Torkel keek op van de brief.

'Ga je hierover schrijven?'

Een vraag. Meer niet. Torkel wist dat hij geen poging hoefde te doen om het hem te verbieden.

'Wil je dat?'

'Liever niet.'

'Geef me dan iets anders. Exclusief.'

Torkel dacht snel na. Hij hoefde Weber natuurlijk niets te geven, maar de journalist had hen toch geholpen. Niet alleen nu, maar ook in vorige zaken. Hij had voorinformatie gegeven over dingen die zijn krant zou publiceren, zodat ze tijd hadden om een getuige te verplaatsen. Dat had misschien zelfs wel haar leven gered.

'Het moordwapen was waarschijnlijk een verdovingspistool,' zei Torkel, nadat hij in gedachten was nagegaan welke informatie het onderzoek de minste schade zou bezorgen en waar iemand van de pers binnenkort waarschijnlijk toch wel achter zou zijn gekomen.

'Oké. Heb ik dat van jou?'

'Nee.'

Het was niet nodig bekend te maken dat het hoofd van de Nationale Recherche informatie exclusief aan één bepaalde journalist verstrekte. Dit nieuwtje had Weber bovendien uit allerlei bronnen kunnen krijgen. In het obductierapport van het forensisch laboratorium in Lund werd het verdovingspistool als mogelijk moordwapen genoemd. Tot dat rapport had Peter Berglund toegang, en die had ongetwijfeld al meerdere keren geen idee gehad waar of bij wie het zich bevond.

‘Schrijf maar dat je het van een bron bij de politie van Helsingborg hebt.’

‘Zeker weten?’

‘Ja, en als de naam Peter Berglund een keer zou vallen, zou dat ook geen kwaad kunnen.’

‘Wie is Peter Berglund?’

‘Iemand van de politie in Helsingborg.’

Weber keek Torkel verbaasd, maar ook wel lichtelijk geamuseerd aan.

‘Wat heeft hij gedaan om zich de woede van de Nationale Recherche op de hals te halen?’

‘Hij heeft net informatie gelekt over het moordwapen,’ zei Torkel grijnzend. Hij stak het plastic hoesje bij wijze van groet omhoog en ging terug naar Ursula en Sebastian.

‘Beslist een academicus,’ zei Sebastian, wijzend op de kopie die hij van Torkel had gekregen. ‘“In mijn werk kom ik heel wat jongeren tegen.” Ik denk dat hij lesgeeft aan een universiteit of zo.’

‘Hij kan ook rijschoolhouder of begeleider bij de scouting zijn of wat ook; die komen ook jongeren tegen,’ bracht Ursula ertegen in.

‘Nee.’ Sebastian schudde zijn hoofd. Hij las door. ‘“Kennis vergaren, kritisch denken en zich ontwikkelen, om uiteindelijk een interessante, uitdagende baan te krijgen.” Hij zit in het onderwijs. Waarschijnlijk aan een universiteit of een hogeschool.’

‘Waarom noemt hij zich Cato de Oudere?’ vroeg Torkel. ‘Waarom niet Sven Cato?’

Ursula trok Torkels laptop naar zich toe, die opengeklapt op tafel stond, terwijl Sebastian Torkel met gespeelde verbazing aankeek.

‘Weet je niet wie Cato de Oudere was?’

‘Nee.’

‘Daar gaat het dus om. Als je jezelf zo noemt, duidt dat op kennis. Algemene ontwikkeling.’

‘Weet jij wel wie het was?’

‘Ja, toevallig wel. Hij zei: “En overigens ben ik van mening dat Carthago verwoest moet worden.”’

'Waarom zei hij dat? Wat had hij tegen Carthago?'
'Dat weet ik niet.'
'Cato de Oudere. Geboren in 234 voor Christus,' las Ursula voor van het scherm dat ze tevoorschijn had gegoogeld. 'Was senator van Rome en besloot al zijn toespraken, waar ze ook over gingen, met de wens dat Carthago verwoest zou worden. Hij beschouwde die stad in Noord-Afrika als een bedreiging van de machtspositie van Rome aan de Middellandse Zee.'
'Je zou dat zo kunnen interpreteren dat onze Cato vindt dat de belangstelling van tegenwoordig voor bekende Zweden de oude kennissamenleving bedreigt,' concludeerde Sebastian.
Het werd stil om de tafel.
'Nog meer? Voordat we afsluiten?'
Sebastian pakte de kopie weer.
'Hij heeft aan meer mensen geschreven,' zei hij, en hij keek weer op. 'We zouden bij de media moeten informeren, vooral bij de zenders waarvoor de slachtoffers werkten. Misschien heeft hij ook wel eens naar dat programma gebeld waarin luisteraars hun mening kunnen geven, *Bel Radio 1*. Voordat hij begon te moorden.'
'Regel ik,' zei Torkel, en hij leunde achterover en wreef weer in zijn ogen. 'Het eerste wat ik morgen doe.'
'Als je toch bij de kranten informeert, vraag ze dan ook hun ingezondenbrievenrubriek erop na te kijken,' zei Sebastian. 'Cato is een briefschrijver. Oude media. Papieren kranten. Envelop en postzegel.'
Torkel knikte. Ursula deed de laptop dicht. Torkel nam het laatste slokje uit het flesje mineraalwater. Ze stonden allebei op. Sebastian bleef zitten, nog steeds met de kopie in zijn hand.
'Nog meer?'
'Nee, gaan jullie maar,' zei Sebastian zonder op te kijken. Cato interesseerde hem. Meer dan de andere daders in de onderzoeken waaraan hij had meegewerkt sinds hij terug was bij de Nationale Recherche.
Intelligent, vooruitdenkend, communicatief, doelgericht.
Een waardige tegenstander.
Helaas voor alle deelnemers aan realityseries in het land zouden

ze hem waarschijnlijk niet tegenhouden voordat hij een fout maakte.

En dat kon even duren.

Dat kon lang duren.

Eerst had hij overwogen om het af te breken.
De politie had zijn alias bekendgemaakt. Dat had hij nog gebruikt in zijn contact met de zusjes Johansson. Niet dat hij dacht dat die de krant lazen of overdag naar het radionieuws luisterden, maar het was toch iets wat ze zouden kunnen weten. Dode pseudoberoemdheden lagen wel op het juiste niveau voor wat zij uit de nieuwsstroom oppikten.
Maar ook al wisten ze wat er in Helsingborg en Ulricehamn was gebeurd, dan nog was het niet zeker dat er alarmbellen bij hen zouden gaan rinkelen. Ze hadden geen reden om zich bedreigd te voelen. Het waren bloggers, en voor zover hij wist, waren ze nog nooit op tv geweest. Bovendien had hij zijn 'naam' maar één keer genoemd. Toen hij Ebba Johansson voor de eerste keer belde, had hij zich voorgesteld en gezegd dat hij van *Svenska Dagbladet* was. Het was hoogst onwaarschijnlijk dat ze dat had onthouden.
Hij had de tweets van de zusjes gelezen, hen op Instagram gevolgd en zich door hun op z'n zachtst uitgedrukt nietszeggende blog heen geworsteld, en nergens hadden ze gemeld dat ze een afspraak hadden met een journalist.
Dan bleef nog de mogelijkheid over dat ze wisten wat er was gebeurd, zijn naam hadden herkend, naar de politie waren gegaan en hadden gezegd dat ze die avond een afspraak hadden met Cato.
Mogelijk.
Maar niet waarschijnlijk.
Maar toch.
Enige voorzichtigheid was geboden.
Ze hadden om acht uur afgesproken in een pizzeria in Sundbyberg. Die plek was met zorg gekozen. Het had te maken met de zusjes, maar er was toch niet veel kans dat ze iemand zouden tegenkomen die ze kenden, het was gemakkelijk voor hem om buiten

het zicht te parkeren, ver van openbare communicatiemiddelen, een uur wachten op een taxi.

Toen Ebba had gevraagd waarom hij juist daar wilde afspreken, had hij gezegd dat hij hen wilde meenemen naar de buurt van hun kindertijd. Dat had nog heel wat overredingskracht van hem gevraagd. Ebba vond dat ze niet veel te melden hadden over Sundbyberg, omdat ze daar al op hun vijfde waren weggegaan, maar hij had eraan vastgehouden. Het zou een goede invalshoek zijn voor het artikel: wie dachten ze dat ze nu zouden zijn geweest als ze daar nog hadden gewoond? Zouden ze zich anders hebben ontwikkeld als hun moeder niet was hertrouwd en ze niet naar Djursholm waren verhuisd? Dat soort vragen interesseerde hem. De diepte in gaan. De mens achter hun blogidentiteit ontdekken. Ebba had geprobeerd hem uit te leggen dat er niet zoveel 'mens achter' hen zat, dat zij en haar zus schreven over het leven zoals het was en dat er verder niemand blogde, maar uiteindelijk had hij de pizzeria toch als locatie kunnen afspreken.

Alles verliep volgens plan.

Toen werd zijn alias bekend.

Maar hij wist wat de politie wist en hij was slimmer dan zij.

Slimmer dan de meeste mensen.

Dus hij hield wel vast aan zijn plan, maar paste het een beetje aan.

Als de zusjes de politie hadden ingelicht, zouden ze hem daar opwachten als hij er vlak voor acht uur kwam. Dus hij was er al om drie uur 's middags naartoe gegaan en had er een late lunch gegeten. Hij was een uur blijven zitten en had goed in zijn hoofd geprent wie er in het restaurant waren. Toen was hij een uurtje weggegaan en teruggekomen met de smoes dat hij zijn pet had laten liggen. Geen van de gasten die er om drie uur waren, was er nog toen hij terugkwam. Dat hoefde echter niets te betekenen. Misschien waren ze in de keuken, in een auto buiten of in een aangrenzend pand.

Hij nam een besluit. Hij belde Ebba en stelde voor om elkaar toch maar in een Chinees restaurant bij hen in de buurt te zien. Hij gaf geen reden voor de verandering en ze vroeg er ook niet naar. Ze leek zich ook niet te hoeven inspannen om te doen alsof het babbeltje met hem haar niets deed. Ze klonk precies zoals de vorige keer dat ze elkaar hadden gesproken.

Dat sterkte hem in de overtuiging dat ze zijn eerste telefoontje niet met het nieuws van die dag in verband had gebracht. Hij wist niet goed hoe de politie werkte, maar als hij politieman was geweest – en hij zou een uitstekende zijn geweest –, zouden ze nu de bewaking van de pizzeria overbrengen naar het Chinese restaurant, en dat zou daar tot enige beweging moeten leiden. Terwijl hij de nieuwe ontmoetingsplaats in de gaten hield, wees echter niets op activiteit van de politie, en toen het kwart voor acht werd, was hij ervan overtuigd dat de politie niets wist van de aanstaande afspraak en ging hij het restaurant binnen.

Hij keek om zich heen. Niemand registreerde zijn komst. Ze wezen hem een tafel, maar hij vroeg om een andere, in de hoek, en kreeg die. Hij ging met zijn rug naar de rest van de zaak zitten wachten.

Twintig minuten later kwamen de zusjes Johansson.

Het was goed begonnen, vond Ebba.

De man aan het tafeltje in de hoek stond op toen ze binnenkwamen en zwaaide even. Ze gingen naar hem toe.

'Ebba en Sara?' had hij gevraagd toen ze dichterbij kwamen, en het was duidelijk dat hij wist wie wie was. Niet iedereen zag het verschil tussen hen. De meeste mensen overdreven het zelfs. Ze leken zo ontzettend op elkaar. Dat irriteerde Ebba altijd. Ze leken wel op elkaar, maar er waren toch verschillen. Ze waren twee verschillende mensen. Als mensen hen niet uit elkaar konden houden, was dat gewoon luiheid. Maar de man met de baard en de pet zo ver over zijn voorhoofd getrokken dat die zijn ronde brilletje met stalen montuur raakte, wist wie ze waren. Dat was al een pluspunt voor hem.

'Sören. Wij hebben elkaar aan de telefoon gesproken,' zei hij, en hij keek Ebba aan en stak haar zijn hand toe.

Hij had erover nagedacht en besloten een andere naam te gebruiken als ze elkaar zagen. Iets wat erop leek, iets wat ze door de telefoon best verkeerd kon hebben verstaan. Het was de goden verzoeken om de naam Sven Cato te gebruiken bij de kennismaking, een naam die ze toch die dag gehoord konden hebben of gedrukt hadden kunnen zien staan, ook al hadden ze geen verband gelegd met zichzelf.

'O, ik dacht dat u anders heette,' zei Ebba toen ze hem een hand gaf. Sara knikte instemmend.

'Nee, ik heet Sören, maar dat maakt niet uit. Ga zitten.'

Hij had naar de bank gewezen, en daar waren ze naast elkaar gaan zitten. Een ober had het menu gebracht. Ze hadden er even over gedaan om te kiezen wat ze wilden eten.

'Ik betaal natuurlijk,' zei hij terwijl ze probeerden te kiezen. 'Dus neem maar wat je hebben wilt.'

Sara had vegetarische loempia's gekozen. Sören bestelde varkensvlees met sojabonensaus. Zelf nam Ebba garnalen met groente in tamarindesaus, en hoewel ze boven de achttien waren, namen ze geen alcohol, maar een cola light en een mineraalwater. Sören nam een alcoholvrij biertje. Hij moest nog rijden...

Terwijl ze op het eten wachtten, begon hij met het interview. In het begin merkte Ebba dat ze een beetje op haar hoede was. Ze had wel vaker mannen van Sörens leeftijd ontmoet en als ze vertelde wat Sara en zij deden, moest ze zich meestal verdedigen.

Wat voor nut had een blog?

Hadden ze voortdurend bevestiging nodig?

Waarom zou je je leven voor iedereen te kijk zetten?

Maar algauw drong het tot haar door dat Sören het heel anders aanpakte. Het zou echt een portret worden. Een verdieping. Hij was geweldig belezen en gaf hun het gevoel dat ze bijzonder waren. Hij stelde vragen die niemand hun ooit eerder had gesteld. Persoonlijk, maar niet privé. Hij nam hen serieus.

Het eten kwam. Tijdens het eten praatten ze door. Sören maakte aantekeningen. Sara vroeg waarom hij het gesprek niet opnam. Dat leek haar veel gemakkelijker dan alles te moeten opschrijven. Sören legde uit dat het zijn ervaring was dat mensen gespannener waren als ze wisten dat het gesprek opgenomen werd. Dan waren ze minder spontaan en letten ze beter op hun woorden.

'Jullie mogen de tekst voor publicatie natuurlijk lezen, en als jullie bepaalde citaten willen veranderen, kunnen jullie altijd zeggen dat ik het verkeerd heb verstaan of begrepen,' zei hij glimlachend.

'Dat zou niet kunnen als ik ons gesprek had opgenomen.'

Een sympathieke instelling van een sympathieke man, vond Ebba.

De ober kwam en ruimde af, en allebei bedankten ze voor een dessert, maar wilden ze wel koffie.

Tijdens de koffie hadden ze het over de Summer Blog Awards gehad, het feest, de erkenning, wat het voor hen betekende, wat het voor andere meisjes betekende, hoeveel publiciteit ze na deze onderscheiding hadden gekregen.

'Een van mijn studenten kreeg vorig jaar een beurs voor het MIT,' zei Sören opeens. 'Dat kreeg helemaal geen publiciteit.'

Ebba wisselde snel een blik met haar zus. Ze waren allebei verbaasd dat de beleefde, tactvolle man hen zo in de rede viel.

'O,' zei Sara. 'Gefeliciteerd.'

'Sorry dat ik je onderbrak,' zei Sören, en hij boog zijn hoofd. 'Het spijt me.'

'Het geeft niet,' zei Sara.

Na een korte stilte, waarin het leek alsof Sören de draad een beetje kwijt was, verontschuldigde Ebba zich en vroeg ze of hij wist waar het toilet was. Hij wees naar de hal, en dan rechts. Ze stond op en liep weg.

'Wil je nog een cola?' vroeg Sören toen hij alleen achterbleef met Sara. Het was hoog tijd om een eind aan de avond te maken. In het Chinese restaurant in elk geval.

'Graag,' antwoordde ze, met haar ogen op haar telefoon gericht.

Typerend, dacht hij, en hij stond op. Zodra er een korte pauze ontstond meteen naar je schermpje. Ze hadden misschien een uur en een kwartier zitten praten. Wat kon er in die tijd zijn gebeurd dat zo belangrijk was dat ze niet nog twintig minuten kon wachten?

Maar dat was nu juist een van de fouten van deze generatie. Ze konden niet wachten. Ze hadden geen geduld. Ergens naar verlangen was ondenkbaar.

Alles moest nu gebeuren.

Meteen.

Liefst gratis.

Maar hij was blij dat hij had besloten zijn naam te veranderen voor het geval dat ze nu ergens zou melden dat ze uit was met een zekere Sören. Terwijl hij het kleine stukje naar de bar midden in het restaurant liep, vervloekte hij zichzelf omdat hij zich had laten provoceren. Toen ze zaten te kwebbelen over hoe belangrijk hun blog was, dat ze anderen inspireerden en zichzelf als voorbeeld zagen, was het hem even te veel geworden.

Maar dat niet alleen.

Hij had zijn dekking laten zakken, was onvoorzichtig geworden, want hij moest toegeven dat het best leuk was om met hen te praten. Met die ene tenminste. De jongste, Ebba. Die leek iets minder oppervlakkig dan haar zus.

'Nog een cola light en een Ramlösa,' zei hij tegen de ober, die achter de bar stond en een blik wierp op het tafeltje waar Sara nog druk bezig was met haar telefoon.

'Ik kom het zo brengen.'

'Nee, schenk maar in, dan neem ik het wel mee.'

Terwijl de ober een glas cola tapte en een flesje mineraalwater uit de koelkast pakte, haalde hijzelf de kleine pilletjes uit zijn zak en verdeelde ze over zijn beide handen.

'Alstublieft dan,' zei de ober, en hij zette de glazen op de bar met een gezicht alsof hij niet begreep waarom hij ze niet naar de tafel mocht brengen.

'Bedankt.'

Hij pakte de glazen aan de bovenkant en liet de benzodiazepinen erin vallen. Het borrelde even toen de pillen naar beneden zakten, maar ze zouden snel oplossen en verdwenen zijn als hij de glazen op tafel zette. Dat was bij Patricia en Miroslav heel gemakkelijk geweest. Die waren naar de wc gegaan en toen ze terugkwamen, stond er een gedrogeerd drankje voor hen klaar. Toen ze zich beroerd voelden, bood hij aan hen naar huis te brengen.

Het was lastiger dat deze meisjes met z'n tweeën waren. Misschien was dat een dom idee geweest. Maar hij had geen tijd om daarover na te denken. Hij zat net weer toen Ebba terugkwam.

'Ik heb nog een water voor je genomen.'

'Dat had niet gehoeven, maar dank u wel.'

Haar zus had al twee flinke slokken uit het nieuwe glas cola genomen zodra hij dat voor haar had neergezet. Wat zou er gebeuren als de een niet dronk? Dan zou het toch nog wel kunnen. Samen zouden ze Sara helpen. Dat was misschien nog wel beter. Het zou minder verdacht lijken dan wanneer ze allebei opeens ziek en doezelig werden.

'Wat zijn jullie toekomstplannen?'

Ebba begon te vertellen dat ze daar die middag over had nagedacht. Een bedrijf beginnen. Meer reclame maken in hun blog, waardoor die belangrijker zou worden.

'Geen ambitie om een echte baan te zoeken?' vroeg hij, en hij maakte met zijn vingers aanhalingstekens bij het woord 'echt', zodat ze niet op het idee zouden komen dat hij wat ze nu deden geen echt werk vond.

'Waarom zouden we?' vroeg Sara. 'Als we geld kunnen verdienen met schrijven is dat toch een baan, of niet?'

'Wil jij dat ook?'

'Ik weet het niet,' antwoordde Ebba nadenkender. 'Een tijdje misschien. Kijken hoe het gaat, maar ik kan me niet goed voorstellen dat ik op mijn dertigste nog steeds zit te bloggen.'

'Wat doe je dan tegen die tijd?'

'Weet ik niet. We maken de middelbare school af, en dan zien we wel verder.'

Er klonk een licht gekreun links van Ebba, en ze draaide zich ernaartoe. Sara zat met haar ogen half dicht. Ze zag er binnen een paar seconden ineens bleker uit.

'Ik voel me niet lekker...' bracht ze uit, en ze kreunde weer, haalde diep adem om een beetje wakker te worden, maar dat hielp niet.

'Iets wat je hebt gegeten?' vroeg Sören meelevend.

'Ik weet het niet. Misschien...'

'We waren toch al klaar, hè? Ik ga wel even betalen.'

Hij stond op, viste zijn portefeuille uit zijn achterzak en liep naar de bar.

'Belt u dan ook meteen een taxi?' riep Ebba hem na.

'Ik kan jullie wel even thuisbrengen, ik moet toch die kant op en mijn auto staat hier.'

'Oké.'

Haar zus voelde zich echt niet goed.

Toen ze buiten kwamen, in de frisse lucht, leek ze iets op te knappen, maar na een paar stappen was het alsof haar benen haar niet meer wilden dragen, en ze leunde op Ebba.

'Mijn auto staat daar,' zei Sören. 'Zal ik je even helpen?' bood hij aan, en hij legde zijn arm om Sara's middel zonder het antwoord af te wachten. Ze liepen nog een paar passen en gingen toen naar rechts, een doodlopende straat in. Het Chinese restaurant lag op de hoek. Aan de overkant was een parkje, waar zo te zien niemand was. Ze gingen naar de geparkeerde auto's in de doodlopende straat, die uitkwam op een braakliggend terrein. Afval, enorme struiken, flessen, een oud winkelwagentje en een groot bord, waarop stond dat er hier eenenvijftig nieuwe appartementen zouden worden gebouwd, verlicht door twee oranje lampen, hoewel het nog niet donker was. Een paar meter achter het bord stond een grote, witte camper.

'Hebt u een camper?' vroeg Ebba nogal overbodig, want het was duidelijk dat ze daarnaartoe liepen.

'Ja, je zus kan mooi achterin liggen terwijl ik rijd.'

Ze liepen door. Ebba wist niet waarom, maar de grote, witte kampeerauto in de schaduw van het verlichte bord bracht haar aan het twijfelen. Ze ging langzamer lopen. Blijkbaar hoorde hij dat, want hij draaide zich om en keek haar vragend aan.

'Wat is er?'

'We nemen toch maar een taxi.'

'Dat hoeft niet, ik kom toch langs jullie huis.'

Hij liep door met Sara, die helemaal niet meer reageerde op wat er om haar heen gebeurde. Ebba's twijfel sloeg om in ongerustheid.

'Nee, stop. Laat haar los, we nemen een taxi.'

Maar Sören stopte niet. Hij bleef lopen met haar zus. Langs het verlichte bord. Het was nog maar een paar meter naar de camper. Ebba zag dat hij met zijn vrije hand de sleutels uit zijn zak haalde.

Ze keek om zich heen.

De ongerustheid sloeg om in pure paniek.

Een verlaten plek midden in de voorstad, nergens mensen. Geen ramen die uitkeken op de doodlopende straat waar ze door gelopen waren. Niemand in het park. Een plaats waar je ondanks de zomerwarmte en de lichte nachten niet wilde zijn. Een zorgvuldig gekozen plek.

De gedachten raasden door haar hoofd. Ze probeerde het te begrijpen. Hoe wist hij dat Sara ziek zou worden? Dat ze niet weg zouden rennen? De drankjes. Het tweede glas. Zij had het hare niet aangeraakt. Sara had haar cola helemaal opgedronken. De man die hoogstwaarschijnlijk niet Sören heette, had het bij de bar gehaald. Ze had hem de glazen zien neerzetten toen ze van het toilet terugkwam.

Sara was gedrogeerd.

De wetenschap wat er waarschijnlijk ging gebeuren, gaf Ebba een merkwaardige kracht. De adrenaline, dacht ze. Zonder er verder over na te denken rende ze naar de man, die haar zus nog steeds vasthield en intussen de deur van de camper probeerde open te maken. Ze had niets om hem mee aan te vallen, wist niets van man-tegen-mangevechten; het enige wat ze had was haar lichaam en snelheid.

Ze ramde hem in zijn zij met alle kracht die ze had. Hoewel hij haar had zien aankomen, was hij niet voorbereid op deze aanval. Hij struikelde achterover, sloeg met zijn hoofd tegen de zijkant van de camper, verloor zijn greep op Sara, die stil en bijna in slow motion op de grond zakte. Ebba was in een mum van tijd bij haar. Ze pakte haar onder de armen en probeerde haar omhoog te krijgen, maar ze begreep algauw dat dat haar nooit zou lukken, en zelfs als Sara al op de been kwam, zouden ze nooit weg kunnen komen. De man had zijn evenwicht alweer hervonden en kwam naar hen toe.

Ebba liet haar zus los, draaide zich om en rende weg.

Als ze geluk had, kwam ze iemand tegen op straat, bij het Chinese restaurant, of kon ze een auto aanhouden of iemand meekrijgen uit het restaurant om te voorkomen dat de man haar zus iets aandeed.

'Wil je je zus achterlaten?' hoorde ze hem roepen.

Ebba rende door.

'Wil je daarmee verder leven? Dat je haar hebt achtergelaten? Bij mij?'

Ebba stopte abrupt. Ze ademde moeizaam. Ze voelde tranen in haar ogen opwellen. Ze wilde, durfde zich niet om te draaien, maar ze hoorde dat de sleutel werd omgedraaid, dat de deur van de camper openging, dat de man kreunde terwijl hij haar zus met enige moeite in de auto tilde.

'Wat staat er op jullie blog?' ging hij door. Zijn kalme stem doorbrak de zomerstilte. '"Zonder elkaar zijn we maar half."'

Ze voelde dat haar ogen zich vulden met tranen. Een eenzame traan stroomde over haar wang.

Ze kon niet. Ze kon Sara niet achterlaten.

Zij was de flinkste. Degene van wie werd verwacht dat ze deed wat juist was.

Ze draaide zich om en liep terug naar de camper.

Het leven was broos.

Alles kon zomaar weg zijn.

Een paar centimeter naar links, dan had de kogel die haar oog had verwoest haar gedood. Als ze iets had geleerd van de gebeurtenissen van de laatste tijd, dan was het wel dat ze meer uit het leven moest halen.

Durven. Risico's nemen. Investeren.

Kiezen.

Ze wist niet of Torkel en zij echt een paar konden worden. Ze had zichzelf die gedachte zelfs nooit toegestaan. Dat was niets voor haar.

Dat was niet wat ze wilde.

Dat zou nooit werken.

Maar hoe wist ze dat? Ze wist het niet. Niet voordat ze het had geprobeerd.

Dus nu stond ze in een nieuw wit bloesje en haar gebruikelijke spijkerbroek in de gang voor zijn kamer. Tegen haar gewoonte in had ze een beetje parfum op gedaan. Normaal gesproken vond ze zeep en deodorant wel genoeg, maar dit parfum had ze op gehad toen ze elkaar in het begin privé zagen, en ze wilde dat het nu een nieuwe start zou uitstralen. Als hij het überhaupt rook. Torkel was een uitstekende politieman, maar romantische gebaren en subtiele hints waren niet zijn sterkste punt. De hare ook niet, trouwens. Een deel van haar vond het stom en een beetje wanhopig, maar dat deel had in de badkamer aan het kortste eind getrokken. Ze wil hem laten merken dat ze hem had gemist, en dan moest je ondubbelzinnig zijn, wat dat gegeneerde deel van haar er ook van vond.

Ze liep de gang in, maar toen drong het tot haar door dat ze niet wist waar ze heen moest. Torkel gaf haar meestal zijn kamernummer, soms mondeling, maar meestal via een sms'je.

Simpel en begrijpelijk. Twee mensen die wilden.

Misschien moest ze een berichtje sturen en vragen welke kamer hij had, dacht ze. Dat zou het allemaal gemakkelijker maken. Maar ze wilde hem verrassen. Dat was nu juist het nut van al die voorbereiding. Het deze keer eens anders aanpakken. Ze liep naar de lift. Bij de receptie zouden ze weten welke kamer hij had.

De lift stond niet op haar verdieping, dus ze besloot de trap te nemen. Dat ding was zo traag dat zij eerder beneden zou zijn dan de lift boven. Met nog een paar traptreden te gaan kon ze de receptie en een groot deel van de lounge daarachter al zien. Daar stond Torkel. Met zijn rug naar haar toe, naast een vrouw met lang blond haar. Hij lachte. De blonde vrouw lachte ook en liet haar hand even rusten op zijn onderarm, die bedekt was door de mouw van zijn colbert. Haar ogen glinsterden terwijl ze zich dichter naar hem toe boog.

Ze leken elkaar te kennen. En het samen naar hun zin te hebben.

De vrouw hief haar glas, ze proostten en namen een slok.

Ursula bleef staan en overwoog even om naar hen toe te gaan. Zich voor te stellen. Meer uit te zoeken. Te weten te komen wie het was.

Maar wat zou dat opleveren? Hooguit een paar beleefde frasen en de vraag of ze ook een glas wijn wilde. De vrouw legde haar hand weer op Torkels arm, en hij boog zich naar haar toe en zei iets in haar oor. Ze lachte weer. Ze straalde helemaal.

Ursula draaide zich om en liep snel de trap weer op.

De parfumlucht sloeg haar tegemoet.

Ze zou weer een douche moeten nemen.

Ze waren allebei te vroeg gekomen. Lise-Lotte was al in de lounge toen hij beneden kwam. Ze was nog mooier nu ze haar lange blonde haar mooi had gekapt en een licht maar elegant zomerjurkje aanhad, met een dunne sjaal om haar schouders. Torkel was blij dat hij de tijd had genomen om te douchen en andere kleren aan te trekken. Het zou een beetje raar zijn geweest als alleen Lise-Lotte iets moois aan had gehad. Hij liep naar haar toe en ze gaven elkaar een kusje op de wang. Lise-Lotte stelde een restaurant op loopafstand voor en Torkel zei dat ze dan wel konden beginnen met een drankje in de bar van het hotel; ze hadden alle tijd. Lise-Lotte wilde wel een rood wijntje, en algauw hadden ze allebei een glas in de hand. Torkels aanvankelijke verlegenheid verdween. Het was gemakkelijk om met haar te praten. Ze was open en bruiste van de energie. Dat sloeg op hem over. De herinneringen hielpen: ze hadden een gezamenlijke geschiedenis en het duurde niet lang of ze babbelden als oude vrienden, niet als mensen die elkaar al dertig jaar niet hadden gezien. Lise-Lotte bleek bovendien een fantastisch geheugen te hebben; dat kwam goed uit. Hoewel Torkel zich na een tijdje een beetje seniel voelde.

'Dat je dat allemaal nog weet!' zei hij toen ze had verteld wat hij aan had gehad op de avond dat het destijds aan was geraakt. 'Ik kan me er niets van herinneren. Hoe doe je dat?'

'Ik heb altijd een goed geheugen gehad, maar... ik moet bekennen dat ik je die hele avond heb zitten bestuderen,' antwoordde ze giechelend. 'En daarvoor ook al een paar keer. Best vaak...' Torkel zou zweren dat ze bloosde toen ze zich afwendde en een slok wijn nam.

'Weet je dan nog wel waar we die eerste keer op dansten?' vroeg ze toen ze haar glas weer had neergezet.

'Ja, dat weet ik nou weer wél,' zei Torkel bijna trots, en hij maakte zich lang. 'Op Roxy Music.'

'Zo, dus dat weet je waarachtig nog,' zei Lise-Lotte met gespeelde verontwaardiging achter haar glimlach. 'Maar dat komt doordat je daarvan hield, neem ik aan.'

'Nee, eigenlijk niet.'

Lise-Lotte keek hem verbaasd aan.

'Als we nu toch dingen aan het bekennen zijn...' zei Torkel, en hij keek haar in de ogen. 'Ik deed alsof ik ervan hield omdat jij ze goed vond. Ik heb hun platen zelfs gekocht om ze thuis te hebben als jij een keer zou komen.'

'Dat meen je niet!'

'Jawel.'

Hij lachte. Zij lachte ook en legde haar hand even op zijn onderarm, die bedekt was door de mouw van zijn colbert. Haar ogen glinsterden terwijl ze zich dichter naar hem toe boog.

'Wat lief van je.'

Ze hief haar glas, ze proostten en namen een slok. Torkel genoot. Het beloofde een leuke avond te worden.

Nacht.

Of in elk geval laat op de avond.

Hotelkamer. Alleen.

Geen geslaagde combinatie.

De tv stond aan, maar de hoop dat iets zijn belangstelling zou trekken was ijdel. Sebastian stond op van het bed, zette een paar wankelende stappen naar het raam en deed dat open. Zoele zomerwarmte op zijn blote bovenlijf. Een zucht van verveling. Hij had het onderzoeksmateriaal nog eens doorgebladerd, dat nu op de ene helft van het brede eenpersoonsbed lag. Er was niet meer uit te halen dan ze er op het politiebureau uit hadden gehaald.

En er was niets te halen op het politiebureau.

Toen Torkel hun vergadering had verlaten om naar Axel Weber te gaan, was Sebastian met Eva Florén de kamer uit gelopen onder het voorwendsel dat hij koffie wilde halen.

Of ze straks terugging naar Borås, had hij gevraagd.

Dat was ze wel van plan.

Had ze zin om eerst met hem te gaan eten?

Dat had ze niet.

Dus nu zat hij in zijn hotelkamer.

Alleen. Rusteloos.

Het bekende gevoel, maar nu nog versterkt doordat hij Billy niet in de gaten kon houden. Die was in Helsingborg. Als die ook alleen en rusteloos in zijn hotelkamer zat, was het erger. Zou het in elk geval erger kunnen worden.

Hij moest die gedachte van zich af zetten. Zich op iets anders concentreren. Op iemand anders. Sebastian pakte zijn shirt van de rugleuning van de stoel. Terwijl hij dat aantrok, ging de telefoon. Hij keek op het display en hoopte zoals gewoonlijk dat het Vanja was.

Een onbekend Stockholms nummer.

Even overwoog hij het toestel op de voicemail te laten staan. Misschien was het wel iemand met wie hij een keer naar bed was geweest en die zijn nummer te pakken had gekregen. Dat gebeurde wel eens. Of een telefonisch verkoper. Net zo erg. Maar aan de andere kant: als hij opnam, gebeurde er in elk geval iets. Ongeacht wie het was. Hij nam het gesprek aan met een kort: 'Ja.'

'Sebastian?'

'Met wie spreek ik?'

'Met Anna. Anna Eriksson. De moeder van Vanja,' voegde ze er voor de zekerheid aan toe, alsof hij meerdere Anna Erikssons kende.

'Wat wil je?' vroeg Sebastian, en tot zijn verbazing klonk hij eerder oprecht verbaasd dan afwijzend. Dit was wel de laatste van wie hij had verwacht dat ze zou bellen.

'Praten. Over Vanja.'

'Aha.'

Sebastian zweeg.

Zij belde. Zij wilde praten.

Hij was niet van plan om te beginnen.

'Ze heeft helemaal met me gebroken,' zei Anna, en Sebastian meende te horen dat haar stem het begaf.

'Vind je dat gek?' Weer oprechte verbazing. 'Je hebt haar hele leven tegen haar gelogen.'

'Voor haar bestwil.'

'In het begin misschien, maar op het laatst niet.' Hij voelde dat zijn verbazing en nieuwsgierigheid plaatsmaakten voor groeiende irritatie. Ze had alle touwtjes in handen gehouden. Alles bepaald. Vanaf het moment dat hij haar de eerste keer had opgezocht toen hij erachter was gekomen dat Vanja zijn dochter was tot aan Billy's bruiloft. Hij had gedaan wat zij wilde. De hele tijd. En nu, nu het allemaal niet zo was gegaan als zij had gehoopt, belde ze hem.

'Toen ze te weten kwam dat Valdemar niet haar vader was, waarom heb je toen niet gezegd dat ik het was?' vroeg hij, en hij merkte dat zijn wrevel hoorbaar begon te worden in zijn stem. 'Waarom kwam je toen met een of andere dode aanzetten?'

'Alles was beter dan jij.'

Je kon zeggen wat je wilde, maar ze had duidelijk niet gebeld om te slijmen.

'Kunnen we een afspraak maken?' vervolgde ze.

'Waarom? Alles is beter dan ik.'

'Sebastian...'

'Aan jou heeft ze een hekel, mij verdraagt ze,' viel hij haar in de rede. 'Waarom zou ik dat risico nemen?'

'Alsjeblieft. Valdemar ligt weer in het ziekenhuis en ik... Ik kan het gewoon niet meer aan.'

'Is de kanker teruggekomen?'

Sebastian voelde dat het hem moeite kostte kwaad te blijven. Valdemar was eigenlijk degene die in deze hele geschiedenis het minst verkeerd had gedaan, maar hij was er toch het hardst door getroffen.

Anna antwoordde niet meteen. Ze haalde diep adem, maar dat was niet het begin van een nieuwe zin, want ze ademde weer uit met een luide zucht. Sebastian stelde zich voor dat ze bij het raam stond, naar niets kijkend, nagelbijtend en vechtend om haar tranen in te houden. Hij had het idee dat het nog erger was dan dat de kanker was teruggekomen. Wat zou dat kunnen zijn?

'Nee, hij... Hij is gedeprimeerd,' kwam er uiteindelijk. 'Heeft een zelfmoordpoging gedaan.'

Inderdaad: erger. Sebastian merkte dat zijn laatste restje irritatie verdween. Hij koesterde geen bijzonder warme gevoelens voor Anna, maar dit wenste hij niemand toe.

'Hoe is het met hem?'

'Hij heeft pillen geslikt, maar ik heb hem op tijd gevonden. Hij ligt in het Karolinska. Buiten levensgevaar.'

'Het spijt me,' bracht hij uit. 'Ik ben in Ulricehamn,' zei hij om uit te leggen waarom ze geen afspraak konden maken.

'Is Vanja daar ook?'

'Nee, zij zit in Helsingborg. Zelfde zaak.'

Anna zweeg weer. Er was niet veel meer te zeggen. Aan de telefoon kon niets worden opgelost.

'Wil je iets van je laten horen als je terug bent in Stockholm?'

Niet zozeer een vraag als wel een smeekbede.

'Ik zal kijken...'

'Alsjeblieft, doe dat. Ik heb... Ik heb haar nodig. Ik heb iets nodig in mijn leven wat zin heeft.'

Ze belde Sebastian Bergman om iets in haar te leven te krijgen wat zin had. Dan had je echt geen andere mogelijkheden meer.

'Ik zal kijken,' herhaalde hij. 'Ik beloof niets.'

Toen hing hij op. Hij bleef met de telefoon in zijn hand staan. Niet minder rusteloos dan voor het gesprek. Zou dit invloed kunnen hebben op zijn relatie met Vanja? Nieuwe vader werd verdrongen door vroegere, gedeprimeerde vader. Oude gevoelens borrelden weer op. Niet onmogelijk. Wist zij wat er was gebeurd? Hij was vergeten dat aan Anna te vragen. Moest hij Vanja bellen? Maar hij wilde dat soort nieuws niet via de telefoon brengen. Hij wilde haar ook niet het gevoel geven dat hij haar moeder had gesproken.

Niet bellen dus.

Maar hij kon niet in zijn kamer blijven.

Hij knoopte zijn shirt dicht en ging de kamer uit om iemand te zoeken om mee naar bed te gaan.

Ze liepen door het stadje terug.

Er flaneerden een paar toeristen door het voetgangersgebied en er hing een stel jongeren bij het busstation, maar verder was het een bijzonder rustige avond. Lise-Lotte had een uitstekend restaurant uitgezocht. Goed eten, persoonlijk en gezellig. Ze hadden over van alles gesproken. Elkaar bijgepraat over hun leven en zich een paar keer overgegeven aan hun gezamenlijke herinneringen.

Dertig jaar.

Dat was lang, ongelofelijk lang, maar terwijl ze daar zaten, hadden ze af en toe het gevoel gehad alsof er maar een paar jaar waren verstreken sinds ze elkaar voor het laatst hadden gezien. Of zelfs dat niet. Het was fascinerend hoe gemakkelijk en snel ze elkaar weer vonden. Torkel had het geweldig naar zijn zin. Hij kon zich niet herinneren wanneer hij zich voor het laatst zo ontspannen en opgewekt had gevoeld.

Ze kwamen langs een paar gesloten winkels, sloegen een hoek om, en opeens zag hij even verderop tot zijn teleurstelling het hotel. Waren ze er al? Hij had het idee dat het verder weg lag. Hij keek om zich heen en zocht een reden om een omweg te nemen, zodat ze langer door konden wandelen.

'Misschien moet ik je thuisbrengen?' probeerde hij, en hij keek Lise-Lotte aan.

'Dank je, maar ik woon een eindje buiten de stad,' zei ze. 'Dus ik neem een taxi. Het is veel te ver om te lopen.'

Torkel voelde de teleurstelling door zich heen gaan, maar probeerde het niet te laten merken. Aanbieden met haar mee te gaan in de taxi was geen optie. Als hij dat al deed, moest het initiatief van haar komen.

'Ik kan me jou niet echt op het platteland voorstellen,' zei hij. 'Je was altijd zo'n stadsmens. Je vond zelfs Linköping maar een gat.'

Ze glimlachte en haakte haar arm in de zijne alsof het de gewoonste zaak van de wereld was. Torkel was niet van plan er bezwaar tegen te maken.

'Dat klopt, maar ik heb het echt naar mijn zin. Het zal de leeftijd wel zijn... Ik had me ook niet kunnen voorstellen dat jij commissaris van politie zou worden.'

'Nee, dat kwam voor veel mensen als een verrassing, geloof ik.'

'Ik weet nog: toen ik van Helena hoorde dat jij op de politieacademie was begonnen, was ik stomverbaasd.'

De afstand tot het hotel werd steeds kleiner. De verlichte entree kwam steeds dichterbij. Hij wist wel wat hij wilde, maar was te verlegen en te onhandig om het zelfs maar te proberen. Net als toen Lise-Lotte en hij vroeger verkering hadden. Die bonkende onrust, dat gevoel dat je niet goed genoeg was. Niet durven. De angst om een blauwtje te lopen.

Toen had zij de eerste stap gezet. Had zij zich naar hem toe gebogen voor hun eerste kus. Deze keer wilde hij degene zijn die het erop waagde. Hij voelde haar warme lichaam door de stof van zijn colbertje heen. Ze liepen zwijgend door. Hun voetstappen weerklonken op het asfalt. Ze liet hem dichtbij komen. Toch had hij niet de kracht om te doen wat hij het liefst wilde.

Haar aanraken.

Haar zoenen.

Het hotel kwam steeds dichterbij. Steeds minder stappen te gaan. De kans op meer werd met elke meter kleiner. Waar wachtte hij op? Hij begreep het niet. Er zouden niet meer en geen betere gelegenheden komen. Het was nu of nooit. Zo meteen zouden ze daar voor de ingang staan en afscheid nemen.

'Ik heb een heerlijke avond gehad, Torkel,' zei ze, en ze stond opeens stil en keek hem aan.

'Ik ook.'

Het ging net als de eerste keer, al die jaren geleden. Ze boog zich naar hem toe en kuste hem. Hij liet zijn voorzichtigheid varen en beantwoordde haar kus. Haar lippen smaakten naar rode wijn. Ze zoenden elkaar heftig en lang, leek het, maar toen ze elkaar loslieten, wilde hij toch niets liever dan doorgaan.

'Oei,' zei ze, en ze keek hem liefdevol diep in de ogen en deed een stapje naar achteren. 'Hier had ik niet echt op gerekend.'

Torkel wist niet goed wat ze bedoelde.
'Waarop?' bracht hij uit.
'Zulke...' Ze wachtte even voordat ze er fluisterend aan toevoegde: '...heftige gevoelens.'
'Ik ook niet.'
'Spreken we elkaar morgen weer?' vroeg ze.
Torkel knikte, hoewel hij haar eigenlijk helemaal niet wilde laten gaan.
'Natuurlijk,' zei hij. 'We spreken elkaar morgen.'
Hij boog zich naar haar toe en gaf haar nog één kus. Minder heftig.
Ze hield zich in.
Hij ook.
Wat kon hij anders?

De weersverwachting die hij in de auto had gehoord had voor overdag iets tussen de twintig en vijfentwintig graden beloofd. Het was nog vroeg, nog maar even na zessen, maar de warmte van de zon was al door de ruit te voelen terwijl hij de bestelwagen de parkeerplaats op stuurde. En het was nog maar eind juni. Roger Levin hoopte van harte dat het niet zo warm zou worden als de vorige zomer. Dat was een beetje gemeen tegenover al die mensen die in de komende maand vakantie hadden en naar luie, warme zomerdagen en heerlijk zwoele barbecueavonden verlangden, maar zijn weerwens kwam voort uit puur egoïsme.

Hij moest werken.

Binnen.

De rest van de zomer.

In elk geval tot half augustus. Als de scholen weer begonnen, moest hij klaar zijn. Thuis waren ze niet erg blij geweest toen ze hoorden dat er dit jaar voor hem geen langere vakantie in zat, maar ze begrepen het wel.

Levin Bouw en Elektriciteit bestond al sinds 1999, toen Roger Levin zijn baan bij het internationale bouwbedrijf NCC had opgezegd en voor zichzelf was begonnen. De eerste jaren waren moeilijk. Er waren veel kleine bouwbedrijven, en ze concurreerden om klussen op een markt waar veel zwart werk was. Maar in 2008 werd de belastingaftrek voor kleine bouwprojecten ingevoerd en toen ging het beter. Een aftrek van vijftig procent van de arbeidskosten maakte het minder aantrekkelijk zwart werk te laten doen. Levin Bouw & Elektriciteit kreeg meer opdrachten en kon zelfs personeel aanstellen. Roger speelde al met de gedachte om minder te gaan werken, maar toen werd zijn bedrijf hoofdaannemer van deze renovatie. Een groot, belangrijk karwei dat goed moest gebeuren. Werk dat meer werk kon genereren als het tot tevredenheid werd uitgevoerd. Daarom wilde hij het de hele zomer op locatie leiden.

Hij stapte uit, liep om de auto heen, maakte de achterportieren open en haalde de grote houten kist eruit die daar stond. Een koffiezetapparaat, twee thermoskannen, melk, brood, boter, kaas en ham. Bolletjes, een paar rolletjes biscuit en een paar zakjes winegums en schuimpjes.

De jongens zouden niet voor zeven uur komen, maar dan wilde Roger broodjes en koffie klaar hebben. Zo'n welkom kregen ze niet elke dag, maar het zou een lange – en misschien ook hete – zomer voor hen worden, en het kon geen kwaad hen in een goed humeur te houden. Zij moesten er ook hun gezinsleven en hun vakantie voor opgeven.

Hij liep naar de dubbele glazen deuren, maakte ze open met de sleutel die hij had gekregen en ging de verlaten garderobe in. De lerarenkamer lag een verdieping hoger. Leraar had hij moeten worden, dacht hij, terwijl hij de kist de trap op manoeuvreerde. Tien weken zomervakantie, paasvakantie, herfstvakantie, krokusvakantie, kerstvakantie. Maar als ze geen vrij hadden, hadden ze de hele dag kinderen om zich heen. Dertig stuks. En hun ouders. Toen zijn dochters nog klein waren en wilden voetballen, was Roger een paar jaar vrijwilliger geweest bij de plaatselijke sportvereniging. Hij was zich erover blijven verbazen hoe de ouders van sommige meisjes zich langs de lijn gedroegen. Ze schreeuwden, scholden, bekritiseerden en veroordeelden alles wat er op het veld gebeurde. Leraar zijn was nog tien keer zo erg, dacht hij. Daar zou hij niet tegen kunnen, hoeveel vakantie hij tussendoor ook had.

Hij kwam boven en liep naar de lerarenkamer. Toen hij linksaf wilde gaan, de gang naar de directeurskamer in, bleef hij staan.

Een van de deuren aan de gang stond open. Vanaf de plek waar hij stond, kon hij inbraaksporen zien in het hout.

Wel verdomme. Hij kon maar beter even gaan kijken, de schade vaststellen en het rapporteren voordat iemand op het idee kwam dat het was gebeurd terwijl hij en zijn mannen in het gebouw waren. Hij zette de kist neer en liep het kleine stukje naar de opengebroken deur. Zijn veiligheidsschoenen weergalmden op de stenen vloer.

Ja hoor, gewoon opengebroken, kozijn en slot kapot, constateerde hij algauw. Hij pakte zijn telefoon om een paar foto's te nemen.

De Fiskåsskola was een gemeentelijke school, dus hij ging ervan uit dat hij iemand bij de gemeente moest bellen om er melding van te maken. Met zijn telefoon omhoog liep hij naar de andere kant om een foto vanuit een andere hoek te maken. Hij wierp een blik in het lokaal en liet de telefoon zakken, zette een paar aarzelende stappen naar binnen en besefte dat zijn eerste telefoontje van die ochtend niet naar de gemeente zou gaan.

Hij toetste 112 in.

'Weten we wie het is?'

Sebastian stond een stukje voorbij de opengebroken deur en nam het helaas inmiddels maar al te bekende schouwspel in zich op. Het jonge meisje werd min of meer op haar stoel gehouden door een touw dat vlak onder haar borsten om haar lichaam was gebonden. Er waren twee velletjes met een test op haar rug geniet. Dit witte sliepuitmuts op haar hoofd, haar gezicht naar de muur. Hij was ervan overtuigd dat Ursula bij nader onderzoek van haar lichaam een rond ingangsgaatje van een verdovingspistool in het voorhoofd van het meisje zou vinden.

'Nog niet,' antwoordde Ursula, die met twee assisterende technisch rechercheurs de vindplaats onderzocht. Natuurlijk vond ze het erg dat er weer een jong iemand wreed om het leven was gebracht, maar ze was blij dat ze nu eens een keer als eerste ter plaatse was. Dat dit haar eigen technische onderzoek zou zijn.

'Hij verhoogt het tempo,' zei ze, en ze keek even op van haar werk naar Sebastian. 'Bijna een week tussen de eerste en de tweede, drie dagen tot de volgende.'

'Ja.'

'Is dat die zogeheten cooling-offperiode die korter wordt?'

'Onze man heeft geen cooling-offperiode.'

Hij liep naar de eerste tafel op de achterste rij in het lokaal en pakte de stoel die erop stond. Ursula keek hem aan en hij hield in, maar toen knikte ze. Sebastian ging zitten, leunde achterover op de achterste poten van de stoel, zodat zijn rug tegen de muur kwam, en keek weer naar het meisje.

'Moordenaars die vanuit een innerlijke drang doden, die fantasieën opbouwen totdat ze ze niet langer kunnen weerstaan, díé hebben een cooling-offperiode,' zei Sebastian, en hij betrapte zichzelf erop dat hij even aan Billy moest denken. 'Die voelen zich kalm na het doden, en daar komen vaak ook nog schaamte- en schuldgevoelens bij over hun daad. Dan wordt de behoefte weer opgebouwd die ze niet meer kunnen weerstaan. Die kalme periode wordt statistisch steeds korter. Maar onze man...'

Hij liet zijn blik rusten op de velletjes papier op de rug van het meisje.

'Onze man wordt niet door lust of innerlijke drang gedreven. Hij moordt omdat hij het wil, niet omdat hij moet.' Hij zweeg. Niet voor het dramatisch effect, maar omdat hij in zijn hoofd snel de zaken doornam waarin ze hadden samengewerkt. Hij kwam snel tot de conclusie dat de gedachte klopte die al in hem was opgekomen toen ze het eerste slachtoffer hadden gezien.

'Zo iemand zijn we nog niet eerder tegengekomen.'

Het leek wel of hij nooit in dat klaslokaal terugkwam. Niet dat hij daar wilde zijn, echt niet. Het jonge meisje dood op die stoel.

Torkel kon haar niet zien zonder aan Elin te moeten denken.

Zijn oudste dochter, die net vakantie had gekregen na haar eerste jaar op de Stockholmse Hotel- en Restaurantschool. Ze leerde voor kok. Had een zomerbaan geregeld in een restaurant in Hornstull. Haar resultaten op de middelbare school waren maar matig geweest. Torkel hield immens veel van haar, maar hij was er vrij zeker van dat ze niet veel van de vragen zou kunnen beantwoorden die de dader in zijn zelfgemaakte test stelde.

Dat betekende absoluut niet dat ze dom was – integendeel, ze was slim, rijp, empathisch, geestig, maar dit soort encyclopedische kennis had ze niet. De meeste van haar vrienden en vriendinnen ook niet, dacht hij, afgaande op degenen die hij had ontmoet en gesproken. Maar ze had iets anders. Een zelfvertrouwen, een nieuwsgierigheid, een totaal gebrek aan angst voor nieuwe dingen, een geloof dat alles mogelijk was, een ondernemendheid waarmee ze ver zou kunnen komen. Waarschijnlijk verder dan met de kennis waarvan de slachtoffers blijk hadden moeten geven. In elk geval even ver als daarmee.

Hij wist dat ze naar die programma's keek. Zeker naar sommige ervan. Torkel hoopte dat dat kwam doordat ze net zo verleidelijk waren als de freakshows van vroeger. Dat het vreemde, gekke, uitzonderlijke aantrekkelijk was, dat je gewoon wel móést kijken.

Maar ze zou er nooit ofte nimmer aan willen meedoen.

Dacht hij tenminste.

Hoopte hij.

Hij zou het heel moeilijk vinden als zijn dronken dochter naar bed ging met een of meer min of meer onbekende mannen op tv. Nog ongeacht of ze, net als Miroslav Petrovic, maar deed alsof.

Maar ze was bijna achttien en kon doen wat ze wilde. Dat deed ze al. Het was lang geleden dat ze hem nog om advies had gevraagd of iets had verteld voordat ze een besluit nam. Meestal werd hij voor een voldongen feit gesteld.

Zo is het nu eenmaal, leer er maar mee leven.

Hij nam aan dat ze meer besprak met Yvonne. Op papier hadden ze de gedeelde voogdij, maar als je het goed wilde doen, had een band tijd en aanwezigheid nodig, en daar had hij steeds minder van gehad. Het drong tot hem door dat hij voor de schoolvakanties maar één keer met zijn dochters had gesproken, en dat was al meer dan twee weken geleden. Hij besloot die avond even te bellen.

Hij moest met hen praten, merkte hij.

Zeker nadat hij het meisje in het klaslokaal had gezien.

Torkel was daar weggegaan om zijn geüniformeerde collega's ter plaatse uit te laten zoeken wie de jonge vrouw kon zijn. Tot nu toe hadden ze alle slachtoffers gevonden op de ochtend nadat ze hun moordenaar hadden gesproken. Hij vroeg zijn collega's na te gaan of er gisteren, zeg maar na de lunch, iemand als vermist was opgegeven die op het halfnaakte meisje daar leek. Dat was een beetje een gok. Als het slachtoffer alleen woonde, wat niet onmogelijk was, want ze leek een jaar of twintig, was het niet zeker dat iemand haar al had gemist. Maar Torkel hoopte er het beste van.

Ze hadden het telefoontje even na zeven uur uur die ochtend gekregen.

De wekker van zijn mobiel stond op halfzeven, maar Torkel was al voor zes uur in een uitzonderlijk goed humeur wakker geworden. Dat kwam ongetwijfeld door het etentje van de avond daarvoor. Na een snelle douche was hij naar beneden gegaan om te ontbijten.

Drie kwartier later was Ursula de ontbijtzaal in gekomen, net toen hij zich afvroeg of hij een beetje zou zondigen en bij zijn tweede kop koffie een *pain chocolat* zou nemen.

'Goeiemorgen. Jij bent vroeg!' zei ze met een veelbetekenende blik op zijn bijna lege bordje.

'Ik was vroeg wakker en toen ben ik maar opgestaan.'

'Dus het is gisteren niet erg laat geworden?'

Torkel keek haar aan. Vergiste hij zich of klonk er iets van tevredenheid door in Ursula's stem?

'Nee...'

'Wie was dat gisteren?'

Torkel keek haar nog steeds vragend aan.

'Ik zag je in de bar. Samen met iemand,' legde Ursula uit.

'O, ja, dat was een oude schoolvriendin. We hebben samen op de middelbare school gezeten.'

'Leuk. Wat doet ze hier?'

'Ze woont hier. Werkt op de school waar Petrovic gevonden is. Zij heeft hem zelfs gevonden.'

'O jee. Dat was vast... erg.'

'Ja.'

Er viel een korte stilte. Torkel vroeg zich af of hij moest vertellen dat Lise-Lotte en hij een tijdlang meer dan klasgenoten waren geweest, maar hij besloot het niet te doen. Dat zou Ursula niet echt interesseren. Het was al eeuwen geleden.

'Ik haal wat ontbijt.' Ursula verbrak de stilte, draaide zich om en liep naar het gedekte buffet.

'Neem een pain chocolat voor me mee als je daar toch bent,' riep Torkel haar na.

Ursula was nog maar net onderweg toen zijn telefoon ging.

Weer een lichaam.

Hun zaak.

Een school in Rosersberg bij Stockholm.

Drie snelle telefoontjes daarna.

Het eerste naar Vanja en Billy. Horen hoe het bij hen ging en of ze naar Stockholm konden gaan. Dat konden ze. Christiansson had twee man gestuurd die heel competent leken en aan wie ze de zaak met een gerust hart konden overlaten. Dus als Torkel dat wilde, zouden ze wel weg kunnen uit Helsingborg en naar Stockholm kunnen gaan. En dat wilde Torkel.

Het tweede telefoontje was naar Eva Florén. Hij vertelde wat er was gebeurd en vroeg haar het onderzoek over te nemen voor zover het Ulricehamn betrof, en dagelijks of zodra ze het nodig vond verslag aan hem uit te brengen.

Het derde ging naar Sebastian. Hij zat in een café een paar straten verderop te ontbijten. Toen Torkel vroeg waarom hij dat niet in het hotel deed, bleek dat Sebastian daar niet had geslapen.

'Eva Florén?' vroeg Torkel, en hij zuchtte gelaten.

'Nee.'

Torkel vroeg niet verder. De rest was gemakkelijk in te vullen. Hij mocht al blij zijn dat Sebastian de nacht niet met Florén had doorgebracht. Zijn hinderlijke gewoonte om naar bed te gaan met vrouwen die iets met hun onderzoek te maken hadden, begon een probleem te worden. Hij gaf Sebastian opdracht om naar het hotel terug te komen en zijn spullen te pakken. Ze moesten naar Stockholm.

Naar Rosersberg, een onbeduidend plaatsje aan de weg van Stockholm naar Arlanda.

Eenmaal op de school aangekomen waren ze alle drie het klaslokaal in gegaan, maar nadat ze al snel hadden geconstateerd dat het inderdaad hun zaak was, liet Torkel zijn collega's achter om de geüniformeerde collega's te hulp te roepen voor de identificatie.

Daarna sprak hij met de bouwvakker die het lichaam had gevonden.

En nu was hij net weer op weg terug toen een van de agenten die daar waren hem riep.

Het leek wel of hij nooit in dat klaslokaal terugkwam.

Sebastian zat op een stoel achter in het lokaal en leunde tegen de muur. Ursula en twee collega's waren aan het werk met het slachtoffer. Allemaal draaiden ze zich naar hem toe toen Torkel eindelijk weer binnenkwam.

'Vannacht zijn Sara en Ebba Johansson als vermist opgegeven door hun ouders,' zei hij zodra hij hun gespannen blikken zag. 'Een tweeling. Ze kwamen niet thuis nadat ze uit eten waren geweest en namen de telefoon niet op, en dat is blijkbaar heel ongewoon.'

'Met wie waren ze uit eten?' vroeg Sebastian.

'Weet ik nog niet. Ik heb alleen hun persoonsgegevens.'

'Hebben ze meegedaan aan een of ander tv-programma?'

'Weet ik niet.'

'Hebben we foto's?'

'Zijn onderweg.'

‘Een tweeling?’
‘Ja, vlak na middernacht als vermist opgegeven.’
Sebastian bracht zijn gewicht naar voren, zodat de stoel weer op zijn vier poten terechtkwam.
‘Waar is die andere dan?’

Vanja werd telefonisch door Ursula gebrieft in de taxi van vliegveld Bromma.

Alles wat ze hier hadden gevonden kwam overeen met de andere slachtoffers. De plaatsing van het lichaam, de sliepuitmuts en de op de rug geniete test. Sara Johansson had het iets beter gedaan dan Patricia en Miroslav, maar het was niet goed genoeg geweest. Van Ebba wisten ze niet waar ze was.

Er leek geen verband te bestaan tussen de slachtoffers en de school waar hun lichamen werden gevonden, en er waren heel wat wegens vakantie gesloten scholen in de regio Stockholm te doorzoeken. Ebba kon overal zijn. Ursula zei dat ze alles zou opsturen wat ze tot nu toe over de tweeling wisten, en sloot af.

Sara's mobieltje was nog niet gevonden, dus Billy ging op de achterbank van de taxi meteen op zoek. Er konden niet heel veel tweelingen zijn die Sara en Ebba Johansson heetten. Vanja's telefoon bliepte. Het eerste politierapport van gisteren, toen de vermissing werd gemeld. Daar stond in dat ze om acht uur die avond een afspraak hadden met een journalist. Er werd geen naam genoemd, maar het lag voor de hand dat het Sven Cato was. Terwijl Vanja de agent te pakken probeerde te krijgen die de melding had aangenomen, vroeg ze zich af hoe Sara en Ebba die afspraak hadden kunnen maken. Een half etmaal nadat zij de naam bekend hadden gemaakt. Goed, jongeren lezen geen kranten, maar een of andere nieuwsupdate hadden ze in de loop van de dag toch wel mee moeten krijgen. Niet dus.

Ze kreeg een agent Larsson te pakken, die vertelde dat de ouders een ongeruste, maar alerte en intelligente indruk wekten toen ze de meisjes als vermist opgaven. Op zijn rechtstreekse vraag hadden ze geantwoord dat hun dochters de naam van de journalist niet hadden genoemd. Ze hadden met hem afgesproken in een Chinees restaurant in Sundbyberg. Meer wisten ze niet.

‘Zeiden ze waarom hij ze wilde spreken?’ vroeg Vanja. ‘Hadden ze meegedaan aan iets op tv of zo?’

‘Ze hadden iets gewonnen voor hun blog,’ antwoordde Larsson, en Vanja hoorde hem bladeren in de papieren op de balie. ‘*Tweelingzielen* heette die,’ zei hij even later.

‘Dat staat niet in de aangifte,’ merkte Vanja op, en ze scrolde omlaag op haar mobieltje.

‘Het leek me geen relevante informatie in verband met hun verdwijning,’ zei Larsson met een stem waaruit bleek dat hij ervan overtuigd was dat dat een volkomen juiste inschatting was.

Vanja bedankte hem en beëindigde het gesprek.

‘*Tweelingzielen*,’ zei ze tegen Billy op de achterbank.

Hij googelde en vond al snel een Twitter- en een Instagram-account en een blog met die naam. Hij begon met Twitter. Hij hield Vanja zijn telefoon voor om haar de laatste tweet te laten zien.

‘Gisteravond. Kwart over negen,’ zei hij.

‘“Mijn zus en ik spreken een journalist. Gaaf. En gratis eten,”’ las ze hardop voor. ‘Dus de zussen leefden in elk geval om kwart over negen allebei nog. Nog meer?’

‘Nog niet.’ Billy trok het mobieltje weer terug en danste weer met zijn vingers over het scherm. Vanja keek naar buiten, waar het metrostation Alvik voorbijflitste. Ze naderden Stockholm.

‘Shit,’ hoorde ze opeens vanaf de achterbank.

‘Wat is er?’ vroeg ze.

‘Een reactie op hun laatste blog,’ zei Billy, en hij boog naar voren om haar weer op het scherm te laten kijken.

Sara 16/60. Gezakt.
Ebba 28/60. Geslaagd.

‘Geslaagd, wat wil dat zeggen?’ vroeg Vanja.

Toen ze op het kantoor van de Nationale Recherche kwamen, gingen Vanja en Billy meteen naar de vergaderkamer op de derde verdieping, die ze altijd alleen maar 'de Kamer' noemden. Vanja vond het fijn weer in Stockholm en op kantoor te zijn. Hier waren de ruimte, de techniek en de middelen die ze nodig hadden om hun werk goed te kunnen doen. Vanja had nooit aan teamsport gedaan, maar ze beschouwde de Kamer als hun equivalent van een thuiswedstrijd. Het was van onschatbare waarde om een vaste plaats te hebben waar ze alle informatie verzamelden, snel overzicht over de hele zaak konden krijgen en daar creatief mee om konden gaan.

Billy zette zijn laptop op tafel en wilde de activiteiten van de zusjes op internet net in kaart gaan brengen, toen Rosmarie Fredriksson, het hoofd van de Nationale Operationele Afdeling, waar de Nationale Recherche tegenwoordig onder viel, binnenkwam.

De baas op bezoek.

Dat had iets te betekenen.

Een onaardig gerucht wilde dat ze alleen maar kwam als Torkel zijn budget had overschreden en dat ze meer geïnteresseerd was in hun overuren dan in hun oplossingspercentage. Fredriksson, een vrouw van in de vijftig met een staalgrijze blik, knikte Vanja en Billy kort maar herkennend toe. Zoals altijd was ze keurig gekleed en had ze haar donkerblonde haar opgestoken.

'Weten we al meer?' vroeg ze meteen.

Billy concentreerde zich op zijn scherm. Dit liet hij met een gerust hart over aan Vanja, die hij vanuit zijn ooghoeken haar hoofd zag schudden.

'We komen net uit Helsingborg. Ursula is op de laatste vindplaats. Torkel is onderweg,' antwoordde ze, en ze hoopte dat 'onderweg' betekende 'kan hier elk moment zijn'. Torkel kon goed met Rosmarie omgaan.

'Is er nog geen nieuws over het zusje? Dat nog vermist wordt? Het lijkt wel of alle journalisten van Zweden nu bellen,' vervolgde Rosmarie.

'Twaalf patrouilles doorzoeken de scholen aan de noordkant van de stad, met Rosersberg als uitgangspunt,' antwoordde Vanja, en ze probeerde zo zakelijk mogelijk te klinken. 'Tot nu toe zonder resultaat.'

'Wat een vreselijke zaak is dit. De korpschef heeft vandaag al drie keer gebeld,' zei Rosmarie geïrriteerd.

Vanja begreep opeens waar haar belangstelling vandaan kwam. Het was geen bezorgdheid over het welbevinden van het verdwenen zusje, geen medelijden met de slachtoffers, het waren de telefoontjes van de hoogste baas.

'Vraag haar maar om mij te bellen als je het vervelend vindt.' Torkel verscheen in de deuropening. Hij had die laatste opmerking blijkbaar gehoord toen hij binnenkwam. Hij knikte even naar Rosmarie. 'We doen ons best hier,' vervolgde hij met enige irritatie in zijn stem.

Billy keek op van zijn laptop.

'Kijk eens! Ze weten dat ze vermist wordt,' zei hij, en hij draaide het scherm naar hen toe. Een foto van een jong, blond meisje met grote, zwarte letters eronder.

BLOGQUEEN VERMOORD DOOR DOCUSOAPMOORDENAAR

ZUS VERDWENEN

'Hebben wij dat bekendgemaakt?' vroeg Rosmarie nijdig, terwijl ze dichter naar het scherm toe liep en het bekeek.

'Natuurlijk niet,' zei Torkel, en de vermoeidheid in zijn stem kon niemand ontgaan.

'Toch is het niet goed,' hield Rosmarie vol, maar meer kon ze niet zeggen, want Sebastian kwam naar binnen geslenterd.

'Oeps, hoog bezoek,' zei hij toen hij Rosmarie zag. 'Zijn de journalisten al aan het bellen of heb je zomaar ineens belangstelling voor politiewerk?'

Zonder het antwoord af te wachten wendde hij zich tot zijn collega's.

'Ha, Vanja, ben je er al lang?'

'Een poosje,' zei Vanja, en ze wees op Billy's scherm. 'Heb je dit gezien?'

'Is dat de verdwenen zus?'

'Ja, Ebba. Je hebt toch gehoord dat zij geslaagd was, of niet?' vroeg Vanja.

'Ja, dat vertelde Torkel.'

Sebastian kwam dichterbij en bekeek het blonde meisje op het scherm. Achttien jaar. Keek recht in de camera. Haar hele leven nog voor zich, zoals het heette. Sebastian twijfelde er sterk aan of dat ook nog gold voor Ebba Johansson.

'En wat wil dat zeggen?' vroeg Rosmarie, kennelijk vastbesloten zich niet nog langer te laten negeren.

'Dat weten we pas als we haar vinden,' zei Sebastian kortaf.

'Deze meisjes deden niet mee aan een docusoap,' ging Rosmarie door, en ze keek Sebastian vorsend aan. 'Waarom is hij overgestapt op bloggers – weten we dat?'

'Het gaat er niet om wat ze doen,' antwoordde Sebastian rustig, op een toon alsof hij het tegen een klein kind had. 'Ze waren bekend. Hadden succes. Zonder dat ze het verdienden, volgens hem.' Sebastian draaide zich naar Rosmarie en bracht een hand naar zijn kin, alsof hij diep nadacht. 'Zoals... Hoe zal ik het zeggen... Zoals wanneer iemand chef wordt zonder dat hij eigenlijk iets kan. Zo ziet hij het...'

Rosmaries mond vertrok en de donkere blik die ze Sebastian toewierp voordat ze zich tot Torkel wendde, was niet mis te verstaan.

'Hou me op de hoogte,' zei ze. Ze knikte naar de anderen en ging de kamer uit. Torkel zuchtte diep toen ze de deur achter zich dichtsloeg.

'Goed gedaan, Sebastian.'

'Dank je.'

Torkel pakte een stoel en besloot het te laten zitten. Sebastian wilde de ironie in zijn stem niet horen en zou ook niet vatbaar zijn voor het argument dat het de zaken altijd gemakkelijker maakte als je bazen achter je stonden. Dat kon hem niet schelen. Sebastian had nooit een chef volledig achter zich gehad, Torkel meegerekend. En hij had ervoor gezorgd dat Rosmarie hen met rust liet, hopelijk voor nog een hele tijd. Dat was het voordeel.

'Oké, wat gaan we doen?' zei Torkel, en hij concentreerde zich weer op het werk.

Billy had de handen vol. Hij moest de aanwezigheid van de slachtoffers op het net verder uitzoeken en de tijdlijn op het whiteboard afmaken, maar eerst moest hij de gesprekslijsten opvragen bij de telefoonproviders. Dat bleken drie verschillende te zijn. Patricia Andrén had Tele2, Mirre was klant bij Tre en de zusjes Johansson hadden een abonnement bij Halebop. Het zou even duren voordat hij alles had, dacht hij.

Vanja wilde al het materiaal uit Helsingborg en Ulricehamn nog eens bestuderen om te kijken of ze details of verbanden over het hoofd hadden gezien. Bovendien stuurde Christiansson voortdurend nieuwe informatie uit Helsingborg, en die moest ze daarin verwerken, net als die van Eva Florén uit Ulricehamn. Ze hoopte daar tegen de avond mee klaar te zijn. Maar eerst moest ze iets eten. Ze had sinds het ontbijt niets meer gehad.

'En jij?' vroeg Torkel aan Sebastian. 'Wat ga jij doen?'

'Ik hou Vanja gezelschap,' zei Sebastian, en hij liep achter haar aan de kamer uit.

Sebastian stond in de deuropening van de pantry te kijken hoe Vanja een kant-en-klaargerecht uit de koelkast haalde en naar de magnetron liep.

'Wil jij ook?' vroeg ze over haar schouder.

'Nee, dank je,' antwoordde hij een beetje afwezig. Zonder het echt waar te nemen zag hij dat ze de kartonnen verpakking verwijderde, gaatjes in het plastic aan de bovenkant prikte en het eten in de magnetron zette. Hij moest een besluit nemen. Moest hij het vertellen? Dat maalde al door zijn hoofd sinds Anna had gebeld.

Wat moest hij doen?

Hij moest dit goed aanpakken, wist hij. Er was de laatste tijd heel veel gebeurd in Vanja's leven. Over wat er nu was gebeurd kon hij zijn mond eigenlijk niet houden. Vroeg of laat zou ze erachter komen. Als hij het niet vertelde, zou ze dat weer opvatten als verraad. Als oneerlijkheid. Maar hij moest de informatie gebruiken om hun broze relatie te versterken; de afstand tussen hen mocht niet groter worden.

Het probleem was dat ze nog steeds iets voelde voor Valdemar. Ze waren zo close geweest voordat Sebastian in haar leven kwam. Ze lunchten elke week. Maakten samen lange wandelingen. Gingen uit eten, naar de bioscoop, naar concerten. Dat wist Sebastian, want hij was hen gevolgd en had hen jaloers bespioneerd.

Uit tijd die je samen doorbracht ontstonden waarachtige relaties. Niet uit de genen. Zo was het. Valdemar was zoveel jaren met haar samen geweest, en wat hij had misdaan was eigenlijk niet zo erg. Dat was gewoon menselijk. Zijn vrouw geholpen en zijn dochter beschermd. Dat kon een kind vergeven, zeker in uitzonderlijke omstandigheden. Dat was in wezen het probleem.

Zijn zelfmoordpoging maakte alles anders. Die verzwakte Sebastians positie.

Wat zou ze doen als ze wist wat er was gebeurd? Zou ze bij Valdemar op bezoek gaan? Waarschijnlijk wel.

Zou hij meegaan? Daar moest hij even over nadenken. Het was misschien een idee om op door te gaan. Steun geven, niet alleen aan Vanja, maar ook aan Valdemar. Zijn jaloezie opzijzetten, misschien zelfs dankbaarheid tonen voor alles wat Valdemar voor zijn dochter had gedaan. Hem steunen in deze zware tijd. Een kameraad zijn, geen rivaal. Dat kon wel eens een goede strategie zijn.

'Blijf je daar staan?' Vanja's stem onderbrak zijn gedachten, bracht hem terug in het hier en nu. Ze stond aan het aanrecht en dronk een glas water terwijl ze wachtte tot de magnetron de zeventien seconden had afgeteld die het nog duurde voordat haar eten klaar was. 'Ik dacht dat jij ook ging eten.'

'Nee...' zei hij, en hij kwam voorzichtig het keukentje in. 'Vanja, ik moet je iets vertellen.'

'O, wat dan?'

Ze draaide zich om naar de magnetron. Hij zweeg weer even. Laatste kans. Iets ongevaarlijks zeggen, omdraaien en weggaan of het vertellen.

'Anna belde me vannacht,' zei hij toen.

Vanja reageerde zoals hij had verwacht. Ze draaide zich om alsof ze gestoken was en al voordat hij haar gezicht zag, wist hij dat ze woedend zou kijken. De magnetron achter haar zei *pling*, maar ze leek totaal geen belangstelling meer te hebben voor het eten.

'Wat ben jij in godsnaam aan het doen?'
'Niets, echt niet. Zij belde. En...'
Verder kwam hij niet, omdat Vanja hem onderbrak.
'Als je wilt dat dit iets wordt, mag je niet met haar praten. Nooit.'
Sebastian ging zo rustig en voorzichtig mogelijk door. Hij koos zijn woorden zorgvuldig, woog elke nuance op een goudschaaltje.
'Dat is goed, maar ze belde omdat... omdat...' Hij zweeg. Ze stond hem aan te staren. Haar armen gevouwen, haar schouders opgetrokken tot aan haar oren, haar hoofd wat omlaag, zodat ze hem echt woedend aankeek. Tot in elke vezel klaar voor de strijd. Wat er ook van kwam, hij kon het nu niet langer voor zich houden.
'Valdemar heeft een zelfmoordpoging gedaan.'
Die woorden kwamen bijna als een fysieke klap aan. Hij zag dat ze terugdeinsde. De woede en het wantrouwen maakten razendsnel plaats voor ongerustheid. Haar armen vielen slap langs haar lichaam. Alle kleur verdween uit haar gezicht.
'Wat? Hoe? Wanneer? Hoe gaat het met hem?' Ze spuugde de vragen uit. Ze wist zelf niet welke ze het belangrijkst vond. Haar adem werd oppervlakkig en Sebastian meende tranen in haar ogen te zien. Hij had het bij het rechte eind gehad. Ze voelde nog veel voor Valdemar, hoe diep ze dat ook weg wilde stoppen. Hij kon er niets aan doen en hij was er niet trots op, maar een deel van hem maakte zich ongerust. Stootte hij haar nu van zich af? Beetje laat om dat nu te bedenken...
'Het gaat goed met hem. Hij heeft een hoop pillen geslikt, maar Anna heeft hem op tijd gevonden,' zei hij in een poging zo veel mogelijk van haar vragen te beantwoorden. Ze knikte nadenkend en hij zag dat ze de informatie verwerkte, die bevattelijk probeerde te maken.
'Waar is hij?' wist ze toen uit te brengen.
'In het Karolinska,' antwoordde hij, en hij wist meteen dat ze hem zou gaan opzoeken. Hij kreeg onmiddellijk gelijk. Zonder nog iets te zeggen, wurmde ze zich langs hem heen en verdween ze uit de pantry.

Ze reed de weg voor het ziekenhuis op, parkeerde dubbel en liep haastig naar de hoofdingang. Ze was ongerust en voelde zich over haar hele lichaam plakkerig. Het zwarte truitje was opeens veel te dik. Dat kwam niet alleen doordat ze opzag tegen de ontmoeting met Valdemar, ze was ook in de war door haar eigen gevoelens. Ze had geprobeerd afstand te nemen van de mensen die haar hadden gekwetst. Ze had een nieuw leven willen beginnen, een eigen leven. Maar ze kon niet anders.

Ze trokken aan haar.

Zoals altijd.

Het kostte haar een kwartier om hem te vinden. Hij was, in afwachting van een gesprek met de psycholoog en overleg over wat er verder moest gebeuren, overgeplaatst van de Eerste Hulp naar de vierde verdieping van de medische afdeling. Ze nam een van de grote liften naar de vierde en verdwaalde in de lange gangen. Een ziekenverzorgster wees haar ten slotte de weg. De afdeling waar Valdemar lag, rook naar de merkwaardige combinatie van desinfecteermiddel en warm eten. De deur zat dicht en ze bleef even staan om moed te verzamelen voordat ze hem zachtjes opendeed.

Ze zag hem meteen.

Hij lag rechts, bij het raam. De andere bedden waren bezet, maar ze had alleen maar oog voor de man die ooit haar vader was geweest. Hij was lichtjaren verwijderd van de man die ze zich herinnerde. Hij was niet ouder geworden. Het was nog veel erger.

Hij was niet alleen afgevallen, ook alle energie en kracht waren uit hem weggestroomd, leek het. Zijn haar was dun en samengeklit. Zijn lippen waren smal en bijna grijs. Zijn ogen waren ingevallen. Het was nog maar een paar maanden geleden dat ze hem voor het laatst had gezien, en toch herkende ze hem amper. Hij was nog maar een schaduw van zijn vroegere zelf.

Hij leek te slapen. Ze zette de laatste stappen naar hem toe. Opeens had ze geen andere gevoelens meer dan verdriet en weemoed. Ze bleef aan het voeteneinde van het bed staan en bekeek hem zo een poosje. Slangetjes in zijn neus en zijn armen. Waarschijnlijk hadden ze zijn maag leeggepompt.

'Valdemar?' vroeg ze na een tijdje voorzichtig.

Hij keek onzeker op. Het duurde een paar seconden voordat zijn blik op haar gefocust was, alsof hij niet durfde te geloven wat hij zag.

'Dag,' zei ze, en ze keek hem in de wazige ogen.

'Vanja?' kreeg hij er ten slotte uit. Zijn stem was raspend en zwak.

Ze pakte een stoel, maar zette die bewust een stukje van het bed af, en ging toen zitten. Ze wilde een beetje afstand houden tot wat ze diep vanbinnen voelde.

'Wat heb je gedaan?' vroeg ze toen ze zat, eerder meelevend dan beschuldigend.

'Je bent gekomen,' bracht hij uit. Tranen in zijn ogen.

Ze kon onmogelijk kwaad blijven. Ze kon niet zo goed afstand houden als ze had gewild. Het liefst wilde ze hem omhelzen, maar die neiging weerstond ze. Ze bleef zitten en probeerde de juiste woorden te vinden. Dat was moeilijk.

'Waarom? Waarom doe je zoiets?' zei ze ten slotte. Zijn ogen glansden van pijn of van schaamte, dat kon ze niet uitmaken.

'Ik wilde niet dat je me zo zou zien,' fluisterde hij, maar hij liet haar ogen niet los.

'Dan had je geen zelfmoordpoging moeten doen,' antwoordde ze. Hard maar waar. En hij had nog steeds geen antwoord gegeven. 'Waarom?'

Hij keek naar haar. Zag er wanhopig uit. Er ging een beweging door zijn broze lichaam die een schouderophalen zou kunnen voorstellen.

'De dokters zeggen dat ik veel heb om voor te leven. Maar ze hebben het mis,' zei hij bijna geluidloos, met een stem die ze haast niet herkende.

Het bleef even stil. Op de gang hoorden ze voetstappen voorbijgaan. Een van de andere patiënten hoestte. De stijve witte lakens van Valdemars bed ritselden toen hij zich naar haar toe draaide.

'Het spijt me zo dat ik je pijn heb gedaan. Tegen je heb gelogen,' zei hij met gebroken stem. Hij keek haar smekend aan. 'Ik weet niet wat ik zonder jou moet beginnen.'

Het was zo hartverscheurend dat ze zich er maar moeilijk tegen kon verzetten. Vanja had er opeens spijt van dat ze was gaan zitten. Dit wilde ze niet. Het ging te snel. Ze voelde dat zijn woorden haar vastbeslotenheid aantastten.

'Dit mag niet, Valdemar,' zei ze zo scherp dat het haar zelf verbaasde. Het klonk harder dan ze het had bedoeld, maar ze moest het toch zeggen. 'Je mag jezelf niet iets aandoen om mij terug te laten komen.'

Valdemar sloeg zijn ogen neer. De tranen vielen op zijn kussen toen hij zijn ogen dichtdeed. Het was net een spons, waar je maar heel licht in hoefde te knijpen om er vocht uit te drukken.

'Ik ben hier niet gekomen om te horen hoeveel het je spijt, hoeveel berouw je hebt,' zei ze er meteen achteraan, maar terwijl ze het zei voelde ze dat het meer een poging was om zich groot te houden dan dat ze het echt meende. Het was fijn om iemand eindelijk sorry te horen zeggen. Schuld te horen bekennen. Dat zou Anna nooit doen.

Ze zag dat hij overstuur was.

'Waarom ben je dan gekomen?' vroeg hij snotterend.

'Vroeger was je iemand van wie ik hield.'

'Dat kan ik toch weer worden, op den duur, denk je niet?' smeekte hij.

Ze had opeens toch met hem te doen. Waarschijnlijk pakte ze hem te hard aan, maar dat zielige toontje, dat zich wentelen in zelfmedelijden irriteerde haar.

'Laten we het daar nu maar niet over hebben,' zei ze, en ze probeerde haar tegenstrijdige gevoelens de baas te worden. 'Ik ben hier niet om ruzie te maken.' Ze keek hem aan en haalde diep adem. Ze had er bijna spijt van dat ze gekomen was. Ze moest haar gevoelens negeren, zich bij de feiten houden. Daar kon ze mee omgaan. Die kon ze aan.

'Wat zegt de dokter? Komt het weer goed?'

'Ja, ik heb geluk gehad, zeggen ze. Anna heeft me op tijd gevonden,' zei Valdemar op neutrale toon, en ze besefte dat hij het in elk geval probeerde.

Het was allemaal zo raar.

Dat ze van rol hadden gewisseld.

Hij zwak, zielig, had haar nodig.

Zij de sterke, degene die de touwtjes in handen had.

Hij het kind en zij de volwassene.

De Valdemar die ze ooit had gekend was ver weg. Toch was het de man die daar lag. Ze kon het niet rijmen.

'Verdomme, hoe heeft het toch zover kunnen komen?' vroeg ze ten slotte.

Valdemar keek haar verdrietig aan.

'Omdat ik iets verkeerd heb gedaan, Vanja.'

Ze knikte stilletjes, maar zei niets. Er was niet zoveel meer te zeggen, wist ze. Dus ze bleef op haar stoel zitten.

Iets te ver weg om dichtbij te zijn.

Iets te dichtbij om niets te voelen.

Hij dronk anders bijna nooit.
Daarom had Laura hem in elk geval niet in de steek gelaten. Hij wist niet waarom wel, maar daarom niet. Maar hij wist wel waarom hij vanavond dronk.
Dat kwam door haar.
Door dat meisje. Ebba.
Hij hield helemaal niet van alcohol. Af en toe een glaasje wijn. Of een biertje. Maar bijna nooit zoveel dat hij onder invloed raakte. Vanavond was hij dronken. Dat was al jaren geleden. Hoeveel jaar wist hij niet meer. Er ging zoveel door zijn hoofd. Het was lastig een gedachte vast te houden.
Er waren regels.
Hij gaf hun een eerlijke kans.
Een derde van de vragen goed, dan waren ze geslaagd.
Als ze dat niet haalden, liet hij hen achter in de gebouwen waar ze hun opleiding hadden moeten krijgen, waar men hun een basale kennis had moeten bijbrengen, hen op hun toekomst hadden moeten voorbereiden, maar waar dat tegenwoordig blijkbaar totaal niet meer lukte.
Zweden was in de laatste Pisa-onderzoeken als een baksteen naar beneden gezakt. Geen van de drieëndertig OESO-landen was in de steekproef zo gedaald als Zweden. Met afstand het slechtst van Noord-Europa. Nog maar net voor landen als Mexico en Chili.
In de discussie die volgde, had hij een heleboel smoezen, verklaringen en theorieën gezien en gehoord waarom Zweedse leerlingen zo slecht presteerden. Maar het antwoord was heel eenvoudig.
De samenleving hechtte belang aan oppervlakkigheid en domheid.
Iets weten was snobistisch. Studeren was vervelend. Stom. Overbodig als die kennis tenminste niet meteen financieel gewin of een of ander voorrecht opleverde. Talent werd niet gewaardeerd, want

kennis was niet nastrevenswaardig of prestigieus. Succes werd niet opgemerkt als het niet in een sportarena werd behaald.

De verloedering was extra duidelijk bij de jongere leeftijdsgroepen, maar zijn eigen generatie was ook niet vrij van idioten. Neem alleen al de sollicitatiecommissie, de rector, de hele afdeling Personeelszaken en de klachtencommissie van de Koninklijke Technische Hogeschool, om maar een paar mensen te noemen.

Totaal niet in staat om zijn werk te appreciëren, om de waarde van zijn goede contacten met andere scholen in te zien, zijn onderzoek te begrijpen, zijn kwaliteiten als pedagoog, zijn brede kennis. Blind voor alle andere successen dan die af te meten waren aan het aantal publicaties in gevestigde media en prestigieuze tijdschriften.

Dat hij jaar in jaar uit de meest geliefde docent was en bovendien de meeste studenten had die hun opleiding ook werkelijk afmaakten, had niets te betekenen. Dat zijn pedagogisch vermogen een verworvenheid was waarvan ze als onderwijsinstelling konden profiteren woog blijkbaar ook te licht.

Waarom zou je nog gaan studeren?

Waarom zou je jaren aan een studie wijden als je elke dag te horen kreeg dat het genoeg was om een paar bewegende beelden op YouTube te plaatsen, om iets onzinnigs in een blog te schrijven of om te zuipen en te neuken op tv om niet alleen bekend te worden, maar daarmee ook nog in je levensonderhoud te voorzien?

Als er nog meer bewijs voor nodig was hoe geaccepteerd en genormaliseerd de verloedering was, hoefde je maar naar het Koninklijk Huis te kijken. De prins getrouwd met een pin-upgirl die aan *Paradise Hotel* had meegedaan. Op de dag van de verloving was hij lid geworden van de Republikeinse Vereniging.

Oppervlakkigheid en domheid.

Het viel niet te ontkennen dat de man die de leerstoel nu had gekregen deskundig was op zijn vakgebied. Misschien zelfs deskundiger dan hijzelf. Maar dan ook alleen op dat gebied. Alle gesprekken van algemeen ontwikkelde, filosofische of psychologische aard bleven kort, omdat dan pijnlijk duidelijk werd dat de man iedere diepgang ontbeerde.

Maar hij was goed in netwerken, de nieuwe professor, in geld genereren voor zijn onderzoek, in het beginnen van zijn betogen

met een grappige anekdote, in gezien en gehoord worden.
Hij verviel in herhaling.
Hij besefte dat hij in herhaling verviel.
Laura had gezegd dat hij geen bezieling meer had. Zijn vuur, zijn enthousiasme om les te geven, om kennis uit te dragen – daarvoor was ze ooit gevallen. Maar nu was het blijkbaar geen bezieling meer. Nu was het een obsessie, een fixatie.
Hij was niet vurig, hij was alleen maar verbitterd.
Een loodgieter.
Hoe kon ze er verdomme vandoor gaan met een loodgieter?
Niets mis met het vak als zodanig. Een aloud en eerbaar beroep dat enige kennis vereiste. Maar ook een beroep dat, zoals Laura's nieuwe man maar al te duidelijk aantoonde, elke idioot met een beetje tijd en een pijptang kon leren.
Er waren regels.
Als ze slaagden, moest hij ze laten gaan.
Hij had nooit gedacht dat het zou gebeuren, maar toen kwam Ebba Johansson. Bijna de helft goed. Bij nog een paar vragen heel dicht in de buurt.
Haar doden was ondenkbaar. Regels waren regels. Maar ze had hem gezien. Had meer dan een uur tegenover hem gezeten.
Hem gezien. Zijn auto gezien.
Hij moest haar natuurlijk laten gaan, maar het was te vroeg om nu al de kans te lopen dat ze een gedetailleerd signalement van hem kon geven. Hij was nog lang niet klaar.
Wat hij had gedaan was opgemerkt. Krantenkoppen, tv-items, voortdurende updates op internet. Maar het accent lag nog op de dode jongeren, hoe zielig dat was, wat voor monster hij was. Hij was er nog niet in geslaagd de discussie op een hoger niveau te brengen. Hun te laten begrijpen dat hij een maatschappelijk probleem aankaartte. Maar het was slechts een kwestie van tijd voordat een moedige hoofdartikelschrijver of debater zijn kant zou kiezen. Iemand die begreep dat het zo niet door kan gaan. Dat we niet met wijd open ogen naar de afgrond kunnen blijven marcheren. Iemand die zich durfde te verzetten tegen deze minachting van kennis, iemand die, ook al zou het in de massamedia zelfmoord zijn om sympathie te hebben voor zijn methode, durfde te

zeggen dat het in wezen een goede, belangrijke zaak was.

Hij was nodig.

Hij kon zich nu niet laten oppakken.

Maar ze had hem gezien. Zijn auto gezien.

Hij had iets moeten doen. Hij had iets gedaan.

Nu dronk hij. Dat kwam door haar.

Dat meisje. Ebba.

De pijn.

Dat was het eerste waarvan ze zich bewust werd, zelfs nog voordat ze goed en wel begreep dat ze wakker was geworden uit haar bewusteloosheid. Een brandende, bonkende pijn in haar hoofd, zoals ze nog nooit eerder had gevoeld, die al haar zintuigen overnam en uitschakelde, en verder ook alles. Haar adem kwam in korte stootjes, zacht kreunend, alsof haar hoofd zou exploderen als ze diep inademde.

Ze probeerde te bewegen. Er schreeuwde iemand. Was zij dat? Ze had het nog niet gedacht of ze moest overgeven. Zonder waarschuwing vooraf, zomaar. Even voelde ze de warme maaginhoud op haar borst; toen stuurde de plotselinge beweging een nieuwe golf van brandende pijn door haar lichaam en naar haar hoofd.

Ze ging weer op haar rug liggen. Haalde kort en hijgend adem.

Wat was er gebeurd? Ze wist het niet. Ze kon door de kwelling niet één zinnig samenhangende gedachte formuleren.

Sara.

Haar zus.

Waar was ze? Waar was ze zelf ergens?

Ze probeerde zich ondanks de pijn te concentreren. Probeerde te focussen. Flink te zijn. De pijn van zich af te zetten om zich te oriënteren. Ze moest wel.

Zij was de flinke.

Sara de slordige.

Ze draaide langzaam haar hoofd om. Waagde zich nog niet aan grotere bewegingen. Het hielp niet. De kamer was donker. Zwart.

Alleen maar zwart.

Onnatuurlijk zwart, besefte ze.

Ze draaide haar hoofd weer terug, bracht moeizaam haar hand naar haar gezicht. Dichtbij, zo dichtbij dat haar vingertoppen haar

voorhoofd raakten. Ze merkte dat haar adem sneller ging, alsof haar gekwelde brein de conclusie zelf al trok.
De kamer was niet zwart.
Zij was blind.
Hij had haar blind gemaakt.

Torkel had hen bij elkaar geroepen voor een update voordat ze naar huis gingen. Hij meende een licht gevoel van wanhoop in de Kamer waar te nemen. Dat herkende hij. Het ontstond af en toe in onderzoeken als ze allemaal wisten dat ze niet veel nieuws te melden hadden en dat wat ze hadden hen niet dichter bij een arrestatie zou brengen.

Vooral Vanja leek bedrukter dan hij haar lange tijd had meegemaakt. Torkel wierp Sebastian even een afkeurende blik toe toen hij als laatste de Kamer betrad. Hij was ervan overtuigd dat hij de oorzaak van Vanja's neerslachtigheid was, maar Sebastian leek hem niet eens te zien.

'Ebba Johansson wordt nog steeds vermist,' begon Torkel toen iedereen er was. 'We proberen het personeel van alle scholen in de hele regio Stockholm, gemeentelijke en bijzondere, ertoe te brengen hun klaslokalen te doorzoeken, maar dat zijn er veel, dus ik weet nog niet wat dat oplevert.'

'Hij doodt de gezakten,' zei Vanja. 'Betekent dat dat je mag blijven leven als je slaagt, zoals Ebba?'

Niemand antwoordde onmiddellijk. De gedachte was ook bij Sebastian opgekomen. Maar het leek ook te riskant. De dader had uren doorgebracht in gezelschap van de slachtoffers. Hen gewoon laten gaan zou dom zijn.

Sebastian keek om zich heen. Het drong tot hem door dat de anderen verwachtten dat hij Vanja's vraag zou beantwoorden. Hij haalde zijn schouders op.

'Hij is waarschijnlijk gedwongen te improviseren. Hoe hij dat heeft gedaan weet ik niet.'

Die bijdrage werd zwijgend en met een enkel hoofdknikje ontvangen. Ze moesten gewoon wachten tot ze Ebba vonden. Speculeren had geen zin.

'We hebben antwoord gehad op onze vraag aan de kranten,' vervolgde Torkel, waarmee hij van onderwerp veranderde. 'Drie ingezonden brieven ondertekend door Cato d.O.' Hij legde kopieën van de knipsels op tafel en iedereen pakte er een. 'En een brief aan de hoofdredacteur van *Östersunds-Posten*. Zelfde ondertekening.'

Sebastian las de ingezonden stukken en de wat langere brief snel door. De inhoud kwam overeen met het beeld dat hij zich van de dader had gevormd. Ze beschreven allemaal in zekere zin hoe tergend het was dat oppervlakkigheid en domheid zich maar mochten verspreiden. Keurig geformuleerd, nauwgezet. Grammaticaal correct. De brieven waren in papieren vorm gekomen, met de gewone post. Geen van de redacteuren had het origineel of de envelop. De brief aan de hoofdredacteur was wel het origineel, maar een onderzoek naar vingerafdrukken had niets opgeleverd. Te veel mensen hadden het papier aangeraakt sinds het uit de envelop was gehaald, die ook in dit geval was weggegooid.

'Die Frida Wester,' begon Ursula, en ze wees naar de brief. 'Moeten we die niet iets van ons laten horen?'

Torkel kon haar gedachtegang volgen. De brief aan de hoofdredacteur was gekomen nadat er in december een grote reportage in de krant had gestaan over Frida Wester, zeventien jaar, die op het eiland Frösö bij Östersund woonde en meer dan honderdduizend volgers had op haar YouTube-kanaal, waarin ze tips gaf over goede nagelverzorging en fantasierijke manieren om je nagels te lakken.

Torkel keek naar Sebastian.

'Wat denk jij?'

'Dat was een halfjaar voordat hij begon te moorden,' zei Sebastian nadenkend.

'Het was twee jaar geleden dat Patricia Andrén meedeed aan *Single moeder zoekt partner*,' bracht Billy daartegen in.

'Maar nu kreeg ze die baan als presentatrice en ging ze aan nog een programma meedoen. Ze was in het nieuws. Succesvol. Net als Petrovic en de zusjes Johansson.'

'Dus Frida loopt geen gevaar?'

'Dat kan ik niet garanderen, maar nee, waarschijnlijk niet.'

Torkel knikte. Hij wilde de politie van Östersund toch een seintje geven en vragen om contact op te nemen met de familie Wester en om Frida extra goed in de gaten te houden. En om te vragen het door te geven als een journalist belde om een afspraak te maken of zo.

'Ursula?' vroeg hij, en hij draaide zich naar links.

'Ik heb eigenlijk niets,' begon ze met een lichte zucht. 'Zoals jullie weten, zitten er geen vingerafdrukken op de brieven die we hebben gekregen of op de vindplaatsen. Tot nu toe ook geen DNA-sporen. Hij is zorgvuldig en voorzichtig.'

Ze boog zich naar voren en trok twee velletjes papier naar zich toe die op tafel lagen.

'We hebben een rapport gekregen van de technische recherche,' begon ze. 'De puntmutsen op het hoofd van de slachtoffers waren van vouwkarton dat je in elke kantoorboekhandel of hobbywinkel kunt kopen. De test is geprint op HP Laser-papier, en daar geldt hetzelfde voor.'

Ze ging naar de volgende pagina.

'Het touw om het lichaam is van polypropeen, twaalf millimeter, gevlochten. Verkrijgbaar in alle grote bouwmarkten. De knoop in het touw is een schootsteek.'

'Wat misschien zou kunnen betekenen dat hij ervaring heeft met boten,' vulde Torkel aan.

'Jij zegt het.' Ursula keek Billy aan, die zich net zat af te vragen of hij erop moest wijzen dat een schootsteek een steek was en geen knoop, maar hij besloot het maar te laten zitten. 'Ik ben er niet honderd procent zeker van, maar op grond van wat ik bij de slachtoffers heb gezien denk ik dat we verder moeten werken met de theorie dat hij een verdovingspistool gebruikt,' vervolgde ze.

'Daar heb ik niets over kunnen vinden,' vulde Billy meteen aan. 'Voor zo'n wapen heb je geen vergunning nodig en de aanschaf natrekken is onmogelijk. Ik had gehoopt dat er bij een dierenarts of op een boerderij of misschien bij een kleine slachterij een als gestolen was gemeld, maar dat is de laatste jaren niet gebeurd.'

Torkels telefoon, die op tafel lag, begon te zoemen. Hij keek op het display, stond op en nam het gesprek aan terwijl hij de Kamer uit liep. De stilte werd dieper. Het gevoel van wanhoop was er niet minder op geworden nu voor iedereen duidelijk was dat ze in feite niets hadden bereikt sinds ze de zaak van de lokale politiedistricten hadden overgenomen.

'Mag ik die hebben?' vroeg Billy. Hij knikte naar de prints die voor Ursula op tafel lagen en stond op. Ursula knikte en schoof hem de papieren toe. Hij ging naar de muur en plakte ze naast de tijdlijn. Sebastian probeerde oogcontact met Vanja te maken, maar ze ontweek hem consequent.

'Dus wat gaan jullie vanavond doen?' vroeg hij daarom maar aan niemand in het bijzonder, maar met zijn blik gericht op Billy bij het whiteboard. Die zag vanuit zijn ooghoeken dat Vanja en Ursula reageerden. Het gebeurde niet vaak dat ze tijdens het werk over privédingen praatten, en nog zeldener dat ze dat in de groep deden, en Sebastian was nooit degene die daartoe het initiatief nam. Collegiale babbeltjes waren niets voor hem.

'Niets bijzonders,' zei Billy kortaf toen het tot hem doordrong dat Ursula en Vanja niet van plan waren antwoord te geven.

'Is My nog steeds op reis?' vroeg Sebastian, en Billy zag dat Ursula ook daarop reageerde. Hoe wist Sebastian waar Billy's vrouw was? Waaróm wist hij waar Billy's vrouw was? Billy begreep wat Sebastian wilde, maar had hij dat niet onder vier ogen kunnen vragen? Dit was raar en riep alleen maar wantrouwen op.

'Ja,' zei hij kort, en hij zag tot zijn genoegen dat de deur openging en dat Torkel terugkwam. Maar die stapte niet eens over de drempel.

'Ze hebben Ebba Johansson gevonden.'

'Ze kwam daarvandaan aanlopen,' zei de man in trainingspak met een dialect dat noordelijke invloeden verraadde, en hij wees naar het rood geschilderde gebouwtje dat eenzaam aan het eind van een groot veld stond. 'Nou ja, ze kon bijna niet lopen, en ze was ook drijfnat; ze moet in die sloot daar zijn gevallen.' Hij wees weer, naar een plek schuin links van de schuur.

Ze stonden op een bosweggetje, niet veel meer dan een karrenspoor in het veld, met niets dan bos behalve het veld met de rode schuur. Je zou bijna denken dat je op het platteland was, maar slechts een paar honderd meter de andere kant op begon de bebouwing. Nog zo'n slaperig, welvarend voorstadje aan de noordkant van Stockholm. Dertig kilometer van Rosersberg. Villa's en eengezinshuizen. Een plek waar je, als je geld had, naartoe verhuisde om je kinderen veiliger te laten opgroeien. Waar mensen hun huis beschermden met een alarm en buurtbewaking, waar je wist dat sommige jongeren in de weekends drugs gebruikten en waar je vermoedde dat er wel eens mensen achter de dichtgetrokken gordijnen werden mishandeld, maar die over het algemeen verschoond bleef van zware misdaden.

'Zei ze iets?'

'Eh... nee, nou ja, ze zei iets over ene Sara en hield haar handen voor haar ogen, maar het was heel onsamenhangend.'

Torkel knikte. Op grond van het weinige dat ze wisten, had hij niet verwacht dat Ebba hen noemenswaardig zou kunnen helpen. Een voorlopig onderzoek in het ziekenhuis had aangetoond dat haar ogen op de een of andere manier kapot waren gebrand. Ze werd nu in slaap gehouden, en ze zouden haar niet voor de volgende ochtend kunnen horen, en zelfs dat was nog niet zeker.

Ursula had technisch rechercheurs naar het ziekenhuis gestuurd om sporen van haar lichaam en kleding veilig te stellen, als die er waren. Zelf concentreerde ze zich op de vervallen schuur.

‘Is er verder nog iets wat u te binnen schiet?’ vroeg Torkel aan de man wiens wandelingetje een onverwachte wending had genomen.

‘Eh... nee, niet van dat ik haar vond.’

‘Maar...?’

‘Er stond hier eerder een camper. Vanmiddag.’

‘Een camper?’

‘Ja.’

‘Welk merk?’

‘Geen idee. Het was een... camper.’

‘Hebt u het kenteken gezien?’

‘Eh... nee. Een buitenlands nummerbord, maar ik weet niet uit welk land.’

‘Was u hier toen ook al aan het hardlopen?’ vroeg Sebastian, die er tot dan toe bij had gestaan zonder iets te zeggen. De mogelijkheid bestond dat de man wat al te veel genoot van de aandacht en hen meer wilde ‘helpen’ dan hij eigenlijk kon. Dat hij zich belangrijker wilde voordoen dan hij was. Dat zou niet voor het eerst zijn.

‘Eh... nee. Ik woon daar.’ Hij wees weer, ditmaal naar een geel houten huis op een heuveltje, met uitzicht op het veld met de schuur. ‘Ik zag hem vanuit het raam. Er rijden hier niet veel auto’s, zeker niet van die grote. De weg eindigt een paar honderd meter verderop. Daarna kun je er alleen nog lopen en paardrijden.’

Torkel voelde een mengeling van hoop en irritatie in zich opkomen. Dit was een belangrijke aanwijzing, iets waar ze mee aan het werk konden, maar de man tegenover hem leek hen niet beter te kunnen helpen dan hij al had gedaan. Maar het was een poging waard.

Hij riep Billy. Die moest samen met de man foto’s van campers gaan bekijken. Hopelijk zou hij dan een model herkennen.

‘Maar die campers zien er toch allemaal hetzelfde uit?’ merkte de man op, en hij sloeg Torkels hoop de bodem in. Met zo’n instelling was het maar zeer de vraag of hij van nut kon zijn.

Billy kwam aangewandeld van de schuur, waar hij Ursula had geholpen. Torkel legde snel uit wat hij wilde, en vroeg hem ook alle toegangswegen te onderzoeken en na te gaan of er bewakingscamera’s waren. Zoveel campers konden er niet in deze buurt hebben gereden.

Sebastian liet Billy achter bij de man in trainingspak, en keek om zich heen.

Het was nog licht.

Het zou sowieso niet helemaal donker worden.

Vogels kwetterden in de zoele zomeravond. Sebastian wist niet welk geluid bij welke vogel hoorde, maar één geluid klonk melodieuzer en hoger dan de andere, en hij meende zich te herinneren dat iemand hem eens had verteld, tijdens een wandeling door de stad naar huis op een andere zoele zomeravond, dat dat een merel was. Ach, wist hij veel.

Een stukje verderop zag hij Vanja, die zo te zien zonder iets te doen over het veld stond te staren. Hij liep naar haar toe en ging naast haar staan. Ze draaide zich niet eens naar hem toe.

'Gaat het?'

'Er moeten hier reeën zijn geweest, denk je niet?'

Oké, niet het antwoord dat hij had verwacht. Niet eens een antwoord, eigenlijk, maar hij besloot even te blijven staan.

'Ik weet het niet. Ik weet niets van de natuur. Ik hou er niet van.'

'Hoe kun je niet van de natuur houden?'

Sebastian dacht even na, hoewel hij het antwoord al wel wist.

'De natuur ís er gewoon. Die denkt niet. Ik heb moeite met dingen die niet denken.'

'Daarom hou ik er waarschijnlijk juist van,' zei Vanja zacht. 'Ze is er gewoon. Ze denkt niet, ze liegt niet, ze probeert geen zelfmoord te plegen...'

Sebastian keek haar aan, maar haar blik was nog steeds op de open ruimte gericht.

'Kan ik iets doen, Vanja?'

Geen antwoord.

'Als collega.'

'Nee.'

Toen liep ze weg.

De flat was heerlijk leeg toen hij thuiskwam.

Blij dat hij eindelijk eens niet met iemand hoefde te praten schopte hij zijn schoenen uit en hing hij zijn jack weg. Hij liep meteen de keuken in, haalde een biertje uit de koelkast en viel op de bank neer.

Het was een lange dag geweest.

Hij kon zich haast niet voorstellen dat Vanja en hij pas die ochtend uit Helsingborg waren vertrokken, zoveel was er gebeurd.

Maar helaas niets wat hen dichter bij de moordenaar had gebracht.

De man die Ebba had gevonden had hen niet kunnen helpen. De camper leverde niets op. Geen merk, model of specifieke details die hen verder konden brengen. Uit welk land hij kwam, werd ook niet duidelijker. Billy had foto's van allerlei kentekens laten zien, en op dit moment stonden Polen, Duitsland en Spanje boven aan de lijst van mogelijke landen, maar het kon ook een kampeerauto uit Denemarken zijn geweest. Of uit Roemenië. Of uit de ruimte. De man in trainingspak had geen idee gehad. Dus een camper met een buitenlands kenteken was het enige wat ze tot dusver hadden.

Geen bewakingscamera's langs de wegen in de buurt, en je kwam ook niet langs een tolstation als je van de school in Rosersberg naar de schuur in Täby reed, maar Billy wilde de volgende dag toch contact met de Verkeersdienst opnemen en foto's van alle tolstations opvragen. Zoveel campers reden er eind juni toch niet in de regio Stockholm, dacht hij.

Hij pakte zijn telefoon. Uit onderzoek was gebleken dat vooral jongeren honderden keren per dag op hun telefoon of tablet keken, en hij had duidelijk het idee dat hij, ondanks zijn drieëndertig jaren, tot de groep 'jongeren' behoorde. Hij had geen gemiste oproepen of berichten.

My had gebeld toen ze bij de schuur waren. Hij schaamde zich er een beetje voor dat hij blij was geweest om te kunnen zeggen dat hij aan het werk was en op dat moment geen tijd had. Om nog eens extra te benadrukken hoe dringend het was, had hij verteld van Ebba, en gezegd dat het lang ging duren – er moest veel worden uitgezocht en er moesten getuigen worden gehoord –, dus ze konden beter de volgende dag verder praten.

Ze begreep het helemaal.

Hou van je. Kusje, dag.

Van Sebastian af komen was minder gemakkelijk geweest.

Toen ze naar de auto's wandelden, was hij naast Billy gaan lopen om zich te laten bijpraten. Daar had Billy geen zin in. Het was laat, hij was moe, hij moest nog werk doen, maar Sebastian had aangedrongen. Ze spraken af dat Billy hem naar huis zou brengen, dan konden ze in de auto praten. Een klein halfuurtje. Dat moest genoeg zijn. Sebastian vond het goed.

'Ik heb het onder controle,' zei Billy toen Sebastian vroeg hoe het in Helsingborg was gegaan en of hij al iemand had gevonden om mee te praten. Het antwoord van Sebastian was een blik die aangaf dat hij hem geen moment geloofde.

'Echt waar,' verzekerde Billy hem. 'Weet je, het is alsof je zonder erbij na te denken iets stoms hebt gedaan. Je doet het gewoon, maar dan komt iemand erachter en dan begrijp je hoe verschrikkelijk stom het was.'

'Stom?'

Dat ene woord was genoeg. Billy begreep dat Sebastian dat een understatement vond voor wat hij in zijn huwelijksnacht had gedaan.

'Je begrijpt wel wat ik bedoel,' zei hij, en hij haalde zijn schouders op. 'Ik kan nu als het ware een stapje achteruit doen en van een afstandje bekijken hoe idioot het was.'

'Dat is niet genoeg.'

'Voor mij wel. Het zal niet meer gebeuren.'

'Zo simpel is het niet,' zei Sebastian op dat vanzelfsprekende toontje waarmee hij aangaf dat hij gelijk had en alle anderen ongelijk, en dat Billy enorm irriteerde. 'Het is niet zoiets als een bekeuring krijgen voor te hard rijden en dan daarna zachter gaan rijden,' ging Sebastian door. 'Dat je bent betrapt maakt niet dat je ervanaf bent. Je hebt hulp nodig.'

'Wat weet jij daar nou van? Wat weet jij ervan om ergens vanaf te komen?' Billy verhief zijn stem. Hij was het zat om zich steeds te moeten verdedigen. 'Jij hebt de ziekelijke neiging om met elke vrouw naar bed te willen.'

'Dat is anders. Dat is een verslaving.'

'Wat is het verschil?'

'Een verslaving kun je kwijtraken, als je maar gemotiveerd genoeg bent. Je kunt besluiten te stoppen. Alleen of met hulp.' Hij keek Billy aan, die het stuur stevig vasthield en zijn blik gericht hield op de drukke E18, de stad in. Zijn hele lichaam vertelde dat hij geen zin had in dit gesprek. 'Jij hebt een psychische stoornis. Jij bent beschadigd. Alleen verstandelijk beseffen dat het verkeerd is wat je doet, is niet genoeg om je gedrag te veranderen.'

'Als het zo simpel is, waarom kom jij dan niet van je verslaving af?' vroeg Billy in een poging om het gesprek meer op Sebastian te brengen dan op hemzelf.

'Ik ben niet gemotiveerd genoeg.' Dat was waar, en daar liet hij het bij. Hij was niet van plan te vertellen over het zwarte gat dat Lily en Sabine in hem hadden achtergelaten en wat hij allemaal moest doen om te voorkomen dat het hem helemaal opslokte.

'Ik ben wel gemotiveerd. Ik heb het onder controle. Het zal niet meer gebeuren,' zei Billy.

'Het wordt er niet waarder van dat je het herhaalt,' zei Sebastian vermoeid, en hij slaagde erin hem weer te irriteren.

Billy nam een slok bier.

Wat was er gebeurd?

Dat hij überhaupt zo'n gesprek met Sebastian Bergman had, was al absurd. Hoe had hij het zover kunnen laten komen?

Zo was hij niet. Hij was politieman. Een goede politieman. Bij de Nationale Recherche, een onderdeel waar de meeste politiemensen alleen maar van konden dromen, met collega's die hem mochten en waardeerden.

Hij was pas getrouwd, met een vrouw van wie hij hield. Die het beste was wat hem was overkomen, maar die hij nu bewust op afstand hield. My zou dat langzamerhand in de gaten krijgen. Vragen wat er aan de hand was, waarom hij haar ontliep, niet loslaten voordat ze het wist. Dan zou hij haar kwijtraken, dat wist hij zeker.

Dat mocht niet gebeuren.
Hij was de man die naar hiphop luisterde, naar blockbusters ging en liever strips las dan boeken. Hij was eenvoudig. Leuk. Hij was de man die je belde als je iemand nodig had om je te helpen verhuizen, met wie je Midzomer vierde, met wie je een biertje ging drinken, aan wie je dacht als je een peetvader voor je pasgeboren kind zocht.
Zo was hij.
Een goeie vent.
Niet een gek die katten vermoordde.
Maar hij had niet gelogen tegen Sebastian. Hij had het onder controle. In elk geval op dit moment. Het was in Helsingborg niet eens in hem opgekomen om op jacht te gaan. Daar draaiden zijn gedachten alleen maar rond wat er al was gebeurd, niet om wat er in de toekomst eventueel nog zou kunnen gebeuren. De schaamte, het slechte geweten, de angst om My te verliezen, om alles te verliezen.
Het ergste was dat hij diep in zijn hart wist dat Sebastian gelijk had. Hij wist dat het fout was. Dat had hij vanaf het begin geweten. Verstandelijk was hij zich ervan bewust geweest dat hij over de grens ging, maar dat had hem niet weerhouden.
De *rush of blood*, de macht, de sensatie.
Die was onovertroffen.
Die vervulde hem op het moment zelf en joeg hem naderhand angst aan. Dat die het zo volkomen kon overnemen.
Hoe kon de man die hij wilde zijn en blijven zulke uiteenlopende persoonlijkheden in zich bergen? Hij kon er niet bij. Het verscheurde hem.
Hij pakte zijn telefoon weer.
Hij hoefde vanavond misschien toch niet alleen te zijn.

Na het ziekenhuisbezoek had ze vooral op de automatische piloot gedraaid. Ze was ongeconcentreerd en in de war. Nadat ze naar de schuur waren gegaan waar Ebba was gevonden en waar ze in feite niets nuttigs had gedaan, had ze besloten naar huis te gaan. Ze had gezegd dat ze hoofdpijn had, en dat was niet eens gelogen.

Hij had geprobeerd zelfmoord te plegen. Had zijn toevlucht genomen tot het extreemste wat een mens kan doen. Hoe ze het ook uit haar hoofd probeerde te zetten, het was een gevolg van haar gedrag. Dat was de vreselijke waarheid. Daar zou ze nooit aan kunnen ontkomen.

Het maakte haar bijna misselijk.

Ze liet haar blik door de flat gaan die hij voor haar had gekocht. Het bewijs dat hij van haar hield alsof ze zijn eigen dochter was, was overal. De tafel die hij voor haar had gekocht toen ze hier kwam wonen, de keuken die hij had helpen opknappen, de muren die ze samen hadden geschilderd.

Ze had zoveel van hem gehouden.

Aan vriendinnen had ze altijd minder tijd besteed. Aan vriendjes ook. Vanwege haar werk. Met Anna had ze haar hele leven al een gecompliceerde relatie. Zo bleef alleen Valdemar over. De enige met wie ze zich echt verbonden had gevoeld.

Maar dat was vroeger.

Nu was ze alleen.

Wie waren er eigenlijk nog over? Dat waren er niet veel. Maar iemand had je toch nodig. Iemand die ver van je familie af stond, en ook van je werk. Iemand met wie je een ander soort relatie had.

Een normaal iemand.

Iemand die er voor haar was.

Voor haar alleen.

Het werd Jonathan. Ze hadden het een kleine twee jaar geleden uitgemaakt, een langdurig proces met allerlei verwikkelingen. Daarna had hij haar nog een paar keer gebeld.

Hij wilde haar zien, met haar praten, zei hij.

Hij wilde haar zien, met haar naar bed, verstond zij.

Dus dat was vast niet het beste idee, dacht ze terwijl ze haar mobieltje pakte en toch naar zijn nummer scrolde. Maar de waarheid was dat er niet meer mensen waren, geen andere.

'Vanja?' vroeg hij toen hij opnam, met zijn bekende zware stem, al klonk die ditmaal iets verbaasder dan anders.

'Hoi, Jonathan,' zei ze, en ze probeerde opgewekt te klinken. 'Hoe is het?'

'Goed. Dat jij belt...' bracht hij uit, en zijn verbazing was duidelijk nog niet voorbij.

'Ja, ik weet dat het al een tijdje geleden is...'

'Ja, inderdaad. Hoe gaat het met je?'

'Ja, wel goed,' antwoordde ze voorzichtig.

Het bleef even stil en ze vroeg zich af hoe dom op een schaal van één tot tien het was geweest om hem te bellen.

'Aha, oké. Wilde je iets bijzonders?' vroeg hij toen zij het initiatief niet nam. Vanja aarzelde even. Liegen, over koetjes en kalfjes praten, ophangen of...? Ze besloot eerlijk te zijn. Per slot van rekening had ze daarom gebeld.

'Nou, het gaat niet zo goed. Het gaat maar matig, eigenlijk. Ik heb wat gedoe thuis,' zei ze, en ze voelde dat dat een goed begin was.

'Met Valdemar?' vroeg hij ongerust.

Dat was ze bijna vergeten. Jonathan wist natuurlijk dat Valdemar kanker had gehad. Toen waren ze nog bij elkaar. De eerste keer dat hij het kreeg. De longen. Valdemars ziekte, haar werk, de relatie met Jonathan – het was haar te veel geworden. Het gemakkelijkste was geweest om de relatie te beëindigen. Maar ze mochten elkaar, Valdemar en Jonathan. Hoe zou Jonathan het opvatten? Daar had ze nog niet aan gedacht. Ze moest bij het begin beginnen, het een beetje doseren misschien.

'In zekere zin, ja. Hij is genezen van de kanker... Het was moeilijk. Of ís moeilijk...'

Ze zweeg weer.

'Dat is fijn om te horen,' zei Jonathan. 'Doe hem de groeten.'

'Ja...'

'Wat is er dan? Is er iets anders gebeurd?' vroeg hij op die meelevende toon die hem, herinnerde ze zich nu, zo natuurlijk afging.

Ze kon Valdemars fraude niet lang geheimhouden, dacht ze. Ze wist zelfs niet of ze dat nog wel wilde. Maar het kon niet via de telefoon.

'Kunnen we een keer afspreken?' vroeg ze zacht.

Hij reageerde niet meteen. Ze wilde net zeggen dat het een slecht idee was, dat hij het maar moest vergeten en ophangen, toen hij antwoordde.

'Dat is een beetje lastig nu. Susanna en ik zijn net weer bij elkaar en je weet wat ze van jou vindt...'

Vanja dacht even niet meer aan haar eigen problemen. Was hij weer met Susanna? Het meisje dat hij lang geleden had gedumpt voor Vanja. Dat was beslist nieuws.

'Oei,' bracht ze uit. 'En is ze nog net zo jaloers als vroeger?'

'Vind je het gek dat we weer bij elkaar zijn?' vroeg hij een beetje gekscherend, zonder op haar vraag in te gaan. Dat hoefde ook niet. Dat wist Vanja wel. Wat Susanna haar de paar keer dat ze elkaar hadden ontmoet had laten voelen, kon je alleen maar haat noemen, en het was niet waarschijnlijk dat die was verflauwd. In Susanna's ogen had Vanja haar vriend ingepikt, en dat deed je niet ongestraft.

'Ja, een beetje wel,' antwoordde Vanja, hoewel het eigenlijk helemaal niet zo verbazend was. Jonathan was nooit single geweest. Als hij het uitmaakte, was dat omdat hij wist dat hij bij iemand anders terechtkon. Als hij zelf aan de kant werd gezet, was hij hardnekkig, op het randje van opdringerig, om het weer goed te maken. Hij kon uitermate slecht alleen zijn.

'Wil je vertellen wat er aan de hand is?' vroeg hij, van onderwerp veranderend.

'Ik weet het niet. Ik wil je er niet in betrekken,' antwoordde ze onzeker.

'Ja, dat wil je wel, anders had je niet gebeld.'

Je kon van Jonathan zeggen wat je wilde, maar hij kende haar goed.

Vanja haalde diep adem. Ze liet haar blik door haar flat dwalen en zag opeens overal Valdemar weer in.

'Valdemar heeft een zelfmoordpoging gedaan,' bracht ze ten slotte uit.

Ze hadden meer dan een halfuur met elkaar gepraat. Jonathan was fantastisch geweest. Het was heerlijk om je verdriet met iemand te kunnen delen die ook echt luisterde.

Vanja liep naar haar balkonnetje om frisse lucht te halen. Ze bleef staan en keek uit over Frihamnen. Het begon al te schemeren en de grote witte veerboot was op weg naar open water.

Ze bedacht dat ze aan de ene kant spijt had van haar telefoontje, maar aan de andere kant ook niet.

Jonathan had nog heel duidelijk warme gevoelens voor haar, en tijdens het gesprek had ze hem opeens ook gemist. Ze had zomaar het gevoel gekregen dat er een heel ander leven mogelijk was, waarin ze niet meer eenzaam was. Ver weg van de schaduwen.

Hij had voorgesteld om elkaar te zien, en hoewel ze wist van Susanna en helemaal geen zin had om haar te provoceren, had ze ja gezegd.

Dat kwam vast doordat ze zo in de war was.

Maar het verklaarde niet waarom ze er zo blij om was.

Heel blij.

‘Hallo, kom binnen!’

Ze liet Billy binnen en omarmde hem toen ze de deur had dichtgedaan.

‘Ik heb een paar biertjes meegenomen,’ zei hij, en hij gaf haar een sixpack flesjes en deed zijn schoenen uit.

‘Leuk. Kom binnen en ga zitten.’

Ze knikte naar de kleine woonkamer en liep naar de keuken.

‘Hoe is het leven als pasgehuwde?’ riep ze naar de kamer terwijl ze een kastje naast de afzuiger opendeed en er een zakje pinda’s uit haalde. ‘Ik heb je sinds de bruiloft niet meer gezien.’

‘Goed. Goed, hoor,’ antwoordde hij. Ze wachtte even, maar blijkbaar was er niet meer over dat onderwerp te melden.

‘Waar is My vanavond?’ vroeg ze, terwijl ze de nootjes in een blauw plastic schaaltje van Ikea deed.

‘Ze is op bezoek bij haar ouders. In Dalarna.’

Jennifer knikte bij zichzelf. Het hoefde niets te betekenen dat hij vanavond een paar biertjes bij haar kwam drinken als zijn vrouw weg was. Als ze het goed had begrepen was My geen jaloerse type en had Billy ook nooit aanleiding tot jaloezie gegeven. Er waren wel eens momenten geweest... Op de schietbaan van het politiebureau in Kiruna had hij haar gezoend, maar dat was alles. Meer was er niet gebeurd.

Jammer genoeg.

Jennifer liep de keuken uit met twee biertjes in haar ene hand en het schaaltje pinda’s in de andere.

‘Klim jij?’ vroeg Billy toen ze de kamer in kwam, en hij knikte naar de ijsbijl die met een paar gekleurde karabijnhaken aan een touw aan de muur hing, naast de tv.

‘Wel veel gedaan. Nu niet zo vaak meer. Maar ik vind het mooi.’

Ze zette het bier en de nootjes op het ronde salontafeltje en ging naast Billy zitten.

'Waar ben je op je werk mee bezig?'

Billy vertelde. Over de klaslokalen, de sliepuitmutsen, de tests, de puinhoop in Helsingborg, en dat ze wachtten tot ze Ebba konden verhoren in het ziekenhuis. Jennifer luisterde aandachtig. Ze had er natuurlijk over gelezen. De sensatiebladen brachten er elke dag minstens zes pagina's over en zelfs de serieuze kranten en het journaal hadden meegedaan. Maar nu hoorde ze meer. Alles. Ze voelde zich bijna deelnemer aan het onderzoek. En dat was een heerlijk gevoel.

Ze wilde niets liever dan bij de Nationale Recherche horen.

Het politiewerk was tot nu toe een teleurstelling voor haar geweest. Ze had het beroep gekozen omdat ze spanning en actie wilde meemaken. Ze hield ervan als er iets gebeurde. Dat was altijd al zo geweest. Ze zocht uitdagingen, fysiek en psychisch. Na de politieacademie was ze in Sigtuna terechtgekomen. Daar zat ze nog steeds.

Veel snelheids- en alcoholcontroles, weinig moordonderzoeken.

Veel administratie, weinig adrenaline.

Ze was goed in veel dingen, maar niet in routinewerk.

Twee keer had ze de Nationale Recherche geholpen. Heel gecompliceerde moordzaken. De eerste keer eindigde het ermee dat ze werd beschoten op een verlaten kazerneterrein in Södertälje, en de tweede keer had Billy haar persoonlijk gevraagd om mee te gaan naar Kiruna om onderzoek te doen naar een verdwijning. Daar was eerlijk gezegd niet zoveel gebeurd. Behalve die kus op de schietbaan dan.

Ze mocht iedereen bij de Nationale Recherche, zelfs Sebastian Bergman, van wie ze wist dat iedereen problemen met hem had, maar ze gaf het meest om Billy.

Ze gaf eigenlijk heel veel om Billy.

Met hem op de bank een biertje zitten drinken en praten over een onderzoek naar een seriemoordenaar was wel zo ongeveer de perfecte avond. Toen er niets meer te vertellen viel over de zaak, liep ze naar de keuken om nog twee biertjes uit de koelkast te halen.

'Wil je iets gaan doen?' vroeg ze toen ze terugkwam, en ze gaf Billy een biertje aan.

'Zoals?'

'Ik weet niet. Bioscoop. De stad in.' Ze zweeg, ging zitten, nam een slok en vroeg zich af of het een al te duidelijke hint was. 'Even naar de schietbaan,' zei ze toen toch maar.

'Nee, ik...' Billy schudde zijn hoofd. Als hij de verwijzing naar Kiruna al begreep, dan liet hij het in elk geval niet merken. 'Nee,' herhaalde hij alleen, en hij peuterde met zijn nagel een beetje afwezig het etiket van het flesje.

Jennifer nam hem eens goed op. Ze vond al toen hij binnenkwam dat er iets aan hem veranderd was, maar dat had ze van zich af gezet. Het was al lang geleden dat ze elkaar hadden gezien. Misschien was hij gestrest door zijn werk. Misschien had hij ruzie gehad met My. Zo simpel kon het zijn. Maar het gevoel kwam nu terug, en deze keer wist ze het zeker. Er was beslist iets niet zoals anders. Hij was zichzelf niet.

'Is er iets gebeurd?'

Hij reageerde niet meteen. Keek haar aan. Niet de gebruikelijke vriendschappelijke, open blik die ze zo goed kende. Dit was anders. Onderzoekend. Alsof hij haar beoordeelde. Probeerde te bepalen of hij haar kon vertrouwen of niet.

'Nou?' vroeg ze, een beetje onzeker door de ongemakkelijke stilte. Ze zag dat zijn ademhaling iets zwaarder werd en dat hij op zijn onderlip beet. Hij liet haar los met zijn blik en keek naar zijn schoot. Hij bleef aan het etiketje peuteren. Toen haalde hij diep adem en keek hij haar weer aan.

'Ik moet je iets vertellen.'

Daarna bleef ze zwijgend zitten.

Ze wist niet wat ze had verwacht toen hij zei dat hij haar iets moest vertellen, maar dit niet. Hinde en Cederkvist, het genot dat dat had gegeven, dat alles daarbij als het ware verbleekte, de katten, de bruiloft.

De behoefte, die steeds heviger werd, totdat het nog het enige was waaraan hij kon denken.

De chaos.

De zelfhaat.

Ze begreep dat zij de stilte moest verbreken. Ze schraapte haar keel.

'Ach, het zijn maar katten,' bracht ze uit, en ze zag dat dat niet de reactie was die hij had verwacht. Wat moest ze dan zeggen? Ze kon nauwelijks bevatten wat ze had gehoord, en tegelijkertijd begreep ze hem op een vreemde manier ook heel goed. Niet het doden zelf, maar de drijfkracht, de jacht op de kick – daar herkende ze zichzelf in.

Hoe vaak had ze in haar tienerjaren niet iets gepikt? Niet omdat ze het nodig had, maar voor de spanning. Ze had 's nachts ingebroken in zwembaden. Had ijsschotsen gesprongen. En waren ook het klimmen in bergen en klimparken, het downhillcyclen, het hanggliden en het duiken geen pogingen van haar geweest om even te voelen dat ze leefde? Om de werkelijkheid een beetje onwerkelijker te maken?

Intenser. Spannend. Interessant.

Maar waarom had hij het haar verteld?

Hoe verrast en verward ze ook was, ze merkte ook dat ze een beetje blij en trots was. Dit had hij tegen niemand gezegd, zelfs niet tegen My. Maar aan haar vertelde hij het wel. Dat betekende dat hij zich zo vertrouwd bij haar voelde dat hij zijn geheim met haar wilde delen. Had dat iets te betekenen?

'Het gaat niet om de katten,' zuchtte hij, en ze verbeeldde zich dat ze enige teleurstelling in zijn stem hoorde. 'Het gaat erom... dat ik het dóé. Dééd,' corrigeerde hij zichzelf meteen.

'Dat snap ik, maar... Ik herken het. Dat verlangen naar het moment waarop je echt voelt dat je leeft.'

'Maar dit is verdomme geen bungyjump of zo. Dit is verdomme krankzinnig.'

'Ja, maar...'

Ze hield zich in.

Het wás krankzinnig. Het was een raar idee dat Billy deed wat hij had beschreven. Maar als je nu van de handeling zelf afzag. Zoals hij zei: het ging niet om de katten. Het ging om de drijfkracht. Wat hij wilde bereiken...

'Zeg het,' spoorde Billy haar aan. 'Zeg wat je denkt.'

'Ik weet niet...' begon ze, en ze besloot haar theorie toch maar uiteen te zetten. De avond kon toch al niet veel gekker meer. 'Je fantasie uitleven is misschien belangrijker dan het resultaat, zal ik maar zeggen.'

'Hoe bedoel je?'

'Je zei dat je... zeg maar... opgewonden was op de schietbaan in Kiruna, maar daar is niemand aan doodgegaan. Je verbeeldde je dat je mensen doodschoot. Dat was fantasie. Nep.'

'Ja...'

'Stel dat het niet gaat om het doden, maar om macht. Om het gevoel van controle, overwicht, gekoppeld aan fysiek genot. Dat is niet zo gek. Dat is te organiseren.'

'Ik weet niet wat je bedoelt.'

Billy keek inderdaad alsof hij er niets van begreep. Ze aarzelde weer. Ze had het wel een paar keer geprobeerd, maar ze was er bepaald geen expert in. Misschien begaf ze zich op glad ijs, maar ze had A gezegd, dus nu moest ze ook B zeggen.

'BDSM. Snap je? Beheersing... Wurgseks.'

Billy keek naar het flesje, waar het etiket nu helemaal af was, alsof hij vond dat het gesprek opeens een heel onaangename wending had genomen.

'Ik geloof niet dat dat iets voor My is,' zei hij zacht.

Ze aarzelde weer. Maar verdomme, hij had haar in vertrouwen genomen. Dan hoefde zij haar gevoelens ook niet te verbergen.

Buigen of barsten.

Ze legde haar hand op zijn bovenbeen.

'Dan doe je dat toch niet met My.'

Het was het prototype van een beroerde ochtend.

Alles wat verkeerd kon gaan, ging ook verkeerd.

De wekker ging niet af, dus hij versliep zich en maakte Ella te laat wakker. Er was geen melk in huis, ontdekte hij toen hij de koelkast opendeed, dus hij kon geen chocolademelk voor haar maken, en na wat driftig gekibbel aan de ontbijttafel over een alternatief had ze gezegd dat ze niets aan wilde van alle kleren die ze in haar kast had en niet naar school wilde. Toen hij haar uiteindelijk toch de deur uit had gewerkt – in trainingsbroek met een roze tulerokje erover en een te kleine hoodie met Elsa uit *Frozen* op de borst, aangevuld met tiara en sandalen, een creatie die beslist vragen zou oproepen en toegelicht zou moeten worden als Linda haar die avond van de crèche haalde – lag hij bijna een halfuur achter op schema.

Hij moest om negen uur bij zijn baas zijn. Hij zou te laat komen. Hoeveel hing van het verkeer af, maar minstens een kwartier, waarschijnlijk meer. Niet best.

Het was gisteravond al begonnen. Een van de concurrerende zenders had besloten ondanks het jaargetij een nieuwe realityserie te lanceren, *De laatste verleiding*. Het had een grote hype veroorzaakt. De sensatiebladen waren erop gedoken en hadden al voordat de serie begon belangstelling voor de deelnemers gewekt, en dat was altijd goed.

Zijn baas had kort na elf uur 's avonds gebeld. Claes zat met Linda op het balkon een glaasje wijn te drinken. Toen zijn telefoon ging, stond hij zuchtend op en toen hij zag dat hij wel moest opnemen ging hij naar binnen.

'Heb je DLV gezien?' vroeg zijn baas zonder hem eerst te begroeten of zich te verontschuldigen voor het late bellen.

'Nee,' antwoordde Claes naar waarheid. Het had waarschijnlijk wel gemoeten. Er waren vast mensen die vonden dat het bij zijn werk als programmaleider hoorde om in elk geval naar de première van een programma van de concurrentie te kijken, maar hij had iets anders te doen gehad. Met zijn gezin.

'Was het goed?'

'Hoge kijkcijfers: 412.000, 18,7 procent van de vijftien- tot vierenveertigjarigen. Meest bekeken in de doelgroep.'

Claes zweeg. Wat moest hij daarop zeggen? De cijfers waren goed. Eind juni. Heel goed.

Het aantal programma's met zulke kijkcijfers dat ze zelf hadden, was op de vingers van één hand te tellen. Zelfs als je er twee amputeerde. Of drie. Het waren heel goede cijfers. En het was al erg genoeg dat de concurrent sterk was, maar het zou nog erger worden.

'Hebben wij dat programmavoorstel niet gekregen?' had zijn baas gevraagd op een toon waaruit bleek dat hij het antwoord al wist.

'Ja,' bevestigde Claes. 'Ik heb het afgewezen.'

Stilte was de enige reactie. Alsof het vanzelf sprak dat de vraag naar het waarom niet eens hoefde te worden gesteld.

'Het programma dat ik heb afgewezen was niet precies hetzelfde programma als dit,' zei Claes, en hij hoorde zelf dat hij defensiever klonk dan hij had bedoeld. 'Ze hebben er heel wat aan veranderd – verbeterd.'

'Hoe weet je dat? Je hebt het toch niet gezien?'

'Ik hoorde het van de producenten. Dat zijn dezelfden die Manhattan-vrouwen voor ons maken.'

'En die veranderingen, hadden ze die bij ons niet kunnen aanbrengen?'

Openlijke twijfel. Niet voor het eerst en waarschijnlijk ook niet voor het laatst.

Vijf minuten later was het gesprek geëindigd met de afspraak voor vanmorgen. Negen uur. Eerste afspraak van de dag.

Claes kwam uit de wereld van de productiebedrijven. Daar had hij jarenlang teams samengesteld, ideeën aangekocht, de juiste persoon op de juiste plaats gezet om allerlei problemen op te lossen. Maar de inhoud was niet zijn sterkste punt. Nooit geweest. Dat zou vast ooit aan het licht komen.

Waarschijnlijk vandaag.

Zijn beide voorgangers als programmaleider waren vier respectievelijk negen maanden in functie geweest. Bij deze zender werd dit de enige functie met een schietstoel genoemd. Dus hij was een beetje nerveus toen hij het appartement verliet waar hij maar niet vandaan kon komen. Tegelijkertijd hield hij zichzelf voor dat het maar een lullig realityshowtje was; hij had niet de Beatles afgewezen of zo.

Hij drukte op het knopje om de lift naar boven te laten komen. Er gebeurde niets. Het was doodstil in de liftkoker. Iemand had het hek ervoor niet dichtgedaan of hij was kapot. Verdomme. Hij holde de trappen af, gestrest om allerlei redenen.

De afspraak van vanmorgen was er een.

Die Docusoapmoorden waren de andere. Mirre Petrovic en Patricia Andrén waren allebei op hun zender te zien geweest. Andrén had weliswaar aan *Single moeder zoekt partner* meegedaan voordat Claes programmaleider werd, maar toch. De pers had zich al gemeld, wilde details van opnamen, persoonlijke herinneringen. Hadden ze nog materiaal dat ze de pers tijdens het seizoen nog niet hadden verstrekt? Iets exclusiefs? Claes had hen doorverwezen naar het productiebedrijf. Hij had niets te berichten over Mirre of Patricia, had geen van beiden ooit ontmoet, wist amper wie het waren, eerlijk gezegd. Hij keek niet naar de programma's waaraan zij hadden meegedaan. Ja, hij had wel af en toe een aflevering gezien, omdat hij wel moest, maar hij zou zo'n serie nooit volgen. Dat deed niemand bij de zender.

Ze beschouwden het als tv voor idioten.

Om reclame te verkopen.

Cynisch geconstrueerde programma's met meedogenloos gecaste deelnemers om in symbiose met de sensatiepers het juiste publiek te trekken en maximale media-exposure te krijgen. Het was niet eens controversieel om dat te zeggen. Iedereen wist het en vond dat ook. Maar ook in dit opzicht merkte hij dat de zender van hem meer verwachtte. Ze hadden gesproken over een special van een uur over de slachtoffers. Afwisselend oude clips met interviews en persoonlijke herinneringen van familie en vrienden. Een soort herdenkingsprogramma. Alsof het sportsterren of politici waren. Alsof ze iets te betekenen hadden gehad. Goed, dat was ook cynisch. Natuurlijk hadden ze iets betekend en was het vreselijk dat er twee jonge levens waren weggerukt, maar herdenkingsprogramma's... Kom op, zeg.

Hij duwde de stalen deuren open die toegang gaven tot de parkeergarage onder de flat en liep naar links. Hij haalde zijn autosleutels uit zijn zak en wilde net zijn Lexus opendoen toen hij hem zag.

Hij keek om zich heen in de lege garage en liet de ene vloek na de andere uit zijn mond rollen. Hij kon zijn ogen niet geloven, verdomme.

Hij was klem geparkeerd. Een of andere idioot had zijn wagen vlak achter de zijne gezet. En het was niet zomaar een auto.

Het was zo'n grote klerecamper.

Het was nog niet eens halftien, maar Torkel merkte dat hij trek begon te krijgen. De wekker was al om kwart over vijf gegaan. Na een kort rondje hardlopen in een Stockholm dat nog niet was ontwaakt, een douche en een nogal pover ontbijt was hij naar het politiebureau op Kungsholmen gereden. Vroeger gaf hij de schuld van zijn lege koelkast altijd aan zijn vele afwezigheid, maar dat was niet meer zo. Ze waren maar een kleine twee dagen in Ulricehamn geweest, niet zo lang dat iets kon bederven. In feite vond hij het steeds vervelender om alleen te eten.

Alleen wakker te worden, alleen in slaap te vallen.

Alleen te leven.

Het gevoel was sterker geworden sinds hij wist dat Yvonne en Kristoffer zich hadden verloofd. Komende herfst zouden ze trouwen. Op een boerderij ergens in Bergslagen, waar Kristoffer geboren was. Een kleine bruiloft. Hij ging er niet van uit dat hij zou worden uitgenodigd. Hij wenste zijn ex het allerbeste, maar het feit dat zij een langdurige liefdesrelatie aanging, had weer eens extra duidelijk gemaakt hoe ver hij daar zelf van verwijderd was.

Het had hem er met de neus bovenop gedrukt dat het met Ursula nooit iets zou worden. Ze waren na Billy's bruiloft met een fles wijn in haar kamer beland. Maar toen die op was, had ze hem duidelijk gemaakt dat ze wilde dat hij wegging. Blijven hopen en verlangen had geen zin.

En toen was daar Lise-Lotte.

Haar zoenen was fantastisch geweest; het had meer beloofd, maar hij was uit Ulricehamn vertrokken zonder zelfs maar iets van zich te laten horen. Hij had gezegd dat hij haar zou bellen, maar had het niet gedaan. Dat leverde bij vrouwen weinig krediet op. Zij had hem ook niet gebeld. Dus de kus was letterlijk eenmalig geweest.

Hij was eerder dan alle anderen op het werk. Hij had genoten van de stilte terwijl hij zich voorbereidde op de persconferentie van die ochtend. De politie had perswoordvoerders. De meeste rechercheurs gebruikten die ook, maar hij niet.

Om negen uur had hij de vierde macht te woord gestaan. Zoals hij al had verwacht waren het er meer dan in Ulricehamn. Veel meer. Camera's op statief. Een woud van microfoons bevestigd aan de tafel waar hij achter plaatsnam. Er was niet veel nieuws te melden.

Een derde dode en een zwaargewonde, maar nog levende jonge vrouw. Hun identiteit was al bekend. Hoogstwaarschijnlijk wist iedereen in de zaal evenveel over de zusjes Johansson als de politie, misschien wel meer.

De vragen die volgden op zijn korte uiteenzetting waren dan ook allemaal variaties op hetzelfde thema.

Waar en waarom?

Wat was er met Ebba gebeurd?

Wanneer zouden ze haar kunnen horen?

Waarom had zij het wel overleefd?

Ze hadden tegen alle verwachting in het detail dat de slachtoffers een test hadden moeten doen uit de media weten te houden. Die hadden blijkbaar niet op de sociale media gekeken of in elk geval geen verband gelegd tussen de moorden en de korte opgave van de testresultaten.

Ze wisten niet dat Ebba een voldoende had gehaald, en Torkel was niet van plan het te vertellen, dus na een paar minuten, waarin het leek alsof de vragen alleen maar werden herhaald, had hij de persconferentie afgesloten met de belofte dat hij met een update zou komen zodra er iets gebeurde.

Hij besloot de trap naar boven, naar zijn afdeling te nemen en merkte onderweg dat hij trek had.

Toen hij de kantine binnenkwam, stond Billy bij het aanrecht koffie voor zichzelf in te schenken. Hij begroette Torkel met een hoofdknikje en nipte aan de warme drank.

'Hoi, ben je er nu pas?'

'Nee, ik heb al een persconferentie gehad.'

Torkel liep naar de koelkast en maakte die open. Hij wierp een blik op Billy, die nog een slok koffie nam, een geeuw onderdrukte en zich in de ogen wreef.

‘Ben jij wel in orde?’ vroeg Torkel, en hij pakte boter en kaas uit de koelkast. Billy stond er niet om bekend dat hij zich zo door de zaken waaraan ze werkten liet meeslepen dat hij er niet van kon slapen, maar je kon nooit weten. Soms maakte een detail iets persoonlijks los. Hij kon het maar beter vragen.

‘Ja, hoezo?’ vroeg Billy verbaasd.

‘Je ziet er een beetje moe uit.’

‘O ja... Nee, het gaat goed, hoor. Het is gisteren alleen een beetje laat geworden.’

‘Oké.’

Torkel deed de deur van de grote voorraadkast open en haalde er een pakje knäckebröd uit.

‘Hoe gaat het?’ vroeg hij.

‘Waarmee?’

‘Met alles. Het werk.’

‘De telefoonmaatschappijen hebben beloofd de lijsten asap te sturen, en hopelijk kan ik de beelden van de tolstations vanmorgen bekijken, zodat ik campers kan gaan checken.’

‘Zeg het maar als je mensen nodig hebt om je te helpen.’

Billy knikte. Daar zou hij waarschijnlijk wel behoefte aan hebben. Er waren veel stations bij de toegangswegen naar Stockholm en ze hadden geen exact tijdstip. Zelfs als ze wisten wat ze zochten was het veel materiaal om te bekijken.

Torkels telefoon ging. Hij stak het botermesje in het kuipje en nam op, terwijl Billy met zijn kop koffie de kantine uit liep. Dertig seconden later hing hij weer op. Hij toetste Vanja’s nummer in en vroeg waar ze was.

Het Karolinska had een seintje gegeven.

Ze konden erheen om met Ebba Johansson te praten.

Vanja draaide het ziekenhuisterrein op.

Sebastian zat zwijgend naast haar. Ze begreep dat hij, net als zij, op dit moment bij het Karolinska in eerste instantie dacht aan Valdemar. Maar hij had zelfs niet gevraagd of ze erover wilde praten, en dat stelde ze op prijs. Ze had verwacht dat hij van de gelegenheid dat ze samen in de auto zaten gebruik zou maken om te horen hoe het met haar ging, dat hij zijn hulp zou aanbieden, dat hij toenadering zou zoeken, maar behalve dat hij had gevraagd of hij de radio uit mocht zetten toen die Zweedse reggae speelde, had hij zijn mond gehouden.

Toen Torkel belde en vroeg of ze Sebastian mee wilde nemen naar het ziekenhuis, had ze eerst willen protesteren, maar ze bedacht meteen dat zijn kennis wel van pas kon komen. Een getraumatiseerd jong meisje. Hoe Sebastian zich door de vorige zaak ook had laten provoceren, hij was goed geweest voor de kleine Nicole. Dat zou deze keer ook kunnen.

Ze parkeerde voor het gebouw waar Ebba Johansson lag, en samen liepen ze naar de ingang. Er waren heel wat mensen binnen, zag Vanja, en de meesten leken werkeloos achterover te leunen. Journalisten, nam ze aan, en dat werd bevestigd toen er even verderop een jongeman opstond.

'Jij bent Sebastian Bergman, hè?'

Een paar anderen werden ook wakker en voegden zich bij de jongeman en Sebastian, die was blijven staan.

'Ga jij maar,' zei hij tegen Vanja, die zonder haar pas in te houden naar de receptie liep. 'Ik zal eens kijken hoeveel varianten van "geen commentaar" ik kan verzinnen,' vervolgde hij glimlachend tegen het handjevol mensen dat nog naar hem toe kwam.

'Wij zijn hier voor Christos Theotokis,' zei Vanja toen ze bij de receptioniste kwam, en ze liet discreet haar politielegitimatie zien.

'Vijfde verdieping. De liften zijn daar. Ik bel hem even om te zeggen dat jullie eraan komen.'

Vanja bedankte haar en wenkte Sebastian om naar de liften te komen. Ze gunde de meelopende journalisten geen blik, en al helemaal geen antwoord op de vragen die ze op haar afvuurden.

'Gaan jullie haar verhoren?'

'Heeft ze al iets gezegd?'

'Heeft ze een signalement gegeven?'

'Wat is er met haar gebeurd?'

'Waarom heeft hij haar niet gedood?'

De liftdeuren gingen open, en Sebastian en zij stapten erin. Een blik van Vanja was genoeg om ervoor te zorgen dat niemand anders op het idee kwam met hen mee te gaan.

Christos Theotokis, een lange, slanke, donkere man met een imposante baard, stond hen op te wachten toen de liftdeuren weer opengingen.

'Hoe gaat het met haar?' vroeg Vanja nadat ze zich weer hadden geïdentificeerd en terwijl ze door de ziekenhuisbleke gang liepen.

'Er is geen levensgevaar, maar ze zal haar gezichtsvermogen nooit meer terugkrijgen.'

'Is bekend hoe hij het heeft gedaan?' vroeg Sebastian. 'Met haar ogen?'

Christos keek hem enigszins vermoeid aan. Sebastian nam aan dat hem bij allerlei sociale gelegenheden net iets te vaak was gevraagd om smeuïge details van zijn werk te vertellen, zoals ook alle rechercheurs die Sebastian kende overkwam, en dat hij er daarom niet zo happig op was om Sebastians morbide nieuwsgierigheid te bevredigen.

'De manier waarop hij het heeft gedaan kan veel zeggen over de dader en ons een beeld van hem geven,' reageerde Sebastian op die blik, en Christos knikte begrijpend.

'Hij heeft haar ogen open gedwongen en ze verbrand. De schade lijkt op een of andere sterke laser.'

'Was ze bij kennis toen hij dat deed?' vroeg Vanja huiverend.

'Nee, ze kan zich er niets van herinneren.'

'Gelukkig maar,' zei Vanja opgelucht.

De arts bleef staan bij een van de gesloten deuren aan de gang en keek hen ernstig aan.

'Hier ligt ze. Jullie mogen met haar praten, maar probeer haar niet op te winden.'

'Hoe moet dat?' vroeg Sebastian. 'We moeten het hebben over de man die haar ogen kapotgelaserd heeft en die haar zus heeft vermoord. Hebt u advies hoe we dat moeten doen zonder haar op te winden?'

De dokter wierp Sebastian een blik toe die duidelijk aangaf dat ze de verkeerde mensen op de verkeerde plaats waren om zijn woorden in twijfel te trekken.

'We zullen zo voorzichtig mogelijk zijn,' kwam Vanja tussenbeide. 'En zodra ze niet meer wil, stoppen we.'

Christos verplaatste zijn blik naar Vanja, en toen weer naar Sebastian. Vanja hoopte dat hij niet nog een domme, ongevoelige opmerking zou maken. Christos Theotokis had nog maar twee seconden nodig om hun te verbieden naar binnen te gaan.

'Zij is de baas. Ik doe wat zij zegt,' zei Sebastian, en hij knikte naar Vanja. Christos keek hem een paar tellen aan om te zien of Sebastian de spot met hem dreef. Toen deed hij de deur open en liet hij hen zonder nog iets te zeggen binnen.

'Gedraag je,' beet Vanja hem toe toen de deur weer achter hen dichtging.

Ebba Johansson was een meter achtenzestig lang, maar ze zag er kleiner uit zoals ze daar op haar rug in het grote ziekenhuisbed lag. Het dekbed tot onder haar oksels opgetrokken, haar armen langs haar lichaam. Witte kompressen op haar ogen geplakt. Haar ouders zaten naast haar.

'Vanja Lithner, Nationale Recherche. Dit is Sebastian Bergman. Hij is psycholoog en werkt met ons samen,' zei Vanja, vooral tegen de ouders, die knikten, zonder aanstalten te maken om op te staan om hun een hand te geven of zichzelf voor te stellen. 'We willen graag even met uw dochter praten, als het mag.'

'Is dat echt nodig?' vroeg de moeder, met een stem vol verdriet.

'Ja, helaas wel.'

'Het is goed,' hoorden ze zwak uit het bed. Vanja wierp een snelle blik op Sebastian, die op een paar meter van het meisje was blijven staan. Ze pakte een stoel en ging aan de andere kant van het bed zitten, tegenover de ouders.

'Dag. Ik heet Vanja. We moeten praten over wat er is gebeurd, als je dat aankunt.'

Het meisje knikte zwakjes.

Vanja zette snel uiteen wat ze al wisten, zodat Ebba zich niet hoefde uit te putten door dingen te vertellen waarvan ze al op de hoogte waren. Toen ze klaar was, vroeg ze of Ebba daar zelf nog iets aan toe wilde voegen voordat ze meer specifieke vragen stelde.

'Hij noemde zich Sören, niet Sven,' zei het meisje zo zacht dat Sebastian een stapje dichterbij moest komen om haar überhaupt te verstaan.

'Goed, heel goed,' zei Vanja bemoedigend. 'Het Chinese restaurant waar jullie hadden afgesproken, weet je nog hoe dat heette?'

'Beijing Garden. Dat is in Sundbyberg.'

Vanja knikte. Ze zouden er mensen heen sturen om het personeel te vragen of het een gedetailleerder signalement kon geven dan 'oudere man met baard, petje en bril'. Dat was ook het enige wat Ebba kon zeggen.

Sebastian begreep opeens waarom de dader haar blind had gemaakt. Waarschijnlijk had hij een stelregel. Als ze een voldoende haalden, mochten ze blijven leven. Vermoedelijk had hij niet verwacht dat hij zou moeten nadenken over de problemen die dat met zich meebracht. De oplossing was om haar blind te maken.

Hij kon het zich veroorloven dat Ebba hun gesprek in woorden beschreef, als ze maar niet kon controleren hoe haar informatie werd behandeld. Ze konden haar geen foto's van verdachten laten zien om te identificeren. Geen politietekenaar zou samen met haar een tekening kunnen maken. Niets. Ja, ze zou zijn stem misschien herkennen als ze een verdachte oppakten, maar stemidentificatie van een getuige was, voor zover Sebastian wist, nog nooit voldoende geweest voor een veroordeling. Niet zonder dat het werd bevestigd door technisch bewijs, en dat hadden ze nog niet.

'Hoeveel vragen moest je goed hebben om een voldoende te krijgen?' vroeg Sebastian.

'Een derde. Twintig. Er waren zestig vragen.'

‘Ja, we hebben ze gezien. Hoe deed dat hij dat? Die test?’

Voor het eerst tijdens het gesprek reageerden haar ouders. In elk geval haar vader, die Sebastian sceptisch aankeek.

‘Moet ze dat echt vertellen?’

‘Ze moet niets, maar hoe meer details we krijgen, hoe beter.’

Ebba haalde diep adem en vertelde.

Over de camper, de boeien, de stopwatch, de blinddoek.

Sebastian verbaasde zich over de blinddoek. Wat was daar de bedoeling van? De slachtoffers hadden hem al gezien; ze hadden al uren samen doorgebracht. Dus waarom mochten ze hem tijdens de test niet zien? Waard om te onthouden.

‘De camper,’ zei Vanja, en ze ging een stukje terug in de tijd. ‘Kun je daar nog iets meer over vertellen?’

‘Het was een camper. Ik heb hem alleen van opzij gezien. Maar het was een gewone camper met een rode streep op de zijkant.’

Dat was nieuw. Nieuw, en belangrijk voor Billy, die de komende tijd een heleboel foto’s moest bekijken.

‘Dan moet je nu maar gaan uitrusten,’ zei Vanja, en ze stond op, nadat ze slechts een zwak hoofdschudden als reactie had gekregen op haar vraag of Ebba zich nog iets kon herinneren wat van belang kon zijn voor het onderzoek. ‘Dank je wel dat je het kon opbrengen. Dat was heel belangrijk voor ons.’

Vanja zette de stoel terug en knikte naar de ouders terwijl ze naar de deur liep.

‘Hij zei dat hij een student had,’ klonk het uit het bed.

Vanja en Sebastian bleven staan.

‘Een student?’

‘We hadden het erover dat wij zoveel aandacht hadden gekregen nadat we de Awards hadden gewonnen, en toen zei hij dat een van zijn studenten vorig najaar een beurs had gekregen voor het MIT en dat niemand zich daar druk om had gemaakt.’

‘Weet je zeker dat het het MIT was?’

‘Ja.’

‘Vorige herfst?’

‘Ja.’

Vanja kon een glimlach niet onderdrukken.

Een doorbraak. Een echte doorbraak.

Hoeveel mensen konden vorig najaar een beurs hebben gekregen voor het MIT? Niet veel. Hoeveel docenten konden die hebben gehad? Meer, maar een hanteerbare hoeveelheid. Ze waren van duizenden verdachten naar een dozijn of zo teruggegaan.

'Dank je wel. Daar hebben we echt heel veel aan.'

'Hij drogeerde haar en toen nam hij haar mee naar de wagen,' zei Ebba opeens, in het wilde weg. Misschien dacht ze dat ze niet wisten hoe de ontvoeringen in hun werk waren gegaan. Uit medeleven met Ebba en haar ouders was Vanja daar niet over begonnen. Ebba had tranen in haar stem. Sebastian wist niet wat de beschadiging van de ogen met de traanbuisjes had gedaan. De witte kompressen zouden eventuele tranen trouwens toch wel absorberen.

'Ik kon haar niet redden. Ik had haar moeten redden.'

De ouders bogen zich over hun dochter heen, legden hun handen op de hare, spraken haar zacht en troostend toe. Dat het niet haar schuld was. Dat ze niets had kunnen doen. Dat ze zo niet moest denken.

Het zou niet helpen.

Sebastian nam zwijgend het schouwspel in zich op dat zich bij het ziekenhuisbed ontvouwde.

Haar ogen zouden helen. Ze was jong en zou zich kunnen aanpassen aan het leven als blinde.

De schuld en het verdriet... Dat was iets heel anders.

Daar wist hij alles van.

Dat je geacht werd iemand te beschermen.

Dat je jezelf beloofde dat je haar nooit in de steek zou laten, dat je haar koste wat kost zou redden.

Dat je uit je bewusteloosheid ontwaakte en merkte dat je had gefaald.

Dat je je belofte niet had gehouden.

Dat je daar voortaan altijd mee moest leven.

Ja, schuld was iets waar hij alles van wist.

Maar hij kon niets zeggen om het kleine meisje in het grote bed te troosten.

Dus ging hij weg.

Uitzoeken wie wie het afgelopen jaar een beurs had gegeven zou te lang duren, besefte Billy. Er waren te veel stichtingen, fondsen en andere instellingen die daar gelden voor beschikbaar stelden. Hij moest het probleem van de andere kant benaderen. Er konden niet veel Zweden aan het MIT studeren, hoopte hij.

Het tijdsverschil stak echter een spaak in het wiel.

Zes uur.

Het was kort na de lunch in Stockholm, en dat betekende dat het in Boston een paar minuten over zes uur in de ochtend was. Te vroeg om op hun werk te zijn voor het administratieve personeel dat hij nodig had.

Maar Billy bereidde het telefoontje zo goed mogelijk voor. Hij surfte naar de website van de universiteit en klikte heen en weer tussen PEOPLE en OFFICES tot hij een lijstje van vijf mensen had van wie hij, afgaande op hun titel en functie, dacht dat ze hem zouden kunnen helpen of in elk geval de goede kant op konden sturen.

Daarna kon hij alleen maar wachten.

Hij haalde zijn derde kop koffie van de dag, en terwijl hij wachtte tot zijn mok volliep, bedacht hij dat hij zichzelf zou moeten bezighouden als hij niet aan de vorige avond terug wilde denken. Gelukkig kreeg hij, toen hij weer op zijn plaats kwam, een mailtje van de Verkeersdienst. De inloggegevens, gebruikersnaam en wachtwoord om bij de foto's van de tolstations te komen. Billy logde in en toetste de zoekdatum in. Hij dacht even na of hij tijden wist om het zoeken te beperken, maar nee. Hij besloot te beginnen op de vrijdag waarop Sara en Ebba waren ontvoerd en met het tolstation het dichtst bij Sundbyberg, waar ze de afspraak hadden gehad. Hij had gehoopt dat hij het zoeken kon beperken tot voertuigen met een buitenlands kenteken, maar de beelden waren niet in categorieën verdeeld, dus dat kon niet. Hij kon ook niet op type voertuig zoeken. Na twee uur had hij honderden beelden doorgebladerd. Er waren twee campers voorbijgekomen, allebei met Zweeds kenteken. Het was onmogelijk voor hem om het materiaal van alle achttien stations van meerdere dagen door te nemen, besefte hij. Ze zouden mensen moeten inroepen om hen te helpen. Zeker omdat de kans bestond dat de dader om Stockholm heen was gereden, de tolstations had vermeden of die 's nachts was gepasseerd, als het gratis was en je dus helemaal niet werd geregistreerd. Hij had tot nu toe zo weldoordacht en intelligent gehandeld dat die kans heel groot was. Dan was het alleen maar verspilling van Billy's tijd.

Hij rekte zich uit en keek op de klok. Kwart over twee. Kwart over acht in Boston. Dat was een poging waard.

Hij pakte de lijst met namen en nummers die hij eerder had gemaakt, greep de telefoon en toetste het eerste nummer in. De bel ging een paar keer over. Geen gehoor. Billy hing op en probeerde het volgende nummer. Carolyn Bernstein nam meteen op. Hij legde uit wie hij was en waarvoor hij belde. Hadden ze daar vorig najaar beursstudenten uit Zweden gehad en kon hij dan hun namen krijgen? Carolyn legde hem uit dat hij de verkeerde persoon had gebeld, maar ze gaf hem de naam van degene die hij wel moest hebben, en zei dat ze hem meteen zou doorverbinden. Billy bedankte haar, en het werd stil aan de lijn.

Veel te stil, veel te lang.

Hij werd niet doorverbonden; de verbinding werd verbroken.

Zuchtend belde hij Carolyn weer, en hij legde haar uit dat er iets fout moest zijn gegaan. Ze maakte excuus en probeerde het opnieuw. Deze keer ging de telefoon wel over. Vaak. Toen kwam er een antwoordapparaat, dat vertelde dat degene met doorkiesnummer 3449 er niet was en pas donderdag terugkwam. Als het belangrijk was, moest je een ander nummer bellen. Dat schreef Billy op. Het was niet een van de nummers die al op zijn lijstje stonden. Hij hing op en belde weer. Geen gehoor. Gefrustreerd legde hij de telefoon weg en leunde achterover. Dat het toch verdomme zo moeilijk was om iemand te pakken te krijgen die hen kon helpen! Hij wilde zijn telefoon net weer oppakken en de volgende naam van zijn lijstje bellen, toen het ding begon te rinkelen.

My.

Nu niet. Echt niet.

Hij zette het geluid uit, maar liet de telefoon bellen. Alsof hij even weg was terwijl ze belde en haar had gemist. Hij stond op en liep naar het toilet om het verlichte display niet te hoeven zien, dat zijn slechte geweten geluidloos verhevigde.

Toen hij terugkwam had My een bericht ingesproken. Hij wilde er niet naar luisteren. In plaats daarvan belde hij het derde nummer bij het MIT. Katie Barnett nam na het tweede belsignaal op en toen ze hoorde waarvoor hij belde, zei ze vrolijk dat ze hem beslist kon helpen. Had hij Kenneth al gesproken? Billy vroeg of dat Kenneth van nummer 3449 was en zei dat die in dat geval pas donderdag terug zou zijn. Die Kenneth bedoelde Katie inderdaad. Billy legde uit dat het veel haast had. Dat begreep Katie, en ze beloofde dat ze hem zou proberen te helpen. Mocht ze zijn nummer hebben? Dan zou ze hem terugbellen als ze het had uitgezocht. Billy gaf het haar zonder veel hoop dat hij ooit nog iets van haar zou horen, maar tot zijn verbazing waren er nog geen tien minuten verstreken voordat er een +1-nummer oplichtte op zijn display. Katie belde terug, en wat ze zei klonk Billy als muziek in zijn inmiddels vermoeide oren.

'We hebben maar één Zweedse student met een beurs.'

'Olivia Johnson,' zei Billy, en hij plakte een foto van een jonge, donkerblonde vrouw met bruine ogen op het whiteboard in de Kamer. 'Studeerde tot vorig jaar medische techniek aan de KTH. Toen kreeg ze van de Zweden-Amerika Stichting een beurs om haar studie twee jaar te vervolgen aan het MIT.'

'En weten we zeker dat zij het is?' vroeg Torkel.

'Zeker, zeker... Ze is de enige Zweedse daar met een beurs, en ze is er afgelopen najaar begonnen.'

Torkel knikte en zag dat ze allemaal recht op hun stoel gingen zitten. Nu ging het niet meer om een overzicht van wat ze al wisten.

Nu hadden ze een spoor.

Nu was de jacht geopend.

Billy pakte een map met nog meer foto's van de tafel en draaide zich naar het bord.

'Dit is haar mentor op de KTH,' vertelde hij, terwijl hij foto's op het whiteboard begon te plakken. Drie mannen van middelbare leeftijd. 'Åke Skogh, professor medische techniek, Christian Saurunas en Muhammed El-Fayed, allebei lector.'

Ze gingen er allemaal goed voor zitten en bekeken de drie mannen.

Skogh en Saurunas leken allebei vijftigers. Skogh had een baard, maar geen bril. Saurunas een bril maar geen baard.

De derde, El-Fayed, leek nog geen veertig te zijn en had wel een baard, maar ook een duidelijk donkerder huids- en gelaatskleur. In combinatie met zijn naam wees dat op een herkomst ergens uit het Midden-Oosten.

'Skogh en Saurunas komen het meest overeen met ons signalement,' was de overduidelijke conclusie die Ursula trok.

'Ik wil El-Fayed niet uitsluiten, maar ja, dat is zo,' viel Billy haar bij.

'En alleen Olivia studeert aan het MIT, of heeft daar gestudeerd?' vroeg Vanja, alsof ze er zeker van wilde zijn dat ze op het juiste spoor zaten en hun tijd niet verdeden.

'Als enige Zweedse student in de afgelopen drie jaar,' bevestigde Billy. 'Dat zegt het MIT in elk geval, en ze leken hun zaken goed geregeld te hebben.'

Torkel bemoeide zich ermee. Ook hij wilde het nieuwe spoor uitermate kritisch benaderen en eventuele zwakheden vinden om latere teleurstellingen te voorkomen.

'Het kan zijn dat de student over wie onze dader het had daar al eerder studeerde. Jaren geleden.'

'Volgens Ebba zei hij "vorig najaar",' bracht Vanja daar meteen tegen in. 'Dat kan alleen het afgelopen najaar of het jaar ervoor zijn, toch?'

'Als ze het zich goed herinnert,' merkte Ursula sceptisch op.

'Ze had een heel goed geheugen voor details, vond jij ook niet?' zei Vanja, en ze keek naar Sebastian, die bevestigend knikte.

'Hij zei het toen ze het hadden over de aandacht die de blog van de meisjes laatst had gekregen. Het is onwaarschijnlijk dat hij dat zou vergelijken met een academisch succes van een paar jaar geleden.'

'Het kan zijn dat Olivia wel de bedoelde student is, maar dat we een docent van een paar jaar geleden zoeken,' merkte Billy op. 'Hij heeft contact met haar gehouden, haar gevolgd...'

'Hij noemde haar een van zijn studenten. Als het langer geleden is, zeg je waarschijnlijk "een van mijn vroegere studenten"... of niet?'

'Ik laat iemand nagaan welke docenten Olivia had voordat ze naar de KTH ging,' besloot Torkel. Vanja leunde achterover en keek naar de foto's van de drie mannen op het bord.

'Hoe lang heeft ze op de KTH gezeten voordat ze naar Boston ging?' vroeg ze.

'Twee jaar.'

'Zijn dat de enige docenten die ze in twee jaar tijd heeft gehad?' vervolgde Vanja, en haar toon gaf aan dat ze dat niet kon geloven.

'Nee, ze heeft vijftien vakken gedaan bij vijftien verschillende docenten,' bevestigde Billy. 'Maar dit zijn de enigen die haar vanaf het begin regelmatig hebben begeleid.'

'We beginnen met hen,' zei Torkel op een toon waaruit bleek dat ze genoeg hadden gediscussieerd. 'Goed werk, Billy.'

'Wat zijn de volgende stappen? Hoe verdelen we het?' vroeg Vanja, klaar om op pad te gaan.

'Billy zorgt dat ze in Helsingborg, Ulricehamn en bij dat Chinese restaurant in Sundbyberg deze foto's krijgen. Misschien herkent iemand een van hen,' zei Torkel, en hij wees naar de foto's van de drie mannen, terwijl hij Billy aankeek. Die knikte.

'Dan hebben we wel mensen nodig om de foto's van de tolstations door te kijken. Die hebben we pas vanmiddag ter beschikking gekregen.'

'Dat regel ik,' zei Torkel. Hij wendde zich tot Vanja. 'Jij neemt deze drie hier, samen met Sebastian. Ik sluit later aan.'

Met die woorden was de bespreking afgelopen. Ze stonden op.

'Ik ben bij Forensisch, als jullie me nodig hebben,' zei Ursula. Ze pakte haar spullen en ging samen met Billy de kamer uit.

'Ik moet nog even naar de plee, dan gaan we,' zei Sebastian glimlachend tegen Vanja, die reageerde met een verbeten knikje.

'Het spijt me dat ik jullie weer samen laat gaan,' verontschuldigde Torkel zich toen de deur achter Sebastian dicht was gevallen. 'Maar voor alle andere dingen die er moeten gebeuren is hij ongeschikt.'

'Het is in orde.'

'Zeker weten?'

'Ja.'

Torkel bleef staan en nam haar op. Ze was zichzelf niet sinds ze 'm gistermiddag een paar uur was gesmeerd. Toen ze terugkwam had ze niet gezegd waar ze was geweest en de rest van de dag was ze een beetje afwezig geweest. Hij moest het er nu niet bij laten zitten.

'Er is iets. Dat zie ik.'

Vanja wendde haar blik af en liet hem uit het raam dwalen alsof ze erover nadacht hoe ze het moest zeggen. Torkel wachtte geduldig.

'Heb jij wel eens het gevoel dat we geen ander leven hebben dan dit?' vroeg ze, en ze spreidde haar handen in een gebaar dat de hele Kamer omvatte.

Torkel schrok even. Hij had verwacht dat ze iets over het werk of over haar familie zou zeggen, over Sebastian zou klagen omdat hij tegenwoordig in beide categorieën viel, maar nee, dit was serieuzer dan hij had verwacht.

'Ik héb niets anders,' vervolgde ze, zonder zijn antwoord af te wachten. 'Dat is nu tot me doorgedrongen, en dat moet ik toch wel zien te krijgen.'

Torkel knikte. Hij begreep wat ze bedoelde, misschien wel beter dan ze kon vermoeden. Hij dacht dat ook wel eens. Want wat had hij nu zelf buiten het werk, behalve een binnenkort hertrouwde ex en twee dochters die zich eigenlijk wel zelf konden redden? Niet veel.

'Als je vrij wilt hebben om uit te zoeken wat je nog meer wilt doen...' Hij onderbrak zichzelf en stak een vinger op om zijn woorden te benadrukken. 'Nog meer. Niet in plaats van. Als je vrij wilt hebben om uit te zoeken wat je nog meer wilt doen, geef ik je dat. Maar je bent te goed om ermee te stoppen.'

Vanja knikte om aan te geven dat ze hoorde wat hij zei, maar dat dat eigenlijk niets veranderde.

'En we zouden je echt missen.' Torkel zette nog één stap naar haar toe en kwam vlak naast haar staan. 'Ik zou je missen.'

Vanja knikte weer en gleed volkomen vanzelfsprekend in zijn armen voor een omhelzing.

'Dank je,' zei ze na een paar seconden tegen zijn arm.

Torkel maakte een eind aan de omhelzing en meende tranen in haar ogen te zien. Hij nam aan dat ze niet in zijn bijzijn wilde huilen.

'Wegwezen,' zei hij glimlachend.

Weer een knikje, en ze draaide zich om en ging weg.

Het leek wel een oude diaprojector. Waarbij de beelden eerst wazig waren en je eerst alleen een vermoeden had van kleuren en omtrekken, maar daarna zette iemand er een lens voor en werd alles langzaam maar zeker scherp.

De camper.

Hij was in de camper.

In de parkeergarage had Claes zich er vloekend op ingesteld dat hij met het openbaar vervoer zou moeten en nog later zou zijn voor de afspraak, dus hij was aangenaam verrast toen er een man met een baard naar hem toe kwam die zich uitvoerig verontschuldigde. Claes had verwacht dat de man Duits zou spreken, omdat de camper een Duits nummerbord had, maar hij vertelde in accentloos Zweeds dat hij om hulp had gebeld. Zijn camper deed het niet meer. Wat was Claes' auto? Stond hij in de weg? Samen konden ze de camper misschien een stukje wegduwen, zodat hij zijn Lexus eruit kon krijgen. De baardman zou de wagen even in z'n vrij zetten en van de handrem halen.

Claes had aan de andere kant gewacht en merkte pas dat de man omgelopen was en achter hem stond toen hij voelde dat er iets nats en kouds tegen zijn gezicht drukte en dat een sterke arm zijn borst omklemde.

Claes tilde voorzichtig zijn hoofd op van het harde tafelblad. Hij voelde dat hij had gekwijld en wilde zijn mond afvegen, maar merkte dat hij zijn handen niet kon bewegen. Ze zaten met dunne kettingen vast aan de tafel.

'Ik heb niet veel ervaring met slaapmiddelen die je moet inhaleren, dus ik wist niet hoe lang je buiten kennis zou blijven.'

Claes schrok en draaide zijn hoofd om naar de stem. De baardman draaide zich om in de chauffeursstoel waarin hij zat, en keek hem aan. Claes keek snel om zich heen. Bomen voor de voorruit. Bij de andere ramen zaten de gordijntjes dicht. Hij zat aan de tafel aan de achterkant van de wagen. Waarschijnlijk kon je die met een paar eenvoudige handgrepen neerklappen, waardoor het hele achterste stuk een bed werd. Zo ging het tenminste in de camper waarin hij een paar keer met zijn ouders op vakantie was geweest toen hij nog klein was. Ze stonden stil.

Als hij het zich goed herinnerde, waren deze wagens niet erg goed geïsoleerd. Als er mensen in de buurt waren, konden die hem misschien horen.

'We staan diep in het bos. Volkomen ongestoord,' zei de baardman, alsof hij zijn gedachten kon lezen, en hij kwam naar hem toe. 'Heb je al uitgevogeld wie ik ben of in elk geval wat ik heb gedaan?'

'Nee,' antwoordde Claes naar waarheid, en hij verbaasde zich erover hoe helder zijn gedachten waren. Hij was doodsbang. Het was duidelijk dat de man van plan was hem iets aan te doen, maar zijn brein werkte op volle toeren. Hij lette op details, concentreerde zich op wat er werd gezegd, probeerde te begrijpen wat er was gebeurd en waarom, om dan te bedenken hoe hij zich uit deze situatie zou kunnen bevrijden. Weer bij Linda en Ellen thuis kon komen.

'Mijn fout,' zei de baardman kort, en hij ging op de bank aan de andere kant van de tafel zitten. Claes liet hem niet los met zijn blik. 'Ik heb mijn modus operandi veranderd. Weet je wat dat is?'

'Ja.'

'Een Latijnse uitdrukking die "werkwijze" betekent,' vervolgde de baardman, alsof hij Claes' bevestigende antwoord helemaal niet had gehoord.

'Waarom ben ik hier?' vroeg Claes met kalme, lage stem. Hij had meer informatie nodig om te kunnen bedenken wat hij moest doen. Hij wilde ook een gesprek op gang brengen. Contact maken. Claes had geregeld gehoord dat hij een leuke vent was, prettig in de omgang, iemand die algauw aardig werd gevonden. Het was hopelijk moeilijker om hem iets aan te doen als hij de baardman een beetje beter leerde kennen.

'Je kunt ze niet kwalijk nemen dat ze het erop wagen, hè?' antwoordde de baardman, en hij boog zich over de tafel. 'Het blijkt per slot van rekening al jaren de sleutel tot succes te zijn.'

'Ik weet niet waar je het over hebt,' zei Claes naar waarheid.

‘Maar als ik je op de een of andere manier heb gekwetst, spijt me dat vreselijk en zou ik het graag goed willen maken.’

De man aan de andere kant van de tafel grijnsde breed.

Alsof hij iets grappigs had gehoord.

Niet goed, wist Claes instinctief.

‘Je moet het van bovenaf veranderen. Het probleem is dat ze de kans wordt gegeven. Dat jíj ze de kans geeft.’

‘Wie? Wie heb ik de kans gegeven?’

‘Ik test ze,’ zei de baardman, blijkbaar vastbesloten om door te praten en niet in te gaan op directe vragen. Hij pakte een paar A4’tjes die op het tafeltje bij het raam lagen.

‘Zestig vragen op het gebied van algemene ontwikkeling. Een grof instrument om kennis mee te meten, dat weet ik, maar het geeft toch een idee of er grond is om op te bouwen.’

Claes knikte maar instemmend en keek naar de papieren op tafel. Keurig getypte regels.

Een test.

Algemene ontwikkeling.

‘Twintig of meer goed is een voldoende. Dan laat ik ze gaan.’

Dat kon hij. Niemand in zijn kennissenkring wilde Trivial Pursuit met hem spelen. Hij was een beetje een betweter, een onbescheiden winnaar, moest hij toegeven.

Twintig goed, dan kon hij gaan.

Plotseling drong het tot hem door.

Wie ‘ze’ waren. Het verband. Wie hij de kans had gegeven.

Waarom was hij daar niet eerder op gekomen? Het was toch duidelijk?

‘O god, jij bent het?’ bracht hij uit. ‘Patricia en Mirre...’

‘Je rijdt een Lexus, je hebt succes, je verdient geld aan de vervlakking. Hou je wel van de programma’s waar je verantwoordelijk voor bent?’

‘Nee nee, o god, nee.’

De baardman wierp hem een blik toe waardoor Claes de rillingen over de rug liepen. Hij voelde instinctief dat het de verkeerde reactie was. Misschien was er geen goede reactie en was het beter geweest om zijn mond te houden of om, net als de baardman zelf, van onderwerp te veranderen.

'Maar zoals ik al zei: ik heb mijn modus operandi gewijzigd. Jij hoeft geen test te doen.'

Claes zag dat de baardman de papieren opzijschoof, iets pakte wat naast hem op de bank lag en dat op tafel legde.

'Weet je wat dit is?'

Dat wist hij.

Een verdovingspistool.

Axel Weber was de hele dag bezig geweest met iedereen die hij bij de politie en in het Karolinska-ziekenhuis kende te bellen. Hij had iemand nodig om een aanknopingspunt te vinden, iets wat de koppen haalde, in elk geval een unieke invalshoek. Maar Torkel Höglund was goed in het tegengaan van lekken. Ebba Johansson stond onder permanente politiebewaking en de kennis van de zaak was zoals gewoonlijk beperkt tot Höglunds naaste medewerkers van de Nationale Recherche. Zelfs de perswoordvoerder van de politie wist niet meer dan Weber. Typisch Torkel Höglund. Weber was onder de indruk, al vond hij het vakmatig gezien uitermate frustrerend. Hij had nieuws nodig, dingen om over te schrijven, en de beste bron daarvoor waren meestal loslippige politiemensen. Nieuws, primeurs die iets teweegbrachten en losse nummers verkochten, dat kon iedereen, maar als je nog meer wilde verkopen en nog beter gezien wilde worden, dan moest je met onthullingen of verhalen komen die niemand anders had.

Op dit moment had Weber niets unieks en wist hij niet meer dan de concurrentie. Dat betekende dat hij met de anderen moest wedijveren om terug te komen op de informatie die ze al hadden en die anders te verpakken. In spectaculaire moordzaken als deze werkte dat model best goed. Je kon praten met familie en vrienden, getuigen proberen te vinden die mysterieuze auto's of personen hadden gezien in de buurt van de vindplaats of de plaats delict, een relatie leggen met een eerdere tragedie die aan deze deed denken. Draaien, keren, speculeren en vooral op de emoties inspelen en het spannend maken.

De lezers waren dol op moord – hoe wreder hoe beter –, maar ze wilden ook het persoonlijke verhaal horen, waardoor ze zich met de slachtoffers konden identificeren, met hen mee konden leven. Als je dat kon combineren met een onbekende moordenaar, een kwaad zonder gezicht, zouden ze alles lezen wat erover werd geschreven, en deze zaak, die de kranten gezamenlijk 'de Docusoapmoorden' hadden gedoopt, voldeed aan alle criteria: bekende Zweden die ergens toch gewone mensen waren, een actieve seriemoordenaar die in het hele land toesloeg en zomaar je buurman kon zijn.

Nu hadden ze zelfs een overlevende, een publiek persoon, vrouw, jong, lichtblond. Het kon niet beter. Dat wist hij, dat wist zijn chef, de hoofdredacteur, de hele redactie. Daarom had Weber in deze tijd van voortdurende bezuinigingen extra budget gekregen. Maar dan moest hij wel iets leveren, laten zien dat hij dat vertrouwen waard was. Het waren zware tijden voor echte journalisten, die op zoek waren naar feiten en niet alleen maar sociale media overschreven, en persberichten hadden steeds meer moeite hun bestaansrecht te bewijzen. De papieren kranten verkochten steeds slechter, en steeds meer nieuws kwam terecht op internet, waar het gratis te lezen was. Echte journalistiek was duur en de trend was dat niemand er meer voor wilde betalen. Dat gaf stress, en door de bezuinigingen voelde niemand zich nog zeker. Hij moest absoluut een exclusief interview met Ebba Johansson zien te krijgen. Het beste wat hij tot nu toe had, was een vriendin van de tweeling, Johanna Lind, die vandaag eigenlijk met Sara en Ebba had afgesproken om haar verjaardag te vieren. Dat was een heel mooie invalshoek en zou vast wel een paar emotionele citaten over verlies, vriendschap en verloren dromen opleveren. Johanna was bovendien vrij knap, en dat was nooit een nadeel. Maar zo'n interview konden veel journalisten maken.

Huilende vrienden van het slachtoffer, pijn, verdriet.

Dat was simpel.

Hij wilde het beter doen.

Daarom hoopte hij dat het gesprek met Johanna meer zou opleveren.

Hij wilde haar vertrouwen proberen te winnen, zodat ze hem kon helpen rechtstreeks contact met Ebba op te nemen. *Aftonbladet* had gisteren een exclusief verhaal van enkele pagina's gehad: een gesprek met de ex-vriend van Patricia Andrén, van wie iedereen wist dat hij haar had bedreigd en mishandeld, maar die in hun nieuwe aankleding nu een onschuldige verdachte was die zijn geliefde Patricia miste en misschien de voogdij voor hun kind niet zou krijgen vanwege het bezoekverbod. Het was misschien cynisch, maar het verkocht beter dan de waarheid, wist Weber. De meeste mensen lazen liever over iemand die verdriet had dan over een mislukte huiselijk-geweldpleger. En niemand wilde weten dat de ex goed betaald had gekregen voor het interview. Maar zo werkte dat. Weber had zelf geweigerd hem de twintigduizend kronen te betalen die hij had gevraagd. Niet dat hij principiële bezwaren had tegen vergoedingen voor interviews – dat deed iedereen –, maar omdat hij er persoonlijk moeite mee had een man als Stefan Andersson te betalen.

Zo wanhopig was hij niet.

Nog niet, in elk geval.

Hij wierp een blik op de klok. Ze hadden om vijf uur afgesproken met Johanna Lind, de fotograaf en hij, en hij had haar laten beloven dat ze niet met een andere journalist zou praten.

Tot die tijd moest hij proberen nieuwe ingangen, nieuwe ideeën te vinden voor morgen. Er waren geruchten dat de politie belangstelling had voor een Chinees restaurant in Sundbyberg, en een vrouwelijke collega was daar om te kijken of er iets gebeurde. Hij hoopte gauw iets van haar te horen.

Als je het over de duvel hebt, dacht hij toen zijn vaste telefoon opeens begon te rinkelen.

Het was Julia van de receptie beneden, die achter kogelvrij glas zat, dat ze na een neonazistische aanval op de krant vorig jaar hadden geïnstalleerd.

'Iemand heeft hier een envelop voor je gebracht,' zei ze een beetje gejaagd.

'Oké. Ik kom hem straks wel halen. Van wie is hij?'

'Er staat op dat hij van een zekere Sven Cato komt. Is dat niet die moordenaar?'

'Hier kan ik niet tegen.'

Vanja bleef staan en draaide zich om naar Sebastian, die op een paar passen afstand van de auto stond. Ze hadden net voor de Campus Flemingsberg geparkeerd, een wit gebouw van vijf verdiepingen dat bij de KTH hoorde.

'Dit is nog erger dan toen je het nog niet wist.'

'Wat is erger?'

'Jij en ik, de stilte, de afstand...'

Vanja's gezicht verhardde en ze kwam een beetje dichter naar hem toe.

'Je hebt gelijk: dit is erger. Maar weet je... Jij bent hier niet degene met wie we medelijden moeten hebben.'

'Dat bedoelde ik ook niet,' zei Sebastian, die snel in de verdediging ging.

'Wat bedoelde je dan?'

'Ik neem genoegen met een werkrelatie, dat weet je, maar je prááť niet eens met me,' probeerde Sebastian.

'Leer er maar mee leven.'

'Oké. Sorry dat ik iets heb gezegd.'

Maar het excuus kwam te laat. Vanja kwam in een soort tweede adem, had behoefte zich uit te spreken.

'Ik heb niets. Ik moet een leven zien te krijgen. Daarna, als ik dat heb gedaan, beslis ik wie ik daarin toelaat. Snap je?'

Sebastian knikte alleen maar. Hij begreep dat het einde discussie was. Hij had in elk geval geprobeerd haar uit te leggen wat hij voelde. Een vergissing die hij niet nog een keer wilde maken.

'Maar laat het me dan alsjeblieft weten als ik je kan helpen,' zei hij nog, terwijl hij achter Vanja aan naar de ingang liep, in een poging enig krediet te krijgen.

'Dat kun je niet,' bepaalde Vanja.

Haar telefoon ging. Billy. Hij had de foto's naar het Chinese restaurant in Sundbyberg gestuurd en met het personeel gesproken, maar dat had niet veel opgeleverd. Ze konden zich de man herinneren. Hij had er blijkbaar op gestaan de drankjes die hij had besteld zelf mee terug te nemen naar de tafel. Waarschijnlijk had hij er toen een slaapmiddel in gedaan, nam Billy aan, maar verder konden ze hem niet goed identificeren. Het enige wat eruit was gekomen was dat een van de serveersters er zeker van was dat het niet El-Fayed was. Die was veel te donker. Ze kon zich de man die ze had bediend wel niet goed herinneren, maar hij had er Zweeds uitgezien.

'We zijn nu onderweg naar Skogh,' zei Vanja, en ze deed de deur naar de receptie open. Ze liet hem weer dichtvallen zonder zelfs maar te kijken hoe ver Sebastian achter haar aan kwam.

'Ik bel je weer als we iets uit Helsingborg en Ulricehamn hebben gehoord,' zei Billy, en hij hing op.

Vanja liep naar de receptie, stelde zich voor en zei voor wie ze kwam. Zei nee op de vraag of ze een afspraak had, maar dat het belangrijk was om hem te spreken. Na een kort telefoontje naar Åke Skogh, dat van de kant van de receptioniste vooral bestond uit kort gehum en een afsluitend 'goed', liet ze hun zien waar de lift was en zei ze dat Åke hen op de vierde verdieping zou opwachten.

'Wie had je aan de telefoon?' vroeg Sebastian toen ze in de lift stonden.

'Billy.'

'Iets belangrijks?'

'Het personeel in Sundbyberg sluit El-Fayed uit,' zei Vanja, en ze stond als eerste buiten toen de deuren opengleden.

Åke Skogh wekte een wat afwachtende, sceptische indruk toen hij hen begroette en meteen vroeg waar het over ging, terwijl ze naar zijn kamer verderop in de gang liepen.

'We willen het met u hebben over een van uw vroegere studenten,' zei Vanja, vastbesloten om zo lang mogelijk niet te vertellen wat de reden van hun bezoek eigenlijk was. In minder publiekelijk bekende zaken kon openheid een succesvolle strategie zijn, maar in dit geval was de kans op lekken veel te groot, en ze wilde niet dat Olivia Johnson officieel aan de Docusoapmoorden werd gekoppeld. Nog niet, zeker niet omdat ze ook nog collega's van Åke Skogh wilden ondervragen.

'Komen jullie met z'n tweeën naar Flemingsberg om te vragen naar een vroegere student?' vroeg Skogh, en hij liet hen binnen in zijn kamer. 'Hebben jullie geen telefoons?'

'Olivia Johnson. We hebben begrepen dat u een van haar mentoren was,' zei Vanja, terwijl ze haar hoofd schudde en bleef staan toen Åke naar de stoelen rondom de kleine vergadertafel knikte. Sebastian pakte een stoel en ging zitten.

'Is er iets met Olivia gebeurd?' vroeg Åke ongerust, en hij ging achter zijn bureau zitten.

'Nee, ze maakt het goed, voor zover we weten. Was u haar mentor voordat ze naar het MIT ging?' ging Vanja rustig door.

'Ik ben nog steeds haar mentor.' Åke keek van Vanja naar Sebastian en weer terug. Nog steeds sceptisch en verbaasd over hun aanwezigheid. 'Gaan jullie me nog vertellen waarom jullie belangstelling hebben voor Olivia?'

'Nee, op dit moment niet, en het gaat sneller als u gewoon antwoord geeft op onze vragen in plaats van ze zelf te stellen,' zei Vanja zakelijk, en ze pakte haar notitieblok.

'Word ik ergens van verdacht?' vroeg Skogh desondanks.

'Ik heb hier een paar data, en ik zou willen weten waar u toen was,' vervolgde Vanja, zonder zijn vraag te beantwoorden. 'Op 17 en 23 juni.'

'Dus ik word ergens van verdacht,' concludeerde Skogh.

'Of we willen u alleen maar kunnen uitsluiten.'

'Is dat eigenlijk niet hetzelfde?'

Hij bekeek hen nogmaals, besefte dat hij ook deze keer geen antwoord zou krijgen en diepte zijn mobiele telefoon op uit zijn colbertje, dat over een stoel hing.

'Op 17 juni heb ik een halve dag gewerkt en toen ben ik naar Bohuslän gegaan om Midzomer te vieren. Op de 23ste was ik op de universiteit van Linköping,' zei hij, nadat hij zijn agenda had geraadpleegd.

'En kunt u dat op de een of andere manier bewijzen?'

'Ik ben met mijn gezin naar Bohuslän geweest, en in Linköping waren we met een paar collega's. Ik kan mijn assistent vragen u de namen te geven,' zei hij. 'Waarom vragen jullie dat?' vroeg hij opnieuw, niet zonder enige ongerustheid in zijn stem, merkte Sebastian.

'Toen Olivia die beurs kreeg, wat voelde u toen?' vroeg hij zacht. Het was het eerste wat hij zei sinds ze er waren, en Åke reageerde op de nieuwe deelnemer aan het gesprek.

'Wat ik voelde?'

'Ja.'

Åke haalde zijn schouders een beetje op, alsof hij wilde laten zien dat er maar één antwoord op die vraag mogelijk was.

'Ik was trots. Blij. Ze verdiende het echt.'

'Trok het genoeg aandacht, vindt u?'

'Hier op de hogeschool, bedoelt u?'

'Nee, in het algemeen. Pers, tv misschien.'

'Nee, nou ja... Het is belangrijk in ons wereldje, maar het wordt niet algemeen bekend. Dat wordt het nooit.'

Sebastian knikte nadenkend. Het klonk alsof professor Skogh ook niet vond dat het voorpaginanieuws zou moeten zijn.

'Wat vindt u van *Paradise Hotel*?' vroeg hij, op luchtige toon van onderwerp veranderend.

'Wat is dat?'

'Een realityserie. Op tv.'

'Nooit gezien. Ik heb geen tv.'

Sebastian keek naar Vanja en zag aan haar dat de antwoorden ook haar eerlijk leken. Ze was er altijd goed in. De nuances van de taal. De kleine tekenen van leugens of halve waarheden. Hier had ze er blijkbaar geen waargenomen.

'Christian Saurunas, kent u die goed?' vroeg Vanja, en ze sloeg weer een nieuw spoor in; het laatste, had ze zo het idee.

'Ja, natuurlijk. Hij was hier docent.'

'Hoe bedoelt u, "was"?' vroeg Vanja verbaasd.

'Hij heeft ontslag genomen.'

'Waarom?'

'Het geld was op en hij moest zijn onderzoek hier beëindigen,' zei Åke zonder veel emotie. Sebastian kreeg uit die ene zin de indruk dat de twee geen goede vrienden waren, niet buiten het werk met elkaar omgingen. Hij reageerde alert.

'Het geld was op? Wat houdt dat in?' vroeg hij.

'Dat is als je geen financiering krijgt. In onze wereld moeten we subsidie zien te vinden om onderzoek te kunnen doen en als je pech hebt, vinden ze het niet interessant of actueel of noodzakelijk, en dan krijg je geen subsidie. Dan moet je gaan. Het is geen gewone baan. Hier moet je je eigen geld binnenhalen,' legde Åke uit, en voor het eerst sinds ze er waren klonk hij als de professor die hij ook was.

'En dat lukte Saurunas niet?' vroeg Sebastian.

'Nee, hij had al een paar jaar problemen met de financiering. Zijn onderzoek werd niet up-to-date genoeg geacht. Hij kreeg er nogal wat kritiek op,' vervolgde Åke op een toon waaruit begrip voor het besluit van de subsidiegevers sprak.

Sebastian voelde spanning in zich opkomen. Dit kon belangrijk zijn. De woede van de moordenaar op het heden kon heel goed passen bij iemand die had ontdekt dat zijn werk, zijn kennis, niet meer up-to-date werd geacht.

'Wanneer was dat?' vroeg hij gretig.

'Dat was afgelopen mei. Ik geloof dat zijn laatste werkdag...' Skogh pakte zijn mobieltje weer en scrolde. 'Dat was 22 mei.'

Ongeveer een maand voordat Patricia werd vermoord, dacht Sebastian, en hij werd helemaal warm. Dat zou kunnen kloppen. Een beslissend moment in iemands leven, waarop iets wat allang in zijn fantasie leefde, kon worden omgezet in daden. Je begon niet zomaar te moorden. Dat gebeurde niet zonder aanleiding.

Vaak was er iets nodig wat iemand over de grens duwde.

Een nederlaag of iets vernederends, zoals ontslagen worden.

Of geen geld meer hebben.

Axel Weber keek naar de geelbruine gewatteerde envelop die op zijn bureau lag. De naam van de afzender stond in zwarte schrijfmachineletters op een wit plakbriefje.

Sven Cato.

Misschien was het een slechte grap, maar om de een of andere reden dacht hij van niet. Om het zekere voor het onzekere te nemen was hij naar een van de schoonmakers van hun kantoor gegaan om een paar rubberhandschoenen te lenen. Als de brief inderdaad afkomstig was van de moordenaar die zich Sven Cato noemde, zou hij uiteindelijk bij de politie terechtkomen, en dan wilde hij niet de kritiek krijgen dat hij eventuele vingerafdrukken had geruïneerd.

De vorm van de gewatteerde envelop wees erop dat er iets hards en scherps in zat, en even vroeg hij zich af of de inhoud explosief of anderszins gevaarlijk kon zijn. Moest hij de beveiliging erbij halen of zou hij zich door zijn nieuwsgierigheid laten leiden? De nieuwsgierigheid won het, maar hij wendde toch zijn gezicht af toen hij de briefopener erin stak en de zak voorzichtig openmaakte. Toen hij daarmee klaar was, hield hij de opening naar onderen en liet hij de inhoud op zijn bureau glijden.

Een mobiele telefoon in zijn originele doosje.

Een prepaid kaart van Comviq, met het simkaartje nog aan het plastic kaartje vast.

Een A4-envelop.

Weber begon met de envelop. Die was niet dichtgeplakt, dus hij vouwde de flap open en haalde de inhoud er voorzichtig uit. Bovenop lagen een paar aan elkaar geniete velletjes papier, die op het eerste gezicht vol stonden met allerlei vragen. 'Wat betekent de afkorting NATO?' was de eerste vraag.

Onder het vragenformulier vond Weber een getypte brief.

Hij vouwde hem open en begon te lezen:

Geachte Axel Weber,

Eerder schreef ik al een soortgelijke brief aan uw hoofdredacteur Lennart Källman, maar hij besloot mijn schrijven geheel te negeren, dus nu probeer ik het met u.

In uw blad word ik, net als in alle andere publicaties, afgeschilderd als een volslagen gek. Iemand die op goed geluk jonge, pseudobekende mensen uitkiest en doodt. Niets is minder waar, maar mijn motief om deze daden uit te voeren komt nergens in uw verslaggeving tot uiting.

We moeten stoppen met het verheerlijken van domheid.

Stoppen met het aanwakkeren van minachting voor kennis en anti-intellectualisme.

Stoppen met aandacht schenken aan luie, egoïstische en oppervlakkige mensen in plaats van aan goed opgeleide, geëngageerde, fatsoenlijke en deskundige mensen.

Ik neem aan dat twee factoren er verantwoordelijk voor zijn dat dit niet goed naar voren is gekomen.

De eerste is dat de politie u informatie heeft onthouden die mijn motieven zou verduidelijken en mijn daden begrijpelijker zou maken. Bij deze brief voeg ik een test. Alle slachtoffers hebben deze gedaan, en drie van de vier haalden er niet geheel onverwacht een onvoldoende voor.

Om te voorkomen dat u denkt dat dit een grap is of een wanhopige poging om via andermans daden aandacht te trekken, verwijs ik naar de volgende bronnen: het commentaar van 03.16 uur onder de laatste post op de Facebook-pagina van Patricia Andrén, de laatste foto op het Instagram-account van Miroslav Petrovic, het commentaar van 02.28 uur onder de laatste blog van de gezusters Johansson. Daar staan de resultaten van de tests, gepost met de mobiele telefoons van de slachtoffers, na hun dood. Deze informatie kunnen uw contacten bij de politie hopelijk verifiëren.

De tweede reden waarom mijn boodschap de buitenwereld niet heeft bereikt is dat ik een fout heb gemaakt. Dat geef ik toe. Het groeiende probleem van de verheerlijking van domheid aanpakken door domme mensen te doden is als proberen paardenbloemen uit te roeien door de gele bloem eraf te knippen. Natuurlijk moet het onkruid met wortel en al worden uitgegraven. Moeten we naar de bron gaan. De problemen aanpakken waar ze ontstaan. Met uw hulp hoop ik dat te kunnen belichten.

We moeten onszelf de vraag stellen of we willen leven in een maatschappij waarin mensen die nooit een boek lezen, die de simpelste vergelijking niet kunnen oplossen en zelfs een gebruiksaanwijzing niet kunnen lezen, avond aan avond, week in week uit het televisiescherm mogen bevolken, met onder andere uw blad als enthousiaste fan en reclamebazuin, terwijl jonge onderzoekers die de wereld kunnen veranderen, worden doodgezwegen.

U lijkt me, na wat ik van u heb gelezen, een van de intelligentere mensen bij uw blad, dus ik ga ervan uit dat u wel zult uitvogelen wat ik verwacht dat u met de rest van deze zending zult doen.

Met vriendelijke groet,
Cato d.O.

Weber las de brief nog een keer. Het was zoveel, zo gek ook, in allerlei opzichten. De seriemoordenaar had hem geschreven. Dat alleen al was genoeg voor een extra bijlage, maar er was nog iets. Meer. Veel meer.

Dat de politie de informatie over de test had achtergehouden.

Dat de moordenaar 'naar de bron' zou gaan om 'de problemen aan te pakken waar ze ontstaan'. Wat hield dat in?

Nieuwe slachtoffers? Andersoortige slachtoffers? En welke dan?

Zijn instinct zei hem dat de brief echt was. Dat het inderdaad de moordenaar was die hem had geschreven, maar het was niet genoeg om op zijn gevoel af te gaan. Niet als het om dit soort dingen ging.

Weber pakte de brief, las het korte lijstje dat erin stond en besefte dat hij de informatie zelf zou kunnen controleren, maar dat zou vrij lang duren. Hij keek om zich heen op de redactie. Kajsa Kronberg zat een paar bureaus bij hem vandaan. Weber wist het niet zeker, maar hij dacht dat zij de jongste van hen allemaal was. Hij stond op en liep naar haar toe.

'Jij hebt Instagram en Facebook en zo, hè?' vroeg hij, en hij ging op de hoek van haar bureau zitten.

'Ja.'

'Ik heb je hulp ergens bij nodig.'

'Oké.'

Hij legde uit waar hij wilde dat ze naartoe zou gaan om te zoeken, en minder dan twee minuten later was alles bevestigd. De resultaten van de tests waren allemaal gepubliceerd op de accounts van de slachtoffers zelf. Of dat met hun eigen telefoon was gebeurd, kon je volgens Kajsa niet weten, maar Weber was ervan overtuigd dat dat deel van de brief ook klopte.

Shit, dit werd steeds groter.

Hij bedankte Kajsa voor haar hulp en liep terug naar zijn bureau.

Hij begon de vragen eens goed te lezen. Een merkwaardig allegaartje. Vragen naar algemene ontwikkeling, zou je kunnen zeggen. Ouderwetse algemene ontwikkeling. Rivieren, diersoorten, koningen, geschiedenis. Natuurkunde, aardrijkskunde. Kennis die vroeger misschien belangrijk was om zo op te kunnen dreunen. Op sommige vragen wist hij het antwoord, op andere niet. Hij vroeg zich af wat de grens was tussen voldoende en onvoldoende, tussen leven en dood, en of hij zelf het leven waard zou zijn bevonden.

Wat idioot.

Wat een mogelijkheden.

Een fantastische kans, zeker als hij de enige journalist was die de brief had gekregen.

De vraag was wat hij ermee moest doen. Hij haalde de rest van de inhoud uit de envelop. Iemand kon maar één reden hebben om een mobieltje met een nieuwe prepaid kaart te sturen. Weber maakte het doosje open en haalde de telefoon eruit. Het was een goedkoop, simpel model dat waarschijnlijk niet meer dan een paar honderd kronen had gekost. Hij peuterde de achterkant los waar de simkaart in moest, vond het houdertje ervoor onder de batterij, drukte het stukje plastic uit de grotere kaart en zette de telefoon aan. Hij deed het. Hij haalde de oplader uit de doos en wilde die aansluiten, maar toen zag hij dat de batterij al opgeladen was. Hij keek een tijdje naar het apparaat en wilde net controleren of er nummers en adressen of wat dan ook in stonden, toen het ding *pling* deed.

Twee sms'jes.

Hij opende het eerste en las wat er op het schermpje stond. Het was van Comviq, die hem als klant verwelkomde.

Hij ging naar het tweede sms'je.

Dat was persoonlijker.

Rechtstreeks aan hem gericht.

'Als ik je kan vertrouwen, krijg je een exclusief interview. Als je de politie belt, kom ik erachter,' stond er. Weber stond instinctief op, deed een paar stappen naar achteren en streek met zijn handen door zijn haar en over zijn kin. Hij kon onmogelijk stil blijven zitten. Onmogelijk doen alsof het hem niet raakte.

Dit was heel belangrijk.

Dit was het belangrijkste wat hij in al die jaren dat hij misdaadverslaggever was had meegemaakt.

Hij had zichzelf nooit beschouwd als iemand die uit was op erkenning in de vorm van prijzen of onderscheidingen, maar dit kon legendarisch worden.

Hij moest wel met zijn baas praten, besefte hij. Dit was niet iets wat hij zelf kon beslissen, maar het idee alleen al dat Källman wel eens nee zou kunnen zeggen, bracht hem aan het twijfelen.

Drie mensen vermoord. Eén in het ziekenhuis.

Op eigen houtje gaan was een groot risico, maar hij moest ook rekening houden met andere risico's.

Dat ze de politie erbij zouden halen.

Dat was wel niet zo waarschijnlijk – Weber kende zijn baas goed en die ging meningsverschillen niet uit de weg. Zo had hij een collega van Weber die in Malmö illegale wapens had gekocht van begin tot eind volledig gesteund. En hij kon zich verschuilen achter zijn bronbescherming. Mensen die informatie verstrekten om te publiceren, waren verzekerd van anonimiteit. Ook al ging het daarbij meestal niet om tips van dit niveau, het zou bij een nader onderzoek wel standhouden. Dus dat Källman ermee naar de politie zou gaan was niet waarschijnlijk.

Nee, het grootste risico was dat hij het met anderen zou moeten delen en er collega's bij zou moeten halen. Pia Lundin en haar afdeling Web-tv hadden voorrang gekregen van de hoofdredactie. Exclusief materiaal op internet was een klikmagneet. En kliks leverden advertenties op. Het geschreven woord moest liefst worden vervangen of in elk geval aangevuld met bewegende beelden.

Hij dacht even na, nam een besluit, ging weer zitten, pakte het mobieltje weer en antwoordde op het sms'je.

Hij had de brief gekregen.

Het was zijn scoop.

Die zou niemand hem afpakken.

'Je kunt me vertrouwen,' schreef hij snel.

Hij zou het spoor even volgen en het dan pas aan iemand vertellen. Eerst kijken waar het heen ging, dan Källman informeren en dan publiceren.

Zo moest het. Hij was journalist. Dit was zijn werk.

Na dertig seconden kwam er antwoord.

'Ga naar de Koninklijke Bibliotheek,' stond er.

Ze waren terug in de Kamer. De stemming was al lang niet meer zo verbeten geweest. Vanja en Sebastian hadden Torkel ervan overtuigd dat Christian Saurunas het interessantste spoor was, en dat werd nog aannemelijker toen Billy terugkwam en vertelde van zijn ervaringen in Ulricehamn. Eva Florén had geïnformeerd bij het personeel van het Kurhotell, en Saurunas was de enige van de drie mannen die hun deed denken aan de man die ze in gezelschap van Mirre hadden gezien. Die had wel een volle baard, dus ze wisten het absoluut niet zeker, maar ze sloten El-Fayed uit om dezelfde reden als de serveerster in Sundbyberg: die zag er gewoon te on-Zweeds uit, en Åke Skogh leek niet op de verdachte, zeiden ze beslist. Dat had iets te maken met de vorm van het gezicht en de neus. Dus Torkel gaf de lijst van deelnemers aan de reis naar Linköping, die ze van de assistent van Åke Skogh hadden gekregen lagere prioriteit. Hij zou nog wel worden gecontroleerd, maar dat hoefde niet nu en niet door hen. Vooral niet omdat Vanja op weg naar huis van de KTH Åke Skoghs vrouw had gesproken, en zij had bevestigd dat het hele gezin op woensdag naar Åland was gegaan om Midzomer te vieren en dat ze daar tot zondag waren gebleven. Een snelle blik op haar Facebook-pagina bevestigde haar verklaring met een paar foto's. Dus nu concentreerden ze zich op de ontslagen docent. Billy had in de korte tijd die hij had gehad alles op papier gezet en uitgeprint wat hij te weten was gekomen.

Christian Ignas Saurunas, geboren op 4 februari 1962 in Norrköping. Civiel ingenieur. Universitair docent medische techniek aan de KTH sinds 1998. Drie jaar geleden gescheiden, geen kinderen. Zijn vader overleden in 1999, zijn moeder geëmigreerd naar Litouwen en nog een zus in Norrköping, waar zijn ouders in 1958 naartoe waren gekomen en tot aan zijn vaders dood hadden gewoond. Had een rijbewijs en beschikte volgens de Verkeersdienst over een rode Volvo S60 uit 2007.

Torkel keek op toen hij dat van die auto las. Ze hadden de rode Volvo die een getuige bij de Hildingskola in Ulricehamn had zien staan nog altijd niet gevonden.

'Weet ik,' zei Billy toen Torkel ernaar vroeg. 'Die kan het natuurlijk zijn geweest, maar in de eerste plaats zouden mensen het verschil tussen een s60 en een s70 moeten kunnen zien.'

'Dat doet niet iedereen. Je weet hoe het gaat met ooggetuigen,' bracht Torkel daartegen in. 'Ze gaan met elkaar praten, vullen leemten in en dan zijn ze het erover eens dat ze iets hebben gezien wat ze helemaal niet hebben gezien.'

'Dat is waar, maar de auto van Saurunas heeft GVL665, en de getuige in Ulricehamn zei dat het kenteken AYR393 was.'

'Maar hij had het mis, hebben we vastgesteld.'

'Maar niet zó vreselijk mis. Er klopt niet één letter of cijfer.'

Torkel knikte. Daar zat wat in. Het model en het kenteken samen maakten het minder waarschijnlijk dat het de auto was die in Ulricehamn was gezien.

Hij verdiepte zich verder in het materiaal.

Saurunas stond niet geregistreerd als eigenaar van een camper en had geen strafblad. Het laatst bekende woonadres was Bäckväg 43 in Aspudden.

Het was niet veel, maar het was een begin.

De versterking waar Vanja om had gevraagd stond in een onopvallende Saab op haar te wachten toen ze bij Bäckväg 43 arriveerde, een okergeel meergezinshuis van in totaal vier verdiepingen.

'Wie zoeken we?' vroeg de vrouwelijke agent toen ze elkaar een hand hadden gegeven.

'Een zekere Christian Saurunas. We willen hem horen,' antwoordde Vanja.

'In die docusoapzaak?'

Vanja knikte. 'Maar geen woord daarover,' voegde ze eraan toe.

'Snappen we,' antwoordde de jongere, mannelijke collega, en hij zette zijn woorden kracht bij door begrijpend te kijken.

Ze gingen naar binnen met de deurcode die Vanja had achterhaald. Het duurde een paar seconden voordat hun ogen na het zonlicht buiten gewend waren aan het vrij donkere trappenhuis.

Saurunas woonde op de derde verdieping, en Vanja liep voorop. Ze kwamen bij de flat waar *Saurunas* op de deur stond. Vanja belde aan. Een paar keer. Ze wachtten een paar minuten. Vanja legde haar oor tegen de deur om te horen of er binnen iets bewoog, maar ze hoorde niets. Ze draaide zich om naar de anderen.

'Hij neemt zijn mobiel ook niet op,' zei ze zacht tegen hen. 'We gaan de deuren langs om te vragen of iemand hem heeft gezien. Maar zoals ik al zei: we willen alleen maar met hem praten. Zeg niet in verband waarmee.'

De geüniformeerde collega's knikten.

'Nemen jullie de andere verdiepingen, dan begin ik hier,' vervolgde Vanja, en ze liep naar het buurhuis en belde aan. De deur werd geopend door een oudere vrouw met grijs opgestoken haar in een eenvoudige jurk. Alerte, nieuwsgierige ogen namen Vanja op terwijl ze haar politiekaart pakte en liet zien.

'Dag! Mijn naam is Vanja Lithner en ik ben van de politie. Ik heb een paar vragen over uw buurman, Christian Saurunas,' zei ze vriendelijk.

De vrouw reageerde zoals de meeste mensen in zo'n situatie: vooral nieuwsgierig. Het was altijd opwindend als de politie aanbelde. Vanja hoorde dat er op de verdieping boven haar ook een deur openging en dat zich daar een soortgelijke conversatie afspeelde.

'Wat is er gebeurd?' vroeg de vrouw.

'We willen even met hem praten,' antwoordde Vanja, en ze vond het wel sympathiek dat de vrouw had gevraagd wat er was gebeurd en niet wat Saurunas had gedaan. 'Wanneer hebt u hem voor het laatst gezien?'

De vrouw dacht even na, en zei toen: 'Een paar weken geleden, geloof ik. Wacht even.' Ze draaide zich om naar de flat en riep naar iemand: 'Karl, wanneer heb jij de buurman voor het laatst gezien?'

'Welke?'

'Die van hiernaast, met die rare naam.'

Vanja trok de conclusie dat de buren niet dagelijks met elkaar omgingen, als ze niet eens wisten hoe hij heette. Maar zo ging dat nu eenmaal. Je kon jaren naast elkaar wonen zonder zelfs maar een woord met elkaar te wisselen. Zij sprak haar naaste buren ook nooit en wist hun voornaam niet eens, want die stond niet op de deur.

'Ik weet het niet,' hoorde ze binnen een hese mannenstem zeggen.

Vanja hoorde iemand aankomen, en even later verscheen er een grijze gestalte in ochtendjas. Hij kwam met behulp van een kruk naar de deur gestrompeld. Het lopen leek hem pijn te doen.

'Wie vraagt dat?' vroeg hij toen hij Vanja zag.

'Iemand van de politie.' Vanja zag dat de man verbaasd bleef staan. Hij werd meteen ernstig. 'Ik zei: een paar weken geleden,' vervolgde de vrouw.

De man schudde zijn hoofd.

'Nee, nee, het is langer geleden. Hij pakte zijn auto in en reed weg. Op 25 of 26 mei of zo. Weet je niet meer dat ik zei dat ik hem was tegengekomen? Toen hij zo chagrijnig was?'

'O ja, is dat alweer zo lang geleden?' vroeg de vrouw.

'Ja. Ik heb hem sindsdien in elk geval niet meer gezien.'

'Dan zal het wel kloppen. Jij houdt die dingen beter bij dan ik,' antwoordde de vrouw zonder de minste twijfel in haar stem.

De man kwam dichter bij de deur. Hij stak zijn hand uit naar Vanja. Pientere ogen en een stevige handdruk. 'Dag. Karl Johansson. Mijn lichaam is een beetje gammel, maar aan mijn hoofd mankeert niks. Nee, hij wilde niet eens vertellen waar hij heen ging, maar hij had een hoop bagage bij zich.'

Vanja knikte. Dat was interessante informatie. Niet meteen beslissend, maar het hield de mogelijkheid overeind dat de man de dader was. De reeks moorden was op 17 juni begonnen.

'U hebt hem niet met een camper gezien?' vroeg ze.

'Nee, alleen die rode Volvo waar hij mee rondrijdt.'

'Oké, en u bent zeker van de datum?'

De man knikte beslist.

'Ja, ik ben de 27ste geopereerd,' zei hij, en hij tilde zijn kruk op. 'En het was één of twee dagen daarvoor.'

Vanja bedankte hen en liep de trappen af naar de anderen. Karl Johansson wekte een geloofwaardige indruk, maar misschien had iemand anders in het pand Saurunas later nog gezien.

Dat was niet het geval. De andere buren die ze te pakken hadden gekregen hadden Saurunas alleen in mei gezien, behalve een jong meisje op de begane grond dat hem ook had zien inpakken en wegrijden. Zij dacht dat ze hem later had gezien, maar ze wist het niet zeker. Het kon wel eind mei zijn geweest.

Vanja besloot Torkel te vragen het huis te laten observeren. Dat was een dure onderneming en het was misschien moeilijk uit te leggen omdat hij zich er al weken niet had vertoond, maar ze was ervan overtuigd dat Torkel het goed zou vinden. Het was per slot van rekening een seriemoordenaar, en ze hadden veel ogen nodig. De volgende stap was zien uit te vinden waar Saurunas die dag, ruim een maand geleden, naartoe was gegaan en waar hij zich nu bevond.

Weber had een auto van de zaak meegenomen en was door het chaotische Stockholmse verkeer geracet. Het werd elk jaar erger, en dat kwam niet alleen doordat er steeds meer auto's kwamen. Sommige straten waren helemaal afgesloten en andere waren smaller geworden omdat de fietspaden waren verbreed. Dat was een politiek besluit waar Weber in principe achter stond, behalve op de weinige dagen dat hij er met de auto op uit moest. Heel fijn, een autovrije binnenstad, vond hij, behalve als hij zelf weg moest. Dan vloekte hij de andere verkeersdeelnemers stijf. Uiteindelijk overtrad hij de verkeersregels en nam de busbaan op de Kungsgata om tijd te winnen. Het goedkope mobieltje dat hem was toegestuurd lag op de lege stoel naast hem. Af en toe keek hij ernaar, en dan vroeg hij zich af of hij er wel goed aan deed om zomaar op pad te gaan zonder het iemand op de redactie te vertellen. Het ging toch om een seriemoordenaar. Een man die tot alles in staat was.

Maar als je de race wilt winnen moet je risico's nemen. Wel had hij zichzelf beloofd voorzichtig te zijn en de zaak af te breken bij het minste vermoeden dat het gevaarlijk werd. Het hoofd koel te houden en zich niet te laten meeslepen door het gevoel van avontuur en spanning. Te veel adrenaline leidde vaak tot verkeerde beslissingen.

Hij haalde diep adem en reed langs het Stureplan. Hij was nu in de buurt en sloeg af naar de Koninklijke Bibliotheek aan de Humlegårdsgata. In het park, tussen de zomergroene loofbomen, zag hij het grote, stijlvolle, lichtgele gebouw staan. Het was lang geleden dat hij daar was geweest, realiseerde hij zich. Zeker vijf jaar geleden. Internet had het researchwerk gemakkelijker gemaakt, maar in zekere zin ook lastiger. Maar je kon de ontwikkelingen niet tegenhouden, al wilde je nog zo graag. Soms miste hij de tijd wel dat de journalist en de krant almachtig waren, dat al het nieuws, alle informatie uit hun vingers en via hun stem kwam. Maar de nieuwe tijd had iets enorm democratisch, wat Weber waardeerde. Dat informatie, communicatie en nieuws niet meer werden gecontroleerd door een paar families paste eigenlijk beter bij zijn politieke overtuiging. Er was wel veel slechts, maar ook heel veel goeds. Hij wilde graag geloven dat de mensheid en het menselijk leven er beter van werden. Maar helaas zochten de meeste mensen alleen informatie die bevestigde wat ze al meenden te weten, kon iets anders hun niet schelen. Internet was, net als het leven zelf, veel complexer dan velen wilden dat het was.

Hoe hij ook zocht, hij vond geen plaats waar hij mocht parkeren. De gele streep langs het trottoir betekende dat het een laad- en losplaats was, maar daar vond hij in elk geval een gaatje. Desnoods moest hij een parkeerboete maar op de koop toe nemen, besloot hij. Hij stapte uit. Twee brede grindpaden leidden naar de bibliotheek. Aan de zijkanten en erachter lag de Humlegård, een groot, mooi en op deze zomeravond drukbezocht park midden in de stenen stad.

Hij begon te lopen, het goedkope mobieltje in zijn hand. Voor de zekerheid checkte hij nog even het sms'je, ook al had hij het al minstens tien keer gelezen.

Er stond nog steeds: 'Ga naar de Koninklijke Bibliotheek.'

Wat zou de volgende stap zijn? Moest hij sms'en dat hij er was of moest hij afwachten? Hij besloot om af te wachten en liep naar de brede stenen trap, waar heel wat mensen zaten te lezen, wijn te drinken of zomaar te genieten van de zoele zomeravond. Net toen hij de eerste stap de trap op had gezet, zoemde zijn mobiel. Weber bleef meteen staan. Een sms'je, en het was vast geen toeval dat het op dit moment kwam.

Cato hield hem in de gaten. Observeerde hem.

Weber keek weer om zich heen. Het was onmogelijk om dat niet te doen. De gedachte dat een moordenaar hem ergens in de gaten stond te houden was beangstigend, maar ook merkwaardig opwindend. Hij voelde dat zijn hart sneller ging kloppen. Tot in al zijn vezels gespannen en wantrouwend bestudeerde hij iedereen die hij kon zien.

Dat waren er veel. Te veel. Om nog maar te zwijgen van hoeveel mensen hém konden zien, vanuit het park en vanaf de omringende straten. Cato had de plek zorgvuldig gekozen.

Hij keek op zijn mobiel en klikte het nieuwe bericht tevoorschijn.

'Goed. Je hebt geluisterd,' stond er. Meer niet. Weber stapte weer terug op het grindpad en bleef staan. Als Cato hem kon zien, kon hij maar beter kalm blijven. Anders zou hij hem wegjagen. Hij probeerde zijn hartslag omlaag te krijgen door een paar keer diep door te ademen. Dat lukte maar matig. Moest hij het bericht beantwoorden? Dat leek hem niet nodig. Cato zag hem en had de touwtjes sowieso in handen. Bovendien leek het hem puur moreel gezien gemakkelijker instructies af te wachten en op te volgen dan te veel interactie te zoeken. Of verwachtte Cato een dialoog? Wilde hij dat Weber actieve belangstelling toonde?

Bijna als op bestelling kwam er nog een sms'je.

'Ga naar de speeltuin aan de andere kant. Geen omwegen.'

Hij draaide zich om, liep de hoek van het gebouw om en had algauw de grote bibliotheek aan zijn linkerhand en de hele Humlegård met zijn uitgestrekte grasvelden en zijn machtige loofbomen voor zich. Het grindpad naar het noorden liep naar het midden van het park, waar een paar wegen bij elkaar kwamen rondom een fontein. Als Cato hem bekeek, kon hij dat vanaf talloze plaatsen doen. Hij kon iedereen zijn van al die mensen die hier liepen. Of misschien liep hij op het trottoir van een van de straten langs het park. De ongerustheid die hij eerder had gevoeld, was overgegaan in pure nieuwsgierigheid. Hij versnelde zijn pas en kwam al snel bij de fontein. Hij kwam een innig verstrengeld paartje tegen, dat rechtdoor liep. Achter de bomen verderop was de speeltuin te zien. Een paar lage houten gebouwtjes, een stel zandbakken, glijbanen en schommels. Bij de ingang bleef hij staan. Er waren vrij veel kinderen, ook al liep het al tegen zevenen. Hun vrolijke geschreeuw bij het spelen vermengde zich met hier en daar wat oververmoeid gehuil en het motorgeluid van de auto's die over de Karlaväg voorbijreden. Hij was daar een paar jaar eerder geweest toen hij een relatie had met een vrouw met een kind. Ze had hem hiernaartoe meegesleept en hij had de schommels staan aanduwen en vadertje gespeeld. Ze had een leuk zoontje, maar ze wilde meer kinderen, en Weber had besloten dat hij dat niet wilde. Geen van beiden wilde toegeven en na een jaar was de relatie afgelopen. Even vroeg

Weber zich af of hij daar goed aan had gedaan.

Maar nu had hij iets belangrijkers aan zijn hoofd.

Het mobieltje in zijn rechterhand zoemde. Weer een sms'je. Waarschijnlijk weer een instructie.

'Ga verder over de Karlaväg. Linksaf. Loop door totdat ik me weer meld,' stond er.

Hij keek weer om zich heen. Overal mensen. Een stukje verderop zat een man op een parkbankje. Had hij die al eerder gezien? Hij wist het niet. Zijn mobieltje zoemde.

'Waar wacht je op?'

Ja, waar wachtte hij op? Dat hij zich geen marionet meer zou voelen misschien? Hij zette zich weer in beweging. Liep de Karlaväg op en ging naar links, over het trottoir langs het park. Hij wandelde door. Bij het kruispunt verderop stond het verkeerslicht op rood. Hij was van plan rechtdoor over de Karlaväg te blijven lopen totdat hij weer een sms'je zou krijgen. Hij kon niets anders doen dan de instructies van een seriemoordenaar volgen.

Het duurde een kwartier voordat hij weer iets van Cato hoorde. Een lang kwartier. In het begin had hij snel gelopen, over de Karlaväg tot waar die vanzelf overgaat in de Birger Jarlsgata. Daar had hij even geaarzeld, maar toen was hij rechtdoor gegaan. Toen hij de Odengata passeerde en nog altijd niets van Cato had gehoord, nam zijn onzekerheid toe. Hoe lang moest hij eigenlijk doorlopen? Hij bleef even staan en keek om zich heen. Auto's en mensen. Maar niets of niemand viel op. Hij liep door. Sneller nu, alsof hij naar het volgende sms'je toe wilde. Naar Roslagstull. Bij de Frejgata kwam het.

Het gezoem in zijn hand.

Een adres.

'Roslagsgata 29.'

Dat was alles.

Hij wist waar de Roslagsgata lag, maar controleerde het voor de zekerheid op Google Maps. Inderdaad. Linksaf de Frejgata in en de eerste straat die hij dan kruiste, was de Roslagsgata. Slechts een paar minuten lopen.

Hij voelde weer spanning in zich opkomen. Een adres. Een huis.

Dat beviel hem niet erg. Hij voelde zich veiliger als hij zichtbaar was, te midden van mensen. Hij ging liever niet ergens naar binnen waar niemand hem zag.

Hij kwam in de Roslagsgata. Nummer 29 lag volgens zijn mobiel slechts enkele panden verderop aan de linkerkant. Op de hoek zat een slotenmaker, met grote blauwe en rode borden aan de gevel. Hij liep naar die kant van de straat. Boven de winkel, op een smerig bordje, stond *Roslagsgata 27-41*. Hij was er bijna.

De volgende deur.

Het huis stond verborgen achter bouwsteigers met beschermend plastic eromheen. Het zag eruit als een renovatie of verbouwing. Hij liep er voorzichtig heen. Het enige wat er bewoog was het plastic, dat af en toe wat bolde in de zwakke wind. Onder de steigers wist hij de voordeur te lokaliseren: een dubbele glazen deur met grendels van een vrij lichte kleur hout. Een witte, bolvormige lamp boven de deur verkondigde dat dit nummer 29 was. Hij voelde aan de deur. Die zat op slot. Op een papiertje dat aan de binnenkant was geplakt, stond met grote letters: *Rioolrenovatie 15 maart – 15 augustus.*

Het trappenhuis achter de deur was pikdonker en leeg, en dat gold waarschijnlijk voor het hele gebouw. Hij stapte onder de steigers uit en keek langs de gevel van het verlaten huis omhoog. Doodse stilte. Hij keek naar het goedkope mobieltje, wilde dat er een berichtje zou verschijnen dat hem vertelde wat hij nu moest doen, maar er kwam nog niets. Wachtte Cato ergens op of zag hij hem niet meer? Weber liep een stukje de lege straat op om zichzelf beter zichtbaar te maken. Niets. Wat moest hij doen? Hij besloot de voordeur nog eens te proberen. Misschien had hij iets over het hoofd gezien. Hij was er een paar stappen vandaan toen zijn mobiel weer zoemde. Hij verstijfde.

Daar was Cato weer.

'Klim naar de vierde verdieping en ga door het open raam naar binnen, dan krijg je je interview.'

Weber werd ijskoud vanbinnen. Hij keek naar de steigers en zag dat dat de manier was die Cato bedoelde. Naar een appartement op de vierde verdieping. Dat was nu net wat hij zichzelf beloofd had niet te doen: zich naar een plek laten lokken waar geen getuigen waren. Een plek waar de moordenaar hem op kon wachten. Aan de andere kant was de verleiding moeilijk te weerstaan. Als hij iets exclusiefs wilde hebben, iets wat geen concurrent had, dan was het hier.

De beste krantenaffiche aller tijden.

De grootste scoop van zijn carrière.

Maar ook het gevaarlijkste wat hij ooit had gedaan. Hij pakte zijn mobieltje weer.

'Hoe weet ik dat je niet iets anders van plan bent?' toetste hij in, en hij verstuurde het sms'je.

Het antwoord kwam snel.

'Dat weet je niet.'

Weber staarde naar zijn mobiel. Dat klonk verontrustend. Het leek hem nu niet meer gevaarlijk. Het leek hem levensgevaarlijk.

Zijn mobieltje zoemde weer.

'Als je niet wilt, vraag ik een concurrent. Er zijn er genoeg zoals jij,' stond er.

Dat gaf de doorslag. Weber stopte het mobieltje in zijn zak en greep de steiger boven hem met beide handen vast. Het was een dikke metalen stang, dus het was moeilijk hem goed beet te pakken. Hij trok zich op en wist zijn voeten op de steiger te krijgen. Hij verloor bijna zijn houvast, maar wist zich met de kracht van zijn benen een stukje omhoog te duwen en kon zich iets hoger met zijn rechterhand beter vasthouden. Hij vond zijn evenwicht en keek om zich heen. Als hij nog veertig centimeter omhoog kon komen, was er een metalen plaat waarop hij kon staan. Hij verplaatste zijn ene been, zette af, verzette zijn hand en hees zichzelf op. Hij kwam eerst met zijn buik op de plaat en bleef even liggen om op adem te komen voordat hij opstond. Hij keek om zich heen. De rest van de weg omhoog was veel gemakkelijker. Er was een metalen ladder op elke verdieping en twee houten platen dienden als vloer. De steiger schudde een beetje onder zijn gewicht toen hij omhoogklom, maar dat wende snel.

Hij kwam op de tweede verdieping. Een rij donkere, gesloten ramen bevond zich ter hoogte van zijn middel. Hij keek door het dichtstbijzijnde raam naar binnen. De flat zag er leeg uit. Op de grond lag een kartonnen afdekvloer met daarop wat gereedschap, dat was alles. Hij zette zijn angst van zich af en klom verder naar boven. Hoe hoger hij kwam, hoe geïsoleerder hij zich voelde.

Hij kwam op de derde verdieping. Een rij dichte ramen. Donkere ogen in een grijze gevel.

Geen leven. Alles verlaten.

Hij haalde diep adem en ging door, iets voorzichtiger nu. Zijn hoofd en ogen zouden nu gauw boven de rand komen. Hij stopte en keek om zich heen. Het zag er net zo uit als beneden. De gevel, de ramen, het plastic dat bolde in de wind. Even verderop stonden een paar smerige witte emmers. Er was nog een verdieping boven hem, maar dit was de vierde. Hij stapte op de smalle vlonder. Die wiebelde wat meer, en de steiger kraakte onder zijn gewicht. Hij moest voorzichtiger bewegen. Nog steeds zag hij niets wat anders was dan op de vorige verdiepingen, maar hier had Cato hem naartoe gestuurd. Hij liep naar het eerste raam. Dat was behoorlijk smerig, dus hij moest zijn gezicht er dicht tegenaan duwen om iets te kunnen zien. Ook hier bruin bouwkarton op de vloer in wat waarschijnlijk de woonkamer was, een paar dozen met afvoerpijpen en een ingepakt toilet voor wat naar hij aannam de badkamerdeur was. Hij ging verder. Keek in de keuken. Een paar gebruikte kartonnen koffiebekertjes en dozen van afhaaleten op het aanrecht, maar verder net zo leeg als de andere ruimtes. Weber ging door. De spanning dreef hem voort. Volgende raam, volgende appartement.

Hij verstijfde toen hij daar kwam. Het raam was open. Weliswaar vastgezet met een opgevouwen papiertje eronder, maar de kier tussen raam en kozijn was niet te missen. Hij trok het papiertje los en schoof het raam omhoog. Binnen wachtte hem een donker, verlaten appartement.

Dit was over de grens, wist hij opeens.

Door de adrenaline en de spanning kon hij heel wat aan, maar dit was anders. Daar in dat donker kon er een eind komen aan zijn leven. Zo was het.

Maar hij kon hier niet weg. Dat kon nu niet meer. De opening was angstaanjagend, maar tegelijk ook verleidelijk. Het was niet alleen iets dreigends, maar ook een kans. Een kans die hij wilde pakken, die hij nodig had. Waar hij hard voor had gewerkt. Hij kon niet meer terug.

Hij aarzelde, hoewel hij zijn besluit eigenlijk al had genomen. Hij zou het doen. Maar hij had een levenslijn nodig. Hij pakte zijn eigen mobieltje en belde de enige man die hij volkomen vertrouwde. Zijn broer. Rolf nam, zoals altijd, meteen op.

'Ha Axel, hoe is het?' vroeg hij.

'Ik wil je iets vragen,' zei Weber.

Rolf hoorde waarschijnlijk aan de stem van zijn broer dat die gestrest was.

'Wat is er aan de hand?' vroeg hij ongerust.

Even wist Weber niet hoe hij moest beginnen.

'En wat is dat voor lawaai?' vroeg Rolf, en Weber begreep dat hij al aan het geluid van het bouwplastic gewend was geraakt. Hij drukte het mobieltje dichter tegen zijn oor om zijn broer beter te kunnen horen.

'Ik vertel je later alles, heus. Maar het zit zo. Ik heb contact gehad met die Docusoapmoordenaar, je weet wel.'

'Die waar je over schrijft?'

'Ja. Ik ga nu een appartement binnen, maar ik weet niet of hij daar is of niet.'

Weber hoorde de paniek bij zijn broer.

'Ben je nou helemaal krankzinnig geworden?'

'Ik moet dit doen. Als er iets gebeurt, bel dan de politie. Daarom bel ik je.'

'Hou op, Axel. Hou op. Ga daar weg.'

'Dat kan ik niet.' Weber probeerde kalm en overtuigend te klinken. 'Als het lukt, is het de moeite waard. Het is het belangrijkste wat ik ooit heb gedaan.'

'Het is het niet waard om voor dood te gaan,' zei Rolf smekend.

Weber negeerde hem. Hij was niet van plan zich iets aan te trekken van de reactie van zijn broer. Zijn besluit stond vast.

'Schrijf dit adres op,' zei hij vastberaden. 'Roslagsgata 29.'

'In Stockholm?'

'Ja. Op de vierde verdieping.'

Hij hoorde Rolf diep zuchten, maar hij protesteerde niet meer. Weber ging door.

'Luister. Ik ga nu de flat binnen. Blijf aan de lijn. Als er iets met me gebeurt, als de verbinding wordt verbroken of zo, dan bel je meteen de politie en stuur je ze hierheen.'

'Oké. Maar wees voorzichtig,' smeekte hij weer.
'Doe ik,' zei Weber. Hij glimlachte in stilte. Het maakte uit dat zijn broer bij hem was, al was het maar via de telefoon. Hij voelde zich niet meer zo alleen.
Weber deed het raam helemaal open, keek naar binnen om zich ervan te vergewissen dat de kamer leeg was en klom naar binnen.
'Ik ga nu naar binnen...' zei hij, en meteen daarna stond hij op het bruine, aan elkaar geplakte bouwkarton, en hij keek om zich heen. Hij zag niets wat noemenswaardig verschilde van de andere ruimtes waar hij naar binnen had gekeken.
'Wat zie je?' kwam er uit zijn mobiel, die hij weer tegen zijn oor drukte.
'Een lege, donkere kamer. Waarschijnlijk de woonkamer.'
Weber deed voorzichtig een paar stappen verder naar binnen. Er waren twee deuropeningen. Eén recht voor hem, die kennelijk naar de hal leidde, en verder, naar een kamer met een dichte deur. En één links van hem, naar de keuken, nam hij aan. Hij sloop erheen en keek voorzichtig naar binnen. Inderdaad. Een keuken.
'Hallo? Ben je er nog?' hoorde hij uit de telefoon.
'Ja,' antwoordde hij, en hij sloop verder.
'Kun je niet vertellen wat je ziet?' vroeg Rolf ongerust.
'Ik wil naar de hal,' fluisterde Weber terug. Het was doodstil in de flat. Het enige wat hij hoorde was de ruis uit zijn mobiel en zijn eigen ademhaling. Hoe verder hij naar binnen ging, hoe sterker het naar riool begon te ruiken. Waarschijnlijk kwam die lucht uit de badkamer, aan de andere kant van de hal, tegenover de voordeur. De deur ervan stond open en hij was helemaal gestript: er was geen toiletpot, geen wastafel, geen douchecabine. Het nieuwe sanitair stond ingepakt tegen de ene muur. Het was een tweekamerflat, constateerde hij. Nog maar één kamer om te onderzoeken. Die waarvan hij de dichte deur al vanuit de woonkamer had gezien.
'Nog één kamer,' fluisterde hij tegen zijn broer.
Weber keek voor de zekerheid om zich heen. Nergens schaduwen of beweging, voor zover hij kon zien. Hij liep voorzichtig naar de gesloten houten deur. Hij voelde voorzichtig en heel zacht aan de klink. De deur zat niet op slot, maar ging met een klik open. Hij bleef even staan, met de deur een paar centimeter open. Hij besloot

niet zomaar naar binnen te stormen, maar deed een stap naar achteren.

'Ik ga nu naar binnen,' fluisterde hij, en hij wachtte het antwoord van zijn broer niet af. Hij schopte de deur open, maar onderschatte zijn kracht, waardoor hij zo hard trapte dat de deur openvloog, tegen de muur sloeg, terugstuiterde en voor zijn neus weer met een klap dichtviel.

'Shit!'

Hij schreeuwde, niet omdat de deur weer dichtviel, maar om wat hij had gezien in de paar seconden dat die open was geweest.

Een man die op een stoel zat.

Veel te stil.

'Verdomme, er zit daar iemand,' zei hij opgewonden tegen zijn broer.

'Ga daar nou maar weg, dan bel ik de politie,' antwoordde Rolf, en Weber merkte dat het niet veel scheelde of zijn broer deed dat ook.

'Nee, niet doen. Ik kijk nog een keer.'

'Nee, ga daar weg. Alsjeblieft!'

Weber negeerde de stem van zijn broer. Er was iets met wat hij net had gezien. Iemand op een stoel. Stil, bijna alsof hij op hem zat te wachten. Hij kon nu niet weggaan. Absoluut niet. Hij pakte de klink en deed de deur weer open. Voorzichtig. Toen zag hij hem.

Want het was een hij.

Vastgebonden op een stoel.

Zijn hoofd onnatuurlijk achterover.

Weber kreeg het ijskoud. Hij zag het warrig verstijfde haar, het grijsbleke gezicht met straaltjes bloed erover, de ogen die naar het plafond staarden zonder iets te zien.

En toen zag hij het opschrift van het papieren bordje dat om de nek van de man hing.

SCHULDIG, stond er.

Plotseling sneed er een signaal door de ruimte. Hij maakte een sprongetje van schrik. Het andere mobieltje. 'Onbekend nummer,' stond er, maar hij wist wie het was.

'Ik bel je zo terug,' zei hij neutraal tegen zijn broer. Hij voelde op dit moment niet echt iets. Cato had hem helemaal zijn wereld in getrokken.

Hij bracht het goedkope mobieltje naar zijn oor.

'Nu kun je je interview krijgen,' zei een man aan de andere kant van de lijn.

De tip was met een anonieme prepaid telefoon gegeven. Zo gedetailleerd en geloofwaardig dat Torkel besloot er meteen op volle kracht op af te gaan.

Roslagsgata 29, vierde verdieping.

Een dode man, vastgebonden op een stoel.

De eerste patrouille was na zes minuten ter plaatse en bevestigde dat er inderdaad een vermoorde man in het lege huurpand zat. Torkel vroeg hun buiten te wachten en zei dat niemand de flat in mocht. Ursula en Billy moesten technisch bewijs veiligstellen voordat er iemand anders binnenkwam. In de eerste plaats moesten ze vaststellen of het om dezelfde dader ging of om een andere. Wat ertegen sprak dat het hun moordenaar was, was dat het een andere vindplaats was. De school was eerder een belangrijke constante geweest.

Om mogelijke slachtoffers te kunnen benoemen, had Vanja de meldkamer gevraagd om informatie over mensen die de afgelopen achtenveertig uur in de regio Stockholm als vermist waren opgegeven, maar dat had niets opgeleverd. Er was de vorige avond een jongen uit Hagsätra verdwenen, maar die was 's morgens teruggevonden bij een vriend.

Toen ze de Frejgata in draaiden, stonden er drie patrouilles van politiewagens met blauw zwaailicht die de weg hadden afgezet. Voor het blauwe afzetlint stonden al een paar nieuwsgierigen, en het team moest zich erdoorheen dringen. Ze lieten de auto's staan. Iedereen wist wat hij moest doen. Behalve Sebastian, leek het. Hij liep wat doelloos heen en weer voor het in plastic verpakte huis. Torkel lachte inwendig. Sebastian gedroeg zich tegenwoordig echt anders. Hij was bijna onderdanig. Daar moest Torkel maar van genieten, want het zou vast niet eeuwig duren.

Vanja liep naar de agenten die het lichaam hadden gevonden en verdween onder de bouwsteigers. Torkel keek naar Billy en Ursula om te zien of ze klaar waren. Dat waren ze. Ze hadden zich in hun allesbedekkende beschermende pakken gehesen en hadden ieder twee tassen met uitrusting in hun handen. Torkel nam gewoontegetrouw een van Ursula's tassen over. Ze liepen gezamenlijk naar binnen. Het trappenhuis was grijs en stoffig, en de bouwsteigers voorkwamen dat het zwakke avondlicht naar binnen kon, maar het licht deed het in elk geval. Ze kwamen bij de stenen trappen en gingen sneller lopen. Behalve Billy waren ze allemaal buiten adem toen ze boven kwamen. De deur van een van de flats stond open. Torkel begroette de geüniformeerde collega's die met Vanja stonden te praten met een hoofdknikje en keek naar binnen in de flat. Het was er donker. Bouwkarton op de vloer. Aan het eind van de hal een deur naar wat ooit een badkamer was geweest en dat in de toekomst weer zou worden. Door de open deur kwam een lichte, maar onmiskenbare rioollucht naar buiten. Torkel zette de tas die hij had gedragen neer.

'Waar is het lichaam?' vroeg Ursula toen Billy en zij langs hem heen liepen.

Een van de agenten wees naar binnen.

'Daar,' zei hij. 'In de kamer links.'

'Op een stoel. We zijn weggegaan zodra we zeker wisten dat hij dood was,' voelde de andere geüniformeerde agent zich gedwongen eraan toe te voegen. Je kon bijna horen hoe competent hij probeerde te klinken.

'Goed werk,' bevestigde Torkel, en daarna zei hij tegen Ursula: 'Zeg het maar als we binnen mogen komen.'

Ursula knikte. Billy ging achter haar aan. Torkel liep terug naar de agenten. Ze waren jong, maar niet opgewonden, eerder verwachtingsvol en benieuwd. Het was duidelijk dat ze niet elke dag een moordzaak meemaakten.

'Hebben jullie de andere flats gecontroleerd?' vroeg hij.

'Alleen die hiernaast. Die was leeg,' zei de vrouw.

'Nog één ding,' merkte Vanja op. 'William hier zei dat het raam van de woonkamer open was toen ze aankwamen.'

'Goed om te weten. Dank je wel.' Torkel knikte welwillend naar William. Het loonde om de agenten complimenten te geven. Goede relaties maakten hun werk altijd gemakkelijker. Voor Torkel was geen ketting sterker dan de zwakste schakel, en de mensen die het eerst ter plaatse waren, waren belangrijker dan veel van zijn collega-chefs wilden toegeven.

'Controleren jullie de rest van het pand ook maar,' zei hij. 'Als jullie iets vinden, weten jullie wel wat jullie moeten doen.'

De agenten knikten en gingen weg.

Torkel keek naar binnen, naar de deur waarachter Billy en Ursula waren verdwenen. Hij hoorde dat ze daar aan het werk waren.

'Wat denken jullie?' riep hij nieuwsgierig in de richting van die geluiden.

'Moeilijk te zeggen,' hoorde hij Ursula na een tijdje zeggen.

'Zelfde dader?' vroeg Vanja. Het was frustrerend om buiten te staan, niet mee te doen, zelfs geen toeschouwer te zijn. Ursula antwoordde onmiddellijk. Ze had begrip voor hun ongeduld.

'Trek schoenbeschermers aan en ga bij de deur staan. Daarvandaan kun je het goed zien,' zei ze.

'Weet je het zeker?' vroeg Torkel, en hij begon in zijn zakken te zoeken.

'Ja, kom maar naar de deur.'

Ze trokken gauw hun schoenbeschermers aan. Sebastian had natuurlijk niets bij zich, maar hij mocht een paar lenen van Vanja.

Ze liepen achter elkaar aan naar binnen, eerst Torkel, toen Vanja en ten slotte Sebastian. De kamer was middelgroot, waarschijnlijk een slaapkamer. Midden op de vloer, met Billy en Ursula in hun beschermende kleding aan weerskanten, zat een keurig geklede man, vastgebonden op een stoel. Zijn hoofd hing onnatuurlijk achterover. Om zijn nek hing een bordje met het woord SCHULDIG. Een akelig gezicht in de donkere kamer, en het werd nog erger toen Billy de werklamp aanzette die ze bij zich hadden. Het koude witte licht maakte het dode lichaam nog levenlozer en bleker, en Ursula en Billy in hun pakken nog aparter.

'Heeft hij een test op zijn rug?' vroeg Sebastian.

'Nee.'

'Geen school, geen sliepuitmuts, midden op de vloer en niet in een hoek, bovenlichaam gekleed,' zei Sebastian zacht. 'Interessant.'

'Hij heeft het verdovingspistool nog wel gebruikt.' Ursula tilde het hoofd van de man voorzichtig op en liet hun het verbrijzelde, bloederige voorhoofd zien. 'Zelfde verwondingen, zelfde plek,' ging ze door, en ze wees op het stevig aangetrokken touw dat de man op de stoel hield. 'Bovendien zijn het touw en de knopen identiek.'

'Dus hij is het wel?'

'Daar kunnen we wel van uitgaan,' zei Ursula. 'Helemaal zeker weet ik het pas als ik uitsluitsel krijg van het lab.'

Het was even stil. Ze stonden in de hal en keken toe hoe Billy en Ursula werkten. Billy maakte foto's, Ursula gaf aan waarvan.

'Als hij zijn werkwijze zo heeft veranderd, neem ik aan dat het slachtoffer ook anders is dan de andere,' constateerde Sebastian droog. De anderen keken hem nieuwsgierig aan.

'Hoe bedoel je?' vroeg Vanja.

Sebastian haalde nonchalant zijn schouders op.

'Ik denk dat dit geen derderangs bekendheid is. Het bordje zegt iets anders over deze man.'

'Dat hij ergens schuldig aan is?' vroeg Billy sarcastisch, en hij keek even op van zijn werk, het doorzoeken van de kleren van de man.

'Van de anderen moest worden aangetoond dat ze onnozel waren,' zei Sebastian, zonder in te gaan op de hatelijke opmerking. 'De kennis die deze man misschien had, maakte niet uit. Hij was sowieso schuldig. Aan iets anders.'

'Een moordenaar die zijn modus operandi wijzigt, is net wat we nodig hebben,' zei Torkel met een verbeten gezicht. 'Oké, maak dit af. Wij gaan intussen de nabije omgeving onderzoeken en kijken of we in de andere panden iemand te pakken kunnen krijgen. Heb je enig idee hoe lang hij al dood is?'

'Maximaal zes uur,' antwoordde Ursula.

'Mooi, dan hebben we iets om mee te werken,' zei Torkel, en hij liep weg. Vanja en Sebastian wilden net achter hem aan gaan toen Billy hen terugriep.

'Wacht,' zei hij, en hij haalde een portefeuille uit de binnenzak van het colbertje van het slachtoffer. Hij maakte hem open en haalde er een rijbewijs uit. 'Claes Wallgren.'

'Kennen jullie die?' vroeg Torkel, maar ze schudden allemaal hun hoofd.

'Hij is programmaleider bij TV3,' zei Billy, en hij hield met zijn gehandschoende hand een visitekaartje omhoog.
'Oké. Bel me als je meer vindt. Ik ga naar de familie,' zei Torkel.
'Ik denk dat ik dat bordje dan wel snap,' zei Sebastian. 'Onze man vindt dat, als er ergens mensen schuldig zijn aan het belonen van domheid, het bij de tv is.'
Hij keek Torkel en Vanja bezorgd aan. 'Hij jaagt nu op grotere prooien.'

Torkel zette zijn auto neer op de parkeerplaats voor zijn huis, die hij huurde. Die kostte hem per maand bijna evenveel als een eenkamerflatje, maar hij had geen zin om als hij thuiskwam, op alle uren van de dag en de nacht, op zoek te gaan naar een vrije plek. Een snelle blik op de klok gaf aan dat het bijna middernacht was. Hij zette de motor uit, leunde achterover in zijn stoel en bleef nog even zitten, met zijn ogen dicht.

Hij hield van zijn werk, echt, en dat was maar goed ook, gezien de hoeveelheid tijd die hij eraan besteedde, maar één ding vond hij altijd weer vervelend.

De familie informeren.

Vanaf de vindplaats was hij rechtstreeks naar het huis van de Wallgrens gegaan. Dalagata, Vasastan.

Torkel had een paar rondjes door de buurt moeten rijden, maar nergens een parkeerplaats gevonden. Ten slotte besloot hij dubbel te parkeren aan de kant van het Vasa-park. De buitendeur van de Wallgrens zat tussen een tandarts en een restaurant. Torkel pakte het papiertje met de code, toetste zich naar binnen en liep de trappen op. Derde verdieping. Even diep doorademen en hij zette zijn vinger op de bel. De deur werd al na een paar tellen geopend door een vrouw van ongeveer vijfendertig. Linda Wallgren, nam Torkel aan. Hij meende te zien dat haar hoop even overging in teleurstelling, voordat die plaatsmaakte voor vragende ongerustheid.

Ze had gehoopt op haar man.

Dat hij de sleutels was vergeten, zijn telefoon was kwijtgeraakt, beroofd was, ontrouw was geweest, wat dan ook dat kon verklaren waarom ze hem niet te pakken had gekregen, waarom hij niet op zijn werk was geweest, maar dat hij nu weer thuis was. Maar in plaats daarvan stond er een oudere man met een ernstig gezicht en een politielegitimatie, die vroeg of zij Linda Wallgren was. Ze had geknikt en Torkel had gevraagd of hij binnen mocht komen.

Hij deed zijn ogen weer open, keek omhoog naar zijn donkere flat en trok zuchtend de autosleutel uit het contact. Hij stapte uit en bedacht dat hij niets in huis had om te eten. Helemaal niets. Hij kon niet eens een kop thee zetten als hij daar zin in had. Hij liep naar de 7-Eleven op de hoek.

Meer dan een uur had hij in het grote, lichte, moderne vierkamer-appartement aan de Dalagata gezeten, maar veel had het bezoek niet opgeleverd.

'Is er iets met hem gebeurd? Wat is er gebeurd?' vroeg Linda, terwijl ze hem op de bank in de woonkamer liet plaatsnemen. Hij was gaan zitten en wilde net het akelige nieuws brengen toen een klein meisje de kamer binnenkwam.

'Wie is dat? Waar is papa?'

Linda had geprobeerd het meisje de kamer uit te krijgen, weer naar bed te laten gaan, maar ze wilde niet. Ze was gaan huilen, had zich vastgeklampt. Linda had haar moeder gebeld, die blijkbaar in de buurt woonde, en die er na een goed kwartier was. Oma had het meisje mee de kamer uit genomen, en toen kon Torkel eindelijk vertellen waarom hij zich daar op die exclusieve bank zo ongemakkelijk voelde. Linda wist het natuurlijk al, of vermoedde het al vanaf het moment dat ze de deur had opengedaan, maar toen haar ergste vermoeden werd bevestigd, kwamen toch de schok en de tranen. Krampachtige stilte. Waarschijnlijk om te voorkomen dat haar dochter haar zou horen huilen en de kamer weer binnen zou komen.

'Hoe?' vroeg ze tussen het ingehouden snikken door. 'Waarom?'

Torkel vertelde wat hij wist.

Vermoord.

Waarschijnlijk verband met andere moorden.

Het motief waarschijnlijk zijn werk.

Hij wist uit ervaring dat het eigenlijk niet veel uitmaakte wat hij zei. De informatie zou toch niet tot haar doordringen. Het zou allemaal onwerkelijk en onbegrijpelijk voor haar zijn. Verder kon hij niet veel meer doen dan zeggen hoe erg hij het vond en vragen of ze een paar vragen kon beantwoorden. Ze had geknikt, maar het had niet veel opgeleverd.

Haar man had die dag geen afspraak gehad met een journalist, voor zover ze wist. Hij had een gesprek met zijn baas, maar dat was het enige. Zijn agenda zat in zijn telefoon. Misschien stond daar meer in. Misschien wel, dacht Torkel, maar die hadden ze niet gevonden. Ze had geen camper zien staan en niet gehoord dat hij zich bedreigd voelde of zo.

Torkel had gevraagd of Claes actief was op de sociale media. Twitter en Facebook. Dat was alles. Linda had op haar beurt gevraagd hoe en waarom, en Torkel had haar vragen zo goed mogelijk beantwoord, en had toen de vrouw verlaten wier leven na zijn bezoek voor altijd was veranderd. Daarom had hij er zo'n hekel aan om de familie te informeren.

Op de trap naar beneden en terug naar zijn auto had hij Billy gebeld, die begon met Claes Wallgrens Twitter en meteen beethad.

De laatste tweet. Om 20.35 uur.

Stop met het volk te geven wat het wil hebben.

Zesenveertig tekens van een man die al dood was.

Het was snel geëscaleerd, dacht Torkel, terwijl hij afrekende bij de 7-Eleven. Hij moest de media de volgende ochtend een update geven. Waarschijnlijk zou hij ook weer bezoek krijgen van Rosmarie Fredriksson. Vragen.

Wat deden ze om de dader te pakken te krijgen?

Moesten bepaalde mensen extra bescherming krijgen, en zo ja, wie?

Hoe ver waren ze eigenlijk met hun onderzoek?

Het enige wat Torkel haar eigenlijk kon vertellen was Christian Saurunas. De naam, niet de man. Ze hadden nog steeds geen idee waar hij kon zijn. Ze hadden zijn moeder in Kaunas wel te pakken gekregen. Ze had bevestigd dat hij eind mei, begin juni ruim een week bij haar op bezoek was geweest. Kwaad en teleurgesteld dat hij niet meer op de KTH werkte. Ze wist niet waar hij heen was gegaan nadat hij op 5 juni bij haar was vertrokken. Billy had geprobeerd Saurunas op zijn mobiel te bellen en die op te sporen, maar zonder succes. De voicemail, maar daarna helemaal niets meer. Uitgezet, vernietigd of geen bereik, dacht Billy.

Terwijl hij met zijn boodschappentasje naar zijn voordeur liep, keek Torkel weer op zijn horloge. Zou hij Ursula nog even bellen? Ze zou nog wel wakker zijn, was waarschijnlijk net thuis van de vindplaats. Hij had die dag een paar keer moeten denken aan wat Vanja had gezegd.

Dat ze niets anders had dan haar werk.

Dat gold voor hem ook heel sterk. Ursula zou nooit zijn derde vrouw worden en ze zouden samen nooit lang en gelukkig leven, maar ze konden bij elkaar zijn, van elkaars gezelschap genieten. Iemand een beetje hebben was misschien beter dan helemaal niemand hebben. Nee had hij, dacht hij, terwijl hij de voordeur opendeed. Het idee dat hij Ursula zou bellen gaf hem wat nieuwe energie en hij ging snel de trappen naar zijn flat op. Toen hij nog een paar stappen te gaan had, bleef hij staan.

Er zat iemand op de trap.

'Je hebt mazzel. Ik had net besloten dat ik nog tien minuten zou wachten,' zei Lise-Lotte, en ze stond glimlachend op.

'Wat doe jij hier?' vroeg Torkel, terwijl hij de laatste stappen naar haar toe liep en moeite had te begrijpen wat hij zag.

'Jou verrassen,' zei ze, en ze omhelsde hem. 'Ben je verrast?'

'Ja.'

'Mooi.'

Ze liet hem los en liep naar zijn deur. Torkel bleef staan.

'Zat je al lang te wachten?'

'Een uurtje of zo. Ik had een boek bij me.'

Torkel knikte, nog steeds van zijn stuk.

'Mag ik binnenkomen? Ik moet nodig naar de wc,' zei Lise-Lotte met een knikje naar de deur.

Dat mocht.

Hij lag naar haar te kijken.

Hij had het gevoel dat hij dat de rest van de dag en de rest van zijn leven kon blijven doen: naar haar kijken terwijl ze naast hem lag te slapen.

De avond, of liever de nacht en een stukje van de ochtend, was perfect geweest. Hij had er meestal moeite mee de zaak waar hij op dat moment mee bezig was los te laten, maar hij had zichzelf er nu op betrapt dat hij er alleen maar van genoot dat Lise-Lotte aan de keukentafel zat te vertellen hoe ze daar was gekomen, terwijl hij iets maakte van het beetje eetbaars dat hij net had gekocht en er een flesje wijn bij openmaakte.

Ze had de avond in Ulricehamn niet uit haar hoofd kunnen zetten, was naar huis gegaan en had erover doorgedacht. Toen hij haar niet belde, wilde zij zelf iets van zich laten horen, maar ze had zijn nummer niet, en het was niet zo makkelijk het hoofd van de Nationale Recherche te pakken te krijgen, dus ze was naar het politiebureau gegaan, had met Eva Florén gepraat, en die had haar verteld dat ze in allerijl naar Stockholm terug hadden gemoeten.

De plicht riep.

Dat begreep ze.

Dus ze was weer naar huis gegaan, maar ze bleef maar aan hem denken. Een paar weken vrij, geen duidelijke plannen, haar dochter in het buitenland. Waarom zou ze in Ulricehamn blijven zitten? Het feit alleen al dat ze hierover nadacht, had toch zeker iets te betekenen? Ze was er steeds meer van overtuigd geraakt dat ze er spijt van zou krijgen als ze nu niet uitzocht hoe ver ze zouden komen.

Ze waren tot in zijn slaapkamer gekomen.

Daarna, toen ze in zijn armen lag en hij haar warme adem tegen zijn hals voelde, had hij zich zo gelukkig gevoeld dat hij zijn tranen moest bedwingen. Ze waren pas na twee uur in slaap gevallen, maar hij was toch al voor zes uur weer wakker.

Hij was een tijdje blijven liggen. Had alleen maar naar haar liggen kijken.

Zijn gepeins werd afgebroken doordat er werd aangebeld. Torkel schrok. Nog geen halfacht, wie kon dat zijn? Hij keek naar Lise-Lotte, maar zij was nog diep in slaap. De bel ging weer. Torkel sprong uit bed, trok zijn ochtendjas aan, liep naar de hal en deed de deur open.

'Heb je dit gezien?' vroeg Ursula. Ze stapte naar binnen en stak hem een krant toe. *Expressen.* Opengevouwen, zodat hij de schreeuwende kop kon lezen:

Exclusief interview: 'Daarom dood ik hen.'
De Docusoapmoordenaar spreekt

Torkel keek Ursula vragend aan, alsof hij hulp nodig had om te begrijpen wat hij net had gelezen.

'Hij heeft hem ontmoet. Je vriend Weber heeft onze moordenaar ontmoet.'

'Hij is mijn vriend niet,' sputterde Torkel bijna instinctief tegen, en hij greep de krant weer. Hij las het artikel snel door.

Het leek boven alle twijfel verheven dat Weber de dader had ontmoet of toch in elk geval gesproken. Alles stond erin, over de test, de zestig vragen, de score die via de telefoons van de slachtoffers was gepost. Dingen die Weber alleen van de moordenaar had kunnen vernemen of van een lek met volledig inzicht in het onderzoek, en dat was alleen zijn team, dus ondenkbaar.

'Wat doen we?' vroeg Ursula.

'We gaan met Weber praten,' antwoordde Torkel, met een klank in zijn stem waar Ursula uit afleidde dat de journalist dit gesprek voorlopig niet zou vergeten.

'Geef me vijf minuten.'

Torkel ging de badkamer in. Ursula bleef in de hal staan. Ze ging op het witte stoeltje bij de deur zitten. Waar ze had gezeten toen ze had besloten voor de eerste keer tegen een van hun regels te zondigen.

Nooit als ze in Stockholm waren.

Misschien was toen de gedachte in hem opgekomen dat het meer zou kunnen worden. Dat ze de volgende regel ook konden breken.

Geen toekomstplannen.

Ursula vroeg zich af of ze hem aan die keer zou herinneren, of ze hem zou laten merken dat ze het zich nog herinnerde, misschien zelfs zeggen dat ze hun samenzijn miste, dat ze bereid was haar leven te veranderen, nu ze door dat schot haar oog had verloren. Het was een goed moment. Hij was te kwaad over het artikel om thuis te willen blijven om erover te praten of om met haar naar bed te willen, maar als hij wist wat ze voelde, konden ze dat wat het ook was geweest bij gelegenheid weer oppakken.

Ze wilde net opstaan en naar de dichte deur lopen om niet te hoeven schreeuwen, toen haar oog op een paar damesschoenen viel. Blauwe pumps. Middelhoge hak.

Ze fronste haar wenkbrauwen en keek naar de kapstok aan de muur.

Een damesjas. Beige, grote knopen, zakken met een klepje.

Ze bleef op het witte stoeltje zitten en betrapte zichzelf erop dat ze hoopte dat het een van Torkels dochters was die bij hem was blijven slapen, ook al had ze onbewust al gezien dat het niet de jas en de schoenen van een tiener waren. Haar gedachten werden onderbroken doordat de deur van de slaapkamer openging en er een vrouw uit kwam, gehuld in Torkels dekbed. Lang, blond haar dat prachtig slaapkamerwarrig om haar gezicht met kwieke blauwe ogen hing, een smalle hals naar de goed zichtbare sleutelbeenderen. Alsof ze zo uit een romantische komedie uit de jaren tachtig was gestapt. Ursula herkende haar. De vrouw uit de bar in Ulricehamn. De schoolvriendin. Zelfs Ursula zag hoe mooi ze was.

'Dag!'

'Dag… Ursula, ik ben een collega van Torkel.'

Ze maakte geen aanstalten om op te staan en stak haar hand niet uit.

'Lise-Lotte.'

'Aha, hallo.'

'Hallo.'

Er viel een korte stilte, die werd beëindigd doordat Torkel weer uit de badkamer kwam. Toen hij Lise-Lotte in de deuropening zag staan, verscheen er een glimlach op zijn gezicht. Ursula kon zich niet herinneren dat ze hem ooit op die manier had zien lachen. Het duurde een paar tellen voordat ze besefte dat hij er gelukkig uitzag.

'Hebben we je wakker gemaakt?' vroeg hij, terwijl hij naar Lise-Lotte toe liep en haar een kusje op haar wang gaf. 'Dat was niet de bedoeling.'

'Geeft niks...'

'Dit is Ursula, mijn collega...' zei Torkel met een gebaar naar Ursula, die opstond van het stoeltje.

'Ja, dat zei ze al,' zei Lise-Lotte.

'Ik moet weg, er is een ontwikkeling,' vervolgde Torkel, en hij duwde Lise-Lotte zachtjes terug de slaapkamer in. 'Maar jij mag hier zo lang blijven als je wilt, en als je je daarna nog een tijdje vermaakt, zien we elkaar vanavond.'

'Ik red me wel, ga maar.'

'Nog twee minuutjes,' zei Torkel tegen Ursula, die nog in de hal stond.

'Ik wacht beneden wel,' zei Ursula voordat de deur achter hen dichtging.

Ze wist niet of hij het wel had gehoord.

Het duurde geen twee, maar zeven minuten voordat Torkel de buitendeur opendeed en het trottoir op stapte. Hij keek om zich heen en kreeg Ursula in het oog, die verderop in de straat bij haar dubbelgeparkeerde auto stond. Hij liep snel naar haar toe en pakte zijn telefoon. Zeventien gemiste oproepen. Er waren er meer die *Expressen* hadden gelezen. Hij zette hem van geluidloos af, stopte hem in zijn zak en knoopte zijn jas dicht. De zon kwam nog niet tot tussen de huizen, en het was een beetje fris.

'Kunnen we jouw auto nemen? Ik wilde de mijne thuislaten voor het geval dat Lise-Lotte hem vandaag wil gebruiken,' zei Torkel toen hij bij haar was.

'Ja, hoor.'

Ursula ging achter het stuur zitten en Torkel liep voor de auto langs en stapte naast haar in.

'Hoe lang is ze er al?' vroeg Ursula op wat ze hoopte dat een neutrale toon was.

‘Ze is gisteravond gekomen.’

‘Aha.’

Ursula startte de auto, keek even in de achteruitkijkspiegel en reed weg.

‘Hoe gaan we?’

‘Ga hier maar rechtsaf, dan nog een keer rechts en dan kom je op de Väster-brug.’

‘Het is hier verdorie overal eenrichtingsverkeer.’

‘Niet als je rechts, rechts gaat.’

Ursula zette de richtingaanwijzer aan en draaide het kleinere straatje in.

‘Hoe lang blijft ze?’

‘Lise-Lotte?’

‘Ja.’

‘Weet ik niet. Ze heeft vrij, dus... Ik weet het niet.’

Torkel keek haar vanuit zijn ooghoeken aan. Als hij haar niet zo goed kende, had hij kunnen zweren dat hij een lichte jaloezie in haar stem hoorde. Want ze zou toch niet... Bij hem thuis was het idee niet eens bij hem opgekomen, maar hij kon het maar beter vragen, de lucht klaren, zodat er tussen hen niets onuitgesproken bleef wat kon uitgroeien en hun relatie kon verstoren.

‘Vond je het vervelend?’

‘Wat?’ vroeg Ursula, die haar aandacht nu op de weg had gericht.

‘Met Lise-Lotte. Ik bedoel, jij en ik, wat wij hadden...’

Torkel keek haar aan. Ze antwoordde niet, sloeg weer rechts af, ging harder rijden.

‘Ik dacht dat het duidelijk was dat je er niet meer mee door wilde gaan,’ vervolgde hij.

‘Dat klopt.’

‘Dus het is in orde? Het is in orde tussen ons?’

‘Ja.’

Een duidelijk antwoord, dat maar op één manier te interpreteren was, maar klonk het niet wat verbeten? Wat korter dan dat korte woordje hoorde te zijn? Misschien verbeeldde hij het zich maar. Ursula was vaak ontzettend direct in haar communicatie. Meestal hoefde je niet te gissen wat ze vond of dacht.

‘Weet je het zeker?’ vroeg hij om haar toch de kans te geven te zeggen wat ze vond van de komst van Lise-Lotte, als ze daar al iets van vond.

'Heel zeker.'

Weer had hij het gevoel dat ze niet helemaal meende wat ze zei, maar verder kon hij niet gaan. Als ze niets wilde zeggen, dan niet.

Of hij zocht iets achter haar woorden.

Te veel.

Misschien kon het haar niet schelen dat hij iemand had ontmoet.

De auto draaide de Väster-brug op. Links was de DN-toren te zien, waar onder andere de redactie van *Expressen* zat. Ze reden zwijgend verder. Torkel vouwde de krant weer open en las het stuk van Weber iets nauwkeuriger. Hij had contact gehad met de moordenaar. Hem misschien wel ontmoet. Maar het hun niet verteld. Torkel wist heel goed hoe de media werkten, hoe ze onder druk stonden om losse nummers te verkopen en lezers moesten plezieren, maar hij dacht dat Weber toch nog van de oude school was. Dat ze een band hadden die iets voorstelde en wederzijds respect voor elkaars werk hadden. Dat was blijkbaar niet het geval, en het was dom, maar Torkel kon er niets aan doen: hij voelde zich teleurgesteld.

De muren van de stijlvolle vergaderkamer van *Expressen* hingen vol historische krantenkoppen. Waarschijnlijk was het de bedoeling dat de rijke, lange geschiedenis de kijker imponeerde, maar de bezoekers van dit moment waren daar totaal niet gevoelig voor. Torkel en Ursula zaten op twee dure stoelen en keken over de glanzende donker eikenhouten tafel naar Lennart Källman en de ietwat bleke Axel Weber. Torkel was vreselijk geïrriteerd en probeerde de corpulente hoofdredacteur te negeren. Zijn blikken en woorden waren uitsluitend gericht tot Weber, de man van wie hij ten onrechte had gedacht dat hij hem kon vertrouwen.

'Meen je nou echt dat je er niet eens aan hebt gedácht om contact met ons op te nemen toen je die brief kreeg?' schreeuwde hij haast.

'We hebben in Zweden bronbescherming, en ik hoef niet te melden welke tips we binnenkrijgen,' verdedigde Weber zich, maar hij zag er toch een beetje beschaamd uit.

'Dat is een van de pijlers van de persvrijheid,' voegde de hoofdredacteur eraan toe met die wat superieure houding die hij volgens Torkel de hele tijd al had. 'Het zit in het DNA van *Expressen* dat we te allen tijde de persvrijheid verdedigen.'

Torkel schudde zijn hoofd. Ursula bemoeide zich ermee.

'Het gaat hier om een seriemoordenaar, een seriemoordenaar die jullie nu zes pagina's hebben gegeven om zich uit te spreken,' zei ze nijdig.

'Verschillende stemmen krijgen ruimte in onze krant. Dat hoort bij onze taak als uitgever.' Weber zweeg en hoopte blijkbaar dat zijn hoofdredacteur hem ook verder zou verdedigen, en dat deed hij ook.

'Bovendien vonden wij het in het algemeen belang om kennis te nemen van zijn motieven en overwegingen.'

'Wij vinden dat het in het algemeen belang is om hem op te pakken,' bracht Ursula daartegen in.

'Dan stel ik voor dat jullie je werk doen en ons het onze laten doen,' zei Källman kort.

'Dat zou een stuk makkelijker zijn als mensen hun gezonde verstand gebruikten en het ons vertelden als moordenaars contact met hen opnemen,' zei Torkel, nog steeds met een duistere blik op Weber.

'Dat mocht ik niet.'

'Flauwekul!' Torkel gaf met zijn vlakke hand een klap op de tafel. 'Als je had gewild, was er een manier geweest. Je hebt ervoor gekózen om het niet te doen.'

'Ja, en daar heeft hij goed aan gedaan,' kwam Källman tussenbeide. 'Het is een uniek interview, en het geeft een hoop informatie over de ideeën van de moordenaar en wat hem drijft.'

'Het is geen interview, het is verdomme een manifest,' wierp Torkel hem tegen, nog steeds opgewonden.

'Noem het hoe je maar wilt, maar wij vinden het heel interessant voor onze lezers,' zei de hoofdredacteur weer. Hij verschanste zich resoluut achter zijn verdedigingslinie.

Torkels kwade blik liet Weber even los.

'Denk je nou echt dat ik geloof dat jullie dit doen voor de lezers? Jullie doen het om kranten te verkopen. Tot elke prijs. Geef dat dan in elk geval toe in plaats van zo te zitten zwetsen!'

Het werd stil. De hoofdredacteur had een kleur gekregen. Even dacht Torkel dat de man zich op hem zou storten. Ursula keek hem met een soort verbaasde bewondering aan. Torkel verhief zijn stem niet vaak zo. Met de vlakke hand op tafel slaan – was dat ooit eerder gebeurd?

Uiteindelijk stond Källman op. Hij liep naar een slank, stijlvol buffetkastje dat tegen de muur stond en waarop naast een paar gouden beeldjes en bekers een kartonnen doosje lag.

'Soms komen we tegenover elkaar te staan. Maar nu zijn we bereid zo goed mogelijk te helpen,' zei hij, en hij leek vrede te willen sluiten, ook al had ook hij zichtbaar moeite zich te beheersen.

'Hoe denken jullie dat te doen?' vroeg Torkel, ook iets rustiger nu. De confrontatie blijven zoeken zou alleen maar contraproductief zijn.

De hoofdredacteur antwoordde niet, maar pakte het doosje van de kast, draaide zich om en schoof het Torkel toe.

'Zo,' zei hij kort.

De doos zat niet dicht. Torkel zag er een geelbruine gewatteerde envelop, een paar opgevouwen velletjes papier en een mobieltje, compleet met verpakking, in liggen.

'Wat is dit?' vroeg hij nieuwsgierig.

'Alles wat we van Cato hebben gekregen,' zei Weber.

'We dachten dat jullie dat wel wilden hebben,' zei de hoofdredacteur, en hij ging weer zitten. 'We willen helpen.'

Torkel gaf geen antwoord, maar trok het doosje voorzichtig naar zich toe. Ursula stond op om het beter te kunnen zien.

'Heb je het interview met dit mobieltje gehouden?' vroeg ze.

'Ja,' zei Weber, en hij knikte. 'Hij stuurde me eerst sms'jes. Die staan er allemaal nog op.'

Ursula pakte haar zwarte tas, knipte hem open en haalde er een paar plastic handschoenen en een stapeltje bewijszakjes uit. Ze trok de plastic handschoenen aan, pakte het mobieltje en deed het in een bewijszakje.

Weber vertelde: 'Alles kwam gistermiddag in dat zakje bij de receptie. Zoals jullie zien, was het geadresseerd aan mij. Met Cato als afzender,' zei hij, ogenschijnlijk oprecht bereid om te helpen.

'Per post of via een koerier?' vroeg Torkel.

'Per koerier.'

'Welk bedrijf?'

'Dat weet ik niet.'

'Ik zal bij de receptie navragen of zij het weten, en dan geef ik dat door,' bood Källman aan.

'Ga door. Wat gebeurde er daarna?' vroeg hij, en hij keek Weber bemoedigend aan.

'Ik heb de brief gelezen, maar wel met handschoenen aan, dus ik hoop dat ik geen vingerafdrukken heb bedorven, als die erop zaten.'

Torkel keek hem nors aan.

'Dat was verstandig.'

'Ik heb het in elk geval geprobeerd, ja?' antwoordde Weber geïrriteerd. 'Hij bleef via sms met me in contact. Eerst liet hij me naar de Koninklijke Bibliotheek gaan. Daarna stuurde hij me via sms een beetje in het rond. Wilde controleren of ik alleen was, denk ik.'

'En verder?' vroeg Torkel. Neutraal, kort, hard. Hij wilde Weber echt duidelijk maken dat de gebeurtenissen van het afgelopen etmaal alles hadden kapotgemaakt wat ze de afgelopen jaren hadden opgebouwd.

Weber keek tersluiks naar zijn hoofdredacteur, en zei toen: 'Hij liet me iets zien.'

Torkel reageerde op de toon waarop hij dat zei. Ursula ook.

'Wat liet hij je zien?' vroeg ze fel.

Weber aarzelde. Ze hadden het idee dat hij iets wilde zeggen, maar dat het hem tegenstond. Nog een blik op zijn hoofdredacteur bevestigde dat gevoel. Weber zuchtte hoorbaar.

'Jullie vinden het toch in het mobieltje.'

'Wat vinden we in het mobieltje?' vroeg Torkel.

'Hij liet me het lichaam aan de Roslagsgata zien. Ik heb gebeld om het aan te geven.'

Torkel verbleekte. Dit had hij niet verwacht.

'Hoe ben je naar binnen gegaan?'

'Door een raam. Maar dat had hij opengezet. Hij had het vastgezet met een papiertje. Dat zit ook in het doosje.'

Torkel boog zich voorover, meer moe dan kwaad nu, merkte hij. Er kwam geen eind aan de stommiteiten.

'Je moet naar het bureau komen en een volledige verklaring afleggen. Vandaag. Dit is serieus.'

'Ik begrijp het,' zei Weber, en hij knikte.

Ursula had de inhoud van het doosje in bewijszakjes overgedaan en alles teruggelegd. Ze keek Weber aan. Ook zij had iets gelatens in haar blik.

'Kun je nog iets vertellen over de moordenaar? Iets. Wat dan ook,' vroeg ze.

'Alles staat in de krant,' merkte de hoofdredacteur op. 'We hebben er maar heel weinig aan geredigeerd.'

Ursula gaf zich niet zomaar gewonnen.

'Iets wat níét in de krant staat.'

'Het meeste staat erin, maar er is één ding... Hij zei het niet, maar ik kreeg het gevoel...' Hij zweeg midden in de zin en keek

Torkel en Ursula aan alsof hij zeker wilde weten dat ze naar hem luisterden. 'Hij is nog lang niet klaar.'

Torkel zuchtte. Dat was, om in termen van deze omgeving te blijven, oud nieuws.

De telefoon had geen vingerafdrukken opgeleverd, behalve die van Weber, en ook de simkaart en de verpakking niet, terwijl daar toch nog eerder iets op te vinden zou zijn geweest, omdat de dader de verpakking waarschijnlijk niet open had gemaakt. Ursula had de brief, de test en de gewatteerde envelop door de nieuwe digitale microscanner op de tweede verdieping gehaald en ze daarna nog handmatig onderzocht met microscoop en penseel. Niets.

Het was frustrerend hoe goed de dader wist te voorkomen dat hij sporen naliet. Door het gebrek aan concrete aanwijzingen en het feit dat de moordenaar zich omhoogwerkte in de voedselketen begon Ursula druk te voelen, al was ze normaal gesproken niet zo gauw gestrest.

Van bloggers en docusoapsterren naar een tv-baas.

Wie zou de volgende zijn?

Ze was niet de enige die de druk voelde. Rosmarie Fredriksson was al een paar keer bij Torkel geweest en had resultaten geëist. Niet dat ze ergens mee dreigde, maar iedereen in het team wist dat Rosmarie het soort chef was dat haar ondergeschikten graag wisselde als ze niets opleverden. Maar als ze niets hadden om mee te werken, hoe konden ze dan resultaat leveren?

Billy had aanzienlijk meer op zijn bordje gekregen. In de eerste plaats had hij, dankzij het sms-verkeer, een telefoonnummer waarvan was bewezen dat de moordenaar het had gebruikt en in de tweede plaats had hij de prepaid kaart van Webers telefoon, en met de unieke PUK-code kon hij de winkel lokaliseren waar die was verkocht. Hij had Vanja naar de kiosk van Pressbyrån bij de ingang van de metro aan het Sergelstorg gestuurd, ook al had hij er maar weinig hoop op dat iemand zich daar zou herinneren wie een eenvoudige prepaid kaart had gekocht, want het was een van de drukste zaken van Stockholm. Billy nam aan dat dat de reden was waarom de moordenaar die had gekozen. Toch was het een spoor dat ze moesten volgen.

Zelf concentreerde hij zich op het telefoonverkeer tussen Weber en de dader. De moordenaar had tien sms'jes gestuurd en op het laatst een telefoontje gepleegd dat zestien minuten en dertien seconden had geduurd. Weber had twee sms'jes teruggestuurd en kort naar 112 gebeld. Dat was alles.

Het nummer dat de moordenaar had gebruikt, was van een niet-geregistreerde prepaid kaart, maar dat verhinderde niet dat Billy er vrijwel onmiddellijk achter kwam van welke provider het was. Hij had dit soort onderzoeken al heel vaak gedaan en wist precies wie hij bij Telia moest hebben om te achterhalen wat hij wilde weten.

Billy nam de lijsten die hij van Comviq had gekregen over het telefoonverkeer van en naar de telefoon die Weber was toegestuurd, pakte er een kaart van het centrum van Stockholm bij en legde die naast het materiaal van de beide providers. Met een rode en een groene viltstift gaf hij aan waar de zendmasten stonden waarmee Webers telefoon in contact was geweest.

Weber had zijn eerste sms'je gestuurd vanaf de krant. De telefoon had verbinding gemaakt met de mast op de DN-toren. Billy zette een rood kruisje op de kaart. Hij controleerde de lijst van Telia. Weber had gezegd dat hij ervan overtuigd was dat de moordenaar hem in de gaten hield. Hem was gevolgd. In de buurt was gebleven.

Dat leek te kloppen.

De anonieme prepaid kaart die Webers sms'je beantwoordde, was verbonden met dezelfde mast. Billy zette een groen kruisje naast het rode en ging door.

De volgende keer dat Weber de telefoon gebruikte om contact op te nemen met de moordenaar was toen hij op de Roslagsgata liep. Billy markeerde de gebruikte zendmast met de rode viltstift. Weer kwam het antwoord binnen een minuut. Bovendien kwam er een minuut later nog een sms'je. Billy raadpleegde de lijsten die hij van Telia had gekregen van het telefoonverkeer van de moordenaar, al wist hij al vrij zeker wat hij zou vinden. Inderdaad. Beide sms'jes aan Weber kwamen van de mast met het rode kruisje. Daarna was het ongeveer twintig minuten stil, totdat de moordenaar Weber belde.

Beide telefoons waren gedurende het hele gesprek verbonden met dezelfde zendmast.

Billy ging terug naar Webers telefoon. Hij gaf op de kaart aan aan welke masten die gekoppeld was toen hij door de Humlegård liep. Hoewel hij toen niet actief was en alleen berichten had ontvangen, was zijn wandeling toch na te gaan. Dat was het voordeel van het centrum van Stockholm: er waren veel zendmasten, dus mobieltjes veranderden vaak van mast en de positie was exacter aan te geven.

Billy hoopte dat de dader de hele tijd even dicht bij Weber was gebleven, maar dat was niet zo, besefte hij toen hij de gegevens vergeleek met de lijsten van Telia. Hij was wel de hele tijd in de buurt geweest, maar zijn mobiel had maar zelden contact gehad met dezelfde mast als die van Weber. Toen Billy zijn groene kruisjes had gezet rekte hij zich uit. Hij was wat stijf in de rug geworden omdat hij te lang voorovergebogen had gezeten.

Maar hij was in een opperbest humeur.

Hij had misschien een doorbraak bereikt.

Billy kwam een beetje te laat, maar hij excuseerde zich er niet voor toen hij de Kamer binnenkwam, waar de anderen zaten te wachten. Niemand verbaasde zich er ook over, want ze wisten allemaal dat hij hen niet zonder reden bij elkaar zou hebben geroepen. Billy zag er tevreden uit toen hij met grote passen naar het whiteboard liep. In zijn hand had hij enkele velletjes papier en een paar grote foto's.

'Wat heb je gevonden?' vroeg Torkel ongeduldig, al voordat Billy bij het bord was.

'De camper,' antwoordde Billy trots, terwijl hij de foto's ophing. Die waren allemaal genomen door weg- of bewakingscamera's, en toonden een camper met een roodbruine rand aan de zijkant.

'Het zijn foto's van gisteren.'

'Hoe weet je dat dit hem is?' vroeg Torkel.

Billy knikte vergenoegd, alsof hij die vraag niet alleen had verwacht, maar er ook op had gehoopt.

'Webers gevoel dat hij in de gaten werd gehouden klopte. De moordenaar was in de buurt,' zei hij, terwijl hij het kaartje met zijn rode en groene kruisjes en streepjes ophing. 'De rode zijn van Webers telefoon, de groene van onze moordenaar.'

Ze keken allemaal geboeid naar de kaart, hoewel die hun eigenlijk geen snars zei, met die ogenschijnlijk volkomen willekeurig geplaatste tekentjes.

'En wat hadden we daaraan?' vroeg Torkel.

'De kruisjes zijn de zendmasten waarmee de telefoons verbonden waren. De streepjes zijn de wegen die ze namen.'

'Ik snap nog steeds niet hoe je daar de camper uit kon afleiden,' constateerde Torkel, oprecht nieuwsgierig naar de kaart turend. Billy schonk hem een glimlach die wilde zeggen: 'Fijn dat je dat vraagt.'

'Toen Weber het eerste sms'je kreeg bij de Koninklijke Bibliotheek, waren allebei hun telefoons gekoppeld aan de zendmast op het dak van hotel Scandic Anglais.'

Billy wees naar een rood en een groen kruisje op een gebouw buiten het park, maar in de buurt van de bibliotheek. Zo dichtbij dat iemand de ingang daarvan in de gaten kon houden.

'Daarna, als Weber door de Humlegård loopt, wordt het interessant,' vervolgde Billy, en hij wees naar de groene kruisjes, die samenvielen met een lijn die deel uitmaakte van een vierkant. 'Dan maakt de dader een beweging in de vorm van een vierkant om het park heen. Dat doet hij een paar keer, want dezelfde zender heeft zijn signaal een paar keer ontvangen.'

'Hij zat in een auto,' zei Vanja.

'Dat moet wel,' knikte Billy. 'De masten veranderen zo vaak dat het niet op een andere manier te verklaren is.'

Ze keken allemaal naar de kaart. Sturegata, dan linksaf de Karlaväg op, dan door de Engelbrektsgata en de Birger Jarlsgata, en dan weer naar de Sturegata.

Ze kenden de buurt allemaal en begrepen dat de dader Weber een paar keer vanuit de auto had kunnen zien, terwijl hij zelf de hele tijd in beweging was, onzichtbaar.

'Ik wist waar hij reed en wanneer,' vervolgde Billy. 'Er is een camera op het Stureplan en op de Karlaväg. Deze komt op het goede tijdstip voorbij.'

Billy wees voldaan naar een van de foto's van de camper. Torkel stond op van enthousiasme. Dat gebeurde niet vaak.

'Goed gedaan! Heb je ook een foto van de chauffeur?'

'Op die van de Karlaväg is hij te zien, maar te onscherp om hem te kunnen identificeren. Petje, zonnebril en baard, dat is alles. Maar ik heb wel deze.'

Billy legde een foto op tafel. De achterkant van een camper, vergroot en daardoor behoorlijk grof, niet heel gemakkelijk leesbaar, maar je kon toch de cijfers en letters van het kenteken ontcijferen. Dat was niet Zweeds.

'Het is Duits, hè?' stelde Sebastian vast.

Billy knikte.

'Hamburgs. Drie maanden geleden gekocht bij een autohandelaar daar.'

‘Heb je de naam van de koper?’ vroeg Vanja.
‘Driemaal raden.’
‘Sven Cato?’
‘In één keer goed. Betaalde contant, dus er is geen creditcard op te sporen. Geen verzekering, exportregistratie of bewijs van oorsprong aangevraagd bij de Verkeersdienst,’ vervolgde Billy. ‘Hij is niet in Zweden gekeurd of geregistreerd.’
Het was even stil. Hoewel ze eigenlijk niet meer wisten dan een paar minuten geleden, hadden ze toch het gevoel dat ze dichter bij de man waren gekomen op wie ze jacht maakten. Torkel verbrak de stilte.
‘Heb je al een opsporingsbericht met het kenteken en de beschrijving van de camper uitgestuurd?’ vroeg hij aan Billy.
Die schudde zijn hoofd.
‘Nog niet. Dat wilde ik eerst met jou overleggen. Maar het is voorbereid. Ik hoef het alleen maar weg te sturen,’ zei hij.
‘Doe dat, hoogste prioriteit! Alles moet ons rechtstreeks worden gemeld. Geen tussenstations,’ zei Torkel vastberaden.
‘Oké, zo meteen, nog één ding,’ vervolgde Billy vol verwachting. Hij wees weer op de kaart op het whiteboard. ‘Weber verlaat de Roslagsgata na het gesprek met de moordenaar en belt onderweg 112, maar de andere mobiel blijft in de buurt totdat wij er zijn.’
Torkel en Vanja reageerden meteen.
‘Wat?’ zeiden ze bijna in koor. Billy knikte.
‘Ik heb het gecheckt met het proces-verbaal. De eerste auto arriveerde om 19.56 uur. Wij kwamen ongeveer om tien over acht aan, niet? Dan is hij er nog steeds,’ zei hij, en hij keek hen aan.
‘Was de moordenaar er nog steeds toen wij er waren?’ vroeg Vanja op scherpe toon.
‘Yep! Om vijf voor halfnegen zet hij zijn mobieltje uit en verdwijnt dan. Daarna is hij niet meer teruggekomen,’ zei Billy, en hij keek hen weer aan.
‘Is hij niet op te sporen?’ vroeg Ursula.
‘Als hij hem weer gebruikt, zelfs als hij dat met een andere simkaart doet, kan ik hem via het IMEI-nummer vinden,’ zei Billy, maar hij haalde zijn schouders op, alsof dat hem niet erg waarschijnlijk leek.

'Wat is dat?' vroeg Sebastian.

'Dat is een manier om de fysieke telefoon op te sporen, ongeacht welk nummer hij op dat moment gebruikt, maar dan moet hij aanstaan, en zoals het er nu voor staat, is hij morsdood.'

Sebastian stond met een bedachtzaam gezicht op. Hij liep naar het whiteboard en de kaart met rode streepjes toe.

'Óf hij is altijd zo dichtbij als de politie komt, óf hij is driester geworden en meer bereid om risico's te nemen.'

'Er is iets met hem gebeurd,' stelde Vanja vast. 'Hij heeft nog niet eerder contact gezocht op de manier waarop hij dat met Weber heeft gedaan.'

Sebastian knikte, blij dat hij het met haar eens kon zijn.

'Hij zoekt begrip. Hij wil dat zijn werk wordt opgemerkt,' constateerde Sebastian. 'Zichtbaarheid is een risico, en daar kunnen we hem op pakken.'

'Dan doen we dat,' zei Torkel, en hij stond op. Het was tijd om de bespreking af te sluiten en aan het werk te gaan. 'Billy, jij zorgt ervoor dat die camper wordt opgespoord. Wij nemen de rapporten van de Roslagsgata nog een keer door en proberen alle foto's te pakken te krijgen die daar zijn genomen. Als hij daar was, moet hij heel dicht bij ons zijn geweest.'

Ze knikten allemaal en stonden op. Zwijgend en geconcentreerd verlieten ze de Kamer.

De dader was nog onbekend, maar ze begonnen langzaam zijn patronen te herkennen, zijn drijfveren te ontdekken. Hij was nog verborgen in de schaduw, maar ze hadden het gevoel dat ze zijn contouren toch al enigszins konden waarnemen.

Henning Lindh was laat.

Niet zijn schuld, eigenlijk, maar dat zou zijn collega's aan de Bäckväg een zorg zijn. Hij trapte het gaspedaal nog wat verder in en sloeg af naar Hägersten. Hoeveel tijd had hij nog? Vijf minuten? Hooguit tien. Hij minderde vaart en wachtte tot de gestage stroom tegemoetkomende auto's zou ophouden, zodat hij links af kon slaan naar de Kilabergsväg. Op het kruispunt lag een benzinestation met een 7-Eleven. Even overwoog Henning om daarnaartoe te gaan en een kop koffie en iets te eten te halen, want hij zou uren in de auto moeten doorbrengen, maar hij besloot het toch maar niet te doen; hij was al zo laat.

Eindelijk kon hij erdoor, en al een meter of dertig verder ging hij linksaf en was hij op de Bäckväg. Nu alleen nog nummer 43 vinden. Dat kon niet lang duren.

Dat deed het ook niet. Twee minuten later stopte hij voor een van die tamelijk onaanzienlijke, geelbeige flats van vier verdiepingen die aan de rechterkant van de straat op een rijtje stonden, en hij stapte uit. Hij keek om zich heen en ontdekte meteen zijn collega's, die in een blauwe Passat zaten die ze een stukje verderop bij de lage heggetjes hadden geparkeerd. De vrouw achter het stuur, van wie hij zich meende te herinneren dat ze Aya of Aira of zo heette, draaide haar raampje omlaag toen hij eraan kwam.

'Je bent laat,' zei ze ter begroeting.

'Ik weet het, sorry,' antwoordde Henning, en hij besloot zelfs niet te proberen uit te leggen of te verdedigen waarom hij zo laat was. 'Hoe gaat het hier?' vroeg hij dus maar.

'Tot nu toe niks. Hij heeft een parkeerplaats aan de andere kant, dus hij moet tussen die heggetjes daar door.' Ze wees naar een gat in de begroeiing, waar een geasfalteerde inrit tussen lag. 'Zijn flat is op de derde verdieping.'

Henning wierp een blik op de korte kant van het flatgebouw.

Twee flinke ramen midden in de gevel en één op de hoek. Allemaal met de rolgordijnen en de luxaflex naar beneden.

'Zijn die alle drie van hem?'

'Ja.'

Meteen draaide ze de sleutel om, deed ze het raampje omhoog en reed ze weg. Henning keek de auto na en liep terug naar zijn eigen wagen. Hij besloot een stukje door te rijden en om te keren, zodat hij de parkeerplaats, de ramen en de ingang in de gaten kon houden zonder zijn spiegels te hoeven gebruiken.

Toen dat gebeurd was, ging hij zitten wachten. Zijn collega's waren in elk geval nog met z'n tweeën geweest. Een beetje gezelschap, iemand om mee te praten. Hij zuchtte en zakte onderuit. Hij had er spijt van dat hij die koffie toch niet had gekocht. Nog vijf minuten, wat had dat nou uitgemaakt?

Er kwam een auto in zijn richting.

Een rode Volvo s60.

Had de man die ze in de gaten moesten houden niet een rode Volvo? Henning pakte het dunne mapje van de stoel naast zich en maakte het open. Ja, een rode s60, model 2007 met kenteken GVL665.

Toen hij weer opkeek was de rode auto de inrit al in gereden en achter de heggetjes verdwenen. Hij had het kenteken gemist.

Henning vergat zijn koffie en zijn eenzame wacht volkomen. De auto was buiten zijn zicht verdwenen en even vroeg hij zich af of hij moest uitstappen en het voertuig moest bekijken om zeker te zijn van zijn identificatie. Rode Volvo was niet genoeg.

Maar dan zou hij zich kunnen verraden.

Dan zou de verdachte misschien weer vluchten.

Hij bleef zitten.

Hij zag een man met een baard van een jaar of vijfenveertig met een grote rugzak op zijn rug en een tas in elke hand van de parkeerplaats naar de ingang lopen, één tas neerzetten, een code intoetsen en naar binnen gaan.

Henning boog zich voorover, zijn blik strak gericht op de ramen op de derde verdieping. Hoe lang kon het duren om boven te komen? Was er een lift in het gebouw? De man had heel wat bagage bij zich. Zijn gedachten werden onderbroken doordat de luxaflex

voor het ene raam werd opgetrokken en het raam werd geopend.
De goede flat.
Het was tijd om de Nationale Recherche te bellen.

Vanja liep de trappen op naar de deur waar ze eerder was geweest. Ze belde aan en keek om zich heen. De versterking was in de buurt, maar buiten het zicht van Saurunas, als hij door het kijkgaatje zou kijken. Ze belde nog een keer aan. Er was binnen geen beweging te horen. Had de agent die het gebouw bewaakte zich vergist? In de korte tijd dat Vanja hem had gesproken had hij niet de indruk gewekt dat hij het buskruit had uitgevonden. Of was Saurunas weer vertrokken zonder dat de bewaking het had gemerkt?

Ze stond op het punt alles af te blazen toen ze aan de andere kant van de deur voetstappen hoorde. Even later werd het slot aan de binnenkant omgedraaid.

'Christian Saurunas?' vroeg Vanja toen een man met een volle, weelderige baard in de deuropening verscheen.

'Ja,' bevestigde hij, en hij keek haar vragend aan.

'Bent u alleen thuis?'

'Huh?' Nog vragender. 'Ja?'

Vanja deed rustig een stapje opzij, en een paar tellen later was Saurunas door drie zwaarbewapende mannen gevloerd. Hij slaakte luide kreten van verbazing en pijn toen zijn handen op zijn rug werden gedraaid en van handboeien voorzien. Vanja ging een paar passen naar binnen, terwijl de mannen van de ME Saurunas weer op zijn voeten zetten.

'Vanja Lithner, Nationale Recherche,' zei ze, en ze hield hem haar identiteitskaart voor. 'We willen u spreken in verband met de moorden op Patricia Andrén, Miroslav Petrovic, Sara Johansson en Claes Wallgren.'

'Wat? Wie?'

Vanja herhaalde het niet. Christian Saurunas zou ruimschoots de gelegenheid krijgen om de namen nog eens te horen.

'Hebt u zelf een advocaat of een juridisch adviseur, of wilt u dat we een toegevoegd raadsman voor u regelen?'

'Ik heb geen advocaat...' bracht Saurunas uit, en aan zijn stem was te horen dat hij nog steeds niet begreep wat er gebeurde of waarvoor hij een raadsman moest hebben.

Vanja knikte naar de ME'ers, en die brachten Saurunas naar de wachtende auto om hem naar het bureau op Kungsholmen te brengen. Ze liep verder de flat in, pakte haar telefoon en drukte op een sneltoets. De flat rook muf en stoffig, hoewel een van de ramen en de balkondeur openstonden. Alsof er al heel lang niemand was geweest. De deur van het toilet stond open en daar kwam een niet erg aangename geur vandaan. Misschien was dat de verklaring waarom het even had geduurd voordat Saurunas de deur had opengedaan.

De telefoon werd opgenomen.

'Kom maar,' zei Vanja, en ze draaide zich om en liet de flat over aan Ursula en haar technici.

'Waar was u en wat deed u op deze data?'

Vanja schoof een papiertje met vier data over de tafel. De eerste was die waarop Patricia Andrén in Helsingborg was vermoord, de laatste was de vorige dag. Saurunas wierp snel een blik op het korte lijstje en keek toen weer naar Vanja en naar Torkel, die naast haar zat.

'Waarom willen jullie dat weten?'

'Dat zijn de data en tijden waarvan we weten dat de vier slachtoffers de dader hebben ontmoet.'

De man naast Saurunas pakte het papiertje en keek erop. Henrik Billgren, pro-Deoadvocaat. Torkel en Vanja hadden hem al een paar keer eerder meegemaakt. Een rustige, zwijgzame man, die zijn best deed voor zijn cliënt, ook al kende hij die nog maar een paar minuten, maar altijd met respect voor het werk van de politie. Wanneer hij iets ter discussie stelde of ergens bezwaar tegen maakte, was dat meestal terecht, en niet alleen maar om hen tegen te werken of hun het werken moeilijker te maken. Vanja mocht hem graag, en ze dacht dat dat voor Torkel ook gold.

'Dit zijn wel heel precieze tijden,' constateerde Henrik met zijn rustige manier van praten, waaraan je nog altijd een beetje kon horen dat hij was opgegroeid in Dalarna.

'Des te gemakkelijker om te zeggen waar hij toen was,' vond Vanja.

Henrik knikte naar Saurunas om te bevestigen dat hij de vraag moest beantwoorden, en legde het papiertje weer voor hem neer.

'Ik weet niet waar jullie het over hebben,' zei Saurunas met een stem vol ongerustheid en een smekende blik naar het tweetal aan de andere kant van de tafel. 'Ik weet van niets. Ik weet niet eens wie die mensen zijn die zij opnoemde,' vervolgde hij, met een knikje naar Vanja.

'Kijk eens naar de data alstublieft,' zei Torkel.

Saurunas deed wat hem werd gezegd. Hij bekeek het lijstje en keek hen toen aan.

'Ik ben op 26 mei naar mijn moeder in Kaunas gegaan, en daar ben ik gebleven tot 5 juni. Daarna ben ik naar huis gegaan, heb ik mijn spullen gepakt en ben ik naar een huisje in Härjedalen vertrokken, dat ik vanaf de volgende dag mocht gebruiken.'

'Van wie?'

'Van mijn zwager. Of mijn ex-zwager. Ze zijn nu gescheiden.'

'Mogen we zijn naam en contactgegevens hebben?'

'Natuurlijk, moet ik het hier opschrijven?' Saurunas maakte met de pen een gebaar naar het papiertje met de data.

'Nee, hier,' zei Vanja, en ze schoof hem een nieuw, leeg blaadje toe.

'En u bent vandaag uit Härjedalen teruggekomen?' vroeg Torkel terwijl Saurunas schreef.

Die knikte en schoof beide papiertjes terug naar Vanja. Torkel pakte dat met de gegevens, en na een kort, bevestigend knikje naar Vanja stond hij op en verliet hij de kamer.

'Hebt u daar iemand ontmoet?' vroeg Vanja. 'Hebt u bezoek gehad?'

Saurunas schudde zijn hoofd.

'Het ligt heel afgelegen. Geen elektriciteit. Water uit een put. Houtfornuis. Geen bereik. Ik was er omdat ik rust wilde om te vissen en over dingen na te denken.'

'Waar moest hij over nadenken?' vroeg Sebastian, die in de aangrenzende kamer stond en het verhoor volgde via een raam dat aan de andere kant ondoorzichtig spiegelglas had. Desgewenst kon hij rechtstreeks iets tegen Vanja zeggen via een oortelefoontje in haar rechteroor.

Zoals nu.

'Waar dacht u over na?' vroeg Vanja, zonder dat je kon merken dat ze gesouffleerd was.

'Ik moest onlangs weg bij de KTH. Dat weten jullie misschien?' Saurunas keek haar weer vragend aan en Vanja knikte. 'Wat moet ik nu doen? Iets nieuws zoeken, proberen terug te komen, iets anders doen? Dat soort dingen.'

'Hoe bent u erheen gegaan? Met uw camper?'

'Welke camper?'

'Hebt u geen camper?'

'Nee, ik ben er in mijn auto naartoe gegaan. Een Volvo.'

'We hebben informatie dat u ook af en toe in een camper rijdt,' loog Vanja alsof het gedrukt stond, terwijl ze deed alsof ze dat feit in de stukken opzocht om het nog iets geloofwaardiger te maken. Als Saurunas inderdaad een camper had, was dit een uitstekende gelegenheid om dat toe te geven, zodat hij er later niet van kon worden beticht dat hij in een eerder gesprek had gelogen. Bevestigen wat de politie al wist en verder alles ontkennen was de beste manier om een verhoor door te komen. Als Christian Saurunas Sven Cato was, was hij vast slim genoeg om dat in te zien.

Maar een nadrukkelijk hoofdschudden gaf aan dat de man aan de andere kant van de tafel niet van plan was om in haar leugentje te trappen.

'Nee.'

'Zeker weten?'

'Ik denk dat mijn cliënt heus wel weet of hij af en toe in een camper rijdt of niet,' bemoeide Billgren zich er – haast bescheiden – mee. 'Misschien kunnen we dit laten zitten en doorgaan.'

Vanja knikte. Ze had het geprobeerd en het was mislukt. Sebastian zei niets in haar oortje, dus ze ging door zoals ze al van plan was.

'Kan iemand bevestigen dat u echt in Härjedalen was?'

Saurunas schudde weer zijn hoofd en zuchtte diep toen het tot hem doordrong welke indruk dit zou wekken.

'Het ligt heel verlaten. Je moet je auto parkeren en dan nog bijna tien kilometer door de natuur lopen.'

Vanja knikte en maakte er een aantekening van.

Kwam dat even goed uit! Hij had een maand op de eenzaamste plek van de wereld gezeten terwijl er vier moorden werden gepleegd.

'Ik had alles bij me wat ik voor die weken nodig had,' vervolgde Saurunas, alsof hij voorzag wat Vanja's volgende vraag zou zijn. 'En ik hoopte natuurlijk ook wat vis te vangen.'

Hij probeerde het met een glimlachje, dat Vanja niet beantwoordde.

De deur naar het spartaans gemeubileerde kamertje ging open en Torkel keek om de hoek. Vanja draaide zich om, en een knikje naar de gang gaf aan dat hij even met haar wilde praten.

'We stoppen even,' zei ze, en ze boog over naar het opnameapparaat en zette dat uit. Ze stond op en liet de twee mannen aan de tafel achter.

Sebastian kwam zijn kamertje uit en voegde zich bij Torkel en Vanja.

'Zijn zwager bevestigt dat Saurunas de sleutel van het huisje op de ochtend van 6 juni is komen halen en dat zijn auto volgepakt zat,' vertelde Torkel terwijl ze door het open kantoor liepen.

'Wat zei hij over die camper?'

'Dat Saurunas er geen had, voor zover hij wist.'

Vanja zuchtte diep. Er maakte zich een vermoeidheid van haar meester. De concentratie, de adrenaline, de jacht. Daardoor had ze op volle toeren gedraaid, had ze alle andere dingen, ook fysieke vermoeidheid en psychische uitputting, opzijgezet voor haar werk. Nu lieten die zich weer voelen.

Moesten ze het opgeven en opnieuw beginnen? Wat hadden ze precies? Niets, eigenlijk. Dus ze zouden in bredere kring moeten nagaan wie Olivia Johnson als leerling had gehad. Niet alleen begeleiders, maar iedereen die haar les had gegeven op de KTH. Of nog erger: als het was zoals Billy vreesde, dat het iemand was die haar al lang geleden als student had gehad en die haar al die jaren was blijven volgen. Een bijna hopeloze taak. Geen technisch bewijs, geen DNA, geen vingerafdrukken. Hopelijk hadden Ursula en haar technische team iets bij Saurunas thuis gevonden, anders...

'Ik bel Ursula,' zei ze, en ze pakte haar telefoon. Sebastian en Torkel liepen door naar Billy.

'Iets gevonden?' vroeg Torkel toen ze er waren.

'Ik heb alleen het mobieltje. Zijn computer is onderweg.'

'Zat daar iets in?'

Billy klikte een document tevoorschijn op zijn eigen computer en boog zich een stukje voorover naar het scherm.

'Het laatste gesprek van hem was op de ochtend van 6 juni.'

'Met wie?'

‘Een zekere… David Lagergren in Solna.’
‘Zijn zwager. Daarna niets meer?’
‘Nee.’
‘Kan hij ze hebben gewist?’ vroeg Sebastian.
‘Natuurlijk kan dat, maar ik heb gecheckt met welke zendmasten zijn telefoon verbinding heeft gezocht, en gezien dat hij naar Härjedalen ging voordat hij verdween.’
‘Dus hij heeft Weber niet vanuit zijn camper gebeld?’
‘In elk geval niet met deze telefoon.’
Torkel vloekte inwendig.
‘En hij heeft na 6 juni foto’s gemaakt. Verschillende.’
Billy pakte zijn muis en opende een ander document. De ene foto na de andere verscheen op het scherm. Billy draaide dat een beetje naar Torkel toe, die zich ernaartoe boog. Een foto van een eenzaam gelegen huisje, een paar van een ontbijt op een tafel voor een raam met uitzicht op besneeuwde berghellingen. Maar de meeste waren blijkbaar genomen in of aan een watertje met uitgestrekte moerasvelden eromheen, tot aan de majesteitelijke bergen op de achtergrond. Veel foto’s van vissen, op de oever of liggend op een boomstronk. De meeste vrij groot, met stippels en een geelgroene buik. Een soort zalmforel, dacht Torkel. Een andere veel voorkomende vis op de foto’s was wat kleiner, met een grote rugvin, waarvan Torkel geen idee had hoe die heette.
Een kampvuur.
Een dampende kop koffie.
Een gebarbecuede vis in folie.
Torkel betrapte zichzelf erop dat hij een soort verlangen voelde en een steek van jaloezie jegens Saurunas. Hij wilde ook wel in de stille wildernis tot aan zijn dijen in het water staan vissen. Hij had sinds hij volwassen was niet één keer meer gevist, maar daar ging het niet om. Het ging om het gevoel dat de foto’s weergaven. De rust. De kans om na te denken. Alleen met de natuur en zijn gedachten.
‘Deze…’ zei Billy, en hij vergrootte een van de foto’s, zodat die het hele scherm vulde. ‘Deze is genomen op het moment waarvan we weten dat onze dader met Petrovic lunchte in Ulricehamn.’
Hij wees naar de datum en het tijdstip, die in de hoek van de foto

rechtsonder te zien was. Torkel voelde dat de moed hem in de schoenen zonk. Het was een van de weinige selfies. Saurunas, in windjack, met een muts op en een wat lichtere baard, glimlachte naar de camera, met het watertje op de achtergrond en in de verte twee elanden die door het moeras liepen.

'Kan hij die datum en tijd hebben vervalst?' probeerde Torkel, hoewel hij al bijna zeker wist dat hij zich vastklampte aan de laatste strohalm.

'Is niet waarschijnlijk,' was dan ook het antwoord.

Alsof dat nog niet genoeg was om de stemming te bederven, kwam Vanja naar hen toe, en Torkel kon al aan haar zien dat Ursula haar niets had verteld wat de verdenking tegen Saurunas versterkte.

'Er is niets in de flat wat op de slachtoffers wijst of erop duidt dat hij Cato is,' bevestigde Vanja zodra ze bij hen was.

Het was even stil. Ze dachten allemaal hetzelfde, maar Billy verwoordde het: 'Dus we laten hem gaan?'

Torkel knikte slechts. Veel meer konden ze niet doen. Ja, ze konden hem tweeënzeventig uur vasthouden, maar Billgren zou terecht vragen waarom, en geen aanklager zou ermee akkoord gaan hem in hechtenis te houden. De gronden waren niet zomaar zwak, ze waren helemaal afwezig.

'Geef mij een paar minuten met hem,' zei Sebastian, en voordat iemand kon reageren liep hij met snelle, besliste tred terug naar de verhoorkamer.

'Dag. Sebastian Bergman,' zei Sebastian toen hij de deur achter zich dicht had gedaan en het kleine stukje naar de tafel in de verhoorkamer was gelopen. Saurunas en zijn juridisch raadsman keken op alsof ze een uitgestoken hand verwachtten, maar die kwam niet.

'Wat dacht je toen je je baan kwijtraakte?' vroeg Sebastian zonder te gaan zitten.

'Wie bent u?' vroeg Henrik Billgren tamelijk scherp voordat Saurunas antwoord kon geven.

'Dat zei ik toch? Sebastian Bergman. Ik werk hier. Gerechtspsycholoog, als je titels belangrijk vindt. Mag ik nu doorgaan?'

Sebastian wierp de advocaat een vermoeide blik toe, waarvan hij hoopte dat die aangaf dat hoe minder hij van nu af aan van hem hoorde, hoe beter het was. Als Billgren die onuitgesproken bedoeling al begreep, liet hij het niet merken. Hij knikte alleen even.

'Wat vond je ervan dat je je baan kwijtraakte?' herhaalde Sebastian, terwijl hij voor Saurunas bleef staan.

'Wat ik daarvan vond?'

'Ja.'

'Wat denk je? Ik was... kwaad, verdrietig, wanhopig. Ik werkte er al meer dan vijftien jaar.'

'Vond je dat anderen hun baan hadden horen te verliezen? Minder begaafde, waardeloze collega's?'

'Zo werkt het niet in de universitaire wereld. Je financiert je eigen onderzoek...'

'Laat ik het dan zo zeggen: vind je dat anderen hun financiering minder verdienden dan jij?'

Saurunas kreeg een nadenkende frons op zijn voorhoofd. Hij boog zijn hoofd en leek erover na te denken alsof hij zich dat nog nooit had afgevraagd. Toen knikte hij en keek hij Sebastian weer aan.

'Ik neem aan van wel,' bevestigde hij. 'Ik weet niet of ze minder begaafd zijn, maar ik ken wel mensen van wie je je kunt afvragen of hun onderzoek zinvol is of nog gedateerder dan het mijne, maar...' Hij haalde gelaten zijn schouders op. 'Wat kon ik doen?'

'Waar gaat dit naartoe?' kwam Billgren tussenbeide. Sebastian negeerde hem volkomen en liep om Saurunas heen, zodat hij achter hem kwam te staan.

'Wat ging er door je heen toen Olivia Johnson een beurs kreeg?'

Saurunas draaide zich om op zijn stoel om Sebastian nog te kunnen zien, die bij het melkglazen raam was gaan staan alsof hij daar iets door kon zien.

'Ik was trots. Het was terecht. Ze was een heel goede studente.'

'Vond je dat het aandacht genoeg kreeg?'

'Hoezo? Hoe bedoel je?'

'Schreven de kranten erover? Moest ze interviews geven? Was het nieuws?'

'Nee, natuurlijk niet.' Saurunas leek oprecht verbaasd over de vraag. 'Het universiteitsblad schreef erover. De Zweden-Amerika Stichting zette het op haar website. En ik geloof dat er ook een klein stukje over in *Svenska Dagbladet* stond, maar dat was alles.'

'Dat was alles,' herhaalde Sebastian, en hij zweeg.

Hij bleef staan, met zijn blik gericht op het ondoorzichtige glas. De seconden tikten weg. Saurunas begon heen en weer te schuiven op zijn stoel en keek Billgren vragend aan. Sebastian bleef staan. De stilte duurde vrij lang.

'Ik herhaal: waar moet dit naartoe?' vroeg Billgren toen al bijna dertig seconden niemand iets had gezegd. Sebastian reageerde niet, maar liep bij het raam vandaan, langs de tafel en de beide mannen, en pakte de stoel waar Vanja eerder op had gezeten. Hij zakte erop neer en keek in Saurunas' open, vragende ogen. Nog steeds zwijgend.

'Dus, Cato...' begon Sebastian, en hij zweeg weer. Geen zichtbare reactie bij de man aan de andere kant van de tafel, alleen een aandachtig wachten op het vervolg. 'Welke kleur heeft de borst van een koolmeesje?'

'Geel,' zei Saurunas meteen, zonder nadenken. Pas nadat hij had geantwoord, zag Sebastian aan zijn gezicht dat hij niet begreep waar de vraag voor diende.

Sebastian besloot in de aanval te gaan, alles op één kaart te zetten. Hij begon langzaam te applaudisseren en boog zich over de tafel.

'Goed zo. Maar het bewijs van gedateerde kennis.' Hij verhief zijn stem, drong zich op, werd confronterend. 'Waarom moeten mensen zoiets weten als ze het op elk moment, te allen tijde kunnen googelen?'

Saurunas keek naar Billgren, rechts van hem. Sebastian gaf met zijn hand een klap op tafel om zijn aandacht terug te krijgen.

'Die jongelui snappen het. Die snappen wat je nodig hebt om succes te hebben, gewaardeerd te worden, geld te verdienen. Dat zijn tegenwoordig heel andere dingen dan naslagwerken bestuderen. Ze worden bekend, populair en rijk, terwijl jij je uitslooft aan een of andere stoffige universiteit die je niet eens wil hebben en je gegriefd voelt omdat je niet de aandacht krijgt die je verdient. Dus wie is er nou eigenlijk het slimst?'

‘Ik begrijp echt niet waar dit...’

‘Hou je mond,’ viel Sebastian de advocaat in de rede. ‘Ik hou hier een monoloogje. Daar hoeft je cliënt zich niet door gekrenkt te voelen.’

Hij liep weer zachtjes om de tafel, zodat hij Saurunas van schuin achter hem toesprak.

‘Weet je wat jij bent? Een dinosaurus die naar een komeet staat te kijken en denkt dat hij hem kan tegenhouden.’

‘Ik weet niet wat je wilt dat ik hierop antwoord,’ zei Saurunas voorzichtig toen hij begreep dat Sebastian uitgesproken was.

Sebastian maakte zich lang. Hij liep weer om de tafel heen zonder de beide mannen aan te kijken, die blijkbaar probeerden te begrijpen wat er gebeurde. Hij was er vrij zeker van dat de man die zich Sven Cato en Cato de Oudere noemde zou hebben gereageerd toen hij zijn alias noemde, zou hebben gevraagd waarom Sebastian hem zo noemde, zou hebben geprobeerd zich van die naam te distantiëren, te doen alsof hij die nog nooit had gehoord.

Hij was er ook van overtuigd dat de man die in korte tijd vier mensen had vermoord en via een sensatiekrant een soort manifest had willen verspreiden zich niet zonder tegenspraak de beschuldiging zou laten welgevallen dat hij dom was, dat zijn slachtoffers slimmer waren dan hij. De gevoelens van superioriteit en rechtvaardigheid waren sterk bij hun dader. Als een man als Sebastian zijn grootheid niet begreep, zou hij niet kunnen nalaten hem terecht te wijzen. Hun dader was heel intelligent, maar hij zou zijn emoties niet zo kunnen beheersen als de man aan deze tafel.

Sebastian wierp een blik op de spiegel. Hij was er zeker van dat Vanja in de aangrenzende kamer stond. Misschien Torkel ook wel. Hij deed een paar stappen in die richting en trok naar wie daar dan ook stonden een gezicht van ‘Ik denk niet dat hij het is’.

Hij was ervan overtuigd dat ze het met hem eens waren.

Eindelijk.

De eerste tekenen dat ze wakker werden.

Het interview dat hij Axel Weber had gegeven, stond in zijn geheel op internet, maar omdat je op expressen.se geen commentaar op artikelen kon geven, kon hij geen reacties zien. Hij moest naar *Aftonbladet* gaan, dat met knippen en plakken een vrijwel identiek artikel had als de concurrent. Met het verschil dat je onder de tekst kon schrijven wat je ervan vond.

Met trillende hand begon de man die niet Cato heette door de commentaren te scrollen. Het waren er 188 toen hij de pagina opende. Aanvankelijk waren het vooral varianten op 'Wat een zieke geest' en 'Wie denkt die kerel wel niet dat hij is', maar later kwam de eerste die zijn daden dan wel niet verdedigde, maar wel vond dat hij een belangrijk onderwerp aansneed. Een paar kwade reacties daartegen, maar toen weer een die moord en geweld ook veroordeelde, maar wel van mening was dat oppervlakkigheid en de vraag wie we beroemd maken wel ter discussie moest kunnen worden gesteld. Een paar daartegen, een paar die het ermee eens waren. Na nog een paar categorische veroordelingen kwam er een reactie waarin kort en goed werd vastgesteld: 'Hij heeft verdomme gelijk.'

Er waren er meer die duidelijk tot zich hadden laten doordringen wat hij had gezegd, en op het laatst was de verdeling tussen mensen die hem tot idioot verklaarden en veroordeelden en mensen die vonden dat hij eigenlijk wel een punt had ongeveer fiftyfifty.

Hij ging naar de roddelpagina van *Flashback* en vond een thread over Patricia Andrén en een over Mirre Petrovic, maar in beide werd naar de Docusoapmoordenaar verwezen onder het kopje 'Misdrijven en criminaliteit'.

Die thread had al meer dan 1400 posts.

Hij keek ze snel door. In het begin ging het vooral over de vraag wat het motief voor de daad zou kunnen zijn en wat voor iemand zoiets zou kunnen doen. Na een paar honderd varianten op dat thema, vermengd met roddels en speculaties over zijn identiteit, kwam de eerste die kortweg schreef: 'Ben ik de enige die dat vindt of vermoordt hij echt alleen stommelingen?'

Die opmerking kreeg massale steun, en mensen begonnen algauw tips te geven welke zogenaamde beroemdheden de Docusoapmoordenaar ook wel te grazen mocht nemen, nu hij toch eenmaal bezig was.

Daarna kwam het interview in *Expressen*, en toen explodeerde het helemaal. Afgewisseld met amateurpsychologische diagnoses en wild gegok over wie hij zou kunnen zijn, ontstond er ongemerkt een heel verstandige discussie over datgene waar het hem al die tijd al om te doen was.

De minachting voor kennis. De verheerlijking van idiotie. Domheid als succesfactor.

Nu was het wel *Flashback*, dus je kon niet zeggen dat het een dwarsdoorsnee van de bevolking was die zich uitsprak, verre van dat, maar het waren kringen op het water.

De discussie was begonnen. Hij verwachtte dat die de komende dagen ook zou worden overgenomen op de opinie- en de cultuurpagina's.

Het groeide.

Hij bereikte mensen.

Hij kon nu niet stoppen.

Hij was al op zoek gegaan naar nieuwe potentiële slachtoffers. Had voorbij de docusoapdeelnemers, de bloggers en de derderangs beroemdheden gekeken die hun tijd in de schijnwerpers met min of meer wanhopige acties met een paar minuten probeerden te verlengen.

Daar was hij nu te groot voor. Te belangrijk.

De moord op Claes Wallgren en het interview met Axel Weber waren een stap in de goede richting. Die verhoogden zijn status. Lager kon hij niet meer gaan. Als hij een kans wilde hebben om de sluimerende bevolking wakker te schudden, moest hij hogerop mikken, de mensen pakken die schuldig waren aan de intellectuele corruptie die maar doorging en hen ter verantwoording roepen.

Twee namen op zijn betrekkelijk lange lijst waren interessanter dan de andere, vond hij.

Zijn gedachten werden onderbroken doordat er werd aangebeld. Een snelle blik op de klok. Hij verwachtte geen bezoek. Anderzijds was dat tegenwoordig nog maar zelden het geval. Laura had altijd voor de sociale contacten gezorgd. Veel daarvan waren samen met haar uit zijn leven verdwenen.

Hij stond op, liep naar de deur en bedacht een paar welgekozen vernietigende frasen voor het geval dat het een verkoper of een of andere geloofsverkondiger bleek te zijn.

Dat was het niet.

Er stond een bekend gezicht voor de deur.

'Hallo. Sorry dat ik zo laat bij je aanbel, maar je raadt nooit wat mij nu is overkomen.'

'Kom binnen en vertel,' zei de man die geen Cato heette, en hij stapte opzij om Christian Saurunas binnen te laten.

Vanja had eindelijk een besluit genomen.

Het gesprek met Jonathan was een grote vergissing geweest. Een begrijpelijke, maar toch, er waren grenzen aan hoe wanhopig je kon zijn.

Susanna was terug.

Net als de vorige keer.

De tijd had stilgestaan.

Het was in wezen heel logisch dat Jonathan naar haar was teruggegaan. Hij had iemand nodig. Dat was altijd al zo geweest, zo zat hij in elkaar. Het gekke was niet Jonathans gedrag, maar dat van haarzelf, dat ze een moment bereid was geweest haar hand weer in dat wespennest te steken.

Jonathan was misschien niet sterk genoeg, maar zij moest dat wel zijn. Die rol had ze altijd gehad en die zou ze weer op zich nemen. Ze was sterk. Dat wist ze. Ze kon verstandige besluiten nemen. Zoals dat ze geen contact meer met hem op moest nemen.

Toen had híj gebeld.

Als een beproeving door hogere machten. Hij wilde met haar uit eten, en haar vastbeslotenheid bleek zo broos als een dun ijskorstje: een klein beetje druk en ze zakte erdoor.

Ze spraken af voor een uur later.

Vanja hing op en bleef even voor zich uit zitten staren. Om haar heen liepen mensen door het open kantoorlandschap. Hun werkdag zat erop. Binnen in haar was nog veel meer beweging. Ze dwong zichzelf nog even door te werken. Er was genoeg te doen. Er moest nog wat gecoördineerd worden met Ulricehamn en Helsingborg, en Torkel wilde het verhoor van Saurunas op schrift hebben. Vanja had er niets op tegen dat te doen – integendeel – het uittypen was een goed geheugensteuntje voor haarzelf.

Een kwartier voordat ze weg moest, had ze het gevoel dat ze effectief genoeg bezig was geweest om met een gerust hart weg te kunnen gaan. Ze sloop naar het toilet en maakte zich licht maar zorgvuldig op. Het was lang geleden dat ze make-up had gebruikt voor een afspraak met iemand. Ze bekeek zichzelf in de spiegel.

Waar was ze mee bezig?

Haar verlangen naar een ander leven, een eigen leven, was juist ingegeven door de gedachte dat het minder gecompliceerd, eenvoudiger moest zijn dan het oude. En nu stond ze zich op te maken voor een afspraak met een ex-vriendje dat weer bij zijn ex-vriendinnetje was. Maar ze had geen keus, vond ze. Ze was haar hele leven al aan het nadenken, overwegen en analyseren. Nu had ze er behoefte aan haar gevoel te volgen. Hoe verkeerd het haar ergens ook leek.

Ze hadden afgesproken bij de Filmstaden. Jonathan werkte nog steeds als ICT'er bij Coldoc, een vezelleverancier die gevestigd was in het stadsdeel Gärdet, en de bioscoop aan de Hötorg was voor hen allebei een handige locatie. Bovendien hadden ze elkaar daar lang geleden voor het eerst gedatet, en die symboliek ontging Vanja niet. Ze nam de blauwe lijn vanaf het stadhuis. Het was maar één station naar T-Centralen, het hoofdmetrostation, en vandaar een klein stukje lopen. Hoewel er regen in de lucht hing, genoot ze van de avond en wandelde ze de teleurstelling dat ze Saurunas hadden moeten laten gaan grotendeels weg.

Jonathan stond waar hij de eerste keer ook had gestaan. Ze stopte even om naar hem te kijken. Hij was nog niets veranderd. Een beetje korter haar en een kilootje aangekomen, maar nog net zo aantrekkelijk. Lang en goed gebouwd, met een flinke bos donker haar, waar ze graag met haar vingers doorheen ging.

Seks was nooit een probleem voor hen geweest. Ze had hem altijd kunnen opwinden, ook toen ze al uit elkaar begonnen te groeien. Wat ze op het laatst misten, was iets anders. Diepte, had ze het toen genoemd. Een verbondenheid waarin ze eerlijk tegen elkaar durfden te zijn. Hij was altijd nogal inschikkelijk geweest en ging situaties uit de weg die hun relatie op korte termijn misschien in gevaar brachten, maar die op den duur een sterkere band zouden scheppen.

Hij was gewoon te aardig.

Na de achtbaan van het afgelopen jaar leek dat haar heel aantrekkelijk.

Ze had iemand nodig die aardig was.

Jonathans gezicht klaarde op toen hij haar in het oog kreeg en hij zwaaide blij naar haar. Ze ging sneller lopen en sloeg haar armen om hem heen toen ze bij hem was. Zijn lichaam was warm en rook lekker.

'Hoi, Jonathan,' zei ze zonder hem los te laten. 'Wat fijn om je weer te zien.'

'Ook leuk om jou weer te zien,' antwoordde hij.

'Je ziet er goed uit,' zei ze, en ze meende het.

'Dank je, jij ook.'

Ze zwegen even en keken elkaar onderzoekend aan.

'Waar had je gedacht te gaan eten?' doorbrak Vanja de stilte voordat die raar werd.

'Ik weet het niet.'

'Heb je nog nergens een tafel gereserveerd?'

Hij schudde zijn hoofd, en leek zich te schamen.

'Ik wist eigenlijk niet of je wel zou komen. Weet je wel, of je op het laatste moment niet van gedachten zou veranderen.'

Hij kende haar. Geen twijfel mogelijk. Maar nu was ze er, en ze nam zoals gewoonlijk het voortouw.

'Zullen we naar Kol & Kox gaan? Of vind je dat gek?' vroeg ze.

Kol & Kox was een Italiaans restaurant op een steenworp afstand van waar ze op hun eerste date hadden gegeten. Jonathan schudde zijn hoofd en lachte.

'Goed. Daar ben ik heel lang niet geweest. Herinneringen ophalen is altijd verfrissend,' zei hij. Ze begonnen te lopen. De groente- en fruitstalletjes op het plein waren nog volop in bedrijf en ze liepen tussen de kraampjes door, waar de verkopers elkaar probeerden te overtreffen in de beste prijs om nog zo veel mogelijk handel kwijt te raken voordat ze moesten inpakken. Vanja liep dicht naast Jonathan en besloot hem duidelijk te laten merken dat ze naar hem had verlangd. Ze haakte haar arm in de zijne en zag tot haar blijdschap een glimlachje om zijn lippen verschijnen.

Ze namen allebei pasta met eekhoorntjesbrood en ossenhaasreepjes. Jonathan stelde voor om een fles rode wijn te delen, maar Vanja bedankte. Het kon zijn dat ze de hele avond samen bleven, maar het kon ook zijn dat ze terug moest naar haar werk, en dan mocht ze niet hebben gedronken.

Algauw kwam het gesprek op alles wat haar was overkomen. Om die reden hadden ze tenslotte eigenlijk afgesproken, en Jonathan leek oprecht geïnteresseerd. Vanja probeerde alles te vertellen. Dat Anna haar zelfs een grafsteen op een kerkhof had aangewezen en had beweerd dat daar de man lag die haar vader was. Maar ze bewaarde het beste tot het laatst, toen het hele raadsel niet meer geheim te houden was. Dat Sebastian Bergman haar biologische vader bleek te zijn. Jonathans oprechte belangstelling was overgegaan in ontsteltenis.

'Mijn god, er komt geen eind aan,' zei hij toen ze uitgesproken was.

Vanja haalde gelaten haar schouders op. Ze wist het niet. Ze had het gevoel van niet.

'En dan ook nog je vaders... Valdemars,' corrigeerde hij zichzelf. 'Valdemars zelfmoordpoging! Dat je nog je bed uit komt,' zei hij, en hij keek haar meelevend aan.

'Het was lastig,' zei ze. Dat was een understatement, maar hij begreep het. Ze boog zich naar hem toe. 'Daarom heb ik jou gebeld. Ik had iemand nodig,' zei ze zacht.

'Dank je. Lief,' antwoordde hij glimlachend. Ze zwegen een tijdje. Hij keek haar aan op een manier die ze niet goed kon thuisbrengen. Dat irriteerde haar. Vroeger kon ze zijn gezicht altijd heel goed doorgronden.

'Ik ben blij dat je me hebt gebeld, maar dit is voor mij ook moeilijk,' perste hij er ten slotte uit. De mannen aan de tafel naast hen stonden op en trokken hun jas aan. Om de een of andere reden keken Jonathan en zij er allebei naar. Misschien trok de plotselinge beweging hun aandacht. Of het geluid van de stoelen op de vloer. Het harde lachen van een van hen. Wat het ook was, Vanja merkte dat de vage betovering die ze had gevoeld verbroken was.

Hij was eigenlijk niet van haar.

Zij was zeker niet van hem.

Ze hadden het samen fijn gehad, maar dat was te lang geleden. Ze waren eigenlijk niet eens bevriend. Het was ooit veel meer geweest, maar nu niet meer. Wat ze nu waren, wisten ze geen van beiden.

'Je hebt iets nodig, Vanja. Maar ik weet niet of ik je dat kan geven.'

Vanja knikte stilletjes. Het kwetste haar dat hij niet eens probeerde uit te zoeken hoe het verder moest.

Ze pakte haar glas en nam een laatste slok. Ze rekte het moment zo lang mogelijk. De mannen waren net de deur uit gegaan. Straks zou zij dat ook doen. Hoe zou ze hieraan terugdenken? Waar zou ze heen gaan als ze hem had bedankt en als hij had gezegd dat het heel leuk was geweest om haar weer te zien? Ze moest terug naar de Nationale Recherche, naar het werk waarvan ze vroeger zoveel hield en dat het enige was waarvoor ze toen leefde.

Ze streelde voorzichtig de rug van zijn hand.

'Ik heb je gemist,' zei ze, en ze pakte twee van zijn vingers en kneep erin. Hij keek haar lang aan, en zei toen: 'Ja? Echt? Of heb je alleen maar iemand nodig die je door een klotetijd heen helpt?' vroeg hij, en hij haalde zacht zijn hand van de tafel.

'Ik heb je echt gemist,' zei ze snel en zo overtuigend dat ze er zelf niet eens over na kon denken of het waar was of niet. 'Ik had dit toch graag gewild,' ging ze, hopelijk even overtuigend, door.

'Ik ben weer samen met Susanne.'

'En toch zit je hier.'

'Ja, maar daar ben ik niet erg trots op,' antwoordde hij, en hij keek haar ernstig aan. 'Je weet dat ik belangstelling voor je heb. Anders zou ik hier niet zijn,' zei hij eerlijk. 'Maar ik weet niet zeker of jij dit echt wel wilt. Ik ben misschien gewoon iemand die je op dit moment nodig hebt. Even. Dat kan ik niet aan. Niet nog een keer...' vervolgde hij, en hij zweeg.

'Ik begrijp het,' zei ze liefdevol, en ze raakte zijn hand weer aan. Hij liet hem deze keer liggen.

'Nee, dat doe je niet.'

Hij keek haar aan met een blik vol emoties die hij niet meer kon inhouden. Ze sloeg haar ogen neer. Dit had ze niet verwacht. Had ze hem zo gekwetst?

'Het was voor mij ook moeilijk,' zei ze, en ze kneep iets harder in zijn hand.

'Niet zoals voor mij.'

Ze wist dat hij gelijk had. Ze schaamde zich. Ze had er geen probleem mee gehad om verder te gaan.

Hij had gebeld.

Hij had gehuild.

Hij had haar nodig gehad.

Zij was de sterkste geweest. Degene die hem had afgedankt.

'Je weet dat je me terug kunt krijgen, Vanja,' zei hij, en ze wist dat het waar was. 'Maar ik wil niet iemand zijn die je zomaar weer opzij kunt zetten. Het moet wel menens zijn. En ik denk dat het dat niet is.'

Ze wist niet goed wat ze terug moest zeggen. Ze had hem nu nodig. Maar dat kon volgende maand weer anders zijn. Of volgende week. Ze deed dit voor zichzelf, niet omdat ze van hem hield.

Maar dat inzicht was nog niet het ergste. Wat haar beangstigde, was dat ze besefte dat het haar deed denken aan de grootste egoïst die ze kende. Iemand die altijd zichzelf en zijn eigen behoeften op de eerste plaats stelde. Iemand wiens lusten elke interactie, zeker die met het andere geslacht, bepaalden.

Sebastian Bergman.

Ze had een aardje naar haar vaartje.

Er was veel te doen, hield hij zichzelf voor.

Daarom was hij er nog, terwijl de meeste anderen al naar huis waren.

Er was veel te doen.

Het had er niets mee te maken dat My die middag had gebeld. Ze verlangde ernaar om hem weer te zien. Zo gauw mogelijk. Ze had verteld hoe laat ze zou landen. Kon hij haar dan komen halen?

Billy had geaarzeld. Niet dat hij niet wilde. Hij miste haar ook, maar... Hun onderzoek. Gecompliceerd. De zaak trok deze keer op z'n minst de aandacht. Ze hadden niet veel tastbaars, en het weinige dát ze hadden, lag bijna allemaal op zijn bordje. Bewakingscamera's. Telefoonlijsten. Dat soort dingen... Zijn werk.

'Hoe laat denk je dan dat het wordt?'

De teleurstelling in haar stem kon hem niet ontgaan.

'Ik weet het niet. Laat.'

'Kunnen we dan in elk geval samen warm eten?' Niet zozeer een vraag als wel een indirect bevel. 'We hebben elkaar al bijna een week niet gezien.'

Billy had diep ademgehaald. Zijn ogen dichtgedaan. Er was geen goede manier om het te vertellen, alleen een heleboel slechte. Hij koos er daar een van.

'Ik weet het, maar het kan toch niet. Ik heb het zo druk...'

Stilte als enige antwoord.

'Misschien kunnen we beter afspreken dat we elkaar morgenvroeg zien,' zei hij tot slot. 'Ik zal zeggen dat ik morgen iets later op mijn werk ben... Dan zien we elkaar dan.'

Toen hij had opgehangen kon hij zich niet aan het idee onttrekken dat ze iets vermoedde. Dat er iets onuitgesprokens tussen hen stond, iets wat best een mengeling van verwarring, slecht geweten en schuldgevoel kon zijn.

Hij zette die gedachten van zich af met behulp van zijn werk.

Er was veel te doen. Dat was in elk geval niet gelogen.

Hij had nu de telefoongegevens van alle slachtoffers, behalve van Claes Wallgren. Hij had ze al eerder besteld, maar nog niet gekregen.

Ze wisten vrij nauwkeurig wanneer de dader contact had opgenomen met twee van zijn slachtoffers, dus hij begon met Patricia. Haar post over haar lunchafspraak en het komende interview was op 8 juni om 13.24 uur op haar Facebook-pagina gezet.

Billy vergeleek de lijst met de gesprekken van en naar haar mobieltje.

Dertien minuten eerder, om 13.11 uur, had ze een telefoontje gehad van een nummer dat van een prepaid telefoon bleek te zijn. Het gesprek duurde acht minuten. Vijf minuten later schreef ze erover op Facebook.

Hij ging door met Ebba. Zij had verteld dat ze op maandag was gebeld, nadat ze de Summer Blog Award hadden gewonnen. Even snel googelen leverde hem de datum van dat gala op, en inderdaad, er was de maandagochtend na de prijsuitreiking een telefoontje van een ander prepaid nummer gekomen.

Mirre Petrovic vereiste iets meer speurwerk. Ze wisten niet exact wanneer hij het telefoontje had gekregen, maar iemand had hem twee dagen vóór zijn laatste lunch vanaf een derde prepaid nummer gebeld in het Kurhotell. Ook dit duurde ruim vijf minuten. Snelle afspraken. Waarschijnlijk waren ze niet zo moeilijk over te halen tot een beetje media-aandacht.

Verder kwam hij helaas niet met de telefoons. Zijn lichte hoop dat de dader, die volgens Sebastian vast en zeker een oudere, mannelijke academicus was, onvoorzichtig zou zijn als het op elektronica aankwam, en digitale sporen zou achterlaten, werd beschaamd. Dit was een man die niets aan het toeval overliet.

Billy hoopte dat hij meer geluk zou hebben met het gevonden voertuig.

Hij wist precies wat hij zocht.

Model, type en kenteken – alles had hij. Behalve een foto van de bestuurder.

Voor zover ze wisten had de moordenaar na de ontvoering van Sara en Ebba Johansson door Groot-Stockholm gereden. Hij had de foto's van alle tolstations tot zijn beschikking. Als het meezat, zou er een foto recht van voren zijn genomen, maar tot nu toe had hij zelfs de camper niet ontdekt.

Na een uur kon hij weer een tolstation van de lijst afstrepen.

Vier gecheckt. Nog veertien te gaan.

Hij ging achteroverzitten op zijn stoel en rekte zich uit met zijn armen boven zijn hoofd. Hij dacht erover om een kop koffie te gaan halen, maar bedacht dat hij, als hij dan toch naar de kantine ging, beter iets kon eten.

Vanuit zijn ooghoeken nam hij een beweging waar in het verder lege kantoor. Vanja kwam terug. Ze zag hem op zijn plaats zitten en kwam naar hem toe. Hij boog zich over naar zijn computer en zette A$AP Rocky uit, die hij aan had staan op Spotify.

'Had jij niet een date?' vroeg Billy toen ze een stoel van het bureau ernaast pakte en bij hem kwam zitten.

'Is al afgelopen.'

'Vroeg,' zei Billy met een veelbetekenende blik op de klok.

'Ja. En wat doe jij?' vroeg Vanja, die van onderwerp veranderde voordat ze nog meer details over het etentje met Jonathan zou moeten vertellen.

'Ik heb een hoop te doen.'

Billy maakte een gebaar naar zijn bureau en de schermen voor zich, in de hoop dat dat duidelijk maakte hoe druk hij het had.

'Heb je hulp nodig?' vroeg Vanja, en ze trok haar dunne jack uit. De avond was toch al verpest. Ze wilde beslist niet naar huis, naar die lege flat die haar alleen maar aan Valdemar herinnerde.

'Ik zoek bij de tolstations naar de camper. Je mag er wel een paar van me overnemen als je wilt.'

Vanja knikte en Billy was een paar minuten bezig om een nieuwe computer aan een van de schermen te koppelen, haar toegang tot de server te geven. Daarna zaten ze zij aan zij naar eindeloze rijen auto's te kijken die Stockholm in en uit reden. Vanja betrapte zichzelf erop dat ze het leuk vond. Het was net als in de goede oude tijd, voordat haar wereld instortte, voordat de schaduwen het overnamen. Toen Billy en zij nauw samenwerkten, toen ze een team vormden en goed bevriend waren. Meer dan dat. Ze waren als broer en zus. Voor de breuk, de onenigheid en ook voor My, die

Vanja alleen maar vluchtig had gezien op de bruiloft, en die ze maar niet aardig kon vinden.

'My is vanavond thuisgekomen,' zei Billy opeens, alsof hij wist waar ze aan zat te denken.

'Waar was ze?'

'Bij haar ouders in Dalarna.'

'Wat doe jij dan hier?' vroeg Vanja verwonderd. De weinige andere stellen die ze kende, moest je de eerste maanden na de bruiloft met een breekijzer uit elkaar wrikken. Het gevoel dat ze in de auto naar Helsingborg had gehad kwam terug: dat het niet in orde was met het echtpaar Rosén.

Billy zweeg. Hij keek geconcentreerd naar het scherm. Dacht na.

Waarom had hij gezegd dat My weer thuis was?

Het had te maken met de situatie. Vanja en hij. Zij aan zij. Vroeger kon hij haar alles vertellen. Maar dan ook alles. Vanja wist meer van hem dan My en dan Jennifer – al wist die andere dingen –, meer dan wie ook. Hij moest gewoon toegeven dat het hem bijna te veel werd. Al die geheimen en leugens. Tijdens zijn werk speelden de gebeurtenissen van de afgelopen weken zich als een film af in zijn hoofd. Non-stop. Dag en nacht. Het aan iemand vertellen zou hem misschien helpen ermee om te kunnen gaan.

'Ik ben haar ontrouw,' zei hij zacht, zonder zijn ogen van het scherm voor zich te halen.

'Jullie zijn pas een maand of zo getrouwd!' Oprechte verbazing. Wat ze ook had verwacht, dit niet, begreep hij.

'Weet ik.'

'Met wie?'

'Maakt dat uit?'

'Nee, dat denk ik niet. Waarom?'

Ja, waarom? Omdat het zo werkte. Het gevoel van dominantie, macht en beheersing, gekoppeld aan hevig seksueel genot bleek die duistere aandrang, die als een hongerige slang in zijn maag zat, te temmen. Hanteerbaar te maken. Meer nog: onbelangrijk te maken.

De nacht met Jennifer was een van de heftigste die hij ooit had meegemaakt. Intenser en beter dan wat hij voelde toen hij dieren doodde, omdat het meteen werd gevolgd door een gevoel van seksuele bevrediging. Zoals hij nog nooit, zelfs niet bij benadering, had ervaren. De slang was verzadigd. Hij was rustig, tevreden. Zijn innerlijk was beter in evenwicht dan het in lange tijd was geweest.

Dat alles wist hij, maar niets daarvan kon hij zeggen.

'Het is ingewikkeld,' zei hij toen maar, en dat was geen leugen.

'Dan ben je eigenlijk wel een klootzak, hè?'

'Ja.'

Dat was niet erg. Het ging hem niet om haar sympathie. Hij voelde zich al beter nu hij het had verteld.

Billy's computer zei *pling* en hij keek met hernieuwde belangstelling. Een muisklik, en er verscheen een nieuw venster.

'Krijg nou wat.'

'Wat was dat?' vroeg Vanja, nieuwsgierig geworden door zijn plotselinge opleving.

'Ik ga na of Saurunas zijn creditcard gebruikt.'

Vanja wilde vragen of dat wel mocht als hij geen toestemming had van de officier van justitie, want ze had niet gehoord dat ze die hadden gekregen, maar ze deed het niet. Want het had blijkbaar wel resultaat opgeleverd.

'Hij heeft hem gebruikt,' bevestigde Billy haar gedachten.

'Waar?'

'Lang parkeren, Arlanda.' Hij keek haar even aan en greep toen zijn telefoon om Torkel te bellen. 'Hij wil 'm smeren.'

Op de E4 naar het noorden. Billy trapte het gaspedaal in tot bijna honderdvijftig kilometer, zette het zwaailicht op de voorruit en deed de blauwe lampen aan die bijna onzichtbaar op de grille zaten. Een sirene had hij niet, omdat het een burgerauto was, maar hij claxonneerde zodra hij iemand naderde die blijkbaar niet in de achteruitkijkspiegel keek en het zwaailicht niet zag.

Torkel zat achterin en besloot al voor de tweede keer tijdens deze zaak niets te zeggen over de snelheid waarmee ze reden. Wel vroeg hij zich af wat hijzelf zou hebben gedaan en of hij nog iets moest doen voordat ze er waren.

Het eerste wat hij deed was de dienstdoende bevelhebber op het politiebureau van het vliegveld bellen. Ze hadden de informatie en het signalement van Christian Saurunas ontvangen en bevel gekregen om alle gates van alle terminals te checken. Als ze niet alle vliegtuigmaatschappijen konden controleren, moesten ze een oproep doen aan alle gates. Torkel maakte duidelijk dat het hem geen snars kon schelen als dat tot vertragingen leidde. Saurunas mocht Stockholm niet verlaten.

De politiepatrouille die ze naar Bäckväg 43 hadden gestuurd had bevestigd dat Saurunas niet thuis was en dat zijn rode Volvo niet op de bij zijn flat behorende parkeerplaats stond.

Het volgende telefoontje was met Lang Parkeren op Arlanda. Ze gingen ervan uit dat Saurunas niet van tevoren een plaats had gereserveerd, en een snel gesprekje met de klantenservice bevestigde dat. Dus was Saurunas waarschijnlijk gewoon ergens gaan staan waar plek was. Torkel had gevraagd of het parkeerbedrijf iemand naar de auto wilde laten zoeken. Dat zou hun tijd besparen. Tot zijn verbazing beloofde de vrouw die hij aan de lijn had dat ze meteen zou gaan kijken, samen met een collega. Hij gaf haar het kenteken van Saurunas' rode Volvo, maar had er toch geen al te hoge verwachtingen van. Het was waarschijnlijk een van de meest voorkomende auto's in het land, en de vrouw die hij had gesproken en van wie hij zich nu met geen mogelijkheid meer de naam kon herinneren, zei dat de beide langparkeerplaatsen samen een capaciteit van ruim 1800 auto's hadden. Torkel nam de gok en vroeg hen ook uit te kijken naar een camper met een Duits kenteken. Daarvan zouden er toch niet overdreven veel op die parkeerplaats staan? En hij was dankzij zijn formaat ook wat gemakkelijker te ontdekken. De vrouw beloofde dat ze haar best zou doen, gaf hem haar privé mobiele nummer en hing op.

Torkel keek door het zijraam en zag dat ze de ene na de andere auto voorbijreden. Hij vroeg zich even af of hij Lise-Lotte moest bellen, maar dat zou in deze omstandigheden een wat onprofessionele indruk wekken, en bovendien had hij geen zin in vragen van zijn beide medepassagiers.

Hij had haar weer alleen moeten laten.

Ze zaten in een restaurant onder aan de Djurgårds-brug en hadden net besloten wat ze wilden eten, maar nog niets besteld. Ze hadden allebei een glas rosé op en hielden onder de tafel elkaars hand vast. De avond had niet beter kunnen beginnen. Ze had verteld wat ze overdag had gedaan. De toerist uitgehangen in de hoofdstad. Ze woonde er al jaren niet meer en het was zelfs al meer dan vijftien jaar geleden dat ze er voor het laatst was geweest, rekende ze uit nu ze erover nadacht. Dus ze had een paar *must sees* gedaan en genoten.

Toen belde Billy. Vijf minuten later zat Torkel in een taxi naar het politiebureau op Kungsholmen. Hij maakte zich ernstig zorgen dat Lise-Lotte het zat zou worden. Achteraf gezien had hij haar nu van de drie keer dat ze elkaar hadden gezien ook drie keer in allerijl verlaten. Oké, die avond dat ze op de trap op hem had zitten wachten niet. Maar toch had ze ook toen een paar uur moeten wachten voordat hij thuiskwam.

Hoorde dat erbij als je een relatie met hem had?

Het antwoord op die vraag was helaas bevestigend.

Dat hadden zijn beide eerdere vrouwen ontdekt, en zij waren het zat geworden.

Hij durfde haast niet te hopen dat Lise-Lotte anders was.

Hij vloekte inwendig. Hadden ze elkaar niet een maand eerder kunnen tegenkomen? Nadat ze de zaak in Torsby hadden afgesloten had hij een paar weken bijna niets te doen gehad. Alleen maar achterstallig papierwerk gedaan. Een paar brieven beantwoord. Een paar strategische vergaderingen bijgewoond.

Toen had hij gewone kantoortijden gehad. Was hij normaal geweest. Iemand van wie je je kon voorstellen dat je met hem samenleefde – oké, dat stelde meer voor dan drie ontmoetingen, dat gaf hij toe –, maar hij wilde zo graag dat het meer werd, iets duurzaams.

Hij zuchtte diep, en Vanja draaide zich om op de voorstoel en keek hem vragend aan. Ze zaten maar met z'n drieën in de auto. Ursula zou op eigen gelegenheid komen. Torkel had uit beleefdheid Sebastian ook gebeld, maar die had al snel geconcludeerd dat het hier om een pure politieactie ging.

Ze kregen Saurunas te pakken of niet.

Zo ja, dan moesten ze hem maar weer bellen. Zo nee, dan had hij geen zin om zijn avond rennend en zoekend naar iemand op een vliegveld te verdoen. Torkel had zich er niet over verbaasd. Het was per slot van rekening Sebastian Bergman die het zei.

Billy sloeg van de E4 af naar de lange rechte weg naar de parkeerplaatsen voor langparkeren met de fantasierijke namen Alfa en Bèta, en uiteindelijk ook naar de vijf terminals. Toen rechts van de auto de omtrekken van een aantal modelwoningen zichtbaar werden, ging hij nog een keer rechtsaf, de 273 op richting Norrtälje, en gaf hij weer plankgas.

Een paar minuten later kwamen ze aan bij de twee grote, goed gevulde terreinen, waar honderden auto's in rechte rijen stonden.

'Waar moeten we nu heen?' vroeg Billy, en hij stopte tussen de inritten naar de parkeerplaatsen.

Torkel pakte zijn telefoon weer en toetste het nummer in van de vrouw die hem had beloofd de auto te helpen zoeken als hij kwam of liefst nog eerder.

'Hallo, nogmaals met Torkel Höglund van de Nationale Recherche,' zei hij toen ze opnam. 'We zijn er. Heb je enig idee waar we heen moeten?'

'Er staat hier een camper met een Duits kenteken,' antwoordde de vrouw.

‘Waar is hier?’

Hij kreeg geen antwoord meer. Dat hoefde ook niet.

Er schoot een enorme vuurzuil omhoog vanaf de parkeerplaats rechts van hen. Even later volgde een drukgolf, waardoor hun auto begon te schudden. Het oorverdovende geluid van een explosie gaf ondubbelzinnig aan waar de auto die ze zochten had gestaan.

Ze zetten alles in wat ze hadden.

Grote schijnwerpers verlichtten het terrein. Overal zwaailichten en afzettingen. Geüniformeerde politie, ambulancepersoneel, brandweermensen en technici. Pers en nieuwsgierige voorbijgangers verzamelden zich. In de verte waren opgewonden stemmen te horen van mensen die nog net waren geland voordat het vliegveld werd gesloten, maar die nu hun auto niet konden ophalen.

Torkel liep rond. Aan de rand van het gebied. Er was voor hem niet veel te doen in het centrum van het gebeuren. Eigenlijk had hij net zo goed naar huis kunnen gaan om een rapport te schrijven voor de volgende ochtend, maar hij was verantwoordelijk voor het onderzoek en hoorde de laatste te zijn die hier wegging. Hij kon in geen geval weg voordat er een voorlopig technisch rapport was opgesteld over wat er feitelijk was gebeurd.

Ook al was dat niet zo moeilijk te achterhalen.

De camper was geëxplodeerd.

Er was niet veel van over. Verwrongen en verbrande delen waar je met enige fantasie nog een onderstel in kon herkennen. Wat waarschijnlijk een zware motor was geweest lag daar een paar meter voor. De ene zijwand stond nog als een scherpe, verkoolde scherf overeind. Verder was er niets meer. De banden waren ofwel weggeblazen, ofwel door de hitte van de ontstane brand gesmolten. Overal lagen brokstukken. De auto's in de dichtstbijzijnde rij waren door de explosie op hun kant gegooid en sommige waren in brand gevlogen. Ruiten en spiegels waren tot honderden meters in de omtrek gebroken.

De vrouw die hij aan de lijn had gehad toen de camper explodeerde, was naar het ziekenhuis gebracht. Ze was bewusteloos aangetroffen. Waarschijnlijk was ze door de drukgolf weggeslingerd en tegen een van de geparkeerde auto's geklapt. Ze had splinters in haar gezicht gekregen en de hulpverleners waren bang voor inwendige bloedingen. Torkel nam zich voor het ziekenhuis de volgende dag te bellen om te vragen hoe het met haar ging.

Een van de technici die tussen de op hun zijkant en op elkaar liggende auto's rondliepen, gaf een schreeuw. Torkel bleef staan. Hij zag de baas van de technicus erheen lopen. Die begon op zijn beurt ook zoekend om zich heen te kijken.

Ze zochten hem, drong tot Torkel door toen hij zag dat ze naar hem begonnen te wenken.

Een zwarte Golf stond met zijn voorkant boven op de zijkant van een blauwe Renault. Alle ruiten en spiegels waren verbrijzeld, maar geen van beide auto's had vlam gevat, zo te zien. Torkel liep ernaartoe en keek in de richting waar de eerste technicus naar wees.

Tussen de glassplinters en de restanten van wat een stoel uit de camper zou kunnen zijn geweest, lag iets wat alleen maar een been kon zijn. Afgerukt bij de heup. De resten van een broek en een schoen die nog vrijwel heel was aan een voet waarvan de grootte aangaf dat het om een mannenbeen ging.

Torkel zuchtte diep.

Nog meer doden. Het ging er nu vooral om meer lichaamsdelen te vinden.

Torkel verliet de vindplaats met een gevoel van droefheid. Het zou tijd kosten om na te gaan van wie het been was, maar alleen al het idee van wat er was gebeurd greep hem aan. Iemand die terugkwam van een vliegreis, die naar huis verlangde, de bus naar de parkeerplaats had genomen om naar huis en naar zijn geliefden te rijden en dan... Afgelopen.

Zonder waarschuwing vooraf.

Volkomen onvoorspelbaar.

Onrechtvaardig.

Na een kleine tien minuten werd hij weer geroepen. Nu wezen ze onder een oranje Volvo 242, die, hoewel hij twee rijen van de camper vandaan stond, op zijn zijkant was gegooid, tegen een grijze Toyota aan. Torkel knielde, zorgvuldig oplettend dat hij niet met zijn knie in de glassplinters terechtkwam. Deze keer zag hij een hoofd en een stuk van de rechterschouder. Gedeeltelijk verbrand en gehavend door de kracht van de explosie, maar verbazend goed intact. Er was natuurlijk obductie nodig om het DNA vast te stellen en zeker te zijn van de identiteit van de man, maar Torkel herkende hem, niet in de laatste plaats dankzij de wilde baard. Hij was er vrijwel zeker van dat het Christian Saurunas was.

Maar wat betekende dat?

'Is hij hierheen gegaan om zelfmoord te plegen?' vroeg Billy toen hij hoorde wat – of liever: wie – ze hadden gevonden.

'Ik weet het niet. Wanneer gebruikte hij die creditcard?'

Billy keek in zijn aantekeningen.

'Om 20.24 uur.'

'Wij waren hier even na negenen...' zei Torkel vooral tegen zichzelf, maar Billy knikte instemmend. 'Waarom wachtte hij dan meer dan een halfuur?'

'Misschien was het een ongeluk,' probeerde Billy. 'In die campers zit vast een hoop butaan.'

'Maar als hij weg wilde, waarom bleef hij dan ruim een halfuur in die wagen?' bemoeide Vanja zich met het gesprek.

'Misschien ging zijn vliegtuig pas later en wilde hij nog even een bakje koffie zetten,' opperde Billy, maar hij hoorde zelf hoe onwaarschijnlijk het klonk.

'Weten we of hij een vlucht had geboekt?' vroeg Torkel.

Billy schudde zijn hoofd.

'Nog niet, maar er zijn maar zes vluchten na negen uur, dus daar zouden we vrij snel achter moeten kunnen komen.'

'Laat het me weten als je het hebt uitgezocht. Er klopt hier iets niet,' zei Torkel ten slotte, en hij liep weg bij Vanja en Billy.

Het zou een lange avond worden.

Hij had Lise-Lotte gebeld en verteld dat hij hoogstwaarschijnlijk de hele nacht op Arlanda zou moeten blijven. Gezegd dat het hem speet. Ze had gezegd dat ze elkaar dan de volgende ochtend zouden zien en dat hij haar vannacht wakker mocht maken, hoe laat het ook was.

'Wat denk je?' vroeg hij toen hij bij Ursula kwam, die naar de restanten van de camper stond te kijken.

'Hij daar...' Ze wees naar een man die achter in een ambulance zat en werd verbonden. Zijn uniform gaf aan dat hij van het parkeerbedrijf was. Waarschijnlijk de collega die de vrouw met wie Torkel had gesproken mee had genomen om te helpen zoeken.

Blijkbaar was hij op het moment van de explosie een stuk verder weg. Gelukkig voor hem.

'Hij zegt dat het drie klappen waren, vlak na elkaar.'

'Dat er drie dingen zijn geëxplodeerd.'

'Twee flessen butaan en de benzinetank?'

Ursula antwoordde niet meteen. Ze liep wat dichter naar de resten van de camper toe en wees.

'Het butaan zou achter in de wagen hebben moeten zitten, of in het midden. Bij de keuken, niet?'

'Ik weet het niet. Ik ben geloof ik nog nooit in een camper geweest,' antwoordde Torkel.

'Achterin of in het midden,' zei Ursula. 'De benzinetank achter aan de onderkant. Kijk eens naar de motor.'

Hij deed wat ze zei, maar zag alleen maar donkere, verwrongen wrakstukken liggen.

'Die is zwaar. Het zwaarste van de hele camper. Een butaanexplosie in het midden of achterin zou de motor niet zo naar voren drukken.'

Torkel knikte. Hij dacht dat hij begreep waar haar redenering naartoe ging, maar liet haar doorgaan.

'Er is iets ontploft in de bestuurderscabine, en daar heb je geen butaan.'

'Wat was dat dan?'

'Dat weet ik niet, maar als ik moet raden, zou ik zeggen een of andere springstof.' Ze keek op en liet haar blik over het terrein dwalen. 'Ik denk dat butaan en een benzinetank niet zoveel schade zouden aanrichten.'

'Een bom dus.'

'Laten we de honden erbij halen om dat zeker te weten.' Ze draaide zich naar hem toe en keek hem aan. 'Maar ja, waarschijnlijk een bom.'

Sebastian zat al bijna twee uur in de Kamer te wachten toen het volgende teamlid de deur opendeed en binnenkwam.

Torkel.

Nog steeds met een beetje nat haar van het douchen. Fris geschoren, geruit shirt met korte mouwen, kaki broek, kop koffie in zijn ene hand, mapje met stukken in de andere. Hij zag eruit en was gekleed als altijd, en toch had Sebastian de indruk dat er iets anders was.

'Goeiemorgen, ben je er al?' vroeg hij opgewekt toen hij Sebastian zag.

'Ik dacht dat we om acht uur begonnen.'

'O ja, verdorie. Sorry, we hebben gisteren afgesproken iets later te beginnen. Het is laat geworden op Arlanda.'

Ondanks de excuserende toon bleef er een glimlachje om Torkels lippen spelen. Sebastian volgde hem met zijn ogen toen hij naar het hoofd van de tafel liep. Lichte tred. Een zekere glans in zijn ogen. Hij meende zelfs een zacht geneurie te horen toen zijn baas een stoel pakte en ging zitten.

Toen besefte hij het opeens.

Torkel zag eruit alsof hij net was klaargekomen.

Net klaargekomen en gelukkig.

Hij wilde juist nagaan of hij bevestiging kon krijgen voor zijn theorie toen de deur openging en Ursula verscheen. Ook zij met een kop koffie en een mapje in haar handen. Maar daarmee hielden alle overeenkomsten op.

'Goeiemorgen,' zei ze alleen toen ze binnenkwam, en ze ging zitten.

Moe. Niet opgemaakt. Geen lichte tred, geen glans in de ogen, geen tevreden geneurie. Sebastian nam aan dat iemand anders Torkel tegenwoordig gelukkig maakte, of hij was in bed net zo saai en fantasieloos als hij als mens was. Niet onmogelijk natuurlijk, maar

Ursula zag eruit alsof ze de nacht in het washok had doorgebracht, en Torkel mocht dan geen seksatleet zijn, zo slecht was hij toch vast niet.

Sebastian vergat Torkels seksleven toen Vanja binnenkwam. Ook zij zag er nogal moe uit toen ze even 'Mogge' zei en in de stoel het dichtst bij de deur ging zitten. Sebastian had zin om te vragen hoe het met haar ging, maar hij zag ervan af. Ook al was het een volstrekt gerechtvaardigde en collegiale vraag, ze zou hem opvatten als persoonlijk en nieuwsgierig, daar was hij van overtuigd. Dus hij hield zijn mond. Vanja pakte een flesje mineraalwater van het midden van de tafel. Sebastian gaf haar de flesopener aan.

Torkel wierp een blik op de klok aan de muur.

'Billy?' vroeg hij.

'Die komt iets later,' antwoordde Vanja. 'Zo gauw mogelijk.'

'Oké, we beginnen. Christian Saurunas is gisteren omgekomen toen de camper die we zochten op de langparkeerplaats van Arlanda explodeerde,' zei hij tegen Sebastian, en daarna keek hij Ursula aan.

Zij deed het mapje open dat ze bij zich had, maar keek er niet in. Het weinige dat ze te vertellen had, had ze in haar hoofd.

'We hebben verschillende lichaamsdelen gevonden. Ze zijn waarschijnlijk allemaal van dezelfde persoon, en we gaan dus uit van de theorie dat dat Saurunas was. De parkeerplaats heeft camerabewaking. De filmpjes worden vanmorgen naar Billy gestuurd en de bomhonden die we hebben ingeschakeld gaven aan dat er een springstof is gebruikt.'

'Een bom,' constateerde Torkel.

'Springstof in elk geval.'

'Wilde hij soms een vliegtuig laten ontploffen?' liet Vanja zich ontvallen.

Niemand kon reageren, want de deur ging open en Billy kwam haastig binnen.

'Sorry dat ik zo laat ben,' zei hij, terwijl hij ging zitten en in één beweging zijn laptop openklapte. 'Waar zijn we?'

'Springstof in de camper, en we vroegen ons net af of hij een of andere terreuractie van plan was,' zei Torkel.

'Hij had geen ticket voor een van de toestellen die gisteravond nog weg moesten,' vertelde Billy, en hij opende op zijn laptop de documenten en bestanden die hij nodig had.

'Hij kan er alvast heen gegaan zijn om te overnachten en vanmorgen vroeg een vliegtuig te nemen.'

'Hij had voor zover we weten ook geen ticket voor een van de vroege vluchten van vandaag, maar ze blijven zoeken,' zei Billy, nog steeds met zijn aandacht op het scherm gericht.

Hij had zijn belofte aan My gehouden. Ze wist niet dat ze hadden besloten de vergadering uit te stellen, dus ze dacht dat hij een paar uur langer thuisbleef voor haar.

Ze had hem om zeven uur wakker gemaakt. Ze hadden gevrijd. Vanille. Saai. Hij had zijn plicht gedaan.

Hij wist wat ze lekker vond.

Zij had geen idee wat er de laatste tijd in hem omging. Of waarom.

Voor een buitenstaander was er niets vreemds aan de ochtend geweest, maar Billy vond dat er een afstand tussen hen bestond die door hun vriendelijke, liefdevolle woorden niet kon worden verbloemd. Alles net als altijd, maar toch ook weer niet. Maar dat kon ook gewoon zijn slechte geweten zijn. Uiteindelijk moest hij naar zijn werk. Ze begreep het. Waardeerde het dat hij een paar uur in de ochtend vrij had genomen. Zei dat ze even naar haar praktijk moest, de mail moest checken, maar ze had geen cliënten, vandaag niet en morgen niet. Dus misschien konden ze vanmiddag iets afspreken? Profiteren van de lichte avonden? Hij beloofde niets, maar zou het proberen. Kusje, doeg.

Net als altijd, hield hij zichzelf voor.

Precies zoals altijd.

'Wat deed hij daar als hij niet op reis ging?' vroeg Ursula terecht.

'Grote parkeerplaats. Zich van de camper ontdoen?' stelde Billy voor.

'Een wagen waarmee niemand die we hebben gesproken hem ooit heeft gezien of waarvan niemand heeft gehoord dat hij hem had.'

'En het verklaart de springstof niet,' vulde Vanja aan.

'Zelfmoord?' opperde Torkel.

Dat was niet waarschijnlijk. Niets in de werkwijze van de moordenaar wees erop, maar zo werkte het. Een van de voordelen van een zo hecht team was dat iedereen zonder schroom alles te berde kon brengen, hoe dom of vergezocht het ook leek. Het was al herhaaldelijk gebeurd dat een verworpen idee of een onmogelijk scenario een gedachte of een keten van ideeën had opgeroepen waardoor ze verder waren gekomen.

Onbelemmerd denken was een voorwaarde voor succes.

'Waarom daar? Waarom met een bom?' bracht Ursula tegen Torkels laatste optie in. 'En hij had nog wel een alibi voor de moorden.'

Daar werd met zwijgen op gereageerd. Ze konden een vertrek van Arlanda en de dood van Saurunas maar moeilijk in verband brengen met wat ze over hem wisten.

'Dus onze moordenaar heeft zich van hem ontdaan,' zei Sebastian, waarmee hij onder woorden bracht wat ze allemaal dachten. 'En de auto,' voegde hij eraan toe.

Torkel knikte nadenkend.

'Dat is een theorie waar we in elk geval over na moeten denken.'

'Dan moet hij hem als een bedreiging hebben gezien,' constateerde Vanja.

'Waarschijnlijk.'

'Waarom?' vervolgde ze. 'Omdat wij met hem hebben gesproken? Was de moordenaar bang dat hij ons naar hem toe zou leiden?'

'Waar is hij heen gegaan nadat wij hem hadden laten gaan, weten we dat?' vroeg Torkel aan Billy, alsof de kans het grootst was dat hij dat zou weten. Billy's snelle schouderophalen bewees dat dat niet zo was.

'Nee, dat weten we niet.'

'Hij ging naar huis, haalde de Volvo, maar daarna...' Ursula spreidde haar handen om aan te geven dat niemand wist waar Saurunas daarna naartoe was gegaan.

'Ik krijg zijn telefoongegevens vandaag, dus ik kan kijken of hij iemand heeft gebeld nadat hij hier was vertrokken,' zei Billy.

'Als hij hiervandaan direct naar de moordenaar is gegaan, was dat iemand die hij kende,' concludeerde Torkel. 'We moeten zijn familie in kaart brengen, zijn kennissenkring, clubs waar hij lid van is, de hele handel.'

'Ik vind dat we moeten beginnen bij de KTH,' zei Sebastian. 'We zoeken hoogstwaarschijnlijk iemand met een academische opleiding, en bovendien hebben we het verband met Olivia Johnson.'

'Wat haar betreft,' zei Billy. 'We hebben een lijst gekregen van alle scholen waar ze op heeft gezeten, maar niet van alle docenten die ze heeft gehad.'

'Kijk rondom Saurunas of er een naam opduikt die op een van die scholen heeft gewerkt,' zei Torkel, en Billy knikte. Het zou even duren om de puzzel van Saurunas te leggen. Namen en registers vergelijken. Veel telefoontjes. Dan moest hij vanavond misschien ook overwerken...

'Voorlopig gaan we terug naar de oorspronkelijke drie.'

'Skogh had een alibi en Saurunas is dood,' protesteerde Vanja.

'En El-Fayed hebben we afgeschreven omdat getuigen op twee plaatsen zeiden dat hij het niet was,' voegde Billy eraan toe.

'Ik weet het, maar hij is academicus, Olivia Johnson was een student van hem en hij is de enige die we op dit moment hebben.'

Vanja knikte en sprong op.

El-Fayed dus.

Toen Vanja de Campus Flemingsberg binnenging, probeerde ze het gevoel van zich af te zetten dat ze haar tijd verdeed. Ze hadden hun belangstelling voor El-Fayed laten varen omdat de getuigen hem hadden uitgesloten en omdat ze de hele tijd geloofwaardigere, interessantere sporen hadden om te volgen. Nu waren ze weer terug bij af en krabbelden ze terug. Ze pakten iets aan wat ze eerder een lagere prioriteit hadden gegeven. Zoals Muhammed El-Fayed, lector medische techniek. Het was politiewerk dat moest worden gedaan.

Deze keer nam ze de trappen, en ze hoorde dat Sebastian, een paar stappen achter haar, buiten adem raakte. Ze moest toegeven dat hij nuttig was geweest in de onderzoeken waaraan hij het afgelopen jaar had meegewerkt, maar als ze in een situatie terecht zouden komen waarin ze achter iemand aan moesten rennen zouden ze niet veel aan hem hebben.

Ze dacht er even over om een sarcastische opmerking te maken over zijn beroerde conditie, maar besloot de stilte die er al tussen hen heerste sinds ze van Kungsholmen waren vertrokken niet te verbreken.

Ze gingen linksaf en nog een keer linksaf, en belden aan bij de glazen deur die toegang gaf tot de afdeling Medische Techniek. Een vrouw uit de kamer het dichtst bij de deur kwam opendoen. Vanja legitimeerde zich, legde uit waarvoor ze kwam, en de vrouw ging hun voor door de gang, stopte bij een van de houten deuren en klopte aan. Een bebaarde man van een jaar of vijfenveertig met een Arabisch uiterlijk keek op van zijn computer toen de vrouw de deur opendeed.

'De politie wil je spreken,' zei ze, en ze liet Vanja en Sebastian binnen voordat Muhammed de kans kreeg om te zeggen of het bezoek hem uitkwam of niet.

'Sorry dat we storen,' zei Vanja, en ze stak El-Fayed haar hand toe. 'Vanja Lithner, Nationale Recherche. We zouden u een paar vragen willen stellen.'

'Goed. Waarover?' vroeg Muhammed, en hij wendde zich tot Sebastian, die zonder zich voor te stellen op een stoel aan de kleine vergadertafel ging zitten. Vanja pakte haar notitieboekje uit haar zak.

'Wat deed u gisteren tussen acht en tien?'

Dat konden ze maar beter meteen opgehelderd hebben. Vragen stellen, op de man af, geen geleuter.

'Ik was thuis.'

'Alleen?'

'Ja.'

'Woont u alleen?'

'Ik ben gescheiden. Heb de kinderen om de week.'

'Maar deze week niet.'

'Nee, ze zijn nu, in het begin van de zomervakantie, een paar weken bij hun moeder. Waarom vragen jullie dit?' Muhammed keek van Vanja naar Sebastian, die nog steeds geen woord had gezegd, maar met zijn armen over elkaar achteroverleunde.

'Kunt u ons vertellen waar u op deze data en deze tijden was?' vervolgde Vanja, en ze haalde een papiertje uit haar notitieboekje, vouwde het open en gaf het aan Muhammed. Hij pakte het aan en keek er niet-begrijpend naar.

'Daar moet ik mijn agenda voor nakijken,' zei hij, en hij keek Vanja verontschuldigend aan en ging achter zijn computer zitten. Ze knikte even en Muhammed klikte met een paar snelle muisbewegingen naar zijn agenda. Zijn ogen gingen van het papiertje dat hij had gekregen naar het scherm en terug.

'Op die eerste datum was ik gewoon hier... Op de tweede was in Linköping, naar de opleiding daar. Åke was er ook bij. Daar heeft iemand van de politie over gebeld.'

Vanja vloekte inwendig. Ze hadden het alibi van Åke Skogh gecontroleerd, en de reis naar Linköping had inderdaad plaatsgevonden, maar de opdracht om contact op te nemen met iedereen die daarbij was, had Torkel aan iemand van buiten de groep gegeven. Dat de naam El-Fayed op die lijst stond, hadden ze moeten weten.

'Op de derde datum was ik in Barcelona. Toen heb ik daar een gastcollege gegeven. Katja, die jullie heeft binnengelaten, heeft de vliegreis en het hotel geregeld.'

'Oké, dank u.'

'Ik kan het bewijzen,' zei Muhammed, en hij draaide zich weer om naar zijn computer.

Het viel Sebastian op dat hij zichzelf erg gretig vrij wilde pleiten. Maar dat was misschien wel begrijpelijk. Hij had waarschijnlijk onaangename ervaringen gehad met de politie in zijn land van herkomst. Of hij dacht dat zijn achtergrond er automatisch voor zorgde dat ze hem niet zouden geloven.

'Kijk,' zei hij, en hij draaide het scherm zo dat Vanja mee kon kijken. Een website in het Spaans van een universiteit in Barcelona. Spaanse tekst rondom een ruitje in het midden waarop Muhammed te zien was achter een spreekgestoelte, met een projectie op een wit doek op de achtergrond. Een wit driehoekje midden in het beeld gaf aan dat het een filmpje was. Daaronder stond: *Muhammed El-Fayed on Transferring Data from the Inner Body.* Het college was gegeven op de dag waarop de zusjes Johansson hadden afgesproken met de dader.

Vanja's telefoon ging. Ze pakte hem, excuseerde zich en ging meteen de kamer uit. Muhammed bleef op zijn kantoorstoel zitten en keek een beetje verwilderd naar Sebastian, die er nog zat, zwijgend en stil. Muhammed wierp een blik in de gang, waar Vanja heen en weer liep met de telefoon aan haar oor.

'U had Olivia Johnson als student,' zei Sebastian. Muhammed schrok een beetje van het plotselinge geluid.

'Ja, zijn jullie daarom hier?' Een zweem van ongerustheid in zijn stem. 'Is er iets met haar gebeurd?'

'Wat dacht u toen zij die beurs kreeg?'

'Wat ik dacht?'

'Ja.'

'Ik weet niet...'

Muhammed boog zich voorover, liet zijn bebaarde kin op zijn ene hand rusten en leek serieus over de vraag na te denken. Nog altijd eropuit om de politie tevreden te stellen, dacht Sebastian.

'Ik was trots. Ze was het echt waard. Jammer genoeg heb ik dat nooit tegen haar gezegd.'

'Waarom niet?'

'Ik had twee weken vrij toen ze hoorde dat ze de beurs had gekregen en toen ik terugkwam, was ze al weg. Het ging heel snel. Is er iets met haar gebeurd?'

'Nee, niet dat we weten.'

'Waarom zijn jullie hier dan?'

De glazen deur ging open en Vanja kwam de kamer weer binnen. Sebastian leunde weer achterover. De orde was hersteld. Vragen werden gesteld en beantwoord door Vanja. Stil op de achtergrond, dat was waar ze hem wilde hebben, dus daar bleef hij.

Ze zaten weer in de Kamer. Het energieniveau was aanzienlijk gedaald. Nu wisten ze zeker wat ze eerder alleen maar hadden vermoed.

Saurunas was vermoord.

Ze hadden de video's van Lang Parkeren gekregen. Daar stond een man op die de camper verliet meteen nadat die was geparkeerd, en niet meer terugkwam. Dertig minuten later explodeerde de wagen. Hoe Billy de beelden ook probeerde te bewerken, het was niet te zien wie daar wegliep. De camera's stonden te ver weg en de resolutie was te grof. Maar het was niet El-Fayed. Niet alleen gaven zijn bezoek aan Linköping en het gastcollege in Barcelona hem een waterdicht alibi, de antwoorden die hij had gegeven klonken in Vanja's oren ook volkomen eerlijk, en niets in zijn gedrag of zijn voorgeschiedenis leek op de psychologie van hun dader. Hij kon natuurlijk een geweldig handige intrigant zijn die hen voor de gek hield, maar dat geloofde Vanja niet.

De getuigenverklaringen, zijn alibi, hun persoonlijke ontmoeting. Het was niet El-Fayed.

Ze waren bezig de mensen rondom Saurunas in kaart te brengen, van de intimi naar buiten, en de namen die daaruit kwamen, vergeleken ze met de namen van iedereen die Olivia Johnson ooit les had gegeven. Dat was een tijdrovend karwei, dat tot nu toe niets had opgeleverd. Torkel overwoog om door de zure appel heen te bijten en naar Rosmarie te gaan om haar om meer mensen te vragen. Of ze moesten de breedte in gaan en iedereen verhoren die iets met Saurunas te maken had, alle docenten die Olivia Johnson had gehad. Of ze moesten gokken. Alleen maar om iets te bereiken. Zoals de zaken er nu voor stonden, leek het of ze bij elke doorbraak één stap vooruit en twee stappen achteruit zetten.

De sporen leidden nergens heen.

Naar mist. Naar frustratie.

Sebastian stond op en begon door de Kamer te ijsberen. De anderen bekeken hem zwijgend.

'De man die we zoeken is niet gestopt met moorden,' zei hij toen hij ieders aandacht had. 'Hij wordt steeds ambitieuzer, zowel wat zijn slachtoffers betreft als in zijn werkwijze. Het wordt tijd om zelf iets te doen in plaats van te reageren.'

'We volgen elk spoor dat we krijgen,' antwoordde Torkel. 'We zijn niet aan het duimendraaien.'

'Maar we vólgen. Hij heeft de leiding,' zei Sebastian. 'We moeten hem inhalen, hem voorbijgaan. Het initiatief nemen.'

'En hoe had je gedacht dat te doen?' vroeg Vanja. Naar haar toon te oordelen had ze ook 'Gemakkelijker gezegd dan gedaan' kunnen zeggen.

'We moeten hem begrijpen,' vervolgde Sebastian, die zich niet uit het veld liet slaan. 'Wie is hij? Wat wil hij? Wat drijft hem? Wat interesseert hem het meest?'

Niemand reageerde. Dit hadden ze eerder meegemaakt. Sebastian Bergmans onemanshowtjes. Het was duidelijk dat hij, zoals altijd, genoot van deze momenten.

'Hij wil ons iets leren. Ons iets uitleggen. Ons de wereld laten zien zoals hij dat doet, want hij doorziet de leugen. Hij is iets beter dan wij.'

Hij liep snel naar het whiteboard en haalde de *Expressen* van de vorige dag eraf.

'Kijk naar dat interview dat hij Weber heeft gegeven. Elke keer dat die een beetje kritisch was of ergens aan twijfelde, voelde Cato zich gedwongen hem tegen te spreken. Behoorlijk. Hem op zijn plaats te zetten. Die man wil niet alleen onderwijzen en onthullen, hij wil dat doen zonder te worden tegengesproken.'

'En wat hebben we daaraan?' voelde Torkel zich gedwongen Sebastians monoloog te onderbreken.

'Stel dat iemand tegen hem zegt dat hij zich vergist. Hij is niet beter of slimmer dan wij. Hij is niet eens slimmer dan zijn slachtoffers. Hij krijgt aandacht omdat hij moordt, maar doden kan elke idioot.'

Het werd stil in de kamer. Iedereen liet zijn woorden op zich inwerken en dacht erover na wat ze inhielden.

'Je wilt hem aanvallen,' concludeerde Ursula zacht.

'Aanvallen is niet het goede woord,' antwoordde Sebastian, nog steeds geagiteerd. 'Uitdagen. Hem uit zijn evenwicht brengen. Alle aandacht die hij heeft gekregen afpakken en tegen hem gebruiken.' Hij zweeg weer en keek naar het team. 'Erop en erover.'

Als ze al bezwaren of een beter voorstel hadden, dan spraken ze die niet uit, dus Sebastian keek Torkel aan.

'Is Weber je geen dienst verschuldigd?'

'Jullie willen een exclusief interview geven?'

Ze waren terug in de stijlvolle historische kamer. Lennart Källman zat op dezelfde stoel als de vorige keer en keek Sebastian verbaasd aan.

'Ja,' antwoordde Sebastian.

'Wat is het doel daarvan?' was de volgende vraag van de hoofdredacteur, en zijn aanvankelijke verbazing maakte hoorbaar plaats voor enig wantrouwen.

'Jullie doel is waarschijnlijk kranten verkopen; het onze is anders,' zei Sebastian cryptisch.

'Wij zijn van mening dat het in het algemeen belang is dat mensen weten hoe wij tegen de dader aan kijken,' vulde Torkel aan. Hij was hun eerste gesprek niet vergeten. 'Verschillende stemmen moeten toch een plaats krijgen in uw krant? Of heb ik uw publicitaire taak verkeerd begrepen?'

De hoofdredacteur keek hem geërgerd aan. Het was duidelijk dat hij zijn eigen argumenten herkende en het niet kon waarderen dat die tegen hem werden gebruikt.

'We vinden dat jullie ons dat verschuldigd zijn,' besloot Torkel.

'Zo werkt het niet helemaal,' zei Källman een beetje nerveus. 'Natuurlijk interviewen we graag. Ik wil alleen weten wat jullie doel is. We willen ons niet laten gebruiken,' zei hij koppig. Sebastian keek hem aan. Hij begon zich te ergeren aan dat opgeblazen alfamannetje. Torkel boog zich naar de hoofdredacteur toe. Hij was al in een slecht humeur geraakt bij het idee van een nieuw gesprek met Källman.

'Of u doet het, of we gaan naar een ander. We zijn hier gekomen omdat ik het voor de hand liggend vond dat jullie het zouden doen. Maar misschien heb ik me vergist,' zei hij bits.

De hoofdredacteur schrok – niet erg, maar toch wel zo dat ze allebei merkten dat hij instinctief aarzelde. Dat was een van de voordelen van de keiharde concurrentie: als hij nee zei, zou een andere krant de kans met beide handen aangrijpen, als ze tenminste iets te bieden hadden, en dat had Torkel. Dat wist hij en dat wist Källman. De afweging was in dat opzicht dus vrij simpel. In de ene hoek van de ring stonden een grote losse verkoop en een groot aantal views. In de andere iets wat het best kon worden omschreven als integriteit, misschien zelfs waardigheid. De keuze was al gemaakt, hoewel Källman een paar sombere seconden langer over de zaak leek na te denken. Toen stond hij op.

'Ik ga Weber halen, dan komen jullie er samen wel uit,' zei hij, en hij liep langzaam en met rechte rug naar de deur. Het was alsof hij zelfs in de nederlaag nog wilde bewijzen dat hij hier de dienst uitmaakte.

'Ik weet eigenlijk niet of ik dit wel een goed idee vind,' zei Torkel toen de deur weer dicht was en ze met z'n tweeën achterbleven.

'We moeten iets doen. Iets onverwachts,' antwoordde Sebastian vol overtuiging. 'Ik denk echt dat dit hem niet zal bevallen. De kans dat hij fouten begaat, wordt dan groter. Dat weet jij ook.'

Sebastian leek volkomen zeker van zijn zaak, maar hij was altijd enthousiast over zijn eigen ideeën. Torkel was nog steeds niet overtuigd.

'Stel dat we hem echt kwaad maken?' Hij keek Sebastian ongerust aan. 'Wat dan?'

'Weet ik niet,' antwoordde Sebastian naar waarheid. 'Hopelijk maakt hij dan die fout.'

'En zo niet?'

Sebastian zuchtte en keek Torkel aan.

'We weten allebei dat hij weer zal gaan moorden, wat we ook doen. Maar we moeten iets ondernemen.'

Torkel zei niets meer. Hij keek naar Sebastian. Hij kon gemakkelijk nee zeggen. Daar waren rationele en emotionele redenen voor. Aan de andere kant zat er toch wel iets in het idee. De dader had het veel te gemakkelijk gehad. Hij had zo'n voorsprong op hen gehad dat hij nooit over zijn schouder had hoeven kijken. Er was hem niets in de weg gelegd. En als Sebastian ergens goed in was, dan was het mensen iets in de weg leggen en hen uit hun evenwicht brengen.

'Oké, we doen het. Maar ga niet te ver,' zei hij, en tegelijkertijd besefte hij dat dit iets was wat hij misschien aan Rosmarie moest vertellen voordat ze het deden. Misschien moest hij er zelfs toestemming voor vragen, maar daar was het nu te laat voor. De deur ging open en Weber kwam binnen, samen met de hoofdredacteur en een jong ventje met een camera op een statief in zijn hand. Weber keek Torkel enigszins verontschuldigend aan.

'Dag. Ik hoorde dat jullie me wilden spreken.'

'Sebastian wil dat,' antwoordde Torkel droog. Persoonlijker wilde hij niet worden. Weber zat wat hem betreft nog altijd op de strafbank.

'Ik dacht: we zetten het in de papieren krant en op internet,' zei de hoofdredacteur, en hij maakte een gebaar naar de man met de camera. 'Het wordt een echte klikhit,' vervolgde hij, en hij grijnsde breed. Het was duidelijk dat de losse verkoop en het aantal views de integriteit en de waardigheid hadden verslagen. Knock-out.

Sebastian was moe toen hij thuiskwam. Het interview was goed gegaan, maar het was een intensieve week geweest en het gesprek met Weber had zijn laatste beetje energie opgeslokt.

Hij had zich er met hart en ziel in gestort.

Had belangrijk en druk gedaan.

Zich zelfverzekerd gepresenteerd.

Torkel was er in het begin bij gebleven, maar moest toen terug naar de Nationale Recherche, en misschien was Sebastian op het laatst iets te ver gegaan toen hij van keurig geformuleerde retoriek was overgegaan op pure beledigingen. Zo was hij onder meer teruggekomen op de vergelijking met de dinosauriërs, die hij ook al bij Saurunas had gebruikt, maar deze keer had hij eraan toegevoegd dat het onaardig was tegenover de dinosauriërs met hun walnootgrote hersens om ze te vergelijken met de Docusoapmoordenaar.

Nou ja, gedane zaken nemen geen keer. Nu moesten ze de publicatie maar afwachten. Het interview zou over een uur op internet staan, had Källman gezegd toen hij Sebastian naderhand bijna kwijlend bedankte.

Sebastian haalde in de keuken een glas water en nam dat mee naar de woonkamer. Hij ging in de grote leesfauteuil zitten die hij tegenwoordig nog maar zo zelden gebruikte, deed zijn ogen dicht en stond zichzelf toe even te genieten. Als hij zijn werk naar behoren had gedaan en zich goed had verplaatst in hun moordenaar – en hij dacht dat hij dat wel degelijk had gedaan –, zou de dader zo'n provocatie niet stilzwijgend accepteren. Hij had hem gedwongen te reageren. Hopelijk ondoordacht en vanuit zijn emotie. Torkel was ongerust geweest over wat er zou kunnen gebeuren als hun moordenaar kwaad werd.

Maar hij was al gevaarlijk.

Hij was al kwaad.

Die kwaadheid maakte hem methodisch en standvastig. De woede die Sebastian bij hem hoopte op te wekken, was er een die hem impulsief en onvoorzichtig maakte. Hij dacht dat hij daarin was geslaagd. Mensen ergeren was een van zijn sterkste punten.

Hij had iets gepresteerd, was nuttig geweest, en dat was een fijn gevoel.

Er was verder niet zoveel nut of blijdschap de laatste tijd. Voor seks had hij geen tijd en geen fut gehad. De laatste keer was die bedroevende wip in Ulricehamn. De relatie met Vanja was zoals die was. Er gebeurde niets op dat front. Ze waren elkaar geen steek nader gekomen.

Niets was beter geworden.

Integendeel haast.

Ze duldde hem in haar nabijheid, maar was aan de andere kant afwijzender dan voorheen. Toen, toen ze het nog niet wist, was ze in elk geval tegen hem uitgevaren, had ze zich tegen hem verzet, had ze vraagtekens bij hem gezet. Nu was hij er gewoon, zonder dat ze zich noemenswaardig iets van hem aantrok.

Aan Billy durfde hij amper te denken. Hij keek elke ochtend de krant door op berichtjes over dode huisdieren in de omgeving waar Billy woonde – over dierenmishandeling werd meestal wel geschreven –, maar hij had tot nu toe niets gevonden. Misschien had hij het inderdaad onder controle, zoals hij had gezegd, of was het net als met Sebastian en vrouwen, en had hij er domweg de tijd en de fut niet voor?

Over vrouwen gesproken. Hij dacht liever niet aan Ursula, maar kon het niet laten. Ze zag er zo moe uit. Dat waren niet alleen de gevolgen van haar schotwond; ze wekte ook een ongelukkige indruk. Ursula praatte altijd veel; er ging maar weinig door haar emotionele harnas heen, maar nu was dat duidelijk wel gebeurd. Hij vroeg zich af of het iets met hem te maken had. Hij hoopte van niet. Ursula had altijd een bijzondere betekenis voor hem gehad.

Het gerinkel van de telefoon onderbrak zijn gedachten. Hij deed een beetje slaapdronken zijn ogen open en overwoog even het nijdige gebel dat uit zijn zak kwam te negeren, maar misschien stond het artikel al op het net, dus hij besefte dat het belangrijk kon zijn.

Hij herkende het nummer op het display niet, constateerde hij terwijl hij zijn mobieltje pakte.

'Met Sebastian,' zei hij.

'Met Sebastian Bergman?' hoorde hij een opgewekte, snelle vrouwenstem vragen. Een telefonisch verkoper zeker, dacht hij.

'Ja.'

'Ah, mooi. Mijn naam is Annika Blom, en ik bel namens het Sprekersforum. Wat fijn dat ik u tref. Ik hoop dat ik niet stoor.'

'Wat wilt u?' vroeg Sebastian, die nu al genoeg had van dat overdreven positieve verkooptoontje.

'Wij organiseren samen met de universiteit van Lund een seminar over criminologie en verhoortechnieken, en we hebben op het laatste moment een afzegging gekregen, dus ik vroeg me af of u misschien zou willen inspringen. Het is al aanstaande zaterdag,' zei de vrouw.

'Wat schuift dat?'

'Bent u geïnteresseerd?' De vrouw klonk zo mogelijk nog blijer. 'Wat heerlijk. Het is vreselijk lastig op zo korte termijn iemand te vinden.'

'Dat zei ik niet. Ik vroeg naar de vergoeding,' antwoordde Sebastian kortaf, en hij probeerde chagrijniger te klinken dan hij eigenlijk was.

'Wij kunnen vijftienduizend kronen betalen.'

'Het spijt me, ik kan zaterdag niet.'

'Ik kan het honorarium misschien nog wel iets omhoogkrijgen. Het is kort dag, en iedereen is een beetje wanhopig,' probeerde de vrouw hem over te halen.

'Ik vroeg niet naar het geld om te onderhandelen. Ik wilde alleen maar weten waar ik nee tegen zei.'

'We kunnen tot twintigduizend gaan, als dat helpt,' probeerde ze, maar Sebastian verwierp het.

'Nee, dat maakt niet uit. Daar zeg ik ook nee tegen. Bedankt voor de uitnodiging,' zei hij, en hij drukte haar weg.

Hij legde zijn mobieltje op de brede armleuning van de fauteuil. Normaal gesproken had hij zo'n aanbod aangenomen. Een betaalde reis, een hotel en een openbaar optreden waren doorgaans een garantie voor een tijdelijke sekspartner. Maar nu kon hij niet. Hij wilde niet ver bij de Nationale Recherche vandaan gaan voordat hij wist waartoe het interview had geleid. Seks kon hij altijd wel op een andere manier regelen. Dat was niet zijn grootste probleem. Hij deed zijn ogen weer dicht, maar kon zich niet echt ontspannen. Er was iets met die vrouw wat hem niet losliet, en dat irriteerde hem.

Iemand had afgezegd.

Daarom was het op zo korte termijn.

Dat had hij eerder gehoord.

Vanja kwam de badkamer uit met een handdoek om haar lichaam gewikkeld. Tot haar grote teleurstelling was het sluipende gevoel van ontevredenheid er nog steeds.

Ze herkende het heel goed.

Ze wist waar het door kwam.

Het onderzoek. Het feit dat ze in feite nog niets hadden bereikt. Dit was haar ding, haar werk. Nog altijd was het alles wat ze was en als ze het niet goed deed, werd ze rusteloos. Ongeduldig.

Ze had het politiebureau verlaten na een laatste bespreking in de Kamer, die eigenlijk alleen hun gebrek aan succes had bevestigd, en was naar haar flat gegaan, maar ze had algauw door dat het haar niet zou lukken om daar de hele avond alleen te zijn. Dus wat moest ze doen?

De oplossing was, als zo vaak, een rondje hardlopen.

Over de Lidingöväg via Storängsbotten naar het Lill-Jans-bos. Ze wilde een heel eind rennen. Ze wilde dat het ritme van haar passen en de concentratie op haar adem haar brein helder maakten, en daarnaast hoopte ze dat ze zichzelf fysiek zou uitputten.

Na veertien kilometer was ze weer thuis. Ze stretchte buiten nog een kwartiertje voordat ze naar boven ging. Ze besloot een bad te nemen in plaats van een douche, iets wat ze maar zelden deed. Een paar jaar geleden had ze een wellness-setje van Jonathan gekregen dat ze nooit had gebruikt, maar dat nog in het wastafelkastje stond. Een flaconnetje badolie, waardoor ze volgens het etiket alles zou kunnen loslaten wat er die dag was gebeurd en lekker zou kunnen slapen. Cacaoboter, amandelolie, kamille en lavendel zorgden blijkbaar voor dat effect.

Ze had zich in het water laten zakken en geprobeerd te ontspannen, de geur van sandelhout en jasmijn op zich laten inwerken. Het verbaasde haar niet erg dat het niet lukte.

Dus ze was nog steeds rusteloos en in een tamelijk slecht humeur toen ze de kamer weer binnenkwam en de telefoon ging.

Een snelle blik op het display.

Sebastian.

Even overwoog ze de telefoon niet op te nemen, maar ze werkten toch aan een gecompliceerd onderzoek. Niet opnemen zou onprofessioneel zijn, maar als het over iets anders dan het werk ging of als hij persoonlijk werd, zou ze ophangen.

'Hallo, met mij,' zei hij nadat ze haar naam had genoemd.

'Weet ik. Wat is er?' Geen opening voor conversatie of een babbeltje.

'Ik werd gebeld door een bureau dat bemiddelt voor sprekers. Ze wilden dat ik een lezing zou houden.'

'O. Gefeliciteerd.'

'Dank je, maar het punt is dat ze zo laat belden omdat iemand anders had afgezegd.'

'O.'

'Olivia Johnson kreeg twee weken voordat ze op het MIT moest zijn bericht dat ze een beurs had gekregen.'

'Hoe weet je dat?' vroeg Vanja, iets meer geïnteresseerd nu het in elk geval over hun onderzoek ging.

'Dat zei El-Fayed.'

'Wanneer?'

'Toen jij op de gang liep te bellen met Billy.'

'Oké, wat zei hij dan precies?' vroeg Vanja, en ze probeerde haar ongenoegen te onderdrukken over het feit dat Sebastian, zonder dat zij het wist, had gepraat met iemand die een rol speelde in hun onderzoek.

'Wat ik al zei: dat Olivia pas twee weken voordat ze naar het MIT ging bericht kreeg dat ze een beurs had gekregen.'

'En jij denkt dat dat was omdat iemand anders had bedankt.'

'Dat zou kunnen. Ik dacht in elk geval aan de mogelijkheid. Waard om na te trekken.'

Daar was Vanja het mee eens: beslist de moeite waard om na te trekken. Olivia Johnson en haar beurs waren een belangrijk element in hun onderzoek. Dat de dader had gezegd dat zij een student van hem was geweest, had het onderzoek in belangrijke mate bepaald. Nu bleek opeens dat ze misschien een totaal verkeerd iemand voor ogen hadden gehad.

'Ik bel meteen Billy,' antwoordde Vanja. 'Hij heeft steeds contact gehad met het MIT.'

'Oké, doe dat. Je belt me wel als het iets oplevert, hè?'

'Ja. Goed.' Het was even stil aan de lijn, terwijl Vanja zich afvroeg of ze zou zeggen wat ze dacht, of ze hem de genoegdoening zou geven die dat inhield. Dat zou ze doen, besloot ze.

'Goed gedaan.'

Toen hing ze op. Ze zocht Billy's nummer op en drukte op het groene hoorntje. Ze liep door de kamer terwijl ze de bel aan de andere kant hoorde overgaan. Een ander soort rusteloosheid nu. Verwachtingsvol. Energiek. Tot haar teleurstelling kreeg ze zijn voicemail. Ze sprak in dat hij haar zo gauw mogelijk moest terugbellen.

Toen hing ze op.

In haar halfslaap hoorde Jennifer ergens in de flat een telefoon overgaan. Het was niet de hare. Ze tilde haar hoofd op van zijn schouder en keek naar Billy, maar hij leek het niet te hebben gehoord. Jennifer vlijde zich weer tegen zijn naakte bovenlichaam. Toen ze met haar hand voorzichtig zijn borst streelde, kon ze de vage roze sporen van de handboeien zien. Ze had nooit gedacht dat ze zo'n onderdanig type was, maar bij Billy vond ze het heerlijk.

De beperkte bewegingsvrijheid.

De toenemende lust, maar de onmogelijkheid om zichzelf te bevredigen.

De spanning van de totale overgave als hij zijn handen om haar hals legde.

Het gaf een gevoel van vrijheid om iemand anders de controle te geven, terwijl zij juist degene was die het hem toestond zich almachtig te voelen. Met één woord kon ze hem dat gevoel ontnemen. Niet dat ze dat tot nu toe had gedaan. Ze had ervan genoten om zich totaal aan hem over te geven. Tot haar verbazing ook de laatste paar keer, toen hij sadomasochistische elementen had toegevoegd. Ze had nooit geweten dat pijn het genot en de opwinding kon verhevigen, maar het was wel zo. Later, toen hij er uiteindelijk voor had gezorgd dat ze allebei klaarkwamen, voelde ze een ontspannen kalmte en een harmonie die nog tot lang na de seks aanhielden.

Ze rolde zich op en ging boven op Billy liggen, wel wetend dat ze hem wakker zou maken. Toen hij zijn ogen opendeed, legde ze haar handen tegen zijn wangen en kuste ze hem. Ze voelde dat hij meteen een stijve kreeg tegen haar blote buik. Met een glimlachje brak ze de zoen af en stond ze op.

'Waar ga je heen?'

'Iets te drinken halen. Wil jij ook iets?'

'Nee, dank je.'

Hij keek haar na terwijl ze in haar blootje naar de keuken liep. Toen kwam ze terug en gooide hem zijn mobiel toe.

'Er heeft iemand voor je gebeld.'

En weg was ze weer. Een gemiste oproep. Van Vanja. Een bericht, waarschijnlijk ook van haar. Hij belde meteen, zonder eerst te luisteren naar wat ze had ingesproken.

'Hoi, wat ben je aan het doen?' kreeg hij te horen toen ze na één signaal opnam.

'Hoezo?'

'Je nam niet op.'

'Ik neem niet altijd op.'

'Ja, dat doe je wel. Ben je bij haar?'

Billy wierp een blik op Jennifer, die terugkwam met een glas water, dat ze op het nachtkastje zette terwijl ze haar slipje en een ochtendjas aantrok.

'Waarvoor belde je?' vroeg Billy, haar vraag negerend.

Vijf minuten later hing Vanja weer op. Ze keek op haar telefoon hoe laat het was. Tien over tien.

Ze kon vanavond niet veel meer doen. Billy had beloofd dat hij zijn contactpersoon op het MIT zou bellen om uit te zoeken of Olivia Johnson daar was terechtgekomen omdat iemand anders zijn plaats had afgestaan. Het was in Boston pas tien over vier in de middag, dus hij had goede hoop dat hij de informatie zou krijgen die ze wilden hebben. Vanja zei dat hij haar terug mocht bellen, hoe laat het ook werd.

Dus wat ging ze nu doen?

Ze zou zich moeten aankleden. Ze had nog steeds alleen maar een handdoek om, of ze kon naar bed gaan en proberen te slapen, ook al geloofde ze geen moment dat dat binnen een paar uur zou lukken, ondanks de badolie.

De deurbel nam het besluit in haar plaats.

Nog een blik op de klok, al wist ze hoe laat het was. Wie kon dat zijn om deze tijd? Jonathan, hoopte ze, terwijl ze snel naar de slaapkamer ging om een slip en een spijkerbroek aan te trekken. Weer een belletje, nu aan de deur van haar appartement. Ze greep een zwart topje van de plank en trok het over haar hoofd terwijl ze naar de deur liep.

Vlak voordat ze de sleutel omdraaide in de hoop dat ze Jonathan te zien zou krijgen, drong het tot haar door dat hij de code van de buitendeur niet kende. Het was al meer dan een jaar geleden dat hij bij haar was geweest en de huisbaas had de code sindsdien veranderd. Twee keer zelfs. Wie kende ze die de code wist, vroeg ze zich af terwijl ze opendeed.

'Hoi. Sorry dat ik zo laat ben. Ik heb je toch niet wakker gemaakt?'

Natuurlijk.

Híj kende de code.

Valdemar.

Een KWV Chardonnay 2014.

Ursula ontkurkte de fles en schonk in. De witte wijn kleurde lichtroze door de paar druppeltjes rode wijn die nog onder in het glas zaten. Een sommelier zou dat waarschijnlijk tot waanzin hebben gedreven, maar zij was bepaald geen kenner. Wel meende ze zich te herinneren dat Bella ooit had gezegd dat je met een chardonnay nooit misgreep, dus daarom was hij waarschijnlijk in haar koelkast terechtgekomen. Was het uit oogpunt van hoofdpijn dom om zowel rode als witte wijn te drinken of was dat maar een fabeltje? Er had nog anderhalf glas in de fles rood op het aanrecht gezeten, maar ze had behoefte aan meer. Zo'n avond was het. Teleurstelling omdat ze niet opschoten met hun onderzoek. Een laat binnengekomen rapport van de technici op Arlanda dat ze nog moest doornemen. Een van vele avonden alleen in haar flat. Zelfs zonder Torkel als alternatief. Maar wat had ze dan verwacht?

Dat hij tot in de eeuwigheid naar haar zou blijven smachten en achter haar aan zou blijven lopen? Dat hij zich keer op keer zou laten afwijzen en toch maar terug zou komen? Ze had hem duidelijk gemaakt dat het met hen tweeën niets zou worden. Dat hij haar niet kon geven wat ze wilde hebben. Dat niemand dat kon. Logisch dat hij het dan bij iemand anders zocht. Bij Lise-Lotte. Het was gewoon haar eigen schuld. Ze had hem in feite weggegeven.

Ze liep terug naar de woonkamer, waar de tv aanstond zonder geluid. Oude afleveringen van *How I Met Your Mother*, een sitcomserie die non-stop op alle zenders was, maar waarvan ze toch nog nooit een hele aflevering had gezien. Ze zette haar wijnglas op tafel naast haar iPad. Ze ging op de bank zitten, zapte weg en kreeg iets wat op een documentaire leek. Die liet ze staan; ze nam een slok wijn en pakte zuchtend haar iPad weer op. Het technische rapport van de langparkeerplaats op Arlanda bevestigde wat ze al wist: een springlading voor op de camper. De eerste explosie bracht het butaangas en de benzine tot ontploffing en maakte de vernietigingskracht nog groter. Er stonden allerlei chemische formules in het rapport, en zelfs al maakte ze daar allemaal eenvoudigere begrippen van als zoutzuur, waterstofperoxide en aceton, dan nog zouden de anderen er niet veel meer van snappen.

Ze moest het hun gemakkelijk maken.

Vertellen wat ze moesten weten, meer niet.

De constructie was eenvoudig: een grote container met vloeistoffen die op zichzelf niet explosief waren. Een andere container met een andere vloeistof erbovenop, met een 'kurk' ertussen die voorkwam dat de bovenste vloeistof naar beneden zakte, maar die zich in een bepaalde tijd toch door de 'kurk' heen vrat. Daarna mengden de vloeistoffen zich, er ontstond een chemische reactie, en de vloeistoffen die elk op zichzelf ongevaarlijk waren, veranderden bij elkaar in een bom.

De technici dachten dat de kurk in dit geval van aluminium was geweest en dat de vloeistof in de bovenste container zich er met ongeveer vier centimeter per uur doorheen had gevreten. Er waren ongeveer dertig minuten verstreken tussen het moment waarop de man die ze op de videobanden hadden gezien de camper had geparkeerd en het moment dat die explodeerde, dus dat zou betekenen dat er een aluminium kurk van ongeveer twee centimeter tussen had gezeten.

Misschien zou ze haar collega's vertellen dat het mengsel sterk leek op TATP, maar dat hun dader het op de een of andere manier had weten te stabiliseren en veel minder gevoelig voor schokken had gemaakt, en dat dat erop wees – en dat was waarschijnlijk het belangrijkste wat ze aan het overleg van morgen had bij te dragen – dat de man die ze zochten verstand had van scheikunde. Heel veel verstand zelfs.

Ze legde haar iPad weg en nam een slok wijn. En nu? Ze hoefde de afstandsbediening niet aan te raken om te weten dat er niets op tv was wat haar op dit moment interesseerde. Zou ze Bella eens proberen te bellen? Het was lang geleden dat ze elkaar hadden gesproken. Hoe lang wist ze niet precies meer, maar zeker een paar weken, lang voordat ze naar Ulricehamn was gegaan, dus het werd misschien wel weer eens tijd.

Vlak nadat ze neergeschoten was, toen ze haar oog was kwijtgeraakt, was Bella uit Uppsala gekomen en er voor haar geweest – ongerust, zorgzaam. Later, toen het directe levensgevaar geweken was en het duidelijk was dat ze zou herstellen met een kunstoog, was hun relatie weer veranderd naar normaal.

Veel tijd tussen de telefoontjes.

Altijd Ursula die het initiatief nam.

Zoals nu.

Bella nam na drie keer bellen op. Muziek op de achtergrond, maar geen luidruchtige stemmen die aangaven dat ze niet thuis was. Ursula vroeg voor de zekerheid of ze stoorde, maar kreeg een 'Nee hoor' als antwoord. Daarna ontwikkelde het gesprek zich zoals altijd.

Ursula vroeg hoe het met haar ging en Bella gaf antwoord.

Ursula vroeg hoe het ging met haar rechtenstudie en Bella vertelde het in een paar woorden.

Ursula vertelde wat ze de laatste tijd had gedaan en Bella luisterde zonder nadere vragen te stellen.

Alles volgens het gebruikelijke patroon. Zodra Ursula aandrong, werd het stil, alsof er niets was wat Bella wilde weten of vertellen. Tot op het laatst, toen Ursula vroeg of Bella van de zomer nog een keer naar huis kwam.

'Ik ben vorig weekend nog in Stockholm geweest.'

Ursula kon haar verbazing niet verbergen en toen ze na even nadenken bedacht dat ze vorig weekend zelf ook thuis was geweest, kwam daar ook een zekere teleurstelling bij.

'Wat deed je hier dan?'

'Een vriendin was zaterdag jarig.'

'Waarom heb je niets van je laten horen?' In haar stem was nog steeds een vleugje teleurstelling te horen, maar dat leek volkomen aan Bella voorbij te gaan.

'Ik had het druk.'

'Dus je hebt papa ook niet gezien?'

Even stilte, wat voor Ursula betekende dat Bella zich afvroeg of ze zou liegen of niet.

'Heel even maar...' De waarheid. Dat was al heel wat.

'Wanneer?'

‘Zondag. We hebben gebruncht.’

Ursula hoefde niet meer te vragen. Met ‘we’ bedoelde ze Micke, zichzelf en Amanda, Mickes nieuwe vriendin. Er viel niet veel meer te zeggen, niet over het bezoek aan Stockholm en niet over iets anders. Dus ze maakten een eind aan het gesprek.

Ursula pakte haar wijnglas en liet zich weer op de bank zakken. Bella was een vaderskindje. Altijd al geweest. En ook in dit geval kon ze alleen zichzelf de schuld geven. Ze had een zekere afstand bewaard, Bella’s hele jeugd, was soms zelfs weggegaan en had hen alleen achtergelaten. Ja, ze had haar dochter bewust naar Micke toe gedreven, dus Bella’s prioriteiten kwamen niet als een verrassing. Maar ze benadrukten Ursula’s eenzaamheid. Op een avond dat ze zich toch al eenzaam voelde. Haar gedachten gingen kort terug naar Torkel en de kopie van Meg Ryan waarmee hij naar bed ging. Ze drukte ze weg. Waarom zou ze zichzelf onnodig kwellen? Ze dronk haar glas leeg en ging op haar wat onvaste benen staan om het nog een keer te vullen.

Torkel belde toen het artikel en het interview een uur op internet stonden. Hij had een telefoontje gekregen van een opgewonden Rosmarie Fredriksson, die duidelijk kwaad was over de wat grotere kop, POLITIE VERNIETIGEND OVER DOCUSOAPMOORDENAAR, en de wat kleinere, SEBASTIAN BERGMAN: DIE MAN IS GESTOORD.

Sebastian had geprobeerd zich te verdedigen door te zeggen dat hij die koppen niet had bedacht, maar Torkel had hardop uit de broodtekst voorgelezen en een paar zinnen geciteerd die nogal honend waren. Sebastian had geprobeerd zich er met een grapje van af te maken. Als de baas al kwaad was, was dat nog niets vergeleken met de moordenaar.

Ze zouden hem laten sidderen. Hem uit zijn evenwicht brengen.

Dat was het plan.

Daar was wel wat voor nodig.

Het argument sloeg niet aan bij Torkel. Ze hadden afgesproken dat Sebastian zich zou inhouden, gedisciplineerd zou zijn en zich een waardig tegenstander zou tonen, niet dat hij de sluizen helemaal open zou zetten. Sebastian vond dat Torkel hem inmiddels wel zo goed moest kennen dat hij wist dat Sebastian zich niet in zou houden, en bovendien was het nu te laat om er nog iets aan te doen. Alles was gepubliceerd. Maar hij beloofde dat hij de verantwoordelijkheid op zich zou nemen als Torkel erdoor in de problemen kwam.

'Mooi,' zei Torkel. 'Want Rosmarie wil ons allebei spreken zodra ze hier morgenochtend is, en dan wil ze een verklaring.'

Na het telefoontje liep Sebastian naar een van de eetcafés aan de Storgata en bestelde daar een tonijnsalade. Hij had niet erg veel honger, maar hij had behoefte aan een beetje frisse lucht en iets te eten, merkte hij.

Toen hij weer thuiskwam, stond er iemand voor de buitendeur te wachten.

Anna Eriksson.

Even overwoog hij er weer vandoor te gaan, maar ze had hem al gezien toen hij de hoek om kwam. Hij dwong zichzelf rustig naar haar toe te lopen, hoewel het vanbinnen tekeerging. Ze zag er helemaal kapot uit, zag hij toen hij dichterbij kwam. Er was blijkbaar iets gebeurd.

'Wat kom jij doen?' vroeg hij, en hij deed zijn best het vriendelijk te laten klinken.

'Valdemar heeft me laten zitten,' zei ze, en ze keek hem met boze, beschuldigende ogen aan. 'Dat is jouw schuld,' voegde ze eraan toe, en ze snoof er onwillekeurig bij. Sebastian keek haar gelaten aan. Het was altijd de schuld van iemand anders.

'Hoezo is dat mijn schuld?' vroeg hij, en hij deed geen moeite meer om zelfs maar te proberen vriendelijk te klinken.

'Als jij niet was opgedoken, was dit nooit gebeurd.'

'Als jij haar haar hele leven niet had voorgelogen, was het vast ook niet gebeurd,' zei hij scherp.

'Ik deed het voor haar. Dat weet je best,' antwoordde Anna, en ze keek hem vermoeid aan. Ze kon haar tranen amper bedwingen. Ze moest uitgeput zijn, dacht Sebastian. Voortdurend een positie verdedigen waarvan ze al lang geleden moet hebben begrepen dat die onhoudbaar was. Dat had iets wat haar menselijk maakte, en Sebastian had voor het eerst het gevoel dat hij haar misschien zou kunnen bereiken.

'Ik heb haar nooit van je willen afpakken,' zei hij voorzichtig. 'Ik wilde alleen maar een relatie hebben met mijn dochter. Meer niet.'

Ze keek hem zwijgend aan en schudde toen bijna wanhopig haar hoofd.

'Succes. Valdemar denkt dat hij haar terug kan krijgen door afstand van mij te nemen. Hij zal alles voor haar doen.'

Sebastian voelde opeens een kilte door zich heen gaan.

'Heeft hij dat gezegd?' vroeg hij.

'Hij is bij me weggegaan om haar terug te krijgen. Snap je? Jij zult net zo weinig met haar te maken krijgen als ik.'

Een eenzame traan biggelde over haar wang en ze veegde hem geïrriteerd weg met de mouw van haar jack. Sebastian bekeek haar zwijgend. De vrouw voor hem was geen tegenstander meer. Ze had al alles verloren. Hij moest er nu voor zorgen dat het met hem niet net zo zou aflopen.

Hij nodigde haar uit om mee naar boven te gaan. Ze konden daar niet buiten blijven staan. Het begon koud te worden, en bovendien wilde hij meer weten. Wat was Valdemars plan? Hoe stond het met zijn relatie met Vanja?

Ze kwamen binnen en Anna trok haar jack uit en keek om zich heen.

'Ik wist niet dat je zo groot woonde.'

'Nee, voor mensen die samen een dochter hebben, kennen we elkaar niet erg goed,' antwoordde hij, en hij probeerde te glimlachen. Anna glimlachte terug. Vooral uit moeheid, waarschijnlijk, maar toch. Hij ging haar voor naar de keuken en bood haar een kop thee aan. Ze zei ja, en ging aan de keukentafel zitten.

'Weet Valdemar van mij?' vroeg hij nieuwsgierig, en hij zette een steelpannetje met water op.

'Ik heb het hem niet verteld. Maar het is waarschijnlijk alleen een kwestie van tijd voordat hij erachter komt.'

Ze had gelijk. Vanja zou het vertellen. Zij zou nooit van haar leven een leugen volhouden. Ze was van nature eerlijk, een eigenschap die ze van geen van haar beide ouders had geërfd.

'Dus hij is nu bij haar?' vroeg Sebastian, vastbesloten om zo veel mogelijk over de nieuwe situatie te weten te komen. Als hij Valdemar wilde verslaan, moest hij optimaal geïnformeerd zijn. Dat was de sleutel tot succes.

'Ik weet het niet. Hij zei dat hij naar haar toe zou gaan.' Ze sloeg haar ogen neer en keek naar de tafel. 'Hij is erg kwaad op me.'

Ze pakte de keukenrol die op de tafel stond en scheurde er een velletje af, veegde met een snelle beweging over haar gezicht en snoot haar neus. Sebastian had met haar te doen.

'Ze zijn kennelijk allemaal kwaad op ons,' zei hij.

'Ja.'

'Misschien hebben ze daar wel gelijk in. Misschien hebben we het wel verdiend,' vervolgde hij peinzend. Anna schudde haar hoofd.

'Ik vind niet dat ik dit verdien.'

Hij liet die uitspraak passeren zonder erop te reageren. Zij zou zich nooit verantwoordelijk voelen voor wat er was gebeurd, wist hij. Ze had zich zo diep ingegraven in leugens en verweer dat ze er nooit meer uit zou kunnen komen. Dat zou te pijnlijk zijn. Geconfronteerd worden met al haar fouten zou haar kapotmaken. Dus ze zwegen allebei. Sebastian voelde aan dat ze hem niet meer over Valdemar zou vertellen. Ze wist niets meer. Had niets meer. Daarom had ze haar dekking laten zakken en zat ze bij hem in de keuken. Hij stond tegen het aanrecht geleund naar haar te kijken. Het drong tot hem door dat het heel natuurlijk voelde om haar daar te zien zitten.

'Ik zal nooit vergeten dat jij na al die jaren ineens opdook,' zei ze opeens zwakjes. Sebastian nam aan dat ze in gedachten terug in de tijd ging, probeerde uit te vinden wanneer het mis was gegaan, wanneer ze de regie kwijt was geraakt. 'Dat je zomaar voor de deur stond.'

'Ik wilde alleen maar weten of het klopte. Of ze mijn dochter was. Dat was toch niet zo gek?'

Anna keek hem aan en deed geen moeite meer om haar tranen weg te vegen.

'Ik probeerde alleen maar de boel bij elkaar te houden,' zei ze. 'Maar dat ging niet.'

Sebastian schonk heet water in een kopje, hing er een zakje in en gaf het haar. Hij nam zelf geen thee, maar ging naast haar zitten.

Daar zaten ze.

In zijn keuken.

De twee mensen die Vanja niet in haar leven wilde hebben.

Het idee kwam uit het niets, instinctief. Kinderachtig en dom. Idioot. Maar zo verboden dat het verleidelijk was.

Hij wilde seks met haar.

Hij wilde Valdemar een lesje leren. Als hij iets afpakte wat van Sebastian was, zou Sebastian iets afpakken wat van hem was. Eigenlijk niet iets wat hij wilde hebben, maar het was beter dan niets. Hij boog zich naar haar toe.

'Anna...' zei hij, en hij wachtte tot ze hem aankeek. 'Ik weet dat het op dit moment heel vervelend is, maar ik ben toch blij dat je er bent, dat we de kans hebben om een beetje te praten.'

Anna knikte.

'Ik ook,' antwoordde ze.

'Als we elkaar niet tegenwerken, kunnen we dit vast wel oplossen,' zei hij zacht en lief. Een leugen natuurlijk. Vanja zou het haar moeder nooit vergeven, en hij was niet van plan zich ooit aan haar te binden, maar Anna knikte alleen maar. Ze wilde in de leugen geloven, erop vertrouwen dat er een oplossing was. Sebastian pakte haar hand en hield hem voorzichtig vast. Ze trok hem terug, maar niet afwijzend, eerder afwachtend. Hij volgde haar beweging en ze liet toe dat hij haar aanraakte. Hij keek haar dieper in de ogen. Haar tranen droogden op, maar het verdriet en de wanhoop waren er nog.

Hij hield hiervan. Vrouwen als Anna gaven zich meestal over. Seks waarvan de voornaamste functie was te vergeten hoe eenzaam je eigenlijk was, was meestal heel heftig.

In zekere zin waanzinnig opwindend.

Ontzettend stom, als hij er even over nadacht.

Maar niet te versmaden.

Hij boog zich dichter naar haar toe, onzeker of hij te hard van stapel liep. Moest hij eerst meer zeggen wat ze wilde horen en wat ze nodig had? Maar hij meende te zien dat ze haar mond een heel klein beetje opendeed, waarschijnlijk volkomen onbewust, en dat ze haar gewicht op de stoel een paar centimeter in zijn richting verplaatste. Hij zei niets meer, legde zijn ene hand op haar arm en boog zich naar haar over. Hun lippen raakten elkaar. Hij merkte dat haar ademhaling zwaarder werd. Ze deed haar mond open en liet zijn tong binnen. Bracht de hare naar de zijne. Hij voelde de begeerte in haar, ook al probeerde ze zich in te houden. Sebastian trok haar omhoog, zette haar op haar voeten en drukte haar tegen zich aan. Ze reageerde door hem over zijn rug te strelen en zachtjes in zijn lip te bijten, terwijl ze licht kreunde. Hij maakte haar bloes open en bracht zijn handen naar binnen. Streelde haar rug. Zijn ene hand zocht zich een weg naar haar beha, zijn andere naar haar slipje. Hij voelde dat haar handen zijn rug loslieten en tussen hen in belandden. Ze waren net zo aan het zoeken als de zijne, zo niet meer. Met haar ene hand begon ze zijn riem open te maken, met de andere streelde ze zijn pik buiten zijn broek.

Niemand zou erachter komen.

Dat was het laatste wat hij dacht voordat ze op de keukenvloer zakten.

Niemand zou erachter komen.

Er lag een briefje van My op de keukentafel toen Billy de keuken in kwam voor een snel ontbijt. Tot zijn grote opluchting sliep ze al toen hij die nacht thuiskwam en was ze die ochtend opgestaan zonder hem wakker te maken. Hij hield zichzelf voor dat ze hem niet ontliep, dat ze van niets wist. Dat ze hem ter verantwoording zou hebben geroepen als ze iets vermoedde. Het was niet haar stijl om problemen onder de mat te schuiven. Het briefje bevestigde zijn theorie, vond hij. Ze schreef dat ze niet kon wachten, dat ze hoopte dat het goed was gegaan op zijn werk en dat ze elkaar vanavond zouden zien. 'Kusje,' stond eronder.

Billy pakte yoghurt en sap uit de koelkast en muesli uit het kastje erboven. Hij nam een bord, een glas en een lepel, en ging aan de keukentafel zitten. Hij wilde op zijn telefoon kijken of er die nacht aan het nieuwsfront nog iets was gebeurd, maar deed dat niet toen hij zag hoe laat het was.

Even na zevenen.

Waarschijnlijk te vroeg, maar het was het proberen waard.

Hij had Katie Barnett de vorige dag vanuit Jennifers flat gesproken en uitgelegd waarom hij belde. Ze wilden weten of Olivia Johnson voor iemand in de plaats was gekomen die om de een of andere reden had moeten bedanken. Katie begreep precies wat hij bedoelde, maar kon hem niet helpen. De studenten moesten hun studie zelf financieren en zelf een beurs zien te bemachtigen. Dus de enige die kon weten of Olivia Johnson eerste reserve was, was de organisatie die de beurs had toegekend.

In dit geval de Zweden-Amerika Stichting.

Billy had haar bedankt en begrepen dat het echt te laat was om daar nog iemand te pakken te krijgen. Daarna was Jennifer weer bij hem in bed gekropen en hadden ze daar gewoon maar gelegen, in een nauwe omstrengeling, totdat het tijd voor hem was om naar huis te gaan.

Nu toetste hij het nummer van de stichting in, en tot zijn verbazing nam er aan de andere kant iemand op. Hij legde uit wie hij was en waarom hij belde. Hij kon haast niet geloven dat hij zoveel mazzel had: de man die hij sprak kon hem helpen. Hij hoefde niet te worden doorverbonden, iemand anders te bellen, later nog eens terug te komen of de informatie langs officiële weg aan te vragen. Hij hoorde een kantoorstoel over de vloer rollen en zag in zijn verbeelding dat de man voor de dichtstbijzijnde computer ging zitten, klaar om te helpen. Over welke periode ging het? Had Billy namen of andere informatie waar hij iets aan had?

Billy vertelde hem alles wat hij wist en al na een paar minuten leverde dat iets op.

Hij kreeg een nieuwe naam.

‘Een zekere Robin Hedmark kreeg een volledige beurs, maar hij bedankte om persoonlijke redenen.’

Als het om zijn werk ging, klonk Billy niet vaak geëxalteerd. Billy klonk sowieso niet vaak geëxalteerd, maar nu hoorde Vanja aan de telefoon de opwinding in zijn stem.

‘Wat weten we over hem?’ vroeg ze, terwijl ze het zwarte topje van de vorige dag weer aantrok.

‘Nog niets, maar ik ben nu onderweg naar het werk,’ zei Billy, en Vanja hoorde een woedende claxon van een passerende auto. Ze nam aan dat Billy zich op zijn weg naar Kungsholmen niet aan alle verkeersregels hield, en grijnsde. ‘Over een uurtje weet ik meer.’

‘Heb je Torkel al gebeld?’

‘Nog niet. Ik wilde eerst jou bellen. Per slot van rekening kwam jij met het idee.’

Vanja kwam in de hal, wierp een blik in de spiegel en ging met een hand door haar haar. Ze zag dat ze weer glimlachte. Zo hoorde het te zijn tussen Billy en haar. Dat had ze gemist.

‘Dat was eigenlijk Sebastian, maar toch bedankt.’

‘Oké. Tot straks.’

Toen werd het stil. Vanja bekeek zichzelf nog een keer in de spiegel. Een beetje wallen onder de ogen misschien. Ze had maar een paar uur geslapen, maar door het nieuws over Robin Hedmark was ze beter opgeknapt dan een ochtenddouche en twee koppen sterke koffie voor elkaar hadden kunnen krijgen.

Een nieuwe naam. Nieuwe kansen. Een spoor.

Ze haalde haar jack van het hangertje, stak haar voeten in haar schoenen, ging de flat uit, liep de trappen af, sneed een stukje af over het grasveld om bij haar auto te komen en nam plaats achter het stuur. Daar bleef ze even heel stil zitten. Alsof de hernieuwde energie niet verderging dan hier.

Valdemar.

Voordat Billy belde, had ze aan niets anders kunnen denken dan aan zijn bezoek, en nu kwam de gedachte daaraan terug, en dat verdrong verder alles.

Dat hij had gevraagd of hij binnen mocht komen.

Hoe moeilijk hij het vond haar in de ogen te kijken.

Zo weerloos. Zo zwak. Zo verontschuldigend.

Ze waren in de keuken gaan zitten met een snel kouder wordende kop thee, en hij had verteld wat ze eigenlijk al wist.

De band met haar was het belangrijkste in zijn leven.

Hij zei dat hij spijt had van zijn zelfmoordpoging. Dat hij begreep dat dat op chantage leek. Maar dat was niet wat hij wilde. Hij wilde haar niet op die manier terugkrijgen. Hij wilde haar nabijheid, haar vertrouwen, haar liefde verdienen.

Hij had beloofd dat hij alles wilde doen wat hij kon.

Vanja draaide de sleutel om en wierp een blik over haar schouder voordat ze wegreed richting de Värtaväg. Ze deed de radio aan en zette hem harder, maar haar gedachten gingen toch terug naar de vorige avond.

Valdemar had begrepen dat Anna en hij er samen niet uit zouden komen. Ze was zo diep verwikkeld in leugens en verweer dat ze niet in staat was tot toenadering. Dus had hij met haar gebroken. Zo belangrijk was Vanja voor hem.

Vanja had gevraagd of hij wist wie haar echte vader was. Dat wist hij niet. Anna had het nooit verteld en hij had het nooit gevraagd. Nu ook niet. Hij hoefde het niet te weten. Dat was alleen maar biologie. In zijn hart was *hij* haar vader. Daar kon een bloedproef niets aan veranderen.

Vanja sloeg links af van de Valhallaväg naar de Banérgata, langs de Östermalmsskola. Dat was niet de weg naar het politiebureau.

Het was de weg naar Sebastian.

Haar andere vader.

Toen Billy had gebeld om te zeggen dat hij nog een beursstudent had gevonden, had ze besloten bij Sebastian langs te rijden en hem op te pikken. Hij had hen toch op dit spoor gezet en hij had háár gebeld over zijn ingeving. Ze wilde hem verrassen, hem belonen met een gezamenlijk autoritje, en deze keer zou ze met hem praten. Ze moest wel met hem praten.

Ze had zich niet goed kunnen houden. Valdemar huilde. Maar niet zijn tranen vermurwden haar; het was zijn volkomen eerlijkheid. Hij was bereid zijn excuses aan te bieden voor zijn fouten, de consequenties te dragen voor wat hij had gedaan, te laten zien dat hij wilde veranderen. Hij wilde met de officier van justitie meewerken, zijn betrokkenheid bij een economisch delict bekennen en zijn straf accepteren. En eerlijk is eerlijk: hij was degene die Vanja het minst in de steek had gelaten. Hij wist dat ze niet zijn echte dochter was en had het niet verteld. Vooral omdat dat niet mocht van Anna. Maar ook omdat hij het nut er niet van inzag. In zijn ogen was ze zijn dochter. Hij hield meer van haar dan van wie ook, en zij hield al heel, heel lang van hem. Waarom zou hij dat bederven door haar de waarheid te vertellen over een of andere onbekende man ergens anders?

Alleen was hij nu niet meer onbekend.

Hij was maar al te reëel.

Haar andere vader.

Niet dat ze moest kiezen. Als ze besloot een ander leven te gaan leiden, en als dat haar lukte, kon ze hen daarin allebei hebben.

Maar ze moesten wel eerlijk zijn.

De vorige dag had haar opnieuw duidelijk gemaakt hoe belangrijk dat voor haar was: eerlijkheid. Ze wilde Sebastian de kans geven om, net als Valdemar, volkomen oprecht tegen haar te zijn. Er waren bij hem dingen die niet klopten.

Dingen die ze had besloten te geloven, omdat dat het gemakkelijkst was.

Haar gemiste FBI-opleiding bijvoorbeeld. Had Sebastian daar iets mee te maken? Als ze heel, heel diep in haar hart keek, dacht ze eigenlijk van wel. Dat het vergrijp van Valdemar was uitgekomen was ook zoiets. Al het toeval kwam net iets te dicht bij Sebastian in de buurt om zijn bemoeienis helemaal te kunnen afschrijven.

Maar ze wist het niet.

Hij moest een kans krijgen.

Het werd tijd om te stoppen met wíllen geloven en écht te gaan geloven.

Ze reed de Styrmansgata in, twee bochten bij Sebastian vandaan. Het eerste pand links. Ze had er niet op gerekend dat ze een parkeerplaats zou vinden, en was blij verrast dat er twee lege plekken pal voor het huis waren. Ze keek even op haar horloge. Even na halfacht. Sebastian kwam maar zelden voor acht uur op zijn werk, dus hij was vast wel thuis. Als hij niet ergens bij een vrouw in bed was beland en daar had overnacht, natuurlijk.

Ze wilde net uit de auto stappen toen de voordeur van nummer 18 openging. Even dacht Vanja dat ze geluk had en haar aankomst perfect had getimed, maar het was niet Sebastian die naar buiten kwam.

Het was Anna.

Haar moeder.

De vrouw van wie ze had gezworen dat ze nooit meer contact met haar zou hebben.

Torkel was in een goed humeur toen hij op kantoor kwam.

Lise-Lotte en hij waren de avond ervoor uit eten geweest en hadden daarna een lange, romantische wandeling naar huis gemaakt. Het was echt een heerlijk mens om mee om te gaan. Flirterig, vrouwelijk, slim, en dan dat vleugje humor dat steeds in haar ogen zat. Dat was sensueel en vrijmoedig, maar gaf hem vooral het idee van liefde. Ze had geen woorden nodig als ze naar hem keek. Hij kon zich niet herinneren dat ze die blik al in haar ogen had gehad toen ze nog jong waren. Toen was ze knap. Nu was ze mooi.

Op het werk zat er ook weer schot in. Billy had een nieuwe naam gevonden, Robin Hedmark, een promovendus die eigenlijk naar het MIT had mogen gaan, maar verhinderd was. Het team zou straks in de Kamer bij elkaar komen om te horen wat Billy had gevonden. De enige dissonant was dat hij hoogstwaarschijnlijk met Rosmarie zou moeten praten. Hij had hun afspraak van die ochtend kunnen uitstellen wegens het nieuwe Hedmark-spoor, maar hij kon zich niet voorstellen dat dit het laatste was wat hij van haar had gehoord. Zelfs in het ontbijtprogramma van TV4 hadden ze het over Sebastians agressieve uitspraken gehad, en gezegd dat de politie wanhopig en onprofessioneel overkwam.

Hij ging zijn kamer in en zette zijn tas neer. Hij wilde voor de vergadering nog even zijn mailbox checken, en had zijn computer net aangezet toen Vanja binnenstormde. Hij keek op en glimlachte haar vrolijk toe.

'Hoi, Vanja. Alles goed?'

Ze keek hem koel aan en schudde toen haar hoofd. Torkel begreep dat er iets was gebeurd en liep van zijn bureau naar haar toe.

'Wat is er?' zei hij op serieuzere toon toen hij voor haar stond.

'Ik wil niet dat Sebastian hier nog blijft,' zei ze vol ingehouden woede. Torkel keek haar aan.

'Wat heeft hij nu weer gedaan?' vroeg hij verbaasd.

'Dat doet er niet toe. Ik wil dat hij niet meer voor ons werkt.'

Vanja's ogen schoten vuur. Torkel had haar nog nooit zo kwaad gezien. Ze had rode vlekken op haar wangen en in haar hals, en de stoom kwam uit haar oren.

'Je zei dat ik het maar hoefde te zeggen en dan zou hij eruit vliegen. Nu zeg ik het,' brieste ze. Torkel hoefde er niet aan te twijfelen dat ze het meende. Hij probeerde haar te kalmeren.

'Oké. Mag ik weten waarom? Iets zal hij toch wel hebben uitgevreten?'

Vanja keek hem met priemende ogen aan. Het was duidelijk dat ze dat niet wilde vertellen.

'Doe je het of moet ik dreigen met opzeggen? Dat kan ik ook doen, als je dat wilt?'

Torkel besloot onmiddellijk toe te geven.

'Oké, oké. Ik begrijp het,' zei hij. Hij zou toch wel een keer achter de reden komen, en als hij tussen die twee moest kiezen was er geen twijfel mogelijk. Maar de timing had niet slechter kunnen zijn. Ze hadden net het interview gedaan en daar was Sebastian te ver in gegaan, maar ze hadden hem wel nodig. In elk geval nog een tijdje. Torkel keek haar aan, maar besloot al snel daar niet eens over in discussie te gaan. Vanja's gezicht sprak boekdelen. Ze zouden zich zonder Sebastian moeten zien te redden.

'Oké. Ik bel hem meteen,' zei hij na een poosje.

'Mooi,' zei ze kort, en ze verdween weer net zo snel als ze gekomen was.

Torkel keek haar na en liep toen naar zijn bureau, pakte de hoorn van de vaste telefoon en toetste het nummer van Sebastian in. Wat had hij nu weer gedaan? Het moest wel iets ergs zijn.

'Hallo, Torkel. Heeft Rosmarie zich weer gemeld?' hoorde hij Sebastian vragen toen hij opnam. Hij klonk plagerig en haast vrolijk. Of hij was een uitstekend toneelspeler, of hij had echt geen idee waarom Torkel belde.

'Nee.'

'O. Wat is er dan?'

'Ik onthef je met onmiddellijke ingang van je taken,' zei Torkel met zo veel mogelijk gezag. Hij hoorde Sebastian aan de andere kant van de lijn naar adem happen.

'Wat? Waarom? Dat kan toch niet zomaar?'

Torkel besloot korte metten te maken en zich niet tot een argumentatie te laten verleiden.

'Ik ben niet van plan om erover in discussie te gaan. Je sleutelkaart wordt buiten werking gesteld. Als je nog onkosten hebt, stuur je maar een declaratie.'

'Maar wacht, ik snap het niet. Komt het door Rosmarie? Ik wil wel voor haar door het stof kruipen, hoor. Dat lukt me wel,' hoorde hij Sebastian smeken.

'Het komt niet door Rosmarie. Het is mijn besluit.'

'Dan moet het Vanja zijn. Is het Vanja?'

Torkel haalde diep adem voordat hij doorging.

'Je bent hier niet in dienst. Je hebt geen contract. Ik hoef het je niet uit te leggen.'

'Maar we zijn toch oude vrienden?'

'Alleen als het jou uitkomt, vrees ik.'

Sebastian zweeg. Torkel kon bijna horen hoe koortsachtig hij zijn best deed om het te begrijpen.

'Maar wacht, we hebben toch een paar jaar samen...' hoorde Torkel hem zeggen, maar toen viel hij hem in de rede.

'Bedankt voor je hulp, Sebastian. Ik hang nu op.' En dat deed hij ook.

Hij zuchtte diep.

En de dag was nog wel zo goed begonnen.

Toen Torkel binnenkwam, was het gevoel van verwachting in de Kamer bijna tastbaar. Billy stond al bij het whiteboard, met een gezicht alsof hij uit elkaar zou springen als hij niet gauw mocht vertellen wat hij wist. Vanja was helemaal verdiept in het uitgeprinte materiaal dat voor haar lag en maakte al aantekeningen. Alleen Ursula, die achteroverleunde op haar stoel en grote slokken mineraalwater dronk, leek een beetje mat.

'Oké, begin maar,' zei Torkel, en hij ging zitten.

'Moeten we niet wachten op Sebastian?' vroeg Ursula.

'Hij komt niet,' antwoordde Torkel kortaf, op een toon waarvan hij hoopte dat die geen vragen toeliet.

'Waarom niet?' ging Ursula gewoon door.

'Hij maakt geen deel meer uit van dit onderzoeksteam,' zei Torkel, en hij wierp Vanja een blik toe waarop ze reageerde met een dankbaar knikje. Ursula zag die woordeloze communicatie en besloot niet door te vragen. Het was duidelijk dat Sebastians afwezigheid te maken had met iets wat op privégebied en niet op professioneel terrein was gebeurd, en ze had geen zin om zich daarmee te bemoeien.

Torkel knikte opnieuw naar Billy, die naar een nieuwe foto op het bord wees. Een jonge man, wat gezet, zijn haar naar één kant gekamd, bril, en een huid met littekens van de acne die hij waarschijnlijk in zijn tienerjaren had gehad.

'Robin Hedmark, tweeëntwintig. Studeerde scheikunde aan de KTH. Kreeg twee jaar geleden een beurs voor het MIT, maar bedankte drie weken voordat het studiejaar begon. Zijn moeder was overleden en hij wilde zijn jongere broers en zusjes niet alleen laten.'

Billy pauzeerde even om zijn collega's de kans te geven op deze tragedie te reageren. Dat deden ze niet.

'Dus als we ervan uitgaan dat onze dader het over Robin had, hebben we net als bij medische techniek twee universitair docenten en een professor,' vervolgde hij, en hij boog zich over de tafel en pakte een nieuwe foto. 'Dit is duidelijk de interessantste van die drie.'

Hij hing een foto op. Een man van ruim vijftig. Alledaags uiterlijk, beginnende kaalheid, bril met stalen montuur, en een forse, maar goed verzorgde baard. Geen opvallende kenmerken. Torkel had het gevoel dat hij deze man zou kunnen tegenkomen, misschien zelfs spreken, zonder dat hij het zich later zou herinneren, laat staan dat hij een beschrijving zou kunnen geven van hoe hij eruitzag. Sommige mensen zetten zich gewoon niet vast in je geheugen, en dan was hij nog goed in gezichten.

'David Lagergren, een van de docenten,' stelde Billy hem voor, en hij liep een paar stappen terug van het whiteboard.

'Die naam komt me bekend voor,' zei Torkel.

'De zwager van Christian Saurunas,' knikte Billy. 'Nou ja, exzwager. Hij was getrouwd met Lagergrens zus Laura. Hij is de eigenaar van het huisje in Härjedalen.'

Het was even stil terwijl ze de nieuwe informatie lieten bezinken.

'Dus Saurunas kan best naar hem toe zijn gegaan nadat wij hem hadden laten gaan,' dacht Torkel hardop.

'Om de sleutels terug te brengen,' voegde Vanja eraan toe.

'Dat zou kunnen verklaren dat hij niet eerst belde. Hij kende hem goed. Wachtte misschien wel op hem.'

'Is er nog iets wat hem interessant maakt voor ons?' vroeg Ursula, en ze begon aan haar tweede flesje mineraalwater.

'Jazeker.' Billy boog zich weer naar de tafel en pakte een printje. 'Hij heeft een tijdje geleden naar een hoogleraarschap gesolliciteerd en was er vrij zeker van dat hij het zou worden.'

'Maar hij werd het niet.'

'Nee, iemand anders kreeg de functie. Lagergren heeft zich bij alle instanties beklaagd, maar kreeg nergens zijn gelijk.'

'Een persoonlijke nederlaag of tegenslag die hem kan hebben getriggerd,' zei Ursula, en ze knikte. 'Precies zoals Sebastian zei,' voegde ze eraan toe.

Vooral omdat het kon.

Het irriteerde altijd wel iemand.

Ze was al in een slecht humeur sinds ze die ochtend om halfzes met barstende hoofdpijn wakker was geworden.

'Weten we waar Lagergren zich op dit moment bevindt?' vroeg Torkel, zonder dat zijn gezicht verraadde of hij Ursula's steekje onder water had gehoord of niet.

'Ik heb de KTH gebeld,' zei Billy. 'Hij heeft al drie maanden vrij en wordt pas na de zomer terug verwacht.'

'Hebben we het adres waar hij woont?'

'Ja, en ook dat van het huisje in Härjedalen.'

'Wat doen we?'

Die vraag kwam van Vanja. Torkel dacht even na. Hij woog de voor- en nadelen tegen elkaar af. Ze hadden niet veel tegen Lagergren. Als je het ruim zag, kon je het aanwijzingen noemen. Als ze hem oppakten zonder dat hij in een verhoor iets toegaf en zonder dat ze technisch bewijs vonden, zou het moeilijk worden om een aanklager te vinden die hem in hechtenis wilde houden. Aan de andere kant: als ze hem niet oppakten, zouden ze ook niet naar technisch bewijs kunnen zoeken, en als hij was wie ze dachten dat hij was, had hij al vijf mensen vermoord en een meisje blind gemaakt. Dat was iemand die Torkel niet graag vrij wilde laten rondlopen. Zeker niet omdat hij in het interview met Weber had aangegeven dat hij nog niet klaar was. Nog lang niet.

'We pakken hem op.'

Sebastian had Vanja minstens tien keer gebeld. Elke keer drukte ze hem weg. Hij had een sms'je gestuurd, maar geen antwoord gekregen.

Ten slotte belde hij Anna.

Dat was de enige verklaring van wat er die ochtend was gebeurd die hij kon bedenken: dat ze hem op de een of andere manier kapot had willen maken. Dat hij niet haar had verleid, maar andersom.

Dat ze voor eens en voor altijd met hem had willen afrekenen.

Om een wig te drijven tussen Vanja en hem.

Het kón, maar het leek hem niet waarschijnlijk. Niets van de vorige avond leek hem berekenend of gespeeld. Ja, het was die ochtend wel een beetje ongemakkelijk geweest, toen ze zich had aangekleed en zonder ontbijt was vertrokken, maar ze hadden toch ook met elkaar gepraat. Ze hadden afgesproken dat dit maar beter hun geheim kon blijven.

'Heb jij het aan Vanja verteld?' vroeg hij nijdig toen Anna eindelijk opnam.

'Wat?' Ze klonk slaapdronken.

'Ik ben ontslagen en Vanja wil niet meer met me praten, dus ik vraag het nog een keer: heb jij haar verteld van ons?'

Anna leek wakker te worden. Haar stem kwam weer op krachten.

'Waarom zou ik dat doen?'

'Ik weet het niet. Als een kinderachtig soort wraak of zo. Gisteren zei je dat het allemaal mijn schuld was.'

'Maar daarna hebben we gevreeën.'

Sebastian zweeg. Dat was waar. De Anna in zijn keuken was een andere dan die hij voor de voordeur had aangetroffen, en als ze het niet had gemeend, was dat een prestatie die een Oscar waardig was.

'Wat zou ik ermee opschieten om het haar te vertellen?'

'Mensen wreken zich niet om er iets mee op te schieten; ze wreken zich om wraak te nemen.'

Een lange zucht van Anna, niet zozeer uit woede, maar eerder omdat ze teleurgesteld was over deze beschuldiging.

'Denk je echt dat ik dat heb gedaan?'

'Ik weet het niet. Heb je het gedaan?'

'Nee. Ik ben meteen naar huis gegaan en in bed gekropen. Je maakte me wakker.'

Sebastian wist niet of hij haar kon geloven. Als hij íéts van Anna wist, was het dat ze heel geloofwaardig kon liegen.

'Maar er moet toch iets zijn gebeurd? Gisteren heb ik nog met haar gepraat. Voordat jij kwam. Toen was alles nog in orde.'

'Weet je, ik heb geen zin hierbij betrokken te raken.' Anna klonk opeens moe. 'Jij hebt blijkbaar meer contact met Vanja dan ik, dus vraag het haar zelf maar.' Toen hing ze op. Sebastian bleef met een dood mobieltje in zijn hand zitten. Geërgerd legde hij het weg, hij stond op en begon gefrustreerd door de kamer te ijsberen.

Wat was er in godsnaam gebeurd?

Het interview was een beetje uit de hand gelopen, maar als dat het was, had Torkel het wel gezegd. Met Rosmarie had het ook niets te maken, had Torkel gezegd, en Sebastian geloofde hem. Het moest dus iets anders zijn. Valdemar bijvoorbeeld. Misschien had hij op zijn dochter ingepraat. Had hij haar zover gekregen dat ze zich van hem distantieerde. Sebastian had geen idee. Hij had er de pest aan wanneer hij voor voldongen feiten werd gesteld, wanneer besluiten vóór hem en niet door hem werden genomen. Zeker als hij niet wist waarom. Hij moest hoe dan ook naar kantoor gaan. Naar binnen zien te komen en antwoorden eisen. Dat zou beslist een heel circus worden, maar niets was erger dan dit.

Er werd gebeld aan de voordeur. Sebastian kreeg meteen hoop. Dat was vast Vanja. Ze had de gewoonte hem de waarheid te zeggen als hij iets stoms had gedaan. Ze was niet iemand die zich dan verstopte en de problemen onder de mat veegde.

Hij liep op een holletje naar de deur. Trok zijn broek en zijn shirt recht, zodat hij er niet al te slordig uitzag als hij opendeed. Niet dat dat iets uitmaakte. Ze was er om hem de huid vol te schelden, en nergens anders om.

Hij deed de deur open. Niemand te zien. Hij zette een halve stap de portiek in en zag iemand in donkere kleren tegen de muur links van hem staan. Als een schaduw die snel naar hem toe kwam. Sebastian probeerde een stap terug te doen, maar zover kwam hij niet. De handen waren al bij hem, grepen hem bij zijn nek en zijn hals. Het was een man, dat voelde hij. Hij probeerde zich los te rukken, maar de man was al te dicht bij hem. Achter hem. Hij legde snel een hand op zijn gezicht, mond en neus. Het ene moment rook Sebastian een sterk prikkelende geur, het volgende moment gehoorzaamden zijn benen niet meer. Alles werd wazig. Hij draaide zich om in een poging om het gezicht van zijn belager te zien, maar het enige wat hij zag was een skimasker.

De ogen straalden haat en woede uit.

Het interview had gewerkt, dacht hij nog net.

Toen werd alles donker.

Het eerste wat Sebastian merkte, was dat hij rechtop zat. Het tweede dat hij zich niet kon bewegen.

Zijn hoofd hing tegen zijn borst en hij voelde het dunne touw dat om zijn buik was gewikkeld, maar hij begreep algauw dat zijn voeten vastzaten aan de stoelpoten en dat zijn handen aan elkaar waren gebonden op zijn rug. Hij bleef zitten met zijn blik op de vloer, en concentreerde zich op rustig en regelmatig ademhalen, totdat het effect van wat het ook was waarmee hij was bedwelmd nog iets verder was afgenomen. Voeten die over de betonnen vloer schoven, een schrapend geluid en iemand die kreunde, of in elk geval geluid probeerde te maken. Koerende duiven. Maar geen stemmen. De weinige geluiden die Sebastian hoorde galmden rond, en hij had het gevoel dat hij zich in een vrij grote, kale ruimte bevond.

Hij hield zich nog tien minuten bewusteloos, totdat hij zich zo helder in zijn hoofd voelde dat hij de situatie goed tot zich kon laten doordringen. Zijn nek deed zeer toen hij zijn hoofd optilde. Hij draaide het voorzichtig van links naar rechts om zijn spieren wat losser te maken, maar ook om het tafereel voor zich zo goed mogelijk in zich op te nemen.

Inderdaad bevond hij zich in een kale, lege ruimte met betonnen muren en vloeren. Een verlaten industrie- of opslagruimte. Rijen ramen met kleine, kapotte ruitjes vlak onder het plafond. Hier en daar een tl-buis die de ruimte redelijk verlichtte.

Tegenover hem, een meter of vijf bij hem vandaan, zat nog iemand, ook vastgebonden op een stoel. Met een bordje om zijn nek. Sebastian herkende het bordje, en ook de man op de stoel.

Het bordje was er net zo een als om de hals van Claes Wallgren had gehangen toen ze hem vonden. SCHULDIG, stond er met grote letters op.

De man was Lennart Källman, de hoofdredacteur van *Expressen.*

Toen hij zag dat Sebastian wakker was, begon hij aan zijn boeien te rukken, zodat de stoel een paar centimeter opschoof. Sebastian herkende het schrapende geluid en het gedempte gekreun achter de stevige mondprop. Hij had zich niet eens afgevraagd of hij er ook een had, en nu voelde hij ernaar met zijn tong en zijn lippen. Niets. Dus lag de ruimte zo afgelegen dat het niet uitmaakte of hij zou schreeuwen. Dus dat deed hij niet.

Naast Källman stond de man met het skimasker die bij Sebastian had aangebeld. Hoe lang was dat geleden? Hij wist niet hoe lang hij bewusteloos was geweest. Uren, leek het. Buiten was het licht, maar dat was het in deze tijd van het jaar twintig uur per etmaal, dus daar had hij niet veel aan.

'Dus jij bent slimmer dan ik,' zei de man, terwijl hij rustig naar Sebastian toe wandelde. Situatie onder controle, ontspannen, voelde zich succesvol.

Normaliter zou Sebastian hebben geprobeerd contact met hem te maken. Dan had hij veel gepraat. Geprobeerd zichzelf in de ogen van de dader te veranderen van een anoniem slachtoffer in een levend mens. Maar dat zou niet werken bij de man die op hem af kwam. Hij had uitvoerig geluncht met al zijn slachtoffers en had hen waarschijnlijk behoorlijk goed leren kennen, en toch had hij er geen moeite mee gehad hen te doden. Hij voelde zich in alle opzichten superieur, en Sebastian had hem uitgedaagd.

Hij voelde dat het zweet hem uitbrak, ook al was het bepaald niet warm in de ruimte, en zijn ademhaling werd sneller en oppervlakkiger.

'Maar dit had je toch niet ingecalculeerd,' vervolgde de man, en hij bleef voor Sebastian staan, die zijn hoofd naar achteren moest buigen om oogcontact te houden.

'Wat wil je?' vroeg hij, en hij probeerde de angst en de stress uit zijn stem te houden. Dat lukte wel, dacht hij.

'Weet je waarom hij het verdient om te sterven?' vroeg de man, en hij wees naar Källman. Sebastian zweeg. Hij had het idee dat hij het toch wel zou horen.

'Het is zijn schuld dat we meer over Caitlyn Jenner en de familie Kardashian weten dan over onze eigen ministers.'

'Volgens mij heeft internet daar ook wel iets mee te maken,' bracht Sebastian daartegen in. De man keek hem aan en knikte ernstig.

'Absoluut. Daar heb je volkomen gelijk in. Internet is daar in hoge mate verantwoordelijk voor, maar dat verandert niets aan het feit dat hij daar zich op de borst slaat en beweert dat hij een belangrijke opinievormer voor het volk is, terwijl hij in feite alleen maar idiotie, stompzinnigheid en versimpeling verspreidt.'

'Ze hebben jou ook gepubliceerd,' protesteerde Sebastian. 'Ze hebben opiniepagina's, discussies...'

'Shit is shit, ook als je het af en toe in een opiniepagina verpakt,' onderbrak de man hem, en hij stak een hand in een van zijn zakken. 'Maar jij kunt hem redden. Want jij bent blijkbaar slimmer dan ik.'

Sebastian gaf geen antwoord en vroeg niet hoe.

'Heb je wel eens een spelletje gespeeld dat "Stukje voor stukje" heet?' vroeg de man, en hij vouwde een papiertje open dat hij uit zijn zak had gehaald.

'Nee.'

'Dat is een soort quiz. Je krijgt aanwijzingen. Eerst weinig voor vijf punten, dan iets meer voor vier punten en zo steeds meer, totdat er een simpele vraag overblijft voor één punt. Snap je?'

'Ja.'

'Gelukkig maar,' lachte de man. 'Anders was je niet erg slim geweest. Je krijgt vijf stukje-voor-stukjes. Hoeveel punten kun je dan maximaal verdienen?'

'Vijfentwintig.'

'Goed zo. Ik heb dezelfde test gedaan. Zonder vals te spelen, echt waar. Als je resultaat hoger is dan het mijne, mogen jullie allebei gaan. Zo niet...'

De man keek naar Källman, die nog steeds tevergeefs aan zijn boeien rukte en nu leek te schreeuwen achter het stuk stof dat in zijn mond was gepropt.

'Ik heb mijn score achter op zijn bordje geschreven,' zei de man, en met de hand waarin hij het papiertje vasthield, wees hij weer naar Källman, terwijl hij met zijn andere hand een stopwatch uit zijn zak haalde. 'Ben je klaar? Je krijgt twintig seconden bedenktijd na elke aanwijzing.'

Een scheef lachje onder het masker, terwijl de man op het papiertje keek dat hij in zijn hand had.

'Eerste vraag, medicijnen. Een ziekte. Voor vijf punten: infectieziekte, ook wel "ziekte van Lyme" genoemd naar een epidemie in Old Lyme, USA, in de jaren tachtig.'

De man zette de stopwatch aan met een klik. Sebastian keek hem aan. Voelde de energie door zijn lichaam stromen. Dit wist hij. Sabine had het een keer in de herfst gehad in Keulen nadat ze de zomer in Zweden had doorgebracht. De dokter had Engels met hem gesproken en die term gebruikt, waardoor Sebastian dacht dat het veel erger was dan het in feite was.

'Borrelia!' schreeuwde hij haast. De man keek verbaasd en, dacht Sebastian, ook enigszins teleurgesteld op.

'Goed. Vijf punten. Volgende. Plantkunde. Een boom. Vijf punten: de zachte berk en deze *Populus tremula* waren de eerste bomen in Scandinavië na de ijstijd.'

Klik.

Plantkunde. Sebastian had geen idee. Hij wist niets over bomen. De natuur had hem nooit geïnteresseerd. Die was er gewoon, een decor voor trein- en autoreizen. Hij zweeg en hoorde de seconden wegtikken.

'Vier punten. Kan wel vijfentwintig meter hoog worden en heeft een smalle, rechte stam met een grijze bast. Is niet bosvormend.'

Sebastian beet op zijn lip. Hij had punten nodig, maar dit... Hij had geen flauw idee. De berk en de eik waren de enige bomen waarvan hij de namen kende, en die konden allebei wel een bos vormen, voor zover hij wist. Hij keek snel even naar Källman, die hem met opengesperde ogen doodsbang aankeek. Dat hielp niet. Sebastian richtte zijn aandacht weer op de man, die net de stopwatch met een klik uitzette.

'Drie punten. Hij bloeit met lange, harige katjes. Het witte, taaie hout wordt gebruikt voor pulp voor de papierindustrie...'

'Dit heeft niets met intelligentie te maken!' riep Sebastian. De man keek hem rustig maar vragend aan. 'Dit is algemene ontwikkeling. Kennis die iedereen in zijn hoofd kan stampen. Dat gaat om leervermogen en geheugen, niet om intelligentie. De stomste mens van de wereld kan deze vraag nog beantwoorden!'

'Maar jij blijkbaar niet,' zei de man, en hij klikte de stopwatch uit en zette hem weer op nul. 'Twee punten: ...en natuurlijk voor lucifers. De bladeren zijn rond, en hebben een lange, sterk afgeplatte steel.'

Sebastian zuchtte. Hij wist van wat voor hout lucifers werden gemaakt.

'Esp,' zei hij zacht.

'Goed. Twee punten. Zeven in totaal. Volgende. Geologie. Een edelsteen. Vijf punten: bestaat uit stevig samengeperste, heel kleine, doorzichtige laagjes gehydrateerd siliciumdioxide.'

Sebastian zweeg weer. Hij wist niet wat gehydrateerd siliciumdioxide was. Källman reageerde op zijn zwijgen. Hij schreeuwde achter de mondprop en keek Sebastian beschuldigend aan.

'Het is niet mijn schuld dat je hier zit,' zei hij gespannen. 'Ik probeer je verdomme te redden.'

Klik.

'Vier punten. Sommige vertonen een fraai kleurenspel. Australië en Tsjechië zijn grote producenten.'

Sebastian meende zich te herinneren dat opaal uit Australië kwam. Had hij daar niet eens een programma over gezien? Mannen die in de woestijn als konijnen in holen kropen om die opalen te vinden. Ja, dat had hij gezien. Hij wist het bijna zeker.

'Opaal,' antwoordde hij, en hij merkte dat hij zijn adem inhield terwijl hij wachtte of het goed was of niet.

'Vier punten. Volgende. Filosofie. Een denker. Vijf punten: legde de nadruk op de mens als sociaal wezen in de begrippen "medemenselijkheid" en "middenweg".'

'Confucius,' zei Sebastian onmiddellijk. Tevreden. Als die verdomde boom er niet bij was geweest, had hij gewonnen. Hij kende zijn filosofen. Had er veel gelezen, leefde er niet één na.

De man schraapte even zijn keel en zette de stopwatch weer uit.

'Weer vijf punten. Zestien in totaal. Laatste vraag. Architectuur. Een gebouw. Vijf punten: bestaat uit verschillende gebouwen, gegroepeerd rondom onder meer de Leeuwentuin en de Mirtetuin.'

Klik.

Dat herkende hij. Was hij er zelfs niet geweest, met Lily? Misschien niet. Hij was nooit zo toeristisch, dus de weinige reizen die ze samen hadden gemaakt, moest hij zich herinneren. Maar de Leeuwentuin... Er flitste iets door zijn hoofd, een gedachte, maar te vluchtig om te kunnen grijpen.

'Vier punten: de bouwmeesters noemden het "het rode" naar de kleur van de bouwstenen.'

Sebastian ademde uit. Hij was er inderdaad met Lily geweest. Voor Sabine. Haar idee natuurlijk. Hem kon het niet schelen waar ze waren, als hij maar bij haar kon zijn. Maar nu wist hij het weer.

'Alhambra.'

'Zestien plus vier is twintig. Van de vijfentwintig. Niet zo slecht.'

Sebastian kon onmogelijk aan de man zien of hij teleurgesteld of tevreden was. Zijn stem verraadde niets, en zijn ogen ook niet. Hij was perfect geweest als quizmaster op tv, dacht Sebastian. Of als pokeraar. Volkomen uitgestreken smoel.

De man liep naar Källman, wiens blik tussen Sebastian en de man heen en weer ging. Zijn ogen zeiden dat hij dacht dat twintig punten niet genoeg zou zijn. Hij zag er doodsbang uit, en toen de man naar hem toe kwam en zijn hand uitstak naar het bordje om zijn nek, gooide hij zichzelf zo krachtig opzij dat de stoel bijna omviel.

Terwijl hij Sebastian bleef aankijken, draaide de man het bordje om, zodat Sebastian het kon lezen.

Twee zwarte tweeën.

Tweeëntwintig.

22.

Sebastian deed zijn ogen dicht en liet zijn hoofd op zijn borst vallen. De moed zakte hem in de schoenen. Hij had onder grotere druk gestaan dan hij in de gaten had gehad. Nu was hij helemaal leeg. Hij hoorde zijn eigen ademhaling: kort, stotend, alsof hij op het punt stond in huilen uit te barsten.

Wat moest hij doen?

Wat kon hij doen?

Hij had hoog spel gespeeld. Gedacht dat hij de man een reactie zou kunnen ontlokken. Maar hij had de tegenstander onderschat en nu moest iemand anders daar de prijs voor betalen.

'Jij bent toch zoveel slimmer dan ik...' hoorde hij de man vergenoegd zeggen. Sebastian tilde langzaam zijn hoofd weer op en zag dat de man naar een stoffen tasje liep dat tegen een muur stond. Het was Sebastian nog niet opgevallen.

'Dit heeft niets met slimheid te maken...' probeerde Sebastian weer. 'Je bent nog steeds een dinosaurus die niet snapt dat hij op het punt staat om te worden uitgeroeid.'

Hij had het gevoel dat hij nu eigenlijk alles kon zeggen. Het kon nu toch niet erger worden.

'Ik heb de pers nu aan mijn kant. Ik kan mijn boodschap uitdragen.'

Sebastian liet een droog, humorloos lachje horen.

'Gefeliciteerd. De kranten zijn de volgende dinosaurus die zal uitsterven.'

De man haalde iets uit het tasje. Sebastian zag niet goed wat het was, maar het was vast niets goeds, want hij liep met het voorwerp in zijn hand vastberaden terug naar Källman.

'Ik heb gelijk, en dat weet je,' riep Sebastian. De man leek hem niet eens te horen. Källman schreeuwde nu zo hard als hij kon achter zijn mondknevel en probeerde wanhopig weg te komen. 'Die kids zijn verdomme veel slimmer dan jij. Die hebben het begrepen, hebben zich aangepast, zich ontwikkeld. Jij hebt sinds de lagere school stilgestaan.'

De man liet zich niet provoceren. Källman deed een laatste poging om weg te komen, maar dat had alleen maar tot gevolg dat hij de stoel deze keer echt omgooide en hard op de grond viel.

'Niet doen...' zei Sebastian smekend toen de man bij Källman kwam, die nu op zijn zij lag en Sebastian aankeek met ogen die overliepen van de tranen.

'Doe het niet, alsjeblieft. Ik zat fout. Ik ga ermee naar buiten en maak het bekend. Ik zal je steunen. In het openbaar. Ik beloof het.'

De man wierp hem een blik toe en een scheef lachje dat aangaf dat hij Sebastian geen moment geloofde. Toen ging hij op zijn knieen zitten, zette iets waarvan Sebastian inmiddels begreep dat het een verdovingspistool was tegen Källmans slaap en drukte af.

Er ging een hevig spasme door Källman heen en daarna bleef hij doodstil liggen. Zijn ogen, die net nog angst uitstraalden, doofden, staarden even recht voor zich uit en draaiden toen naar binnen, naar boven, naar achteren.

De man stond op, veegde zijn knieën af en liep terug naar het tasje bij de muur. Sebastian zag het nauwelijks. Hij kon zijn ogen niet van Källmans dode lichaam afhouden. Dat leek voor zijn ogen op te lossen, maar toen drong het tot hem door dat hij huilde. Warme tranen liepen over zijn wangen.

Hij knipperde ze weg toen hij het metalige geluid hoorde van een deur die openging. De man stond in de deuropening met het tasje in zijn hand. Hij keek naar binnen, naar Sebastian, naar Källman, en toen nam hij de ruimte nog eens in zich op, alsof hij zeker wilde weten dat hij de aanblik nooit zou vergeten. Toen knikte hij even, tevreden, en ging weg.

De deur ging met een klap achter hem dicht.

Sebastian zat daar nog. Hij keek naar Källman. Eén enkel stroompje bloed liep van het gat in zijn slaap over zijn voorhoofd en liet daar een rood spoortje achter.

De gemaskerde man had geschoten.

Maar Sebastian had hem gedood.

De rode Volvo van Christian Saurunas hield zich op de randweg aan de wettelijk toegestane zeventig kilometer per uur. Hij wilde zich niet laten oppakken wegens zoiets banaals als te hard rijden.

Tot nu toe was alles volgens plan gegaan. Hij was aangevallen, had gereageerd en gewonnen.

Sebastian Bergman had het bij het verkeerde eind.

Het ging wel degelijk om intelligentie. Het ging om wilskracht en het vermogen informatie en kennis te vergaren. Dat begrepen ze op allerlei forums op internet ook steeds beter, en langzaam maar zeker begon ook de meer gerenommeerde pers het in te zien.

Na de uitlatingen van Sebastian Bergman was er in *Svenska Dagbladet* een heel hoofdartikel aan het onderwerp gewijd. Daarin werden alle moorden en het geweld natuurlijk veroordeeld en dacht men aan en leefde men mee met de familie en de vrienden van de slachtoffers, blabla, maar ze wilden toch proberen de kwestie naar een hoger niveau te brengen. Afzien van wat hij deed, focussen op wat hij zei.

Alleen omdat iemand vreselijke en onvergeeflijke methoden gebruikt om zijn boodschap voor het voetlicht te brengen, hoeft die boodschap op zich nog niet verkeerd te zijn. In deze tijden, waarin het Zweedse onderwijs achteruitging, waarin bedrijven moeite hadden toptalenten te vinden, waarin Zweden concurrentiekracht verloor – welke voorbeelden werden er in deze tijden eigenlijk gesteld?

Dat was precies wat hij wilde bereiken.

Een discussie op gang brengen, mensen bewust maken van wat er aan de hand was, hen uit hun door reclameblokken geïndoctrineerde sluimering wekken, hen de oppervlakkigheid laten doorzien.

De kennis reclaimen, zoals *angry young men* zouden zeggen.

Hij sloeg af. Bijna thuis. Tijd om even uit te rusten en te ontspannen. Maar niet lang. Hij moest doorgaan. Sneller dan hij eigenlijk had gewild, maar voor één keer kon hij nu niet zelf de tijd en de plaats bepalen.

Een eindje verderop zag hij een tegemoetkomende politiewagen links afslaan, de Stråkväg in. Op zich niet ongewoon, maar hij was steeds alerter geworden op activiteiten van de politie in zijn buurt. Per slot van rekening had hij de openbaarheid gezocht. Hij wist niet hoeveel de politie wist. In het ontbijtprogramma van TV4 hadden ze gezegd dat het interview met Bergman de indruk wekte dat de politie tamelijk wanhopig was, maar nee, hij wist het niet. Dat was bovendien niet het interessantste van de uitzending. Dat was toen een van de gasten, een vrouw met lang, hennakleurig haar die hij niet kende vlak voor de reclame had gezegd: 'Maar kunnen we het niet hebben over wat hij nu eigenlijk zégt, die moordenaar?' De presentatrice had geantwoord: 'Ja, dat kunnen we wel doen, maar niet nu, want we moeten er even uit. We zijn zo terug.'

Toen kwam de reclame en daarna de aankondigingen van hun eigen producties, en toen ze terugkwamen in de knusse ochtendstudio was de roodharige gast weg en werden er nieuwe onderwerpen aangesneden.

Hij zag de politiewagen nog een keer links afslaan.

De Källbacke in.

Zijn straat.

Dat kon natuurlijk toeval zijn, maar hij kon zich niet herinneren dat hij in al die jaren dat hij al in deze rustige villawijk woonde er ooit eerder een politiewagen had gezien. Hij zette zijn richtingaanwijzer aan en reed erachteraan. De politieauto een meter of dertig voor hem. Het zag er niet naar uit dat hij nog een keer zou afslaan.

Hij woonde helemaal aan het eind, waar de straat overging in een fiets- en voetpad naar een groengebiedje. Het doodlopende stuk van de straat. De politiewagen reed twee zijstraten voorbij. Nu was er nog maar één. Hij minderde snelheid en zette de auto aan de kant en volgde de politiewagen alleen nog met zijn ogen. Per slot van rekening reed hij in een auto waarvoor waarschijnlijk een opsporingsbevel was uitgegeven. De politieauto naderde de Ekstig, de laatste mogelijkheid om van de Källbacke af te slaan en ergens anders heen te gaan. Maar hij reed rechtdoor en parkeerde achter een andere politiewagen, die voor zijn huis geparkeerd stond met nog twee burgerauto's, waarvan hij zeker wist dat ze niet van zijn buurman waren.

Hij reed voorzichtig een paar meter achteruit en draaide de Björkväg in.

Hij ging iets harder rijden.

Ze wisten wie hij was.

Op den duur was dat waarschijnlijk onvermijdelijk, maar als ze zijn identiteit kenden, was het nog maar een kwestie van tijd voordat ze hem oppakten. Onderduiken was niet zo simpel als het op tv en in films leek. Het was bijna onmogelijk. Dat wist hij. Het veranderde eigenlijk niet zoveel. Hij moest het beste van de nu ontstane situatie zien te maken.

Hij was slim.

Hij kon zich aanpassen.

Maar de tijd was beperkt. Dan konden ze maar beter weten wat er was gebeurd en bericht krijgen van Källmans dood. Dan kon die een plaats krijgen, bezinken en reacties oproepen voordat het weer tijd werd.

Hij haalde een mobieltje uit het vak in de middenconsole en toetste 112 in.

Een telefoniste van de alarmcentrale nam op nadat hij even had moeten wachten.

'Alarmcentrale – wat is er gebeurd?'

'Dag. De pers noemt mij de Docusoapmoordenaar, en ik wil graag nog een moord melden.'

Toen ze hem vonden, was hij er slecht aan toe.

Hij wist niet hoe lang hij daar had gezeten, alleen, met de dode Lennart Källman tegenover zich, maar het voelde als een eeuwigheid. Nadat zijn tranen waren opgedroogd, was hij in paniek geraakt. Hij werd bang dat niemand hem ooit zou vinden, dat hij hier aan zijn eind zou komen, met die dode man, bij wie het bloed maar uit het gat in zijn slaap leek te blijven stromen. Met zijn laatste krachten had hij geprobeerd zich los te wurmen van de stoel, maar het enige gevolg was geweest dat hij zijn evenwicht had verloren en was omgevallen. En zo was hij blijven liggen, vastgesnoerd, bezweet en uitgeput, totdat hij de deuren hoorde opengaan.

Korte commando's en gestamp van zware schoenen op de betonnen vloer verbraken de stilte.

De ME.

Hij was nog nooit zo blij geweest om die te zien.

Nadat ze hadden gecontroleerd of het veilig was, maakten ze hem los en brachten ze hem naar een wachtende ambulance. Buiten stonden een paar politiewagens, en hij zag Ursula's auto een stukje verderop staan. De Nationale Recherche was er of was in aantocht. Hij begreep dat het, wat hij ook had gedaan om eruit te worden gegooid, nu helemaal moeilijk voor hem zou worden om terug te komen. Sommigen zouden zeggen dat het bloed van de hoofdredacteur aan zijn handen kleefde. Daar kon hij weinig tegen inbrengen.

De agenten lieten hem bij de ambulance over aan de goede zorgen van een paar in het groen gestoken broeders. De check die ze uitvoerden was volkomen overbodig. Hij wist al dat hij lichamelijk ongedeerd was. Vanbinnen had hij een pak slaag gehad. Met die pijn zou hij nog lang moeten leven. Hij kreeg een deken en een flesje water en werd naar een politiewagen gebracht. Het was een vreemd gevoel dat hij de plaats delict verliet, maar de agenten die verantwoordelijk voor hem waren, hadden de strikte opdracht gekregen hem na het medische onderzoek meteen naar het politiebureau te brengen.

Nu zat hij in een verhoorkamer te wachten. Hij was al heel vaak in deze onpersoonlijke ruimte geweest, maar had er nooit op iemand hoeven wachten. De rollen waren omgedraaid, en hij voelde zich net een verdachte, zoals hij hier zat met zijn deken, zijn bijna lege flesje water en zijn angst als enige gezelschap.

Na wat weer een eeuwigheid leek, kwamen Torkel en Billy binnen. Ze zeiden hem allebei kort gedag. Torkel professioneel, maar duidelijk afstandelijk. Billy iets vriendelijker, maar ook hij hield zich op de vlakte.

'Het komt door dat interview,' zei Torkel, en hij keek Sebastian priemend aan. 'Als dat er niet was geweest, had Källman nog geleefd.'

'Nee, hij is niet gestorven omdat hij dat interview heeft gepubliceerd,' zei Sebastian. Eigenlijk was hij te moe, maar hij vond toch dat hij zich moest verdedigen. 'Het was omdat hij idiotie, stompzinnigheid en versimpeling verspreidde.'

'Hoe weet je dat?'

'Dat zei hij. De moordenaar.'

'Dus het feit dat Källman de dag na de publicatie sterft, is puur toeval?' Torkels ongeloof was niet te missen.

'Ik weet het niet. Misschien hielp het hem de beslissing te nemen, maar het was niet doorslaggevend.' Sebastian keek Torkel aan, in de hoop dat dat zou helpen hem te overtuigen.

'Hij wilde mij verslaan. Ík was daar vanwege het interview. Källman had hij toch wel gepakt.'

Sebastian zweeg. Hij wilde zich niet meer verdedigen. Hij kon het niet meer opbrengen.

Verstandelijk wist hij dat het was zoals hij had gezegd.

Gevoelsmatig was het heel anders.

Hij had de moordenaar getart. Geprovoceerd en uitgedaagd. Maar toen het erop aankwam, toen hij het leven van iemand anders in handen had, had hij gefaald en was er iemand doodgegaan.

Verstand en gevoel.

Het gevoel zou nog wel een tijdje de overhand houden.

Torkel ging zitten. Hij leek wat kalmer te worden.
'Oké, laten we zeggen dat je gelijk hebt.'
'Ik heb gelijk,' kon Sebastian niet nalaten te zeggen.
'Heb je iets gezien wat ons verder kan helpen?' vroeg Torkel, die deed alsof hij Sebastians opmerking niet had gehoord.
Sebastian schudde zijn hoofd.
'Hij had de hele tijd een masker op. Een skimasker. Maar ik denk dat ik zijn stem wel zou herkennen als ik die weer zou horen.'
'Waar heeft hij je ontvoerd?' vroeg Billy, en hij boog zich naar hem toe.
'Thuis, met een of ander chloroformachtig spul. Hij belde aan.'
'Ik wil er een technicus heen sturen. Mag hij met je mee als we hier klaar zijn?'
'Natuurlijk. Weten jullie al meer? Is er sinds gisteren nog iets gebeurd?' vroeg Sebastian. Ze zeiden niets, maar Billy keek Torkel van opzij even aan. Sebastian begreep wat dat betekende.
'Heeft dat met Olivia Johnson, dat ze zo laat een beurs kreeg, nog iets opgeleverd?' vroeg hij voorzichtig.
Ze gaven geen antwoord. Het was een ellendig gevoel. Zich verantwoordelijk voelen voor iemands dood en dan ook nog volledig buitengesloten te worden van de groep waartoe je behoorde.
'Kunnen jullie niet gewoon zeggen of het iets heeft opgeleverd? Ik mag toch wel weten of jullie hem te pakken zullen krijgen?'
'Het komt wel in de krant te staan als het zover is,' antwoordde Torkel, en weer voelde Sebastian zich eerder een verdachte dan een oud-collega.
Hij probeerde het nog een keer.
'Alsjeblieft,' zei hij met gebroken stem. 'Willen jullie het toch vertellen? Ik moet het weten.'
Torkel keek hem iets verzoenlijker aan.
'Ja, het heeft iets opgeleverd. We hebben een naam,' zei hij toen.
'Van de moordenaar? Van de man die mij heeft ontvoerd?'
'We denken van wel.'
'Hoe heet hij?'
'Dat kan ik niet zeggen. Ik heb al te veel gezegd tegen een buitenstaander,' zei hij tot slot. 'Als je nog iets te binnen schiet, laat het ons dan weten.'

Hij liep naar de deur. Sebastian knikte zwakjes. Te verslagen om zich te verzetten. Torkel keek naar Billy.

'Ik zal zorgen dat iemand je uitlaat,' was het laatste wat Sebastian hoorde voordat de deur weer dichtging.

Dat was dus het einde. Van zijn tijd bij de Nationale Recherche. Uitgelaten worden uit een huis van bewaring.

Als een misdadiger.

Of als een slachtoffer.

Hij voelde zich allebei.

Torkel kwam terug op zijn kamer.

Hij moest weer even overzicht zien te krijgen.

Vanja had contact opgenomen met de familie van Källman, zodat ze zijn dood niet via internet hoefden te vernemen. Met zoveel politiemensen en ME'ers ter plaatse was het slechts een kwestie van tijd voordat uitlekte wie ze in dat verlaten bedrijfsgebouw in Albano dood op de vloer hadden aangetroffen. Hij wist niet of ze hen te pakken had gekregen, maar ging ervan uit dat ze het zou laten weten als het was gebeurd. Billy was weer achter Lagergrens computer gaan zitten. Dat was op dit moment hun grootste kans om hem aan de moorden te koppelen. De eerste doorzoeking van zijn huis had niet veel opgeleverd.

Torkel boog zich over zijn bureau en pakte de gele briefjes met mededelingen die Gunilla voor hem had klaargelegd. Ze had ze op urgentie en Torkels belangstelling gerangschikt. De dringendste en interessantste bovenop, en zo verder in dalende prioriteit, met onderaan degene waarover ze hem alleen plichtmatig informeerde, maar waarvan ze wist dat hij toch niet zou terugbellen.

Boven op het stapeltje lag een berichtje van Ursula. 'Nog steeds niets in Albano,' stond er in Gunilla's goed leesbare handschrift. Torkel keek even op de klok. Ursula had een halfuur geleden gebeld. Onder haar briefje lagen een heleboel berichtjes en verzoeken van journalisten om terug te bellen. Torkel bladerde ze snel door. Hij nam aan dat de meesten van hen wel naar de persconferentie zouden komen die hij zo gauw mogelijk moest geven. Hij wilde wel eerst zeker weten dat Vanja de familie had gesproken. Hij keek er niet naar uit. Het zou een chaos worden. Een vermoorde hoofdredacteur zou de mediawereld in rep en roer brengen. De vraag of er verband bestond tussen het interview dat *Expressen* had gepubliceerd en Källmans dood zou ongetwijfeld worden gesteld. Als het tegenzat, wisten ze ook al dat Sebastian erbij was toen Källman stierf. En vragen waarom. Dat Sebastian Bergman geen deel meer uitmaakte van de Nationale Recherche zou worden opgevat als een teken van schuld. Ook al zou hij alles vertellen wat hij wist, dan nog zouden ze denken dat hij informatie achterhield omdat ze er zelf bij betrokken waren.

Het zou hoe dan ook een verschrikkelijke heisa worden.

Hij bladerde verder door de briefjes en kwam bij de laatste drie terecht. Die waren allemaal van Rosmarie, die hem liet weten dat hij zo snel mogelijk van zich moest laten horen. Torkel maakt er een grote prop van en gooide ze in de prullenmand. Hij dacht weer aan de komende persconferentie. Hij moest besluiten of ze een foto van Lagergren zouden publiceren of niet. Het was ongewoon om dat te doen, zeker als ze alleen maar aanwijzingen hadden die hem aan de moorden linkten. Aan de andere kant kon hij het zo presenteren dat ze de hulp van de pers nodig hadden om met hem in contact te komen zonder dat hij een verdachte was. Dat ze hem een paar vragen wilden stellen in verband met het onderzoek, zoals dat heette. Het zou Lagergrens leven verwoesten als zou blijken dat hij onschuldig was, maar het zou de aandacht afleiden van de lastige vragen over Sebastian en Källman. En ze hadden echt hulp nodig om hem te vinden, dus het motief om het wel te doen was niet alleen maar egoïstisch.

Hij had nog geen besluit genomen toen de telefoon ging.

'Torkel Höglund,' zei hij.

'Met Vanna van de receptie,' zei een vrouw aan de andere kant van de lijn.

'Hoi,' zei Torkel, en hij probeerde door de open deur te zien of Gunilla er nog was en waarom zij dat telefoontje niet had afgevangen.

'Ik heb hier een zekere David Lagergren staan,' ging Vanna door. 'Hij wil een paar moorden bekennen, zegt hij.'

Torkel was letterlijk sprakeloos. Het was alsof de connectie tussen zijn oren en zijn hersenen helemaal was uitgeschakeld. Hij kon geen woord uitbrengen. Op de achtergrond hoorde hij een mannenstem iets zeggen.

'Je kent hem beter als Sven Cato, zegt hij,' vervolgde Vanna, en Torkel merkte dat ze haar best moest doen om kalm en neutraal te blijven. Zijn blokkade viel weg.

‘Vraag hem daar te wachten. Ik kom eraan,’ wist hij uit te brengen, en hij hing op.

Hij bleef nog heel even zitten om zijn gedachten, die alle kanten op vlogen, op een rijtje te krijgen. Toen stond hij op, liep de kantoortuin in en riep Billy.

‘Lagergren is bij de receptie,’ zei hij toen Billy zijn kantoor binnenkwam.

‘Wát?’ Het was duidelijk dat Billy dacht dat hij het verkeerd had verstaan.

‘Hij wil bekennen,’ voegde Torkel eraan toe, en hij knikte.

‘Dat moet iemand zijn die een geintje met ons wil uithalen.’

‘Niemand weet dat we op zoek zijn naar Lagergren.’

Het duurde even voordat Billy besefte dat Torkel gelijk had. Lagergren was pas vanmorgen in hun onderzoek opgedoken. Niemand buiten het team wist dat ze hem zochten.

‘Wat wil je dat ik doe?’ vroeg Billy, van top tot teen gespannen.

‘Bel Strandberg. Ik wil over drie minuten een team achter de veiligheidsdeur hebben. En een voor de ingang.’

‘Oké.’

‘Zorg dat ze voor de ingang een foto krijgen,’ riep hij Billy na toen die de kamer al uit liep. Billy stak een hand op om te laten zien dat hij het had gehoord.

Torkel haalde diep adem. Drie minuten. Hij had drie minuten de tijd om te bedenken wat hij wilde doen. Hij ging snel na wat hij over Lagergren wist. Wat wilde hij? Wat probeerde hij te bereiken door hier op te duiken? Welke scenario’s waren er als ze bij hem kwamen? Hij moest denken aan de camper. Saurunas. Lagergren had verstand van bommen. Verdomme!

Torkel pakte de telefoon en toetste het nummer van de receptie in. Vanna nam meteen op.

‘Hoi, met Torkel weer. Zeg, die man die naar mij vraagt, heeft hij een tas bij zich?’

Het was even stil, en Torkel stelde zich voor dat Vanna zich over de balie boog om naar de man in de grote entreehal te kijken.

‘Nee, hij heeft geen tas,’ antwoordde ze bijna fluisterend toen ze terugkwam aan de lijn.

‘Waar is hij nu?’ vroeg Torkel.

'Hij zit op een van de bankjes rechts van de ingang.'

'Mooi. Dank je. Ik kom er zo aan.'

Hij hing op. Geen tas. Dat betekende niet per se dat er geen springstof in het spel was. Die kon hij in zijn kleding hebben, en Torkel kon de receptioniste moeilijk vragen of ze hem wilde gaan fouilleren. Moest hij het bureau laten ontruimen? Alle registers opentrekken? Het risico daarvan was dat Lagergren de bom zou laten ontploffen, als hij die had. Of iemand zou gijzelen. Of gewoon zou verdwijnen in het tumult dat er dan zou ontstaan.

Billy kwam binnen, buiten adem, meer van opwinding dan van het hardlopen.

'Ze staan op beide plaatsen klaar. Zullen we gaan?' vroeg Billy, en hij gooide Torkel een walkietalkie toe. 'Kanaal 4.'

Torkel knikte. Hij had besloten het spel nog even mee te spelen. Er zou zich altijd wel een gelegenheid voordoen om zich terug te trekken en ontruiming te gelasten als hij dat nodig vond. Ze liepen snel het kantoor uit.

'Rapport,' vroeg hij kort, terwijl Billy en hij in volle vaart de trappen af liepen.

'We staan op onze plaats,' hoorde hij Strandbergs stem in de schraperige verbinding. 'We hebben visueel contact met het object.'

'Zit hij nog?'

'Yep, heeft geen vin verroerd.'

'En er staat ook een team bij de ingang?' vroeg Torkel om de informatie te dubbelchecken.

'Correct.'

'Ik ben er met een minuut,' zei Torkel, en hij probeerde zo mogelijk nog harder te lopen. Hij voelde zijn ademhaling en zijn hartslag enorm versnellen. Ze namen de laatste traptreden in zo groot mogelijke sprongen en kwamen op de begane grond. Torkel bleef staan. Billy stopte ook en keek hem vragend aan.

'Wat is er?'

'Eén seconde,' zei Torkel, en hij ging linksaf, weg van de korte gang naar de veiligheidsdeur en Strandbergs team. Billy schudde zijn hoofd en ging achter hem aan. Even later begreep hij waar Torkel naartoe ging. Aan de andere kant van het gebouw lag de controlekamer.

Torkel bleef voor de anonieme witte deur staan, pakte zijn sleutelkaart, toetste zijn persoonlijke code in en maakte de deur open. Binnen zaten drie geüniformeerde agenten voor een wand die volledig bedekt was met monitoren, allemaal met zwart-witbeelden. De gevel, de straten rondom het gebouw, de inrit van het huis van bewaring, de personeelsparkeerplaats, de entree, de ingang van de parkeergarage – allemaal bijzonder scherpe beelden voor bewakingscamera's. Het systeem was nieuw, pas een jaar eerder geïnstalleerd. De agenten in de gemakkelijke stoelen voor de monitoren draaiden zich alle drie om naar de binnenstormende bezoekers.

'Laat de camera in de receptie eens zien,' zei Torkel zodra hij binnen was.

'Welke? Er zijn er drie,' zei een van de agenten, terwijl hij zijn hand uitstak naar het controlepaneel.

'Alle drie,' zei Torkel snel.

Een paar seconden later wees de man bij het controlepaneel naar een monitor die in vier gelijke rechthoeken was verdeeld. Drie daarvan toonden beelden van de hal, de vierde was leeg.

'Die daar,' zei Torkel, en hij wees op het vak linksboven. De man klikte door, zodat dat beeld het hele scherm vulde. Ze zagen een man alleen, die op een van de bankjes achter de glazen entreedeuren zat. Voorovergebogen, met zijn ellebogen op zijn knieën en zijn blik op de grond gericht.

'Is dat hem?' vroeg Billy, hoewel hij exact hetzelfde zag als Torkel.

'Moeilijk te zeggen. Ik kan zijn gezicht niet zien,' antwoordde Torkel.

'Wat zoek je?' vroeg de man aan de knoppen.

'Of hij springstof op zijn lichaam heeft,' antwoordde Torkel, en het werd meteen doodstil in de controlekamer. Opeens bewoog Lagergren. Hij ging rechtop zitten en rechtte zijn rug. Toen hij zijn armen naar achteren bracht, spande zijn jack zich over zijn borst. De vijf mannen in de controlekamer bogen zich allemaal naar het scherm.

'Er is geen bolling te zien,' constateerde de man bij het controlepaneel. Op hetzelfde moment leek Lagergren een geeuw te onderdrukken en keek hij op zijn horloge. Zijn blik ging onderzoekend door de hal. Torkel kreeg het idee dat hij niet veel langer wilde wachten. Hij moest het risico nemen.

'Bedankt,' zei Torkel, en hij ging de controlekamer uit, met Billy op sleeptouw. Hij rende terug naar de veiligheidsdeur en naar Strandberg en zijn team. Hij zag hen staan. Vier geüniformeerde mannen rondom Strandberg, die de anderen zo te zien nog een laatste briefing gaf, maar daarmee ophield zodra hij de toesnellende Torkel zag.

'Klaar?' vroeg die, toen hij zich ietwat buiten adem bij hen voegde.

Strandberg knikte, liep naar hem toe en gaf hem een kogelwerend vest aan.

'Doe dit voor de zekerheid om.'

'Dank je.'

'Ik heb er geen voor jou,' zei hij tegen Billy.

'Dan blijf jij hier,' bepaalde Torkel op een toon die aangaf dat er geen discussie over mogelijk was, terwijl hij het vest van Strandberg aanpakte en aantrok.

'Is het echt de Docusoapmoordenaar?' vroeg een vrij jonge agent met een rond, kinderlijk gezicht.

'Dat denken we wel, dus wees voorzichtig,' antwoordde Torkel, en hij trok zijn wapen.

'We gaan,' zei Strandberg. Hij draaide zich om naar de deur, keek nog één keer naar de anderen om te zien of ze op hun plaats stonden, maakte de deur open en liep snel naar links. De anderen volgden hem en verspreidden zich met getrokken wapen door de ontvangstruimte. Die was vrijwel leeg. Behalve de man op het bankje en de receptioniste zat er een stelletje op een van de bankjes aan de andere kant van de ruimte, en bij het kastje met folders rechts van de receptie stond een oudere vrouw. Het stelletje kroop in elkaars armen en probeerde zich zo klein mogelijk te maken. De vrouw bij de folders slaakte een kreetje en deed met haar handen ter hoogte van haar hoofd een stap naar de muur achter zich.

De man op het bankje verroerde geen vin. Hij keek hen alleen maar aan. Alsof er niets vanzelfsprekenders had kunnen gebeuren. Torkel hield zijn wapen met beide handen op de grond gericht en liep naar de man toe, met zijn gewapende collega's in een halve cirkel achter zich.

'David Lagergren?' vroeg hij met gezag.

De man keek hem aan, maar gaf geen antwoord.

'Hou je handen waar we ze kunnen zien,' zei Strandberg luidkeels van rechts.

De man draaide zijn gezicht langzaam in de richting van Strandberg en toen weer terug naar Torkel, en deed toen even langzaam zijn handen omhoog.

'Jullie hoeven niet zo te overdrijven. Ik wil me overgeven,' zei hij, en hij glimlachte.

Hij lachte op geen van de foto's die ze van hem in de Kamer hadden, en dat glimlachje maakte hem niet meer gewoon en alledaags, viel Torkel op. Het maakte hem griezelig.

De halve cirkel agenten kwam een stap dichterbij.

'Sta op. Geen snelle bewegingen,' commandeerde Strandberg. De man knikte en stond op.

'Ga op de grond liggen,' ging Strandberg door met zijn orders toen de man eenmaal stond. Met zijn handen nog steeds boven zijn hoofd zakte hij lenig op zijn knieën en liet hij zich voorzichtig vooroverglijden, tot hij op zijn buik lag, met zijn handpalmen op de grond. Van weerskanten rende er een agent op hem af. De anderen hielden Lagergren onder schot, klaar om op de minste beweging te reageren.

'Bent u David Lagergren?' vroeg Torkel weer, barser nu.

'Ja, ik heb begrepen dat jullie me zoeken,' antwoordde Lagergren irritant rustig, terwijl een van de twee agenten hem een knie in de rug zette en de ander zijn handen pakte en achter zijn rug boeide.

Torkel stak zijn wapen in de holster. De agenten op de grond begonnen de liggende man te fouilleren. Toen ze klaar waren, zetten ze hem overeind. Torkel liep naar hem toe.

'Wat wilt u?' vroeg hij.

'Me overgeven,' zei Lagergren. 'Jullie zoeken me toch? Of vergis ik me?'

Hij glimlachte weer.

Deze keer zag hij er niet alleen griezelig uit. Hij glimlachte alsof hij nog steeds alles onder controle had.

David Lagergren zat aan de tafel in het kale verhoorkamertje, dat er ongeveer zo uitzag als hij zich had voorgesteld. Een simpele houten tafel, leeg op een soort opnameapparaat na, dat aan het ene uiteinde stond, bij de lichtgrijze muur. Vier stoelen, een raam met melkglas, geen gordijnen, drie tl-buizen aan het plafond. Kale muren, behalve aan één kant, waar een ruit met sterk reflecterend glas in zat. David was ervan overtuigd dat dat de reële versie was van de spiegel waar je aan één kant doorheen kon kijken die hij in Amerikaanse politiefilms wel had gezien. De geüniformeerde agent die hem bij de deur stond aan te kijken completeerde het beeld.

Hij had nog nooit in een verhoorkamer gezeten.

Hij was überhaupt nog nooit met de politie in aanraking geweest, afgezien van een enkele alcohol- of rijbewijscontrole op de weg.

Dat hij nog geen strafblad had zou vast wel in de kranten komen, nam hij aan. Het zou zijn positie sterker maken. Daardoor zouden er meer mensen naar hem luisteren.

Hij was geen crimineel. Dat was belangrijk. Hij wist zelf hoe hij reageerde als hij las over mensen die iets akeligs hadden meegemaakt. Waren beschoten, gestoken, mishandeld of anderszins gewond geraakt.

Het slachtoffer was een bekende van de politie.

De sympathie en het medeleven daalden dan onmiddellijk. Het gevoel ontstond dat die persoon waarschijnlijk zijn verdiende loon had gekregen. Een afrekening, dacht je. Crimineel gedrag werd bestraft.

Met hem zou het anders gaan.

Hoogopgeleid, vaste baan, geen strafblad.

Iemand voor wie je sympathie kon hebben.

Ook al werd hij verdacht van een misdaad.

De deur ging open en twee mensen kwam binnen.

De ene, de man, herkende hij. Dat was dezelfde als die naar de receptie was gekomen. De baas, gewoon. De vrouw die bij hem was, had hij nog niet eerder gezien. Vrij jong. Vijfendertig, misschien nog iets jonger, maar ze zag er moe uit, afgemat, waardoor ze misschien iets ouder leek dan ze in feite was. Ze had een dikke map onder haar arm; die ging over hem, nam hij aan. De agent ging weg.

'Dag. Torkel Höglund. Dit is Vanja Lithner,' zei de baas toen de deur dicht was, en hij knikte naar de vrouw. Volkomen onnodig, want er was niemand anders in de ruimte die Vanja Lithner zou kunnen heten.

David glimlachte naar hen.

Ze gingen tegenover hem zitten. Vanja legde de map voor zich op tafel en Torkel zette het opnameapparaat aan het uiteinde van de tafel aan. Hij noemde datum en tijd, wie er aanwezig waren en vroeg of het klopte dat Lagergren had afgezien van juridische bijstand tijdens het verhoor.

David knikte.

'Wilt u alstublieft hardop antwoorden? Voor de opname,' zei Torkel. 'U ziet af van juridische bijstand?'

David draaide zich een beetje opzij, dichter naar het opnameapparaat toe.

'Ja.'

'U hoeft u er niet naartoe te buigen. Hij pikt alles op wat er in deze ruimte wordt gezegd. Praat maar normaal.'

David knikte weer en keek naar Vanja, die de map opendeed. Ze bladerde er snel doorheen en hij zag een glimp van foto's, kaarten, rapporten en prints. Ze leek ze in kleine stapeltjes in te delen door sommige stukken opzij te leggen, zodat er een kleine, stevige waaier overbleef. Ze stopte bij een foto, die ze voor hem op tafel legde. David keek ernaar. Patricia Andrén. Het leek al een eeuwigheid geleden dat hij haar had gebeld en om een interview had gevraagd.

Ze was zo blij geweest.

Het leek een heerlijk grietje. Vol energie en positief. Sterker geworden door wat ze had meegemaakt. Vastbesloten om anderen te helpen die zich in de situatie bevonden waarin zij ook had gezeten, met haar vriend die haar mishandelde, en om te zorgen dat haar zoon het beter kreeg.

'Zullen we bij haar beginnen?' vroeg Vanja, en ze schoof de foto iets verder naar hem toe.
Hij wendde zijn blik af van de foto en keek haar aan.
'Weet u wie dit is?' vroeg Vanja weer, en ze knikte naar de foto op tafel.
David gaf nog steeds geen antwoord. Vanja zette haar vinger op de foto en tikte er een paar keer op, alsof hij niet had begrepen wat ze bedoelde.
'Ik praat alleen met Sebastian Bergman,' zei hij duidelijk.
'Die werkt hier niet meer,' zei Torkel kortaf.
'Weet u wie dit is?' herhaalde Vanja, en ze tikte weer op de foto.
'Ik praat alleen met Sebastian Bergman.'
Hij zag dat dat antwoord Vanja ergerde. Haar ogen werden letterlijk donkerder. Het irriteerde Torkel ook, nam hij aan, maar hij wist het beter te verbergen.
'Dat gaat niet gebeuren.' Vanja spuugde de woorden haast uit. 'U praat met ons.'
'Nee, ik praat alleen met Sebastian Bergman.'
Torkel dacht even na, stak zijn hand uit naar het opnameapparaat en zette het uit. Toen bleef hij even in de verte zitten staren, waarna hij zuchtend tegen zijn collega zei: 'Zullen we even…?'
Vanja stond zonder iets te zeggen op en liep kwaad naar de deur.
'We zijn zo terug,' zei Torkel voordat ook hij de kamer uit ging. Even later kwam de geüniformeerde agent terug, die zich weer bij de deur posteerde.
David probeerde het weer met een glimlachje, maar dat werd niet beantwoord.

Vanja leunde in de gang met haar armen over elkaar tegen de muur toen Torkel de verhoorkamer uit kwam. Hij wachtte tot de geüniformeerde collega weer naar binnen was gegaan en liep toen naar haar toe. Hij weerstond de impuls om een hand op haar schouder te leggen, want hij vermoedde dat ze die van zich af zou schudden.
'Ik weet wat je wilt zeggen,' was ze hem voor.
Dat was waarschijnlijk wel zo.

‘We moeten hem aan het praten krijgen,’ zei Torkel.
‘We hebben het pas twee minuten geprobeerd of zo.’
‘Denk je dat hij van gedachten zal veranderen?’
Vanja antwoordde niet meteen. Ze klemde haar kaken op elkaar en trok haar armen nog steviger tegen zich aan. Nee, David Lagergren zou niet van gedachten veranderen. Daar was ze vrij zeker van. Niets in zijn psychologie maakte dat waarschijnlijk. Sebastian Bergman had hem uitgedaagd, gekrenkt, vernederd, wat dan ook. Het was volkomen logisch dat Lagergren alleen met hem wilde praten.
Zich weer met hem wilde meten.
Weer wilde winnen.
Als ze Torkels vraag met ja beantwoordde, zou hij weten dat ze loog.
Maar ze kon ook niet toegeven. Dat zou Torkel als het ware een vrijbrief geven om Sebastian weer binnen te laten. Dat zou ze sanctioneren als ze nee zei.
‘Ik weet het niet,’ werd het dus. Ze wilde hem niet helpen met het besluit waarvan ze in haar hart wist dat hij het wel moest nemen.
‘Ik moet Sebastian er weer bij halen,’ zei hij zacht, en deze keer legde hij zijn hand wel op haar schouder. Ze liet het toe. ‘Ik heb geen keus, Vanja.’
Ze knikte verbeten. Hij had gelijk. Daar in de verhoorkamer zat een seriemoordenaar. De ergste die ze ooit waren tegengekomen. Een die het bovendien had klaargespeeld zich uit te spreken via de media, die zich zelfs een paar verwarde aanhangers had verworven. Torkel moest dit oplossen. Helemaal. Tot aan een veroordeling. Ze hadden geen ruimte om fouten te maken. Privéoverwegingen mochten geen rol spelen.
Ze begreep het.
Hij had echt geen keus.
‘Maar ik wel,’ zei ze, en ze keek hem ernstig in de ogen voordat ze haar rug rechtte en de gang uit liep.
‘Vanja...’ hoorde ze hem achter zich smeken. ‘Vanja, ga nu niet zomaar weg. Als je blijft staan kunnen we er in elk geval over praten.’

Ze schudde haar hoofd. Als ze bleef staan, zou hij haar overhalen.

Dus ze liep door.

De deuren gleden uit elkaar en ze kwam uit onder het grote glazen dak van de entreehal. Ze bleef even staan en haalde een paar keer diep adem. De lucht was zo warm dat het verfrissende effect daarvan uitbleef, maar ze voelde haar schouders een paar centimeter zakken. Goed zo. Even overwoog ze om gewoon de straat over te steken en een tijdje in het Kronobergs-park te gaan zitten. Genieten van het mooie weer. Misschien een kop koffie en een broodje halen in het koffiezaakje op de hoek. Ze schoot in de lach bij het idee. Koffiedrinken in het park... Ze had de Nationale Recherche tijdelijk verlaten, geen persoonlijkheidsverandering ondergaan.

Dus ze zette koers naar de metro.

Als ze daarin had geloofd, zou ze hebben gezegd dat het voorbestemd was. Haar besluit om voorgoed met Sebastian te breken had ertoe geleid dat de moeilijkste beslissing van haar leven, waarvoor ze tot nu toe zelf te zwak was geweest, om de Nationale Recherche te verlaten, nu door iemand anders was genomen. Door toeval waren de stukjes op hun plaats gevallen en was ze in een bestaan gedwongen waarin alle mogelijkheden voor haar openlagen. Omdat zij gestructureerd en methodisch was, vond ze dat een beetje angstaanjagend. Niet weten wat ze die middag zou gaan doen, en al helemaal niet morgen en de dag daarna. Een deel van haar wilde omkeren, terugrennen en doorwerken. Het afsluiten. Doen waar ze goed in was. Flink zijn.

Maar een ander deel van haar genoot van het gevoel van vrijheid, dat ze al heel veel jaren niet meer had gekend. Misschien wel nooit. Ze was altijd juist flink geweest. Dat moest nu maar eens afgelopen zijn. Nu zou ze alleen maar aan zichzelf denken.

Het gevoel dat alles mogelijk was had haar nog niet verlaten toen ze op Gärdet uit de metro stapte. Ze stond pal voor de trap naar haar uitgang. Vijf minuten lopen naar haar flat als ze eenmaal boven de grond kwam.

Ze bleef staan.

Wat had ze daar eigenlijk te zoeken?

De flat was niet veranderd, ook al waren er allerlei andere dingen veranderd. Ze zou zich nog steeds opgesloten en rusteloos voelen; dat wist ze zeker. Dat wilde ze niet. Niet vandaag. Niet nu alles mogelijk was. Ze draaide zich om. De trap aan de andere kant van het perron ging naar de Brantingsgata.

Coldoc zat aan de Brantingsgata.

Jonathan werkte bij Coldoc.

Ze nam de roltrap omhoog, liep door de poortjes en draaide zich, toen ze eenmaal boven was, honderdtachtig graden om, nam de trap naar de Brantingsgata, rechts naast de ingang van de metro, en liep naar het eerste gele gebouw aan haar linkerhand. Nummer 44. Ze drukte op de deurtelefoon van Coldoc AB en na een paar seconden begon de deur te zoemen.

Na drie trappen ging ze een deur door die eruitzag alsof hij van een gewone flat was, en die dat ook vast ooit was geweest. Nu lag er echter een grote receptie op de plaats waar vroeger waarschijnlijk alleen een krap halletje zat. Het zag eruit zoals ze het zich herinnerde. Twee zwartleren bankjes in de ene hoek, bij een lage glazen tafel op een fleurig vloerkleed. Dure, dikke magazines keurig op een rijtje aan de ene kant van de tafel. In de hoek een grote groene plant, die langs een latwerk tegen de wand achter haar omhoogklom. Aan de andere muren zwart-witfoto's, zo te zien allemaal genomen in New York.

Een jong meisje met bruin haar dat Vanja zich niet kon herinneren zat achter de licht gebogen receptiebalie en heette haar glimlachend welkom.

'Ik zoek Jonathan Bäck,' zei ze, toen ze bij de balie was gekomen.

'Weet hij van uw komst?'

'Nee, dat weet hij niet. Mijn naam is Vanja, Vanja Lithner.'

Het meisje pakte de hoorn van de telefoon en toetste een intern nummer in. Er werd meteen opgenomen.

'Met de receptie. Er is bezoek voor je.' Ze wierp een blik op Vanja. 'Ene Vanja Lithner.'

Het meisje zweeg, luisterde en hing op met een kort 'Prima'.

'Hij komt eraan. Ga maar zolang zitten.' Ze wees naar de bankjes. Vanja deed het. Toen ze eenmaal was gedwongen te gaan zitten, kwamen de gedachten. Was dit wel een goed idee? Vanaf het moment dat ze uit de metro was gestapt had ze alles vanzelf gedaan. Op de automatische piloot. De dag van de belangrijke besluiten. Maar nu wist ze het niet meer zo goed. Jonathan was bij het etentje behoorlijk duidelijk geweest. Voordat ze kon bedenken of ze zou weggaan of blijven, was het echter te laat. Jonathan kwam bij de receptie. Brede glimlach. Hij leek blij haar te zien.

'Hé zeg, kom je me opzoeken?'

Hij kwam naar haar toe en omarmde haar toen ze opstond.

'Ja, heb je het druk?'

'Niet zo druk dat ik niet met jou kan praten.'

Hij draaide zich om, liep naar zijn kamer en beduidde dat ze met hem mee moest komen.

'Wil je koffie of zo?' vroeg hij toen ze onderweg langs een kantine liepen.

'Nee, dank je.'

'Ik dacht dat jij het wel druk zou hebben,' zei hij, terwijl hij linksaf een gang in ging. Hij was blijkbaar van kamer veranderd sinds ze hier de vorige keer was. 'Ik las op internet dat jullie die Docusoapmoordenaar te pakken hebben.'

'Ja, maar... Nee, ik ben nu niet aan het werk.'

'Oké, hier is het.'

Hij deed een stap opzij en liet haar binnen in zijn kantoor. Groter dan het vorige. Dat wilde niet veel zeggen, want een gemiddelde garderobe was nog groter dan zijn vorige kamer. Hetzelfde uitzicht op de gebouwen aan de overkant. Wanorde op zijn bureau en in de kast daarachter, waar ze tot haar genoegen zag dat het vreselijk kitscherige madonnabeeldje dat ze in Italië voor hem had gekocht nog op een prominente plek stond. Jonathan deed de schuifdeur naar de gang dicht en wees naar de enige stoel in het kantoor behalve die achter zijn bureau. Ze haalde er een stapeltje papier uit, legde dat op de vensterbank en ging zitten.

'Wat kom je doen?' vroeg Jonathan toen hij ook was gaan zitten.

'Ik heb nagedacht over wat je zei,' begon ze.

'Ja...?'

'Dat je misschien alleen maar iemand bent die ik op dit moment nodig heb. Dat ik misschien niet echt weer met je samen wil zijn.'

'Ja.'

Vergiste ze zich of begon Jonathan zich een beetje ongemakkelijk te voelen? Weer vroeg ze zich af of het wel verstandig was geweest om hiernaartoe te gaan, maar nu was het te laat. Nu kon ze maar beter zeggen wat ze zich had voorgenomen te zeggen, dan zou ze het in elk geval zeker weten.

'Weet je nog dat ik zei dat Sebastian mijn vader is en...' Ze maakte haar zin niet af. Wat kon de achtergrond ook schelen? Zeg waar het om gaat. Hou het simpel. Ze haalde diep adem en keek hem openhartig aan.

'Ik moet weg van dat alles. Weg van iedereen. Waarschijnlijk ook weg bij de politie. Tot dusver had ik altijd alleen maar mijn familie en mijn werk, dus ik heb iets nieuws nodig, iets waar ik op kan bouwen, wat de basis wordt, het fundament...'

Had hij er net nog ongemakkelijk uitgezien, nu keek hij eerder geschrokken, dacht ze. Goed, het waren grote woorden. Ex-vriendinnetje komt naar je werk en praat over een fundament om op te bouwen. Natuurlijk had ze het wat te dik aangezet. Maar weer gold: nu was het te laat om er nog iets aan te doen.

'Ik wil dat jij dat wordt,' zei ze ten slotte, en ze hield zijn blik vast.

Jonathan leunde achterover in zijn stoel en blies met kracht zijn adem uit.

'Wauw.'

'Je begrijpt wel wat ik bedoel,' zei Vanja in een poging de zwaarste lading van haar woorden te halen. 'Ik ben er klaar voor om dit nu echt goed te doen. Echt wij samen.'

Jonathan zag er nog steeds op z'n zachtst gezegd aarzelend uit. Vanja voelde iets in haar middenrif samenknijpen. Het zou niet werken. Hij zou nee zeggen. Weer. De aanval was de beste verdediging.

'Of wil je niet?'

'Jawel...'

'Geloof je me niet?'

'Jawel...'

'Nou, wat is er dan?'

Hij antwoordde met een stilte. Vanja merkte dat ze op het puntje van de stoel was gaan zitten. Gespannen. Startklaar. Naar hem toe of weg.

'Het is ingewikkeld,' zei hij ten slotte, en hij boog zich over het bureau naar haar toe. 'Ik moet het Susanna vertellen. Voor de tweede keer. En dat wil ik niet. Niet als ik het niet heel zeker weet.'

'Ik weet het nu zeker,' zei ze snel. 'Heel zeker. Ik kan niet beloven dat we samen ons pensioen halen. Maar nu. Ik beloof het je nu. Is dat niet genoeg?'

Een nieuwe stilte. Ze begreep hem wel. Het was niet makkelijk om zoiets opeens te besluiten, maar ze hoopte toch dat hij het kon. Voor haar. Een kort knikje gaf haar het antwoord voordat hij het uitsprak.

'Ja, dat is genoeg.'

Vanja merkte dat ze haar adem had ingehouden. Ze liet de lucht ontsnappen terwijl ze opstond. Ze bleef staan. Wat nu? Wat moest ze doen? Hij nam het besluit voor haar door om zijn bureau heen te lopen en haar een zoen te geven. Ze beantwoordde die. Ze had zijn lippen gemist. Zo zacht. Hij kon goed zoenen. Zijn tong ging haar mond in terwijl hij haar rug steviger vastgreep. Ze liet haar ene hand door zijn haar glijden en merkte dat haar ademhaling zwaarder werd toen hij een hand naar haar borst bracht. Ze brak de zoen af, drukte zich dichter tegen hem aan en legde haar wang tegen de zijne.

'Moet je niet werken?' fluisterde ze vlak bij zijn oor. Die woorden verbraken de betovering. Ze voelde dat Jonathan een stapje terug deed. Misschien was hij zich ervan bewust dat hij in een kantoor met glas in de deuren stond te flikflooien met een meisje dat niet zijn vriendin was.

'Het is nog veel erger,' zei hij, en ze voelde zijn hand over haar taille naar haar heup gaan voordat hij haar lichaam losliet. 'De PTS heeft vanavond een evenement dat ik moet voorbereiden en waar ik ook heen moet.'

'Dus het postbedrijf gaat boven seks met mij?' zei ze, quasigekwetst.

'Helaas wel,' knikte hij. 'Maar waarom ga je niet mee? Ik moet er een uurtje zijn, hooguit anderhalf. En daarna... Beschouw het maar als voorspel,' grapte hij.

'Voordat je dat zei, leek het me heel leuk om mee te gaan,' lachte ze terug.

'Vergeet dat dan maar en ga gewoon mee.'

Vanja knikte en weerstond de neiging om haar hand weer door dat fantastische haar te halen. Daar zou later nog wel tijd voor zijn.

'Waar en hoe laat?'

'Waterfront, zeven uur. Als je om kwart over zes hierheen komt, gaan we samen.'

Hij boog zich naar haar toe en gaf haar een kusje. 'Nu moet ik aan het werk.'

Nog een kusje en een kort 'Tot straks', en ze ging weg.

Met een heerlijk gevoel. Het was gelukt. Nog een stukje was op zijn plaats gevallen, en ze zag het voor zich: haar nieuwe leven.

Sebastian had in zijn leven niet veel mensen gehaat.

Er waren er heel wat die hij niet mocht en nog veel meer aan wie hij zich had geërgerd, maar mensen die hem zo provoceerden dat hij ze ging haten, meed hij gewoon; hij sloot ze uit zijn leven, zodat hij er geen tijd en energie aan hoefde te besteden om een hekel aan hen te hebben.

Maar David Lagergren haatte hij.

Dat waaraan die hem had gedwongen mee te doen, haatte hij.

Hij wilde hem niet meer zien.

Maar hij moest wel. Lagergren wilde met niemand anders praten, en de verhoren moesten hem de das om doen. Volgens Torkel hadden ze nog geen enkel technisch bewijs tegen hem, ook al waren ze in zijn huis en op zijn werk geweest en hadden ze zijn telefoon en zijn computers in beslag genomen. Die zouden, als Billy ze had onderzocht, enkel aanwijzingen opleveren, in elk geval tot nu toe.

Dus hij moest over zijn persoonlijke weerzin heen stappen en zich professioneel opstellen.

'Ben je er klaar voor?'

Sebastian keek op. Torkel stond in de deuropening van de kantine. Sebastian keek naar zijn onaangeroerde kop koffie en knikte. Klaarder zou hij niet worden.

'Is Vanja er niet?' vroeg hij op neutrale toon toen ze in het kantoorlandschap kwamen en hij zijn blik over de bekende omgeving liet gaan.

'Nee.'

'Of wil ze mij niet zien?'

'Ze is er niet.'

'Omdat ik er ben?'

Torkel gaf geen antwoord, maar liep een halve pas voor Sebastian uit naar de gang waar de verhoorkamer aan lag.

'Zij heeft tegen je gezegd dat je mij eruit moest gooien, hè?' vroeg

Sebastian toen ze er bijna waren. Hij wilde graag bevestigd krijgen wat hij eigenlijk al wist.

'Neem deze mee,' zei Torkel, en hij gaf Sebastian een oortelefoontje. 'Ik zit in de kamer hiernaast en help je als je informatie uit het onderzoek nodig hebt.'

Sebastian pakte het dingetje aan en stopte het in zijn oor.

'Succes.'

Torkel deed de deur van de kamer naast de verhoorruimte open en ging naar binnen. Sebastian liep naar de blauwgrijze deur ernaast. Daarachter zat de Docusoapmoordenaar.

David Lagergren.

De man die hem deelgenoot had gemaakt van moord.

Sebastian haalde diep adem en liet de lucht ontsnappen. En nog een keer. Hij kreeg zijn emoties onder controle en deed de deur open met iets waarvan hij hoopte dat het zou overkomen als zelfverzekerde nonchalance, en ging naar binnen. Hij knikte even naar de geüniformeerde agent, die de kamer meteen verliet. Terwijl hij naar de tafel liep, wierp hij een snelle blik op de reflecterende ruit alsof hij steun kon vinden bij Torkel, pakte een stoel en ging zitten. Hij keek op. Besefte dat hij tot nu toe had vermeden naar de man aan de andere kant van de tafel te kijken. Waarschijnlijk een fout. Hij moest zich inspannen om zijn adem onder controle te houden toen ze elkaar aankeken.

Hij was het.

Hij herkende de ogen. De lippen achter het masker.

Die zou hij nooit vergeten.

Hij voelde dat zijn mond droog werd. Hij wilde niet als eerste iets zeggen, aan de ene kant omdat dat hem in zekere zin in het nadeel bracht, en aan de andere kant omdat hij niet zeker wist of zijn stem het wel zou houden.

'Het spijt me,' zei Lagergren na enig stilzwijgen.

'Ik ben geen priester, dus dat kan me niet schelen,' reageerde Sebastian snel, en hij merkte tot zijn genoegen dat zijn stem precies zo hard klonk als hij had gehoopt. Toen hield hij zijn mond weer. Hij was niet van plan het gesprek te leiden. Niet voordat hij wist wat zijn tegenstander wilde. Vastbesloten hem niets cadeau te doen.

'Het spijt me dat ik hiernaartoe ben gekomen en moorden heb bekend die ik niet heb gepleegd,' zei Lagergren, met zo te horen oprechte spijt. Sebastian dacht dat aan hem te zien moest zijn hoe verbaasd hij was. Dit was een totaal onverwachte wending.

'Je hebt deze mensen niet vermoord?'

'Nee.'

'Waarom zei je dan dat je Sven Cato heette en de moorden wilde bekennen?'

'Ik weet het niet,' zei Lagergren, en hij haalde zijn schouders op. 'Wat zou het kunnen zijn? Totale zinsverbijstering?'

Opeens besefte Sebastian waar de man tegenover hem naartoe wilde. Een nieuw spel. Sebastian opnieuw uitdagen. Hem laten meedoen aan een proces waarbij ze hem uiteindelijk zouden moeten laten gaan.

Dat was hoog spel.

Om dat te winnen, moest Lagergren heel zeker weten dat ze geen bewijs tegen hem hadden. Dat hij geen sporen had achtergelaten. Met tegenzin moest Sebastian toegeven dat de man daar heel goed toe in staat was. Waarschijnlijk wist hij ook dat ze hem zonder een greintje bewijs hooguit tweeënzeventig uur konden vasthouden. Misschien verheugde hij zich daar zelfs wel op. Drie etmalen kat en muis spelen. Zijn superieure intellect meten met dat van Sebastian, hem verslaan en dan triomfantelijk als vrij man vertrekken.

'Wie probeer je ertussen te nemen?' beet Sebastian hem toe, vastbesloten om niet mee te spelen. 'Ik herken je.'

'O ja?'

'Ja.'

'Waarvan? Ik kan me niet herinneren dat wij elkaar al eens hebben ontmoet.'

'Toen je Källman vermoordde.'

'Ik weet niet waar je het over hebt. Je moet me voor iemand anders aanzien. Was ik dat echt? Heb je me gezien? Heb je mijn gezicht gezien?'

'Ik herken je stem.'

'Als dat al zo is, is dat dan genoeg voor de rechter?' Lagergren klonk alsof hij oprecht nieuwsgierig was. Sebastian begreep opeens waarom de slachtoffers tijdens de ondervraging in de camper een blinddoek om hadden gehad. Als ze de test haalden en vrijgelaten moesten worden, zou Lagergren kunnen beweren dat hij wel met die jongelui had gegeten, maar dat hij niet schuldig was aan wat er daarna met hen was gebeurd. Hadden ze hem in de camper gezien toen hij die test deed? Ebba had pech gehad. Zij was er samen met haar zus geweest. Als ze alleen geweest was, had ze haar gezichtsvermogen nog gehad.

'Waarom wilde je met mij praten?'

'Ik ben niet goed wijs dat ik de schuld op me heb genomen van moorden die ik niet heb gepleegd. Of wel?'

Lagergren glimlachte. Sebastian kreeg er genoeg van. Dit had geen nut. Ze zouden niets opschieten met deze confrontatie. Hij kon maar beter meespelen, maar hij moest wel eerst het speelveld kennen. De aanval moest omslaan in verdediging, de verdediging in aanval.

Wat wist hij van Lagergren? Academicus die meende dat kennis niet hoog genoeg gewaardeerd kon worden. Die de waarde van mensen afmat aan hun algemene ontwikkeling.

Oninteressant.

Het ging om wat hij vond, niet om wie hij was. Wat dreef hem? Wat had hij gezegd voordat hij Källman vermoordde? Hij had de pers aan zijn kant. Hij kon zijn boodschap uitdragen.

Daar was hij blijkbaar trots op.

Dat er naar hem werd geluisterd. Aandacht.

Het interview met Weber was eerder een manifest dan een gesprek.

Daar kon Sebastian iets mee. Bovendien vertoonde Lagergren tekenen van een zekere overmoed. Alles had hem tot nu toe meegezeten.

Sebastian voelde zijn energie terugkomen. Hier was hij goed in. De beste. Hij verheugde zich er bijna op. Revanche krijgen. Eindelijk winnen.

'Jammer,' zei hij kort, en hij keek gepast verdrietig en schudde zijn hoofd.

'Wat is jammer?' vroeg Lagergren. Sebastian keek hem aan, bedacht welk aas hij zou gebruiken en gooide het uit.

'Dat jij het niet was.' Hij rekte zich uit op zijn stoel, zette toen zijn ellebogen op het tafelblad en legde zijn kin op zijn gevouwen handen. 'Ken je Edward Hinde?'

'Ik weet wie het was.'

'Weet je waarom je dat weet?' Hij liet blijken dat het een retorische vraag was en beantwoordde die zelf onmiddellijk: 'Omdat ik boeken over hem heb geschreven. Succesvolle boeken. Omdat ik lezingen over hem heb gegeven. Les over hem heb gegeven. Omdat ik hem in het bewustzijn van de mensen heb gehouden.'

Sebastian zweeg even en bestudeerde de man tegenover hem. Begreep hij wat er gebeurde? Wat Sebastian aan het doen was? Moeilijk uit te maken, dus hij kon maar beter doorgaan.

'Als jij die mensen had vermoord,' vervolgde hij. 'Die brieven had geschreven, dat interview had gegeven...'

Hij zweeg weer. Het aas was nu heel zichtbaar. Zag Lagergren het? Was hij geïnteresseerd?

'Ik was het niet,' antwoordde Lagergren, en Sebastian voelde een steek van teleurstelling. Hoewel? Was er toch niet een verschil met daarnet? De stem iets lager, minder zeker, voorzichtiger...

'Jammer, want dan was je interessanter geweest,' vervolgde Sebastian. Hij stond op en begon rond te lopen. 'Het is boeiend als iemand inziet dat hij meer tot stand kan brengen en meer mensen kan bereiken als hij niet anoniem is. Dan kan iemand een symbool voor een strijd worden, zelfs al zit hij in de gevangenis. Een beter symbool zelfs. Dan kan hij bijna een soort martelaarsstatus bereiken.'

Sebastian leunde tegen de muur. Lagergrens gezichtsuitdrukking veranderde niet, maar Sebastian zag aan zijn lichaamstaal dat hij een idee in hem had gewekt. Het was er waarschijnlijk de hele tijd al geweest. Waarschijnlijk was wat Sebastian had gezegd de reden geweest waarom Lagergren zichzelf had aangegeven. Maar nu dat idee door iemand anders onder woorden werd gebracht, door een buitenstaander werd bevestigd, werd het realistisch.

Realistisch en verleidelijk.

'Jammer dat je het niet bent,' zei Sebastian op concluderende toon, en hij liep langzaam weg van de muur. 'Dan had ik over je kunnen schrijven. En wat ik schrijf word uitgegeven.'

Hij draaide zich om naar de deur. Hoe ver zou het zijn? Zes passen? Vijf. Lagergren gaf geen kik. Vier. Drie. Hij stak zijn hand uit naar de klink en probeerde een reden te bedenken om te blijven staan zonder te laten merken hoeveel hem eraan gelegen was. Twee. Het lukte niet.

'Wacht.'

Sebastian kon een glimlach niet onderdrukken. Lagergren had het aas gezien en vond het aantrekkelijk. Nu moest hij het een stukje wegtrekken, zodat hij erachteraan ging; hij moest hem wat rond laten spartelen. Hij had elk spoor van zijn vergenoegde glimlachje weggepoetst toen hij zich omdraaide met een gezicht waarvan hij hoopte dat het uitstraalde dat hij er genoeg van kreeg en dat hij wel iets belangrijkers te doen had.

'Wat is er?'

'Ik zag een interview met jou. Jij vindt dat die Docusoapmoordenaar een idioot is.'

'Ja.'

'Waarom wil je dan een boek over hem schrijven?'

'Ik heb niet over Hinde geschreven omdat ik hem aardig vond of het met hem eens was.' Sebastian kwam een paar stappen terug de kamer in. 'Hij was interessant voor mij en voor de lezers. De man die dit heeft gedaan is nog interessanter. Hinde was maar een normale psychopaat, empathiestoornis, in zijn jeugd misbruikt, blabla, je weet wel. Deze man heeft iets belangrijks te zeggen. Die heeft een agenda.'

Hij zag dat Lagergren instemmend knikte. Het aas was inderdaad verleidelijk. Hij kwam steeds dichterbij. Tijd om het weer weg te rukken. Verder weg. Zodat het uit zicht raakte. Zodat hij moeite moest doen om het weer te zien. Moeite in de vorm van een bekentenis.

'Maar ik weet het niet... Hoe meer ik erover nadenk, hoe...' Sebastian zweeg en maakte zijn zin niet af, alsof hij net iets had bedacht. Een of ander inzicht had gekregen.

'Hoe wat? Hoezo?'

Sebastian trok zijn voorhoofd in een diepe plooi, zuchtte en schudde zijn hoofd, alsof hij teleurgesteld was over zijn eigen gedachten.

'Het is niet genoeg.'

'Wat is niet genoeg?'

Ongerustheid in zijn stem. Prima.

'Een soort manifest en een paar doden.' Sebastian draaide zich om naar Lagergren alsof hij een gelijkwaardige deelnemer was aan de discussie, iemand wiens mening hij op prijs stelde. 'De wereld is veranderd, niet? Hinde heeft vier mensen vermoord. Twintig jaar geleden was dat veel, maar nu...'

Weer schudde hij zijn hoofd, wat van alles kon betekenen.

'En iedereen kan wel een manifest in elkaar zetten,' vervolgde Sebastian. 'Internet staat er vol mee. Ik bedoel, neem Breivik. Wat hoor je daar nog van? Hoe interessant is hij vandaag nog? En de man die dit heeft gedaan, komt daar nog niet eens bij in de buurt.'

'Nog niet.'

Twee woorden. Het eerste scheurtje in de façade. Het eerste echte hapje van het aas. Hoe moest hij nu doorgaan zonder hem te verliezen? Hij hoopte dat hij steviger zou toehappen of dat hij hem van een andere kant kon aanvallen.

'Denk je dat hij nog eens zal moorden?'

Sebastian zag dat het tot Lagergren doordrong wat hij had verraden met die twee woordjes.

'Hoe moet ik dat weten?' Agressief. Verontwaardigd. Alsof hij zijn foutje wilde compenseren met kracht en volume. Sebastian koos voor een aanval van een andere kant.

'Ging het bij Ebba Johansson ook zo, met die beurs voor het MIT? Dat het er gewoon uit floepte zonder dat je het van plan was? Is dat je achilleshiel? Dat je emoties zo sterk zijn dat je je mond voorbijpraat?'

'Ik weet niet waar je het over hebt.'

'Zo hebben we je gevonden.'

Sebastian liep om de tafel heen en ging achter hem staan. Hij zag dat het Lagergren moeite kostte de neiging te weerstaan zich om te draaien en hem met zijn ogen te volgen. Sebastian ging vlak achter hem staan, boog zich voorover, liet zijn stem dalen en fluisterde op een decimeter van Lagergrens oor: 'Je hebt het opgegeven. Je aangegeven.'

Stilte.

'Je zit hier.'

Stilte.

'Je moet er rekening mee hebben gehouden dat je hier niet meer uit zou komen.'

Stilte.

'Maar je weet dat er nog iets gaat gebeuren.'

Lagergren kon zich niet langer bedwingen. Hij draaide zich met een ruk om.

'Ik weet niet waar je het over hebt.'

'Hou je mond. Je weet heel goed waar ik het over heb.'

Lagergren bleef hem aankijken. Zwaar ademend. Alsof hij elk moment overeind kon komen om Sebastian een klap te geven. Sebastian haalde zijn ogen geen moment van hem af en keek even strak terug. De man op de stoel ademde nog steeds zwaar. Toen draaide hij zich snel terug en staarde recht voor zich uit. Sebastian ging door op dezelfde zachte, zelfverzekerde toon.

'Dus het is al gepland.'

Stilte.

'Is het een bom? Ga je weer iets opblazen?'

Stilte. Sebastian richtte zich op en begon weer door de kamer te ijsberen. Hij praatte door alsof hij het min of meer tegen zichzelf had.

'Je schept er niet over op hoe slim je bent, dat je ons een loer hebt gedraaid en dat we geen kans hebben, want...' Hij bleef staan, wierp een triomfantelijke blik op Lagergren en probeerde zijn glimlach deze keer niet te verbergen. 'Want nu we het weten, kunnen we het nog tegenhouden.'

'Nee, dat kunnen jullie niet.'

'Ja, dat kunnen we wel.'

Nog steeds glimlachend liep hij weer naar de deur. Hij was ervan overtuigd dat Torkel de aangrenzende ruimte uit was gegaan zodra Sebastian had vastgesteld dat er nog iets zou gaan gebeuren. Waar en wanneer moesten anderen maar uitzoeken. Sebastian had zijn werk gedaan. Hoewel... Hij bleef halverwege de deur staan.

'Steek die stomme Triviant-vragen maar in je reet. Dít...' Hij tikte met zijn wijsvinger tegen zijn slaap. 'Dit is echte intelligentie.'

Toen liep hij weg en liet hij de deur achter zich dichtvallen.

Ze hingen zo ongeveer over hem heen. Sebastian aan de ene kant, Torkel aan de andere.

'Hoe gaat het? Kun je iets vinden?' vroeg Torkel, en hij slaagde erin het gebiedend en teleurgesteld tegelijk te laten klinken.

'Het gaat er heus niet sneller van als jullie zo tegen me aan staan,' zei Billy geïrriteerd, en hij schonk hun een blik over zijn schouder.

Sebastian en Torkel bleven staan.

'Ik meen het. Ga een kop koffie drinken of zo, dan roep ik jullie wel als ik klaar ben.'

Torkel zuchtte berustend en ging een stapje achteruit.

'Oké, kom, we laten Billy rustig werken,' zei hij tegen Sebastian, en ze liepen weg. Billy keek hen even na. Hij begreep het wel. Snapte wel dat ze ongeduldig waren en door wilden. Lagergren was helemaal gestopt met praten en ze hadden niets wat hen kon helpen uit te vinden wat hij had gepland.

Behalve misschien zijn computer.

Het probleem was alleen dat Lagergren heel systematisch de hele zoekgeschiedenis had gewist, zodat Billy die moest proberen te herstellen vanuit de cache van de harde schijf.

Dat duurde een tijdje.

En tijd hadden ze eigenlijk niet; daar was Sebastian van overtuigd.

Torkel en Sebastian kwamen de kantine in. Torkel liep naar de koelkast, deed de deur open en bleef staan.

'Wil jij iets?' vroeg hij aan Sebastian.

'Nee.'

'Ik ook niet,' zei Torkel zacht, en hij deed de deur weer dicht. Hij begon voor het aanrecht heen en weer te lopen, te rusteloos om te gaan zitten. Af en toe wierp hij een blik op Sebastian, die in een van de stoelen het dichtst bij de deur was gaan zitten.

'Wat heb je gedaan?' vroeg hij uiteindelijk.
'Wat heb ik wanneer gedaan?'
'Om Vanja zo kwaad te maken?'
Sebastian keek hem een beetje verbaasd aan. Wist hij dat niet? Had hij hem ontslagen zonder dat hij dat wist?
'Heeft ze dat niet verteld?'
'Nee.'
'Dan zal ze wel niet willen dat je het weet.'
Torkel wilde er niet verder over doorgaan. Zo belangrijk was het nu ook weer niet. Hij begon weer te ijsberen.
'Wat denk je dat hij van plan is? Lagergren.'
'Iets groots, vrees ik.'
'Hoe groot?'
'Zo groot dat hij er alle eer voor kan opeisen. Daarom is hij hier gekomen.'
'Had hij Weber niet gewoon weer kunnen bellen? Het langs die weg opeisen?'
'Nee, het is zoals ik daarbinnen zei: hij wil niet meer anoniem zijn. Hij wil een symbool worden. Een leider. Hij heeft het idee dat hij nu volgelingen heeft die het over kunnen nemen. Die hij vanuit de gevangenis kan inspireren en die op hem wachten als hij eruit komt.'
'Dat is krankzinnig.'
'Ik zou dit niet moeten zeggen, want ik ben psycholoog, maar hij is inderdaad krankzinnig.'
'Oké, ik ben klaar,' hoorden ze vanuit de deuropening, waar Billy stond. Sebastian stond meteen op.
'Als je maar weet dat je niet terug bent,' zei Torkel toen ze de kantine uit liepen. 'Wat er verder ook gebeurt, je bent niet terug.'
'Ik weet het.'

'Wat heb je gevonden?' vroeg Torkel, toen Sebastian en hij weer aan weerskanten van Billy naar het scherm stonden te turen.
'Hij is voorzichtig geweest en heeft elke avond zijn zoekgeschiedenis gewist,' zei Billy, terwijl hij de laatste handelingen uitvoerde om het materiaal boven water te krijgen. 'Om alle sporen uit te wissen, dus ik moest het herstellen.'

‘Fantastisch. Goed werk, maar wat heb je gevonden?’ De teleurstelling was weg uit Torkels stem; nu klonk hij alleen nog gebiedend.

‘Dit,’ zei Billy, en hij zette een heleboel tekst op het scherm. Sebastian boog zich ernaartoe in de hoop daardoor inzicht in de massa lettertjes te krijgen.

‘Zijn zoekgeschiedenis. Hij is heel zorgvuldig geweest,’ zei Billy, en hij wees naar de bovenste tekstregel. ‘Begin juni, Patricia Andrén. Hij begint haar te googelen. Leest haar blogs.’ Billy wees iets verder naar beneden en ging door. ‘Dan zoekt hij restaurants in Helsingborg, scholen, kaarten, verkeerscamera’s. Een tijdje later doet hij hetzelfde bij Petrovic en in Ulricehamn.’

Hij ging met zijn vinger over de muis en scrolde naar beneden.

‘Daarna gaat hij zoeken op zichzelf en op de zusjes Johansson, op Weber, een paar tv-bazen, maar algauw blijft hij hangen bij Wallgren van TV3.’

Billy draaide zich half om naar Sebastian.

‘Hier kom jij ook in beeld.’

‘Oké, prima. Dat maakt onze zaak sterker, maar we moeten weten wat hij hierna van plan is, niet wat hij al heeft gedaan.’

‘Het laatste wat hij heeft opgezocht is de PTS,’ zei Billy.

‘Wat is dat?’ vroeg Sebastian.

‘Het post- en telecombedrijf.’ Billy klikte op een andere pagina en vergrootte een foto die daarop stond. Een groot gebouw van gele steen vulde het scherm. ‘Een instantie die al het elektronische en postverkeer van Zweden bewaakt.’

Het was even stil. Ze staarden alle drie naar het gele gebouw alsof ze dachten dat dat hun de oplossing kon geven. Sebastian deed een stap achteruit en dacht na. Hij had iets gehoord wat daarmee te maken had. De vraag was alleen wat. En wanneer. En van wie.

‘Dus hij is overgegaan van het zoeken naar individuen op het zoeken naar een instantie?’ vroeg Torkel na een tijdje.

‘Is die PTS op de een of andere manier verantwoordelijk voor internet?’ vroeg Sebastian.

‘Dat is wat ze doen: het uitbreiden en ontwikkelen en voor iedereen toegankelijk maken van breedband en telefoon en zo.’

'Ja,' zei Sebastian zacht. 'Ja.' Het leek alsof hij iets had bedacht. Hij wees naar Billy's scherm.

'Weten jullie nog, die brief aan *Östersunds-Posten* over dat meisje op Frösö, die met die nagelvideo's...'

'Frida Wester,' zei Torkel.

'Precies. Een YouTube-fenomeen. Er zijn er massa's zoals zij, en Lagergren haatte ze natuurlijk allemaal. Dat zei hij. Tegen Källman en tegen mij. Dat internet de schuld was van alles.'

Sebastian kwam nu op stoom en het kostte hem moeite om stil te blijven staan. Zijn hoofd liep om. Hij moest zijn gedachten op orde brengen, zodat ze ergens heen gingen, richting kregen.

'Samenzweringstheorieën, kattenvideo's, haatpagina's, klikmonsters – op internet is een heleboel idioots te vinden. Hij schreef aan Weber dat hij terug wilde gaan naar de bron. Naar waar de stompzinnigheid vandaan komt. Wallgren, Källman...'

'De PTS,' vulde Torkel aan, en hij werd opeens heel bleek. 'Verdomme, ik laat ze ontruimen.' Hij deed een stap opzij en haalde zijn telefoon uit zijn zak. Sebastian pakte een stoel bij het bureau achter dat van Billy en ging naast hem zitten.

'Was dat het allerlaatste waar hij op heeft gezocht?' vroeg hij, en hij knikte naar het scherm. Billy ging terug naar de pagina met Lagergrens zoekgeschiedenis en scrolde naar het eind van de lijst.

'Er is een of ander event...'

Hij maakte een nieuw venster open, kopieerde Lagergrens zoekopdracht, kreeg hits en klikte op de bovenste.

'Ja, een congres in het congrescentrum Waterfront over de uitbreiding van het vezelnetwerk en de voorspelling dat Zweden in 2020 het land met de meeste aansluitingen ter wereld zal zijn.' Hij scande verder door de tekst op de pagina en werd opeens ongerust. 'De IT-minister en de minister van Onderwijs gaan er allebei heen.'

'Wanneer is dat?'

'Vanavond. Het begint om zeven uur.'

Ze keken allebei naar de tijd op het scherm.

Kwart voor.

Veel Stockholmers vonden de nieuwe aanwinst van het stadsbeeld architectonisch en esthetisch een absoluut dieptepunt en hadden het derhalve bij een verkiezing uitgeroepen tot het lelijkste gebouw van Stockholm. Vanja was het daar niet mee eens. Ze vond het Waterfront heel stijlvol, met al dat glas en die machtige metalen spijlconstructie aan de Riddarfjärd. Dat was nu juist kenmerkend voor een grote stad, vond ze: dat die in de loop van de tijd groeide en veranderde. Ze had nooit de angst begrepen in de verhitte debatten die ontstonden zodra iemand iets anders wilde bouwen. Een moderne stad had moderne gebouwen nodig.

Het event zou plaatsvinden in het congresgedeelte naast het hotel. Vanja was er nog nooit binnen geweest, was er alleen langs gereden, dus hoewel ze vermoedde dat de bijeenkomst dodelijk saai zou zijn, vond ze het leuk om mee te mogen. Ze waren met Jonathans auto gegaan en hadden die in de ondergrondse garage gezet. Ze deed zijn sleutels en zijn portefeuille in haar tas, zodat hij die niet hoefde mee te zeulen in het lichte linnen colbertje dat hij aanhad op een lichtblauw overhemd. Zelf droeg ze een lichtgeel zomerjurkje met een wit jasje erover. Ze stonden in de lift omhoog naar de congreshal, samen met een paar andere keurig geklede gasten.

'Wat zeg je als we collega's van je tegenkomen?' vroeg ze. Hij glimlachte haar liefdevol toe.

'Niets. We zeggen ze gedag. Babbelen een beetje. Het zijn *mijn* collega's, niet die van Susanna,' zei hij, en hij gaf haar een kusje. De liftdeuren gleden open en ze stapten de roezemoezende menigte in. Een flink aantal mensen was op weg naar de vergaderzaal, maar veel stonden er nog aan de ronde statafels. Bedienend personeel in wit uniform bewoog zich efficiënt tussen de gasten door en bood witte wijn en hapjes aan. Vanja had er nooit veel behoefte aan gehad zich te midden van politici en bekende personen te begeven, maar op dit moment was het een ontzettend leuke, welkome onderbreking. Misschien werd het wel een deel van haar nieuwe leven. Met Jonathan.

Ze greep een programma van een rekje op een van de tafels en sloeg het open.

'Wanneer kunnen we hier weg?' vroeg ze, en ze hield Jonathan het open programma voor.

'Hierna,' zei hij, en hij wees. Ze las wat er bij zijn vinger stond.

'20.15 uur. Is de toekomst er al? Anders Grudell, CEO Coldoc,' las ze hardop.

'Echt het klapstuk van de avond,' lachte Jonathan.

Vanja pakte een glas koude witte wijn van een van de zilveren presenteerbladen die langskwamen. Ergens klonk een belletje.

'Wilt u uw plaatsen innemen?' zei een stem. 'Uw plaatsen innemen, alstublieft.' Toen klonk het belletje nog een keer.

Het duurde nog ongeveer tien minuten voordat het begon. Eerst een kort welkomstwoord door de congresvoorzitter namens PTS, en daarna zou volgens het programma de IT-minister de feitelijke openingstoespraak houden. Vanja en Jonathan liepen langzaam naar de deuren.

Toen ze in de congreszaal kwamen, viel het Vanja op hoeveel mensen er waren. Bijna vol, en er konden maximaal zeshonderd mensen in, zei een bordje bij de ingang. Op het podium stonden twee grote bloemstukken naast een verhoging waarop een ronde statafel met een opengeklapte laptop was neergezet. Aan de wand daarachter hing een projectiescherm met het logo van het postbedrijf erop.

Vanja en Jonathan liepen een stukje naar beneden en gingen naast het gangpad zitten. Toen ze eenmaal zaten, pakte Jonathan haar hand.

'Ik ben zo blij dat je er bent.'

'Ergens anders zou je nog blijer zijn geweest,' zei ze, en ze legde voorzichtig haar hand op zijn bovenbeen en gaf hem een kneepje.

Hij glimlachte naar haar. De blijdschap en de begeerte in zijn ogen leken vermengd met een zekere weemoed.

'Het wordt wel een tijdje lastig voor ons, dat begrijp je toch, hè? Met Susanne,' zei hij, en hij boog zich naar haar toe.

'Ja, dat weet ik,' zei ze ernstig, maar ze haalde haar hand niet weg.

'Kun je dat aan, denk je?' vroeg hij, bijna een beetje ongerust.

‘Na alles wat er al is gebeurd, kan ik alles aan.’

‘Zelfs een toespraak van de IT-minister over de uitbreiding van het vezelnetwerk?’

‘Zelfs dat,’ zei Vanja, en ze lachte zacht.

Het geluid van de sirenes weerkaatste tussen de stenen gebouwen. Billy reed hard, maar deze keer vond Torkel dat het niet hard genoeg ging. Hij hoopte dat ze nog op tijd zouden komen. Op de politieradio heerste grote activiteit. Stemmen en commando’s stroomden eruit. Het leek wel of de hele politie van Stockholm naar het Waterfront ging. De eerste patrouille zou er zo zijn, maar tot dusverre hadden ze niemand van de organisatie van het evenement te pakken kunnen krijgen, en de ontruiming was nog niet eens begonnen. Een vrouwenstem vertelde dat ze een receptioniste van het hotel ernaast te pakken hadden gekregen, die had beloofd dat ze een van de organisatoren zou gaan zoeken. Torkel had geprobeerd iemand van de veiligheidspolitie te spreken te krijgen, want de ministers zouden die avond persoonsbescherming moeten hebben, maar zoals altijd bij de Säpo was het lastig om de juiste persoon te vinden, vooral ’s avonds. Bij de veiligheidspolitie gingen ze er blijkbaar nog altijd van uit dat een aanslag in kantoortijd zou plaatsvinden, dacht Torkel geërgerd. De explosievenopruimingsdienst was onderweg, maar het zou nog zeker tien minuten duren voordat zij er waren. Ze moesten na een vals alarm uit Solna komen. Torkel raakte steeds gestrester. De minuten tikten weg en nog altijd was de ontruiming niet begonnen. Als hun theorie klopte, waren ze onderweg naar een potentiële ramp. Ze wisten dat Lagergren verstand had van tijdbommen, en om maximaal effect te bereiken had hij er waarschijnlijk voor gezorgd dat hij ontplofte tijdens de openingstoespraak van de IT-minister.

Volgens het programma zou die om tien over zeven beginnen.

Ze moesten de mensen er dus echt uit krijgen.

Eindelijk kwam de bevestiging dat wagen 67 was gearriveerd. Torkel pakte de microfoon en gaf zelf het bevel.

‘Haal ze eruit. Haal iedereen er zo snel mogelijk uit. We hebben nog maar een paar minuten.’

Billy reed naar de andere rijbaan en gaf plankgas. De gierende motor overstemde bijna de sirenes. Ze reden over het Bolindersplein en zagen het Klarabergs-viaduct en het Waterfront voor zich. Door de zwaailichten lichtte het glazen gebouw af en toe blauw op als topaas. Maar Torkel zag alleen politie naar binnen gaan, geen mensen die naar buiten kwamen.

'We krijgen ze er nooit allemaal uit, verdomme,' zei Torkel gefrustreerd, en er verschenen een paar zweetdruppels op zijn voorhoofd.

Het geroezemoes in de zaal was verstomd en de grijzende president-directeur van de PTS beklom het podium en pakte de microfoon om iedereen welkom te heten. Voordat hij begon drukte hij op een knopje op het toetsenbord van de laptop en het beeld op het scherm achter hem veranderde. Het logo van de PTS verdween en nu was er een kaart van Zweden te zien met daaroverheen in grote letters VISIE 2020. Helemaal onderaan stond in iets kleinere letters: HET LAND MET DE MEESTE AANSLUITINGEN TER WERELD, en naar het applaus te oordelen was iedereen in de zaal diep onder de indruk.

De CEO wilde net het woord nemen toen er plotseling bij de ingang lawaai en commanderende stemmen te horen waren. Vanja begreep eerst niet wat er gebeurde, maar zag toen geüniformeerde agenten naar binnen stormen. Het applaus stierf weg.

'We moeten u vragen het gebouw te verlaten,' riep een van de agenten luidkeels. De mensen keken vragend naar elkaar, om zich heen en naar de politie, maar slechts een paar stonden er op.

'Ontruimen!' riep de politieman weer. 'We hebben een bomalarm.'

Nu ging er een golf van onrust door de zaal. Iedereen stond op en rende zo snel als hij kon naar de uitgang. Vanja keek Jonathan aan.

'Ga maar vast naar buiten. Ik kom zo,' zei ze, en ze perste zich door de verwarde menigte naar een van de agenten, die onderweg was naar het podium, waar de directeur nog met de microfoon in zijn hand stond. Vanja kwam bij hem en liet hem haar legitimatie zien.

'Vanja Lithner, Nationale Recherche. Wat is er aan de hand?'

'We hebben opdracht gekregen om het gebouw te ontruimen. Van jullie, feitelijk,' antwoordde de agent, en hij bleef zich een weg naar het podium banen. Vanja keek hem verbaasd aan en volgde hem.

'Van de Nationale Recherche?' vroeg ze.

'Er kan hier een bom liggen, zeggen jullie,' zei de politieman, en hij sprong op het podium en liep naar de verhoging. Hij nam de microfoon over van de CEO.

'Zoals gezegd: we moeten u vragen de zaal onmiddellijk te verlaten,' hoorde ze algauw uit de luidsprekers komen. 'Zo snel mogelijk, maar zonder paniek. Rustig en kalm.'

Het geroezemoes werd sterker en iemand gaf een angstige gil. De deuren waren verstopt door mensen die de zaal probeerden te verlaten. Het zou lang duren voordat iedereen eruit was, begreep Vanja, en ze voelde dat haar hart sneller ging kloppen. Het moest iets met Lagergren te maken hebben. Waarom zou de Nationale Recherche er anders bij betrokken zijn? Vanja zocht Jonathan, maar ze zag hem niet meer. Ze keek om zich heen en zag dat er nog een paar nooduitgangen waren achter het podium.

'Gebruik de nooduitgangen ook,' schreeuwde ze, en ze begon mensen naar de andere uitgangen te dirigeren. 'Zeg dat ze die uitgangen ook moeten gebruiken,' riep ze naar de politieman met de microfoon, en ze wees.

Plotseling kreeg ze Jonathan in het oog. Hij was in de drukte op weg naar haar toe. Weg was zijn lieve blik; nu zag hij er alleen maar ongerust uit.

'Kom, we moeten naar buiten,' hoorde ze hem roepen.

Ze schudde haar hoofd.

'Ik blijf hier om te helpen. Ga jij maar. Ik bel je straks.'

Hij kwam bij haar en pakte haar hand.

'Weet je het zeker?'

'Ja, als we iedereen eruit willen hebben, kunnen ze alle hulp gebruiken,' zei ze, en ze stortte zich weer in de chaos.

'Oké, maar wees voorzichtig,' zei hij, en hij gaf haar snel een kusje op de mond.

Hij knikte, liet haar hand los en verdween.

Ze keek hem heel even na, en draaide zich toen weer om om de mensen de weg te wijzen.

Billy had de auto midden op de Klarabergsgata gezet om die te versperren. Hij liet de zwaailichten aan. Torkel was al uitgestapt en stond bij een van de politiecommandanten. Keurig geklede, ongeruste mensen stroomden om hen heen. Velen bleven staan zodra ze het gebouw uit waren. Torkel zwaaide met zijn ene arm om hen te laten doorlopen, en praatte intussen met de commandant.

'Je moet ze goed ver weg werken. Stuur ze maar over het Klarabergs-viaduct richting Kungsholmen,' zei hij. De commandant knikte ijverig.

'Absoluut.'

'En hou al het verkeer tegen. Ook de trein en de metro.'

'Weten we zeker dat er een bom is?' vroeg de commandant kalm, maar een tikkeltje ongerust.

'We gaan ervan uit,' zei Torkel, en hij probeerde er rustiger uit te zien dan hij zich voelde. Hij boog zich naar de commandant toe, zodat de mensen die om hen heen liepen het niet konden horen.

'Zodra de explosievenopruimingsdienst er is, laat je ze binnen,' zei hij. De commandant knikte, en Torkel keek naar Billy. 'Ik ga naar binnen. Blijf jij hier om erop toe te zien dat alles wordt afgezet?'

'Goed.'

Torkel haastte zich tegen de stroom van naar buiten rennende gasten in en verdween in het gebouw.

Sebastian was uit de auto gestapt en keek om zich heen. Hij wist niet goed wat hij moest doen.

Aan de ene kant besefte hij dat, als het waar was wat hij vreesde, hij en alle andere mensen in de buurt van het gebouw in levensgevaar verkeerden, en dat hij iets moest doen. Hij keek even op zijn horloge. Drie minuten over zeven. De IT-minister zou volgens het programma over zeven minuten met zijn toespraak beginnen. Als hij Lagergren was geweest, zou hij ervoor hebben gezorgd dat de bom tijdens die toespraak afging. Maximale symboolwaarde. Hij keek naar Billy, die zijn handen vol had aan het dirigeren van politiewagens die aankwamen en van agenten die de omgeving van het gebouw moesten afzetten.

Aan de andere kant had hij het gevoel dat hij hier zo snel mogelijk vandaan moest zien te komen. Ze wilden hem er toch niet bij houden. Waar zou hij zich dan nog druk om maken? Als er een bom lag, kon die elk moment afgaan.

Maar hij kon niet weglopen, wist hij.

Nu was het genoeg.

Hij had Källman niet kunnen redden, maar dat moest het laatste slachtoffer van Lagergren zijn.

Hij mocht niet nog een keer winnen.

Sebastian begon tegen de stroom mensen in te lopen.

De vergaderzaal was zo goed als leeg, maar de helft van de gasten bevond zich nog in de lobby, waar de rij op de trappen maar langzaam vorderde. Glas, hapjes en zilveren dienbladen lagen her en der op de grond. Personeel stond bij de liften en stuurde iedereen weg die ze wilde gebruiken. Maar alles ging rustig en kalm. De ontruiming liep, al ging het langzaam.

Vanja pakte haar mobiel en belde Billy. Hij klonk op z'n zachtst gezegd gestrest en ze hoorde een heleboel sirenes om hem heen.

'Wat is er aan de hand? Waarom ontruimen jullie het Waterfront?' vroeg ze, zonder hem zelfs maar te groeten.

'Is het op tv?' vroeg hij.

'Misschien wel, maar ik ben in het Waterfront.'

'Huh? Waarom?' Billy klonk bepaald verrast.

'Doet er niet toe. Wat is er aan de hand?'

'We denken dat Lagergren een aanslag wil plegen tegen dit congres,' zei hij. 'Tijdens de toespraak van de IT-minister.' Vanja voelde dat ze helemaal koud werd, vooral omdat ze zag dat de mensen nog steeds naar buiten drongen.

'Die zou over vijf minuten beginnen.'

'Weten we,' antwoordde Billy. 'De EOD is onderweg.'

Vanja draaide zich om en holde de vergaderzaal weer in. 'Hebben we enig idee waar hij die bom kan hebben geplaatst?' vroeg ze ongerust, terwijl ze tussen de rijen stoelen spiedde waar ze onderweg naar het podium langs kwam.

'We weten niet eens óf er een bom is.'

Vanja wilde net onder het podium gaan kijken toen ze op een idee kwam. 'Jezus,' zei ze, en ze sprong van het podium en rende terug naar de lobby.

‘Wat is er? Heb je hem gevonden?’ vroeg Billy ongerust.

‘Nee, maar ik bedenk ineens iets. Er is hier een parkeergarage. Onder het gebouw.’

Ze begreep uit Billy’s zwijgen dat het tot hem doordrong wat ze net had gezegd.

‘Een autobom onder het gebouw,’ zei hij toen. ‘Dan moeten we het hotel ook ontruimen.’

‘Ik ga naar beneden,’ zei Vanja, en ze begon naar de rij liften te rennen.

‘Wees voorzichtig,’ hoorde ze nog net voordat ze ophing, en Billy’s stem was weg.

Ze kwam bij de liften. Iemand van het personeel probeerde haar tegen te houden, dus ze pakte haar legitimatie, duwde de man opzij en drukte op het knopje NAAR BENEDEN. De deuren helemaal aan de rechterkant gingen meteen open, alsof de lift op haar had staan wachten. Ze sprong erin en drukte op PG. Ze keek onwillekeurig in de spiegel.

Ze herkende zichzelf haast niet.

Haar blik zei dat ze van de politie was.

Haar kleren zeiden dat ze nog steeds uit was.

Sebastian kon zijn ogen niet geloven. Wat deed Vanja daar?

Hij stond een stukje van haar vandaan de mensen naar de uitgangen te sturen, toen zijn oog naar de eerste verdieping getrokken werd, waar hij haar als een gele flits over de rode loper naar de liften zag rennen. Hij liep weg van de zwetende, angstige menigte die naar buiten drong en keek naar de liften. Vanja was in de meest rechtse gesprongen. Hij keek naar de lampjes boven de liftdeuren om te zien waar ze naartoe ging. PG helemaal links in het rijtje lichtte wit op. Hij verstijfde. Hij begreep nog steeds niet wat ze daar deed, maar dat onbegrip was ondergeschikt aan de paniek die zich van hem meester maakte.

Een parkeergarage.

Onder het gebouw.

Natuurlijk!

Dat hadden ze eigenlijk eerder moeten bedenken. Ze hadden de Volvo van Saurunas nog niet gevonden.

Hij drukte op NAAR BENEDEN en pakte tegelijkertijd zijn mobieltje. Hij belde Billy, die opnam terwijl de lift eraan kwam en de deuren opengingen. Hij stapte erin en drukte op het knopje voor de garage.

'Vanja is hier,' zei hij kort.

'Ja, weet ik. Ze is naar de garage,' antwoordde Billy opgewonden.

'Weet ik, ik zag haar,' antwoordde Sebastian geïrriteerd.

'We denken dat het misschien een autobom is!'

Sebastian nam niet de moeite daar antwoord op te geven. Er was nu geen tijd meer voor vanzelfsprekendheden.

'De Volvo van Saurunas, wat voor kleur had die? En wat was het kenteken?' vroeg hij, terwijl de liftdeuren dichtgleden en hij naar beneden ging.

'Eh...' hoorde hij in de telefoon, terwijl Billy in zijn geheugen zocht.

Sebastian keek op zijn horloge. Tien over zeven. De toespraak van de IT-minister zou nu beginnen. Hij voelde dat hij stond te trillen op zijn benen.

'Kom op, Billy.'

'Volvo S60, 2007. Passion Red. Rood dus... GV... GVL665,' lepelde Billy geconcentreerd op.

'Goed zo. Is de EOD er al?'

'Ze zijn bij Ulriksdal,' zei Billy.

Te ver weg. Veel te ver weg, verdomme, dacht Sebastian, en hij hing op. De deuren gingen open en hij kwam in een cementkleurige garage vol geparkeerde auto's. Hij liep een paar stappen over de rijbaan en keek om zich heen.

Hij zag Vanja een stukje verderop. Ze stond met haar rug naar hem toe en leek iets te zoeken.

'Vanja!' riep hij.

Ze draaide zich razendsnel om en zag hem.

'Wat doe jij hier?' vroeg ze, eerder verbaasd dan geïrriteerd, toen hij bij haar kwam.

Ze wilde niets van hem weten, hem niet zien, dat wist hij, maar dat kon hem op dit moment niets schelen. Er waren belangrijker dingen.

Lagergrens plan mocht niet slagen.

Er mocht haar niets overkomen.

'Een Volvo S60. Rood. GVL665. De Volvo van Saurunas. Heb je die gezien?'

Ze schudde haar hoofd.

'Heb je een rode Volvo gezien?'

'Weten we dat we een rode Volvo zoeken?'

'Dat is het enige wat we hebben. Die moeten we zien te vinden.'

Vanja knikte en begon te lopen.

'Er zijn twee verdiepingen. Ik neem de tweede,' zei ze, en ze rende naar de helling naar beneden. Na een paar passen stopte ze, trok haar hoge hakken uit en liep op blote voeten verder. In haar gele zomerjurkje.

Sebastian bedacht dat dit misschien wel de laatste keer was dat hij haar zag.

Dat mocht niet.

Hij begon langs de rijen auto's te rennen. Het was een grote garage, en wegens het congres van deze avond stond hij vol. Hij zocht naar alles wat rood was. Hij zag een rode Toyota, een rode Mazda en toen een rode Volvo, maar dat was een V40 met een verkeerd kenteken.

Hij rende door.

Opeens hoorde hij Vanja roepen.

'Hier staat hij! Hier staat hij!'

Hij draaide zich om en rende op het geluid van haar stem af. Zijn voeten waren niet zo snel als zijn wil. Hij rende tussen een paar auto's door en liep de helling naar beneden af. Zijn slechte conditie deed zich gevoelen, maar hij klemde zijn kiezen op elkaar, keek niet eens op zijn horloge en rende door. De echo van zijn zware passen galmde rond tegen de betonnen muren.

Toen zag hij haar staan, terwijl ze net haar tasje om haar elleboog deed en met kracht de zijruit van een rode Volvo insloeg.

Eindelijk was hij er.

Het kenteken klopte.

Het was de auto van Saurunas.

Hij stond bij een dragende pilaar, en dat was vast geen toeval.

'Hier achterin ligt iets,' zei Vanja. 'Iets groots.'

Vanja haalde de achterklep van het slot, deed hem open en trok de grijsblauwe deken weg die de inhoud van de kofferbak bedekte. Lagergren had de achterbank omlaaggeklapt om meer ruimte te maken. Sebastian keek naar binnen. De kofferbak lag vol grote, volgepakte bruine papieren zakken van de boerenbond. De auto rook sterk naar diesel. Midden tussen de zakken stond een houten kistje. Sommige zakken waren opengegaan en de inhoud – ronde, witte kristalkorrels – was eruit gevallen.

Vanja raapte een paar van die op kattenbakzand lijkende korrels op en voelde eraan.

'Kunstmest,' constateerde ze. 'Vermengd met dieselolie om geen water aan te trekken.'

Het was een van de simpelste bommen om te maken. Ammoniumnitraat en dieselolie. Sebastian keek haar bezorgd aan.

'En wat is dat daar?' zei hij, en hij wees naar het kistje. Vanja boog zich voorover en haalde het slot eraf. In het kistje stonden twee glazen containers vol vloeistof, een grote en een kleine.

'Kunstmestbommen hebben een grote ontstekingsexplosie nodig om een kettingreactie op gang te brengen en dan zelf te exploderen,' zei Vanja, terwijl ze de inhoud van het kistje bekeek.

De onderste container was groter en bevatte een heldere, doorschijnende vloeistof. De vloeistof in de bovenste, kleinere container was een beetje gelig. De containers waren aan elkaar gekoppeld door middel van een vacuümslot. Een dun metalen plaatje ertussen voorkwam dat de vloeistoffen met elkaar in contact kwamen. Sebastian wees daarnaar.

'Jezus,' zei Vanja gestrest. 'Die is geen halve centimeter dik meer. Wat zei Ursula? Een centimeter per kwartier?'

'Dan hebben we zes, zeven minuten. Maximaal,' zei Sebastian. Ze keken nauwkeuriger en meenden te kunnen zien hoe de gele vloeistof zich langzaam door het metalen plaatje heen vrat. Piepkleine stukjes metaal maakten zich los en werden voor hun ogen opgevreten.

Sebastian keek Vanja aan. Vol ernst.

'Je moet hier weg,' zei hij. Ze reageerde precies zoals hij wist dat ze zou doen.

'Nooit. We moeten hem hier zien weg te krijgen.'

'Ik blijf hier,' zei hij. 'Ik probeer het.'

Ze schudde haar hoofd.

'Hiervoor moeten we met z'n tweeën zijn,' zei ze.

Sebastian keek haar gefrustreerd aan en pakte zijn mobieltje.

'Ik bel Billy en vraag waar de EOD blijft,' zei hij, en hij begon het nummer in te toetsen. 'Ik heb hier geen bereik,' constateerde hij.

Vanja keek op haar mobiel. Ook niet.

'Op de verdieping hierboven had ik nog wel bereik. Ik ren erheen,' zei hij.

'Nee, zoveel tijd hebben we niet. We moeten het zelf oplossen.'

Hij keek haar aan. Ze had gelijk.

Het kwam nu op hen tweeën aan.

Vader en dochter.

Billy schatte dat ruim twee derde van de gasten het gebouw had verlaten. Hij stond te kijken waar de EOD bleef. Volgens de laatste berichten stonden ze vast op de Sveaväg, waarschijnlijk als gevolg van de afzetting die hij zelf had helpen opzetten. Maar hij hoopte toch dat hij ze gauw te zien zou krijgen.

Torkel kwam naar hem toe gerend.

'Heb je iets gehoord van Sebastian of Vanja?'

'Ik heb ze allebei gebeld, maar de toestellen slaan meteen op de voicemail. Ze hebben daarbeneden waarschijnlijk geen bereik.'

Torkel keek hem bezorgd aan.

'En de EOD?'

Billy wees naar de enorme files.

'Zit vast. Moeten we mensen naar de garage sturen en ze proberen te vinden?' vroeg Billy.

Torkel gaf geen antwoord. Hij draaide zich om. Er bleven congresgangers uit het gebouw stromen en zich weghaasten. Dat er nog mensen binnen waren die bij de evacuatie hielpen was één ding. Maar er nog meer naar binnen sturen? Dat kon hij niet. De EOD ja, maar anderen niet. Hij schudde zijn hoofd. Het was een beslissing die hem zichtbaar moeite kostte.

'We kunnen niet nog meer levens riskeren. Maar blijf proberen met ze in contact te komen,' zei hij, en hij probeerde de ongerustheid uit zijn stem te weren.

'Ik kan erheen rennen,' zei Billy.

'Nee, ik begrijp hoe je je voelt, maar nee.'

Er waren acht zakken, die volgens de opdruk elk vijftig kilo kunstmest bevatten. Dus er lag zo'n vierhonderd kilo in de Volvo. Het effect daarvan zou vernietigend zijn. Ze hadden geen idee hoe ze de ontsteking konden ontmantelen, dus ze hadden besloten dat ze het best de kist konden verplaatsen en proberen de ramp te voorkomen. Maar de tijd begon te dringen. Het metalen plaatje werd met de seconde dunner.

Samen probeerden ze de houten kist met de glazen containers zo voorzichtig mogelijk uit de kofferbak te wurmen. Ze konden alleen maar hopen dat Ursula gelijk had en dat Lagergren zo'n goede scheikundige was dat de vloeistoffen stabiel genoeg waren om ze te kunnen verplaatsen.

'Wat nu?' vroeg Vanja toen ze hem eruit hadden.

'Nu moeten we proberen hem weg te dragen,' zei hij, en hij probeerde de kist zo goed mogelijk vast te houden. 'Hoe verder van de auto, hoe beter.'

'Alleen al hierin zit verschrikkelijk veel explosieve kracht, denk ik,' zei Vanja, en ze knikte naar de kist. 'Van die op Arlanda vlogen auto's in de lucht die vijftig meter verderop stonden. Wat het effect hierbinnen is, daar wil ik niet eens aan denken,' ging ze door.

'Dat is het probleem van de verzekeringsmaatschappijen,' zei Sebastian verbeten.

'Dat bedoelde ik niet. Als we pech hebben brengt die kist de kunstmest tot ontploffing waar hij ook staat in de garage.'

Vanja keek weer naar het dunne metalen plaatje. Het loste echt voor hun ogen op. Ze schudde gefrustreerd haar hoofd. 'We krijgen hem nooit op tijd boven,' zei ze, op het randje van paniek.

Sebastian antwoordde niet. Hij ademde zwaar. De kist woog per slot van rekening heel wat.

'Verdomme! Ja! Zet neer, zet neer!' riep Vanja opeens, en Sebastian liet de kist van schrik bijna vallen.

'Wat is er?' vroeg hij toen hij had gedaan wat ze zei.

'Jonathans auto. Die staat hier nog, en ik heb de sleutels in mijn tasje,' zei ze, en ze rende zo snel mogelijk weg. 'We rijden hem hieruit.'

Sebastian bleef staan. Er was nog geen halve minuut verstreken of hij hoorde een auto starten en een motor gieren, en Vanja kwam met piepende banden in een zwarte Audi de hoek om. Ze stopte bij hem, sprong eruit, rende om de auto heen en maakte het portier aan de passagierskant open.

'Voorzichtig,' zei ze, terwijl ze samen de houten kist op de passagiersstoel zetten. Toen die op zijn plaats stond, trok ze de veiligheidsriem eromheen en maakte die vast. Vervolgens rende ze terug naar het openstaande portier aan de bestuurderskant. Het kon een kwestie van minuten zijn voordat het onvermijdelijke chemische proces zou beginnen, maar misschien ook van seconden.

'Ik doe het,' zei Sebastian, en hij ging tussen haar en het portier in staan. Ze keek hem verbaasd aan.

'Wat?' vroeg ze.

‘Er is er maar één nodig om die auto te rijden,’ ging hij door, zelf onder de indruk van zijn kalmte.

‘Denk je dat dat iets verandert? Tussen ons?’ snauwde Vanja. ‘Dat je hier de held probeert uit te hangen?’

Hij had haar echt flink gekwetst, begreep hij. Zelfs nu kon ze zich niet druk om hem maken. Dat besef gaf hem kracht. Hij moest dit doen. Hij voelde zich opeens lichter worden.

Alsof deze daad hem bevrijdde van zijn schuld.

Hem louterde.

‘Daar gaat het niet om,’ zei hij zacht, en hij stapte in de auto. ‘Ik heb al een dochter verloren. Ik wil er niet nog een kwijt.’

Hij trok het portier dicht en keek nog één keer naar haar voordat hij wegreed.

Ze stond daar gewoon.

Ze huilde niet. Zag er niet dankbaar uit. Niets van dat al.

Even later zag hij haar niet meer in de achteruitkijkspiegel.

Ze was weg.

Waarschijnlijk voor altijd.

Hij reed hard. De motor klonk prima en de auto was goed uitgebalanceerd. De radio stond op een populaire zender en een of ander licht deuntje stroomde uit de luidsprekers. Even wilde hij de radio uitzetten, maar waarom zou hij? Als zijn laatste uur geslagen had, kon hij net zo goed naar muziek luisteren. Maar het was een afschuwelijk liedje. Hij zette de radio uit. Dacht aan de bom die hij bij zich had.

Aan het metalen plaatje dat langzaam weggevreten werd.

Net als het leven.

Alles was vergankelijk.

Voor hem doemde een slagboom op, waarvoor hij eigenlijk had moeten stoppen om te betalen. In plaats daarvan gaf hij juist extra gas. De auto reageerde razendsnel en vloog erdoor. De klap was minder hard dan hij had verwacht. De slagboom brak in stukken en liet een barstje achter in de voorruit. Dat was alles.

Toen zag hij de uitrit en het zomeravondlicht. Het drong tot hem door dat hij eigenlijk geen idee had wat hem te wachten stond. Die kist met containers uit de garage krijgen – veel verder had hij nog niet doorgedacht. Nu reed hij Stockholm in met een auto die elk moment kon ontploffen. Hij moest een plek zien te vinden zo ver mogelijk weg van de mensen en de stad. Dat leek een onmogelijke opgave.

Hij reed slippend de parkeergarage uit en minderde een beetje vaart om zich te oriënteren. Politiewagens met blauwe zwaailichten. Ze hadden het Klarabergs-viaduct naar beide kanten afgesloten, maar hij zag een gaatje tussen een ME-busje en een gewone politieauto, in de richting van het warenhuis Åhléns en het Sergelstorg. Dat was absoluut niet de kant die hij op moest, want dat ging naar het stadscentrum, maar een andere mogelijkheid was er niet. Hij moest daar weg. Het kon elk moment te laat zijn, en dan was zijn poging om een ramp te voorkomen mislukt. Hij gaf gas en toeterde waarschuwend om de mensen uit de weg te jagen. Eén man begreep wat hij aan het doen was. Billy. Sebastian zag hem met zwaaiende armen lopen om te voorkomen dat de andere politiemensen hem tegen zouden houden. Hij perste de auto door het gat, dat kleiner was dan hij aanvankelijk dacht, en schuurde met beide kanten tegen de auto's aan, waardoor hij een zijspiegel verloor. Het Klarabergs-viaduct en de Klarabergsgata lagen opeens voor hem open. Zijn auto was de enige die die kant op ging. Verderop zag hij op de tegemoetkomende rijbaan enorme files staan. Hij verhoogde zijn snelheid.

Waar moest hij heen?

Hij begon in paniek te raken. Het kon niet lang meer duren, maar hij kon toch moeilijk uit de auto stappen en die hier laten staan. Dit was zijn verantwoordelijkheid. Hij moest nu afmaken waar hij aan begonnen was. Ook als dat betekende dat hij de hoogste prijs moest betalen.

Hij kreeg het zijstraatje in het oog bij de Klara-kerk, dat via nog een zijstraatje terugging naar de grotere Vasagata. Dat was het beste alternatief. De Vasagata liep wel langs het Centraal Station, maar die was opener en met een beetje geluk zou hij naar het water kunnen rijden. Hij trapte op de rem en draaide aan het stuur. De banden gierden misnoegd en de achterkant slipte even weg, maar hij wist de slagzij makende Audi in zijn macht te houden en reed de zijstraat in. Op de volgende haakse bocht naar rechts was hij beter voorbereid, dus hij slipte niet weer zo ongecontroleerd. Voor hem lag opeens de Vasagata, die tot zijn verbazing niet afgezet was, maar hij weigerde vaart te minderen. In plaats daarvan begon hij te toeteren. Hij zag rechts nog net een rijstrook vol stilstaande auto's en stuurde scherp naar links, het tegemoetkomende verkeer in. Hij botste bijna meteen tegen een stadsbus aan en wist die ternauwernood te ontwijken door zich langs een taxi te wurmen. Weer schampte de auto de zijkant, nu aan de passagierskant, maar hij verloor niet veel snelheid. De tegemoetkomende auto's stopten of gingen ijlings opzij. Hij begreep dat hij naar de andere rijbaan moest zien te komen, de goede, maar de brede, begroeide middenberm zat in de weg en bovendien stond de file aan zijn rechterkant nog tot aan de kruising met de Tegelbacke. Dus hij bleef rechtdoor rijden, tegen het verkeer in. Verderop zag hij een zebrapad waar voetgangers ondanks de geluiden van de hevig remmende auto's en het woedende geclaxonneer begonnen over te steken. Sebastian toeterde als een gek om hen weg te jagen. Ze kregen hem in het oog en vlogen alle kanten op.

Dat scheelde maar weinig, maar nu zag hij verderop het water van de Riddarfjärd. Maar hij zag ook politiewagens met blauwe zwaailichten op het fietspad staan, die de weg rechtdoor naar het water blokkeerden.

Daarmee was zijn grootste kans verkeken.

Sebastian stak het kruispunt over zonder snelheid te minderen, sloeg slippend rechts af en maakte weer tempo onder de Centralbrug. Het kon nu elk moment afgelopen zijn. De chemicaliën konden zich elk moment vermengen. Dan zou het in elk geval snel gaan. Hij zou er nauwelijks iets van merken. Dat was dan ook het enige voordeel, dacht hij: als je dan toch doodging, dan maar in een oogwenk.

Hij keek snel naar links. Een muur van een meter hoogte scheidde hem van het water. Verdomme. Dat niet ook nog. Hij had al het gevoel dat hij in geleende tijd leefde.

Hoe lang was het geleden dat hij de parkeergarage uit was gereden?

Een minuut? Twee?

Hij reed rechtdoor en keek niet meer naar de snelheidsmeter. Het ging hard. Dat was het enige wat hij hoefde te weten. De muur werd lager en eindigde bij een trap. Er was nog steeds een niveauverschil, maar hij durfde niet door te rijden. Hij naderde het stadhuis en vlak daarachter begonnen de woonwijken. Hij draaide het stuur met alle kracht naar links. Zijn wielen klapten tegen het hoge trottoir en daarbij ging er waarschijnlijk iets kapot, want het stuur werd opeens trager en trok naar rechts. Het was niet ver meer. De auto hoefde het nog maar heel even vol te houden. Toen zag hij opeens de stoomboten aan de kade waar hij naartoe reed.

Daar had hij niet aan gedacht. Maar het was nu te laat om daar nog iets aan te doen. Hij moest de gok nemen. Omlaag, naar de kade. Mensen sprongen opzij. Mobieltjes begonnen te filmen. Sebastian mikte op de ruimte tussen de rood-zwart-witte boten, die vredig in de avondzon deinden. Hij hoopte van ganser harte dat hij er geen zou raken, maar hij had geen keus meer.

Ergens moest deze rit ophouden.

En dat was hier.

Hij trapte het gaspedaal tot op de bodem in en opende het portier. Het zou zeer doen, maar wat moest hij anders? Hij wilde de auto zo ver mogelijk het glinsterende water in jagen, dus dan had hij zo veel mogelijk snelheid nodig. De kade kwam razendsnel op hem af. Toen hij er nog maar een paar meter vandaan was, liet hij het stuur los en gooide hij zich uit de auto. Even had hij het gevoel dat hij een vrije val maakte, maar toen kwam de pijn. Hij buitelde op de harde grond. Alles draaide rond. Zijn lichaam schreeuwde. Toen hoorde hij het: een gedempte explosie, gevolgd door een brullende geiser van water dat over hem heen spoot. Hij zag dat de stoomboten zich heel even bijna uit het water verhieven.

Hij krabbelde op totdat hij zat.

Hij kon zijn linkerarm niet bewegen.

Elke ademhaling deed hem zeer.

De hele kade werd overspoeld en de lucht was vol waterdruppels die zo klein waren dat het wel mist leek. De metalen rompen van de stoomboten sloegen tegen elkaar. De zonnestralen braken dwars door de chaos heen en even zag hij een regenboog.

Wat mooi, dacht hij.

Toen zakte hij voorover, en zo bleef hij liggen.

Eindelijk had hij ze weer allemaal bij elkaar.

Zo zag hij het, ook al was Sebastian er niet bij. Zo hoorde het, zo moest het. Torkel vond zichzelf eigenlijk niet nostalgisch, maar in dit geval was het vroeger ongetwijfeld beter geweest.

Zo werkten ze het best.

Zonder Sebastian Bergman.

Torkel nam aan dat ze hier niet uniek in waren. Zo was het ongetwijfeld in de meeste constellaties.

Sinds een uurtje hadden ze officieel vrij. Toen had Torkel het complete vooronderzoek aan de officier van justitie overhandigd, en nu vierden ze het op het terras van de Moon Cake, een paar honderd meter van het politiebureau. Hij had een paar kleine gerechtjes besteld, die ze samen deelden. Bier voor wie wilde. Wijn voor Ursula.

De pers was helemaal door het dolle heen geweest na de gebeurtenissen bij het Waterfront. De Docusoapmoordenaar, ministers, topmensen uit het zakenleven, een auto met een bom erin midden tussen de toeristen de Riddarfjärd in. Dat was als een paar dagen stortregen in de zomerse nieuwsdroogte.

Er waren zoveel invalshoeken om uit te kiezen dat het onderliggende motief algauw op de achtergrond raakte. In de ruim twee weken die er inmiddels waren verstreken had Lagergren steeds minder aandacht gekregen en de aanzet tot discussie die zijn daden eerder hadden gegeven leek niemand meer te interesseren, want het gebeuren in het Waterfront had hem tot terrorist bestempeld, en zelfs de meest ruimdenkende debaters zouden de ideeën achter terreur niet willen verdedigen.

Lagergren was meteen na de mislukte aanslag in staat van beschuldiging gesteld, en misschien besefte hij zelf ook dat die hem wel bekender had gemaakt, maar dat het minder gemakkelijk was geworden om met hem te sympathiseren, want hij bekende de ene misdaad na de andere, met breedvoerige verklaringen waarom hij het wel had moeten doen en hoe belangrijk het was dat iemand in verzet kwam tegen de verloedering. Hij was een kruistocht begonnen tegen de stompzinnigheid.

Niets van wat hij zei bereikte de media. Dat wist hij, dus het was alsof hij al oefende voor de komende rechtszaak; hij drong er herhaaldelijk bij de advocaat, die hij nu wel had, op aan dat die ervoor moest zorgen dat de zaak niet achter gesloten deuren zou worden behandeld. Hoe het daarmee verderging, zouden ze in augustus horen, als de zaak begon. Torkel twijfelde er geen moment aan dat David Lagergren tot levenslang zou worden veroordeeld, en dat die straf in zijn geval ook inderdaad zou worden uitgevoerd.

Het was altijd bevredigend wanneer hun werk succes had, maar het beste was toch dat Vanja er weer was. Na Waterfront was ze twee dagen weg geweest, maar toen was ze weer op kantoor verschenen met de vraag of ze kon helpen.

Zorgen dat al het materiaal bij de officier van justitie kwam.

Dat ze niets over het hoofd zagen.

Zodat Lagergren zou worden veroordeeld.

De zaak afsluiten, domweg.

Torkel keek stiekem even naar haar. Ze was al een beetje bruin, droeg een geel mouwloos shirtje en witte shorts, had een zonnebril op en glimlachte naar Billy, met een glas bier in haar hand. Wat fijn dat ze er weer was.

Hij boog naar de tafel, pakte een vork en tikte tegen een van de lege bierglazen die voor Billy stonden. Hij schraapte even zijn keel, maar maakte geen aanstalten om te gaan staan. De anderen zwegen en keken hem met geamuseerde verwachting aan. Dat begreep hij wel. Hij hield doorgaans geen toespraken.

'Ik wil alleen maar zeggen dat ik blij ben hier met jullie te zitten,' begon hij. 'Met jullie allemaal,' vervolgde hij met een hartelijke blik op Vanja. 'En ik wil even zeggen dat we goed werk hebben geleverd. Geniet nu maar van jullie welverdiende vrije tijd, dan hoop ik dat het een paar weken duurt voordat we elkaar weer zien.'

Na een paar uitroepen van 'Proost!' en 'Fijne zomer!' zette Torkel zijn glas neer en stond hij op. Billy schoof zijn zonnebril naar zijn voorhoofd en keek hem vragend aan.

'Ga je al?'

'Ja, ik ga naar huis om in te pakken. Ik ga morgenvroeg weg. Ben te bereiken op mijn mobiel als er iets is.'

'Waar ga je heen?' vroeg Vanja.

'Eerst naar Ulricehamn, daarna zien we wel.'

Hij kon een tevreden glimlachje niet onderdrukken bij de gedachte aan de komende dagen. Ursula nam een slok wijn en zette haar glas neer. Leeg, zag Torkel.

'Blijf zolang jullie willen en bestel waar je zin in hebt. Ik heb ervoor gezorgd dat ze mij de rekening sturen.'

Toen draaide hij zich om en begon terug te lopen naar het politiebureau en zijn auto. Met lichte tred. Onderweg van zijn collega's naar Lise-Lotte.

'Torkel!'

Hij stopte, draaide zich om en zag Vanja op een holletje naar hem toe komen.

'Ja?'

Vanja kwam bij hem en bleef staan. Ze keek naar haar in sandalen gestoken voeten. Torkel zag dat ze op haar lip beet. Wat ze ook wilde zeggen, het viel haar niet gemakkelijk.

'Ik wist niet of ik...' begon ze, maar ze brak haar zin af en keek hem aan. 'Maar het is maar beter dat je het weet.'

'Dat ik wat weet?' vroeg hij, maar hij kreeg al een naar voorgevoel.

'Ik ben van plan om na de zomer niet meer bij de Nationale Recherche terug te komen.'

Ze zei het. Dat wat hij nou net niet wilde horen. Hij wilde van alles terugzeggen, protesteren, haar ompraten.

'Nee, je mag niet...' was het enige wat hij kon uitbrengen.

'Ik moet wel.'

'Hij komt niet meer terug. Sebastian komt niet meer terug.'

'Daar gaat het niet om, en je weet dat ik het heerlijk vind om met je te werken, maar ik moet dit patroon doorbreken. Ik moet iets anders doen.'

'Je bent de beste die ik heb.'

'Ik wil wel bij de politie blijven, maar ik wil naar een ander onderdeel.'

Torkel knikte. Wat kon hij doen? Hij kende haar goed. Hij zou haar niet op andere gedachten kunnen brengen als ze haar besluit had genomen. Zo was Vanja. Bovendien wilde hij haar niet tegen haar zin in zijn team hebben.

'Maar je komt terug.' Hij hoorde dat het meer als een bevel klonk dan als een vraag.

'Ja, ik kom terug. Ik wil terug, maar ik moet alles eerst een beetje op orde hebben.'

Wat viel er nog te zeggen? Niets. Ze gleed als vanzelf in zijn armen en hij omhelsde haar. Lang en stevig. Vanja voelde dat ze tranen in haar ogen kreeg.

'Zorg goed voor jezelf en laat het me weten als je iets... nodig hebt, wat dan ook,' hoorde ze hem tegen haar haar zeggen.

'Zal ik doen.'

Hij brak de omhelzing af, keek haar aan alsof hij nog iets wilde zeggen, maar knikte alleen even, draaide zich weer om en liep weg.

Vanja ging terug naar de anderen. Ze keek op haar horloge terwijl ze overstak. Ze moest naar huis. Jonathan en zij zouden met de nachttrein naar Kopenhagen gaan.

'Wat was dat?' vroeg Ursula toen ze weer bij de tafel terugkwam om haar tasje te halen en afscheid te nemen.

Vanja haalde diep adem. Ze had zichzelf voorgehouden dat ze het zwaarste had gehad toen ze het aan Torkel had verteld, maar ze besefte dat dat niet zo was.

'Ik stop. Bij de Nationale Recherche,' zei ze zo luchtig en nonchalant mogelijk. Ze zag aan de gezichten van de anderen dat die dachten dat ze een grapje maakte. Toen moest ze uitleggen waarom, hoe lang ze weg zou blijven, wat ze dan ging doen, en toen lieten ze haar niet gaan als ze niet eerst op z'n minst nog een biertje nam – voor Billy werden het er twee – en pas daarna ging ze weg.

'Heb jij Jonathan wel eens ontmoet?' vroeg Ursula, terwijl ze Vanja met haar blik volgde, die naar het metrostation van het stadhuis liep.

'Ja, lang geleden een keer,' zei Billy. 'Aardige vent. En jij de nieuwe vriendin van Torkel?'

'Lise-Lotte. Ja, één keer. Ik maakte ze wakker toen Weber dat interview had gepubliceerd.'

'Hoe vond je dat?'

Ursula verstijfde. De vraag of ze Lise-Lotte wel eens had ontmoet vond ze al niet zo prettig, maar nu werd het nog erger.

'Hoe bedoel je?'

'Waren jullie eerder niet samen? Torkel en jij?'

Hij zei het alsof het volkomen vanzelf sprak en algemeen bekend was. Een gespreksonderwerp als alle andere, alsof hij vroeg of ze een bepaalde tv-serie of film had gezien.

'Iedereen weet dat geloof ik, hè?' vroeg Ursula, en ze schudde zachtjes haar hoofd.

'Ik weet niet of iedereen het weet. Ik wist het.'

'Het stelde niets voor,' zei Ursula, en ze nam nog een slok wijn. 'En als het al iets was, is het nu voorbij. Dus het is prima. Wat ga jij doen?' vroeg ze vervolgens, om van onderwerp te veranderen.

'Ik weet het niet.'

'Gaan jij en je kersverse echtgenote niet weg?'

'Ze kreeg er genoeg van om te wachten tot mijn werk erop zat, dus ze is naar vrienden aan de westkust gegaan. Ik ga er morgen ook heen.'

'Dus je hebt vanavond niets bijzonders te doen?'

'Nee. Jij ook niet?'

'Nee.'

'Nou, in dat geval.'

Ze stootten hun glazen met een zachte tik tegen elkaar, dronken ze leeg en keken om zich heen waar de ober was.

Ze was niet dronken.
Maar ze was meer dan aangeschoten.
Was er een woord voor iets daartussenin?
Daar dacht Ursula over na toen ze uit de taxi stapte en naar haar voordeur liep. De code intoetsen was geen probleem. Bij de eerste poging goed. Het bewijs dat ze niet dronken was. Binnen drukte ze op de lichtknopjes en bleef ze even staan. Haalde diep adem om zich te herpakken. Ze was een beetje extra draaierig na het openduwen van de deur. Het bewijs dat ze ook niet helemaal nuchter was. Iets ertussenin.
Ze liep de paar stappen naar de muur met de brievenbussen van de bewoners. Op die van haar stond nog altijd M., U. EN B. ANDERSSON, hoewel M. en B. er allang niet meer woonden. Ze liep er al een halfjaar over te denken om het bordje te vervangen, maar het was er nog niet van gekomen. Niet omdat ze dacht dat M. en B. nog terug zouden komen. M. miste ze niet eens, en B. miste haar niet. Had ze het bordje laten zitten omdat het haar aan andere tijden herinnerde? Niet per se betere, maar andere, andersoortige, misschien eenvoudigere.
Ursula viste haar sleutels op uit haar tas, vond de kleine zilverkleurige voor de brievenbus, en maakte die open. Leeg, op een huis-aan-huisblaadje en het weekmenu van het lunchrestaurantje om de hoek na, en een fleurige folder van een makelaar die haar de beste prijs voor haar flat bood als ze die door hem liet verkopen.
Niets voor haar persoonlijk.
Wanneer had iemand haar voor het laatst iets van zich laten horen, vroeg ze zich af. Wat was, afgezien van rekeningen, de laatste post geweest die aan haar was geadresseerd? Speciaal aan haar? De uitnodiging voor de bruiloft van Billy en My waarschijnlijk.
Wanneer was dat?
Een paar maanden geleden.

De eerlijkheid gebood te zeggen dat er tegenwoordig nog maar weinig mensen waren die brieven en ansichtkaarten stuurden, maar de inbox van haar computer was, als het om persoonlijke mail en berichten ging, in feite net zo leeg als haar fysieke brievenbus. Alles wat ze kreeg, was van haar werk, reclame of herinneringen van Facebook dat er berichten te lezen waren of dat ze gebeurtenissen had gemist. Ze had een paar jaar geleden een Facebook-account geopend omdat ze dacht dat dat een leuke manier was om contact te houden met oude studievrienden en collega's. Maar ze had er al snel genoeg van gekregen. Ze wist niet wat ze voor nieuws moest schrijven en was uitgekeken geraakt op de ogenschijnlijk perfecte levens van de anderen, met verwenweekendjes, witte-wijn-met-garnalen-vrijdagen, persoonlijke records bij het langlaufen, zonsondergangen en broodjes bakken voor het zomerfeest.

Ze moest het gewoon toegeven: ze was eenzaam. Dat was ze altijd geweest, zelfs toen ze nog bij Micke en Bella woonde. Dat hinderde haar eigenlijk niet. Zo was ze, daar had ze misschien zelfs zelf voor gekozen.

Maar de avond was nog jong.

Het was zomer. Ze had vrij.

Waarom zou ze naar boven gaan en in een lege flat gaan zitten?

Zeker als er een alternatief was.

Ze liet alles in de brievenbus zitten, gooide hem weer dicht, deed hem op slot en liep terug naar de voordeur. Misschien was het alternatief niet het beste voor haar, dacht ze toen ze buiten kwam en de warmte haar tegemoet sloeg.

Maar ze was iets tussen aangeschoten en dronken in.

Ze had het recht om verkeerde besluiten te nemen.

Overmorgen zou het drie weken zijn.

Drie weken sinds hij de auto van Jonathan de Riddarfjärd in had gereden, drie ribben had gebroken en zijn linkerarm op twee plaatsen.

Torkel was nog voordat hij in het gips was gezet al bij hem gekomen in het ziekenhuis. Hij had hem bedankt, maar hij was ook een beetje kwaad op hem geweest.

Ze waren door iedereen geprezen voor hun ingrijpen, maar had Sebastian helemaal niet over de consequenties nagedacht? Ja, hij had een ramp voorkomen, maar wat als de bom op de Vasagata was ontploft? Voor het Centraal Station?

Sebastian begreep niet waarom ze moesten praten over dingen die eventueel hadden kunnen gebeuren, maar aantoonbaar niet wáren gebeurd. Het was hoogst onwaarschijnlijk dat hij ooit weer in eenzelfde situatie zou belanden, dus hij hoefde geen lering te trekken uit het gebeurde.

Ze hadden het helemaal niet gehad over eventueel aanblijven van Sebastian bij de Nationale Recherche.

Hij had er niet naar gevraagd.

Torkel was er niet over begonnen.

Toen de verpleegster hem ophaalde om hem in het gips te zetten, had Torkel gedag gezegd en was hij vertrokken.

Na dat ene bezoekje niets meer.

Sebastian had gehoopt dat Vanja zich zou vertonen. De vorige keer dat hij tijdens zijn werk ernstig gewond was geraakt, was ze bij hem op bezoek gekomen. En toen had hij nog alleen maar áángeboden om haar plaats in te nemen.

Als gijzelaar.

Van Edward Hinde.

Die was daar niet mee akkoord gegaan, en dat hadden ze allebei bijna met de dood moeten bekopen.

Nu had hij haar plaats daadwerkelijk ingenomen, had hij haar helemaal buiten gevaar weten te houden, maar deze keer kwam ze niet.

Niet naar het ziekenhuis. Niet naar zijn huis.

Ze liet niets van zich horen.

Hij kreeg een eigenaardig déjà-vugevoel. Uit een ziekenhuis komen en zich realiseren dat hij zijn dochter kwijt was geraakt. Hij dwong zichzelf te accepteren dat ze echt niets met hem te maken wilde hebben.

Dat deed pijn.

Meer dan de gebroken ribben en arm.

Normaal gesproken wist hij hoe hij met pijn, verdriet, rusteloosheid en neerslachtigheid moest omgaan. De kuur was hetzelfde voor alle gevoelens.

Vrouwen en vrijen.

Nu kon hij amper diep ademhalen zonder te kreunen van de pijn. Seks was uitgesloten. Pijpen en aftrekken was natuurlijk denkbaar, maar hij had de fut niet om het spelletje goed te spelen en betwijfelde of hij aan de verwachtingen kon voldoen. De kans dat het mis zou gaan was even groot.

Dus hij bleef thuis. Hij stond op het punt gek te worden en liep rusteloos door zijn flat. Hij nam aan dat hij iets moest eten. Had hij vandaag eigenlijk wel geluncht? Hij dacht van niet. Maar aan de andere kant had hij ook geen trek.

De bel ging. Sebastian bleef staan. Elke keer als er aangebeld werd, kreeg hij tegenwoordig een beetje een onaangenaam gevoel. Maar het was niet zo erg dat hij niet opendeed. Nog altijd zonder eerst door het kijkgaatje te kijken.

Hij hoopte, zoals altijd, dat het Vanja was.

Het was Ursula.

'Hoi.'

Ze slaagde erin dat ene korte woordje uit te brengen.

'Heb je gedronken?'

'We hebben op een terrasje een paar glazen wijn zitten drinken.'

'Wie, wij?'

'De collega's.'

'Vanja?'

'En Torkel en Billy.'

Sebastian hoorde al drie weken niet meer bij het team. Hij verwachtte niet te worden uitgenodigd voor vrijdagborrels of kroegentochten, maar hij voelde tot zijn verbazing toch een steek van melancholie omdat hij buitengesloten was.

'Kom binnen,' zei hij, en hij deed een stap opzij.

Was het maar verbeelding of aarzelde ze even voordat ze binnenkwam? Hoe dan ook, hij wilde haar niet herinneren aan wat er was gebeurd toen ze de vorige keer bij hem thuis kwam.

'Wil je koffie? Iets te eten?'

'Koffie graag.'

Ze zat op een stoel aan de keukentafel. Sebastian had een filter in het koffiezetapparaat gestopt en schepte er koffie in uit een pak dat hij tussen zijn in een mitella gestoken gipsarm en zijn buik vastklemde.

'Heb je hulp nodig?' vroeg Ursula.

'Nee, het gaat wel, dank je.'

Ze ging achteroverzitten op haar stoel. Voelde dat de alcohol haar lekker ontspannen maakte. Ze moest denken aan de vorige keer dat ze daar zat.

Toen hadden ze gegeten.

Het was gezellig geweest.

Torkel had gebeld, een beetje boven zijn theewater, en gezegd dat hij van haar hield. Dat zou vanavond niet gebeuren. Later hadden ze koffiegedronken in de woonkamer. Het was meer dan een stilzwijgende afspraak dat ze met elkaar naar bed zouden gaan. Dat zou vanavond ook niet gebeuren.

Toen was ze naar de keuken gegaan om melk te halen, er werd aangebeld en...

Daar wilde ze niet aan denken.

'Hoe gaat het met je?' vroeg ze dus maar toen ze zijn gezicht van pijn zag vertrekken bij het terugzetten van het pak koffie in de kast.

'Beter.'

'Maar je hebt pijn?'

'Ja.'

'Zie je er daarom zo verdrietig uit?'

Ze zag Sebastian even verstijven, blijkbaar verrast dat het gesprek zo snel van vrijblijvend overging op persoonlijk.

'Doe ik dat?' vroeg hij afwachtend, en ze had de indruk dat hij bewust met zijn rug naar haar toe bleef staan.

'Komt het door Vanja?' ging ze door, om de een of andere reden vastbesloten om hem er niet zomaar onderuit te laten komen. Het verbaasde haar niet dat ze geen antwoord kreeg.

'Wat heb je gedaan dat haar zo kwaad heeft gemaakt?'

Sebastian draaide zich om en keek haar aan. Oprechte verbazing in haar wat troebele ogen. Geen leedvermaak. Geen afkeuring. Misschien zelfs een beetje medeleven.

Hij dacht snel na.

Ursula was er. De enige die naar hem toe gekomen was. Weliswaar dronken en eenzaam, maar toch. Ze hadden samen iets gehad. Lang geleden, toen hij er zeker van was dat ze van hem hield, totdat hij met haar zus naar bed ging, maar ook laatst nog, niet lang geleden. Voordat Ellinor haar neerschoot. Nu was ze er weer.

In zijn flat. In zijn keuken. Bij hem.

Iemand die vrijwillig bij hem op bezoek kwam.

Iemand die hem feitelijk had vergeven.

Ze verdiende de waarheid.

'Ik ben met haar moeder naar bed geweest,' zei hij ten slotte.

'Ze haat haar moeder.'

'Ik weet het.'

Het werd stil in de keuken. Het enige geluid was het aanhoudende geprutttel van het koffiezetapparaat, dat aangaf dat het tijd werd om het te ontkalken.

'Je kunt het maar niet laten om het voor jezelf te verpesten, hè?'

Niet beschuldigend, eerder bezorgd constaterend. Meelevend. Wat moest hij zeggen? Wat kon hij zeggen? Ertegen ingaan had geen zin. Ze had gelijk. Elke keer als het een beetje goed ging, verknalde hij het.

Voordat hij Lily had ontmoet, was het een honger geweest die hem dreef. Een gevoel dat het gras ergens anders altijd groener was. Een onvolwassen idee dat hij misschien iets beters misliep als hij ergens genoegen mee nam. Een onvermogen om te kiezen, de wil om zo veel mogelijk te hebben. Alles te hebben. Altijd.

Na de tsunami van 2004 was het iets anders.

Ze wachtte op antwoord, een reactie, iets.

Wat moest hij zeggen? Wat kon hij zeggen?

Nogmaals: ze was de waarheid waard.

'Ik denk dat ik het niet verdien,' zei hij zacht.

'Wat niet verdien?'

'Om gelukkig te zijn.'

De stilte in de keuken was bijna tastbaar. Hij keek haar aan. Dat kostte hem zo ongeveer alle kracht die hij had. Hij wachtte op haar reactie. Welke dan ook. Ze stond zonder iets te zeggen op en kwam naar hem toe. Hoe dichter ze bij hem kwam, hoe moeilijker hij het vond om haar aan te kijken. Ze bleef voor hem staan. Dichtbij. Hij keek naar de grond. Zonder een woord schoof ze voorzichtig de mitella opzij en gleed ze in zijn armen. Ze streelde hem behoedzaam en legde haar wang tegen zijn borstkas. Hij voelde de warmte van haar lichaam, rook de geuren van haar shampoo en haar deodorant, en een zwakke alcohollucht. Hij legde zijn goede arm om haar middel. Liet zich omhelzen. Aanvaardde haar troost. En hield zichzelf voor dat het kwam doordat ze tegen zijn gebroken ribben duwde dat hij huilde.

De ochtendzon prikte hem in de ogen.

Hij had dorst en moest plassen. Hij draaide zijn hoofd om om de stekende zon te vermijden. Toen kwam de hoofdpijn. Hij was gisteren dronken geworden.

Straalbezopen.

Hij kon zich niet herinneren wanneer hij voor het laatst zo dronken was geweest. Hij kon zich ook niet meer alles van de vorige avond herinneren. Gaten in zijn geheugen. Toen Ursula bij de Moon Cake in de taxi stapte, had hij een paar oude maten gebeld. Hij wist nog vaag dat ze eerst ergens in Södermalm bij elkaar waren gekomen voor een paar biertjes. Toen waren ze naar Björns tuin gegaan voor nog een paar, en daarvandaan hadden ze de bus naar Gärdet genomen om het bierdrinken te combineren met voetbal.

Toen de metro terug naar de stad.

Een vrouw die gilde.

Rood.

Hij deed zijn ogen open. De ijsbijl en het touw aan de muur. O ja. Hij was niet naar huis gegaan, maar naar Jennifer. Had haar gebeld. Haar wakker gemaakt. Het was tegen twee uur.

Het had een beetje geleken alsof het de laatste nacht met de jongens was geweest.

Vanja zou stoppen. Tijdelijk, maar toch. Ze hadden de zaak afgesloten. Het werk zat erop. Morgen zou hij naar Marstrand gaan en met My in een klein kamertje met een smal bed zitten, in een huis dat ze hadden gehuurd samen met twee vriendinnen van My en hun vrienden.

Een week lang.

Een week waarin hij Jennifer niet zou zien.

Hij begreep ook wel dat de regeling die ze de afgelopen maanden hadden gehad niet erg lang meer zou werken. Hij moest iets doen. Breken met een van beiden. Met My of met Jennifer. Maar daar had hij gisteren ook niet aan willen denken. Nog een reden om een paar biertjes te nemen.

Jennifer moest lachen toen ze hoorde hoe dronken hij was. Maar natuurlijk mocht hij komen. Kijk, dat kon hij zich herinneren. Hij had een taxi naar haar toe genomen. Was daarin in slaap gevallen. Was wakker gemaakt door de chauffeur.

Hij ging zitten.

Het gevolg was dat hij minder dorst had, maar nodiger moest plassen.

En veel meer hoofdpijn kreeg.

Hij wist niet goed meer hoe hij op de bank was terechtgekomen. Waarschijnlijk rook hij te vies of snurkte hij te hard. Hij ging met zijn tong langs zijn gehemelte. Dat smaakte in elk geval niet alsof hij had overgegeven. Ook niet alsof hij een tandenborstel had gebruikt, trouwens.

Rood.

Hij ging staan. Wankelde naar de badkamer. Hoe laat was het eigenlijk? Hij had het gevoel dat hij twee uur had geslapen of zo. Maar het moest meer zijn. De zon stond al vrij hoog. Hij was nog steeds dronken, besefte hij toen hij stond te plassen.

Hij moest weg.

Hij had nog niets ingepakt voor de westkust. De trein ging om 11.22 uur. Zo laat kon het toch nog niet zijn. Nee, dan had Jennifer hem wel wakker gemaakt.

Hij trok door en zette de koude kraan open. Zijn hoofd protesteerde tegen het hoogteverschil en de helling toen hij zich voorover-boog om te drinken. Ten slotte liet hij het water in het kommetje van zijn handen lopen en spoelde hij zijn gezicht een paar keer af. Toen kwam hij voorzichtig weer overeind en keek hij voor het eerst naar zijn spiegelbeeld. Wat een ravage. Hij knipperde een paar keer met zijn ogen en probeerde zijn gezicht weer in de plooi te krijgen. Er weer fit uit te laten zien. Alert. Dat lukte maar matig. Hij boog zich naar de spiegel toe en ging met zijn vinger over zijn wang. Het was alsof hij hem door de boetseerklei trok. De huid bleef als het ware in ingedeukte toestand staan.

Rood.

Hij verstijfde.

In één klap volkomen nuchter.
In één seconde liep zijn hele lichaam vol adrenaline.
Rood was hun veiligheidswoord.
Hij kon zich niet goed herinneren of ze... Jawel, ze hadden het gedaan.
Hij was zat en geil, verdomme!
Hij rende van de badkamer naar de slaapkamer. Bleef vlak achter de deur staan. Jennifer lag bloot in bed. Haar handen zaten nog steeds boven haar hoofd met handboeien vast aan het hoofdeinde. Haar benen gespreid en vastgebonden met de smalle leren riempjes die ze altijd gebruikten. Haar hoofd van hem afgekeerd. Hij ademde zo zwaar dat hij stond te trillen, dus hij kon niet zien of haar borstkas op en neer ging. Maar dat deed hij toch wel? Misschien was ze flauwgevallen. Iets met de doorbloeding? Haar armen moesten vreselijk zeer doen. Ze zou haar spieren zelfs beschadigd kunnen hebben, maar...
Hij rende naar het bed.
'Jen...'
Hij wilde haar zacht aan haar schouder schudden, maar hij deed het niet.
Opeens was alles weg.
De kamer, het bed, de vloer, alles.
Alle geluiden. Alle kleuren. Alles verdween gewoon.
Hij zag het niet meer. Hij zag niets meer.
Op één ding na.
De donkerpaarse strepen om haar hals.

Dank

We hebben nu al een aantal boeken over Sebastian Bergman en de anderen van de Nationale Recherche geschreven, en het aantal mensen dat ons steunt en aanmoedigt, wordt niet bepaald kleiner. Maar zoals gewoonlijk, zoals altijd, bedanken we al die unieke mensen bij Norstedts, vooral Susanna Romanus en Peter Karlsson, zonder wier positieve instelling tegenover ons en ons werk we het niet zouden redden. Ook dank aan al onze vrienden bij Salomonsson Agency, met Niclas, Tor, Federico en Marie voorop, die ons schrijvende leven voortdurend leuker en gemakkelijker maken. Dank ook aan onze buitenlandse uitgevers, wat er tot ons genoegen steeds meer worden, en aan al onze vertalers, die geweldig werk doen.

MICKE: Behalve de hierboven genoemde mensen bedank ik ook mijn collega's en vrienden bij Svensk Filmindustri en productiebedrijf Tre Vänner, die ons inspireren en steunen. Maar mijn grootste dankbaarheid gaat toch uit naar de mensen die er altijd voor me zijn, op momenten van twijfel en van vreugde. Die geduldig zijn, veel te weinig van me zien en noodgedwongen accepteren dat fictieve karakters soms vóór hen gaan en mij bij hen weghouden, zowel lichamelijk als geestelijk. Mijn geweldige gezin: Astrid, Caesar, William en Vanessa, jullie betekenen het meest voor mij. Jullie hebben me zo vaak naar het doel gebracht. Zonder jullie was ik niets. Ik hou van jullie.

HANS: Ik werk te veel, dat is geen geheim. Dus veel dank aan alle mensen die hun best doen om me erdoorheen te slepen door me met reizen, geintjes, etentjes, wijn en vrienden van mijn bureau los te rukken. Camilla, Pilla, de hele SFS, de familie Krieg, Jessica, de

Carlssons, de Wallins, de Bergners en vast nog een aantal. En natuurlijk dank aan de liefste, leukste, slimste en meest fantastische mensen. Mijn gezin: Lotta, Sixten, Alice en Ebba. Liefde en respect.